Durchtollte Nächte, durchjubelte Tage

Freudenmädchen

Aus den Erinnerungen
eines Detektivs

Richard Werther

Durchtollte Nächte, durchjubelte Tage

Freudenmädchen

Aus den Erinnerungen eines Detektivs

area

Richard Werther: Durchtollte Nächte, durchjubelte Tage ·
Freudenmädchen · Aus den Erinnerungen eines Detektivs

Einbandgestaltung: rheinConcept, Wesseling
Einbandabbildungen:
Sammlung Hans-Jürgen Döpp, Frankfurt/Main
Bildmotive:
Henri Monnier, o. T., 1830
Deveria et. al., »Lithographies Romantiques«, 1835
Anonymus, 1780
Mihaly Zichy, »Liebe«, 1895
Satz und Layout: Andreas Paqué, Gleichen
Druck und Bindung: Oldenbourg Taschenbuch GmbH,
Hürderstraße 4, 85551 Kirchheim

Printed in Czech Republic 2006
ISBN-13 978-3-89996-628-2
ISBN-10 3-89996-628-7

www.area-verlag.de

Inhalt

Durchtollte Nächte, durchjubelte Tage

Erstes Kapitel

Elf Uhr nachts – Friedrichstraße … Der in der ganzen Welt bekannte Höllenspektakel tobt durch die schmale, taghell erleuchtete Straße. Es ist, als hätten hunderttausend Teufel sich hier ein Rendezvous gegeben, um an dieser Stelle ihre durch Beelzebubs Großmutter in Schranken gehaltene Fröhlichkeit auszutollen. Und dabei sind es doch nur Menschen, die dieses erstaunliche Konzert vollbringen, allerdings Menschen, deren einzige gegenwärtige Sorge darin besteht, sich zu amüsieren, und nach der lieben Art der Berliner, sich möglichst laut zu amüsieren. In das Lachen, Schreien und Quietschen der Passanten und Passantinnen schrillt das Kreischen der Zeitungsverkäufer hinein: »Neueste Nummer der Wahrheit« – »Das Warenhaus als Bordell!« – »Heiratszeitung – letztes Rettungsmittel!« – »Sensationelle Enthüllungen der ›Tribüne‹ über die Gräfin Waltensleben!« Den Grundbaß zu dem Chorus bildet das Tuten der vorübersausenden Autos, das Dröhnen der großen Omnibusse, das Klappern der Droschken, das Klingeln der Elektrischen. Mittendrinn als Glanzeffekt übertönen zwei kreischende Weiberstimmen das Ganze – irgendzwei der geputzten und bemalten Dämchen sind aneinandergeraten.

Johlend, schreiend sammelt sich die Menge um die zwei Feindinnen. Man hetzt sie aufeinander wie zwei Kampfhähne – sie werden wild, die Worte genügen nicht mehr; die Schirme treten in Aktion, die Zöpfe fliegen, die schönen Hüte gehen in Fransen – und der gutgekleidete Mob amüsiert sich –, bis die Pickelhauben der Schutzleute auftauchen.

Der Strom flutet weiter, hinauf, zurück, ergießt sich in die Leipziger Straße, füllt den Leipziger und den Potsdamer Platz. Vornehme Viveurs, die den Rummel einmal mitmachen, elegante Damen, ängstlich an den Arm des Kavaliers geschmiegt, daneben die Talerdirne, die sich in irgendeinem Hausflur die Röcke aufhebt, Arbeiterinnen, Ladenmädel, Kommis, Offiziere in Zivil, Studenten, Hochstapler, Bankdirektoren, Taschendiebe, Kriminalschutzleute, Demimondainen – wie aus Satans Höllenkessel heraufgeblasen, quirlt und zischt das alles durcheinander.

An der Seite des Stromes, der sich langsam, aber unaufhaltsam vorwärtsschiebt, schleicht sich scheu ein kleines, sechsjähriges Mädel. Barfüßig, ohne Hut, in elende Fetzen gehüllt, äugt die Kleine scharf nach den Passanten. Oh, sie ist schlau und gerissen! Sie drängt sich nicht an die jungen Männer, sondern an die Alten und die ganz Alten und bietet ihnen mit zittriger, flehender Stimme ein paar Schnürsenkel oder ein Päckchen Streichhölzer an. Schmierig und zerzaust ist sie wie ein Straßenköter, aber die nackten Beine sind rund, und wenn sie sich an so einen Wakkelgreis heranmacht, reibt sie sich lüstern an seinem Knie und Schenkel. Sie versteht's! Da ist Keiner, der ihr nicht einen Groschen schenkt. Und wenn einer grad' Handschuhe anhat, greift er ihr auch wohl unters Kinn und drückt ihr dann zwanzig Pfennig oder gar einen Fünfziger in die kleine, harte Hand.

Oh, sie versteht ihr Geschäft! Wie ein Fuchs beschleicht sie ihre Kunden, hängt sich hartnäckig an sie und läßt sie nicht eher aus den Klauen, ehe sie nicht ihren Groschen hat. Dabei ist sie immer bereit, vor der ersten besten Pickelhaube durchzubrennen, um frech wie ein Feldspatz doch wieder auf ihren Beuteplatz zurückzukehren.

Bis ein Uhr nachts harrt sie auf ihrem Posten aus. Bis der große Strom nachläßt und vor allem ihre besten Kunden – die alten Herren – aus ihm verschwinden. Dann hastet sie über die Behrens- und Königstraße dem Alexanderplatz zu, biegt in die Prenzlauer Straße ein und verschwindet schließlich in einer stockfinsteren, schmutzigen Nebengasse. Durch ein offenes Kellerfenster kriecht sie in das düstere, fünfstockhohe Haus, klettert die schlüpfrige Kellertreppe empor, geht über den Hof und steigt im Hinterhaus drei Treppen in die Höhe, klinkt eine angelehnte Türe auf, tritt in eine übelriechende Küche, turnt über viele Schlafende hinweg, die da am

Boden liegen, schiebt sich in das anstoßende Zimmer und ist daheim.

Dieses Zimmer, das nicht viel größer ist als die Küche, beherbergt nicht weniger als sechs Personen, die sich auf zwei Betten und ein schmales Sofa verteilen. In dem einen Bett schlafen Lores Eltern mit dem Jüngsten, das die Mutter noch an der Brust hat, in dem andern zwei Schlafburschen, während auf dem Kanapee Fritz, Lores zehnjähriger Bruder, es sich bequem gemacht hat.

Niemand achtet auf den Eintritt des Kindes, das sich in der Finsternis an den Schrank tastet, ein Stück Brot herauslangt und sich mit diesem lukullischen Abendbrot zu dem Kanapee schiebt, in dessen unterer Ecke sein Lager bereit ist. Auf dem Wege dorthin muß es das Bett passieren, in dem die zwei Schlafburschen liegen.

Da fühlt sich Lore plötzlich von einer Hand festgehalten, die aus dem Bett heraus nach ihrem Rocke greift. Der lange Wilhelm ist's, ein sechzehnjähriger Arbeiter, der sie an sich zu ziehen versucht.

»Du, Lore, komm' mal her!« flüstert er mit heiserer, leiser Stimme.

Aber die Kleine ist so müde und hat gar keine Lust. Sie hat nur ein Verlangen – sich gut auszuschlafen.

»Nee – laß mir –«, murmelt sie und versucht, sich loszumachen.

»Ick schenk' dir 'n Jroschen.« Und er zieht sie ganz ans Bett heran. »Ick liege schon die ganze Nacht und laure uff dir. Der Schwanz steht mir wie'n Donnerwetter.«

Weder der Groschen noch das Donnerwetter können Lore reizen. Sie ist zu müde und zu hungrig.

»Nee, nee – Willem – ick bin heute zu müde.«

»Ick jebe dir zwee Jroschen – gleich vorher – da!« Er kramt unter seinem Kissen sein kleines, zerfetztes Portemonnaie hervor und drückt ihr zwei Groschen in die Hand.

Zwei Groschen sind mehr als einer. Lore beginnt zu schwanken.

»Du bist 'n Aas«, zischt Wilhelm, »wenn de jetzt kommst, kriegste nachher noch 'n Jroschen.«

Das entscheidet.

»Jibste mir ooch janz bestimmt den annern Jroschen?«

»Natierlich! Nu mach' aber schon!«

Da läßt sich Lore neben ihn ins Bett fallen. – Wilhelm ist kein zärtlicher, sanfter Liebhaber. Ohne viele Umstände geht er gleich auf sein Ziel los, schiebt ihr die Röcke zurück, und während er sein Bajonett pflanzt, tut sie apathisch die Schenkel auseinander und beißt in ihr Stück Brot.

Der Hunger ist größer in ihr als der Durst nach Liebe. Wilhelm arbeitet wacker auf ihrem kleinen Bauch, und sie verzehrt dabei ihr Abendbrot. Natürlich kann sie gleichzeitig nicht mit dem Feuer bei der Sache sein, das ihr Bereiter für wünschenswert hält. Er gibt ihr einen derben Knuff in die Seite zur Ermunterung.

»So rühr' dich doch!« keucht er. »Wie'n Klotz liegste da!«

Mechanisch schiebt Lore mit dem kleinen, runden Popo ein paarmal auf und nieder, und das genügt schon, um bei Wilhelm den Feuerstrom aller Freuden auszulösen. Wie aus einer Pumpe spritzt er in Lores Loch, das trotz ihrer sechs Jahre schon so groß ist, daß es Wilhelms Wonneinstrument so ziemlich in sich aufnehmen kann.

Befriedigt läßt sich Wilhelm von ihr herunterfallen, und sie schlüpft aus dem Bett, dessen zweiter Inhaber gar nichts von dem Ritt gemerkt hat, den die zwei miteinander ausführten.

»Wat is mit mein' Jroschen?« fragt sie.

»Mach', daß de wegkommst, sonst jeb' ick dir eens in die Fresse«, brummt er.

Verschüchtert wagt Lore keinen Protest mehr gegen diesen Wortbruch und schleicht zu dem Kanapee. So gut sie kann kuschelt sie sich in der freien Ecke zurecht, und fünf Minuten später schläft sie fest und ruhig.

Es ist schon lange her, daß Lore die Beine auseinandergibt, wenn es ein Mann oder Junge von ihr verlangt. Aber sie ist schlau: Umsonst tut sie's nicht, wenn sie nicht gerade mit Gewalt dazu gezwungen wird. Fünf Pfennige sind ihre geringste Taxe, aber für ein Stück Kuchen läßt sie sich eventuell auch schon bereit finden. Minett macht sie nicht unter einem Groschen – mit einem Worte, sie ist die richtige kleine Hure, die sich mehr des Profits halber als um des Vergnügens willen auf den Rücken legt.

Mit fünf Jahren wurde ihre Jungfernschaft die Beute eines fremden Mannes, der sie vom Hof, wo sie mit ihren Freundinnen spielte, auf das Klosett lockte. Er hielt ihr ein blankes Fünfzigpfennigstück vor die Nase, und für fünfzig Pfennig wäre Lore, die mit dem frühreifen Verstande des Proletarierkindes den Wert des Geldes kannte, bis ans Ende der Welt gegangen.

Sie wußte ganz genau, was der Mann von ihr wollte, zumal damals die Vergewaltigungen kleiner Mädchen in Berlin an der Tagesordnung waren. Einen Moment lang zögerte sie – wenn ihr der Mensch auch so den Bauch aufschlitzte, wie sie es mit der Trude Schulz aus der Linienstraße gemacht hatten? Aber der sah so nett und freundlich aus! Und vor allem: Das Fünfzigpfennig Stück wirkte!

Also ging sie mit. Kein Mensch sah sie, wie sie in dem Klosett verschwanden. Aber bevor sie noch die Türe hinter sich zumachte, ließ sie sich das Geld geben.

Wie ein geiler Bock fiel der Fremde über sie her. Er setzte sich auf das Brett und riß sie auf seinen Schoß. Während er ihr mit der einen Hand den Mund zuhielt, fuhr er mit der andern zwischen die Beine und bohrte ihr seinen großen, dicken Zeigefinger in die enggeschlossene Scheide. Der Schmerz war furchtbar, und sie versuchte, sich loszureißen; allein mit brutaler Faust hielt er sie fest und bohrte sich zwischen ihren Lefzen durch! Mit einem einzigen brutalen Stoß riß er ihr die Scheide auseinander – sie fühlte nur noch, wie ihr das Blut über die Beine herunterschoß, dann wurde sie ohnmächtig.

Als sie wieder zu sich kam, lag sie in einem schönen weißen Bett, und ein Mann mit einer goldenen Brille und eine Frau in einem schwarzen Gewande und einer weißen Haube betrachteten sie aufmerksam.

Ihr erster Gedanke waren die fünfzig Pfennig, aber sie getraute sich nicht, danach zu fragen, sondern schlürfte gehorsam die warme Suppe hinunter, die ihr die Pflegeschwester einlöffelte.

Drei Wochen lag sie im Krankenhaus, wo es ihr sehr gut gefiel. Sie konnte schlafen, so lange sie nur wollte, bekam gut zu essen und zu trinken, und man war immer nett und freundlich zu ihr. Einmal kamen zwei Herren von der Polizei, die sie nach dem Menschen ausfragten. Was ihr paßte, erzählte sie, was ihr nicht paßte, verschwieg sie. Für ihr Leben gern hätte sie sich nach dem Verbleib des Geldes erkundigt, aber aus Angst, man würde sie dann strafen, weil sie freiwillig mitgegangen, schluckte sie die Frage danach hinunter. Man hatte sie blutüberströmt und bewußtlos gefunden, der Kerl war natürlich längst schon verschwunden. Man hat ihn auch nie erwischt.

Nach diesem Abenteuer, das um ein Haar hätte schiefgehen können, dauerte es nicht lange, bis Lore das Vergnügungsobjekt der Hausbewohner wurde. Der erste, der sich an sie heranmachte, war ihr Bruder Fritz.

Eines Tages, als die Kinder allein im Zimmer waren, fragte er sie unvermittelt:

»Du, Lore, wat hat eigentlich der Mann mit dir jemacht?«

Lore spielte gerade eifrigst mit einem zusammengedrehten Klumpen Fetzen, der eine Puppe vorstellte, und gab daher nicht gleich Auskunft. Ihr Bruder kam auf sie zu und stellte sich vor sie hin.

»Hörste nich?« schrie er sie an. »Wat hat denn der Mann mit dir jemacht?«

»Wat für'n Mann?«

»Na der auf't Klosett, stell' dir man nich' gar so dämlich. Du weeßt schon.«

»Ach so, der! I – det war'n Schwein!«

»Wieso? So rede doch! Ick habe neulich, wie ick mit Vattern unten in de Destille war, jehört, wie eener, der miese Brandt jesagt hat, der Kerl müßte dir mit'n Messer 'n Stich versetzt haben.«

»I wo. Mit de Hand hat er mir hinjejriffen.«

»Wat – mit der Hand – jleich rin in dein Loch?«

»Ja.«

Fritz setzte sich neben seine Schwester auf die Erde und blickte interessiert auf eine gewisse Stelle ihres Rockes.

»Wie hat er denn det gemacht? Vielleicht so?« Und schwupp war er mit der Hand zwischen ihren Beinen.

»Aber Fritz, biste überkandidelt? Wat willste denn da?«

Fritz war mächtig in Rage.

»Laß mir man – du – weeßte, ick habe jestern zujesehen, wie et Ede mit seiner Schwester Mieze jemacht hat. Er hat ihr sein Ding rinjesteckt – da in det Loch – – –«

»Hat's ihr ooch so weh jetan?«

»Nee – sie hat ihm noch bei jeholfen. Mir wollte sie ooch ranlassen, aber da kam ihre Olle dazwischen. Wir könnten det ja ooch mal zusammen probieren. Willste? Die Mieze sagte, et schmeckte wunderschön.«

Lores Neugier wurde rege. Also legte sie sich auf den Rücken und spreizte die Beine, wie es ihr Bruder verlangte. Fritz hatte einen regelrechten Ständer, aber weil er noch so ungeschickt war, konnte er nicht gleich den richtigen Anschluß finden. Mit seinem kleinen, holzsteifen Pflöckchen stieß er sie immer gegen den Bauch, bis sie ungeduldig wurde.

»Du«, sagte sie, »det kann ich aber nich schön finden.«

»Ick bin noch nich drinnen. Steck' du ihn mal rin.«

Das tat sie. Da ihre Scheide durch den brutalen Angriff jenes Fremden einmal geöffnet war, bereitete ihr das keine großen Schwierigkeiten.

»Nu paß mal uff«, knirrschte er und legte los.

Und siehe da, die Geschichte war wirklich nicht übel. Zuerst tat es ein bißchen weh, aber Fritzens Maschine war nicht so groß. Bald überwog ein angenehm kitzelndes Gefühl, und Lore folgte dem Beispiel des Bruders, der immer rauf und runter fuhr. Schließlich fühlte sie, wie so ein paar warme Tropfen in ihr Inneres spritzten – gleich darauf machte Fritz einen tiefen Seufzer und fiel wie ein Klotz über sie. Als sie an sein Ding faßte, war es ganz glitschig und weich.

Von da an legten sie sich, sooft sie nur konnten, aufeinander. Und von einem Mal zum andern schmeckte es ihr besser, und schließlich genügte ihr Fritzens Schwänzchen nicht mehr. Er mußte ihr seine älteren und größeren Freunde zuführen, und je stärker so einer armiert war, desto freudiger nahm sie ihn auf.

Oh, sie arbeitete schon fest mit und gab redlich Stoß um Stoß zurück. Ja, sie lernte es sogar, die Scheide so fest zusammenzupressen, so daß sich der Schwanz, der drinnen steckte, nicht rühren konnte. Ihr Ruf verbreitete sich in der ganzen Umgebung, und wie die Hunde einer läufigen Hündin, so liefen ihr die großen und die kleinen Jungen aus dem Scheunenviertel nach. Oft machte sie so ihrer sechse, sieben hintereinander glücklich.

Eines Tages überraschte sie einer der Schlafburschen ihrer Eltern, wie sie sich gerade wieder von ihrem Bruder bearbeiten ließ. Meinecke hieß er; er war ein schon ziemlich alter Mann, der einmal bessere Tage gesehen hatte. Er war baff, als er die beiden Rangen erblickte.

»Laßt euch man nich' stören«, sagte er, gutmütig lachend, »aber wenn ihr fertig seid, möcht' ick ooch mal 'ne Nummer machen. Det kleene Luder scheint ja die Sache famos zu verstehen!«

Gesagt, getan. Nachdem Fritz von Lore heruntergekrochen, hob Meinecke sie auf seinen Schoß und nahm sie von hinten vor. Zum ersten Mal machte sie mit einem regelrecht ausgewachsenen Gliede eines Mannes Bekanntschaft. Das füllte sie voll aus und bereitete ihr solches Vergnügen, daß sie im Eilzugstempo darauf auf- und niederflog. Meinecke spuckte nur so vor Wonne.

»Da sieh mal eener an – so 'ne Kröte – so 'ne kleene Hure – – wie se arbeitet – wat, det Ding schmeckt dir? – Det is 'ne Nummer? – Man feste – feste – – ick schenk' dir ooch 'n Jroschen uff Bonbons – ah – feste – –«

Die Aussicht auf den Groschen heizte Lore noch mehr ein, und sie absolvierte ihre Aufgabe zur denkbar größten Zufriedenheit ihres Gönners, der auch sein Wort hielt und ihr den versprochenen Nickel spendierte.

Nun wußte sie, daß sie mit ihrem Löchelchen Geld verdienen konnte, und gab es seitdem nicht mehr umsonst her. Höchstens, daß sie mal ihren Bruder Fritz aus schwesterlicher Liebe unentgeltlich naschen ließ. Aber sonst, wenn sie nicht gerade einer im Keller oder auf der Treppe hinschmiß und ihr seinen Stempel mit Gewalt einpreßte, wich sie nicht von ihrem Geschäftsprinzip ab. Die so verdienten Sechser und Groschen sparte sie sich in einem Winkel hinterm Herde.

Zweites Kapitel

Vor allem bekam ihr das Geschäft körperlich. Sie entwickelte sich rascher und üppiger als die andern Mädchen, bekam runde, volle Glieder und sah mit zehn Jahren aus wie eine Vierzehnjährige.

Natürlich betrieb sie dabei intensiv den Handel mit Schnürsenkeln und Streichhölzern weiter, denn die daraus geschöpften Einnahmen bildeten einen wichtigen Bestandteil des elterlichen Budgets. Hie und da kam sie auch mit der Polizei in Konflikt, wenn sie's mal gar zu arg trieb. Einmal mußte sie die ganze Nacht auf dem Revier sitzen.

Alle diese Erfahrungen dienten nur dazu, ihre Lebensklugheit zu erhöhen. Sie war wohl das verschlagenste, gerissenste kleine Luder, das die Friedrichstraße unsicher machte.

Gott und alle Welt belog und betrog sie, und da war kein Mensch, der mit ihr fertig werden konnte. Ihre Mutter wußte ganz genau, daß das Paradies ihres Töchterleins ein Absteigequartier für jedermann war, aber weil Lore eine gute Verdienerin war und keinen Abend unter zwei, drei Mark nach Hause brachte, schwieg sie still – aus Angst, der kleine Racker könnte ihr durchgehen und sich selbständig machen. Ja, sie bewunderte insgeheim ihre Tochter und pflegte ihre Meinung auch jedem, der es hören wollte, mitzuteilen.

»Passen Se uff«, sprach die Wackere, »meine Lore, die bringt et noch zu wat janz

Feinem. Die jeht sicher noch bei's Theater oder in 'n Ballokal oder so wat sonst!«

Das Schicksal gab ihr recht. Die Lore machte Karriere.

An einem sehr stürmischen Herbstabend drückte sich die Kleine wie gewöhnlich auf der Friedrichstraße herum. Aber heute wollte das Geschäft gar nicht in Schwung kommen. Noch nicht eine Schachtel hatte sie bisher verkauft, und wie die Aussichten bestanden, würde sie auch sehr wahrscheinlich ihren gesamten Vorrat wieder mit nach Hause schleppen. Bei dem Hundewetter machten die wenigen Leute, die auf der Straße waren, daß sie unter Dach und Fach kamen, und schoben die Lore, wenn sie sich in ihrer bekannten Manier an sie herandrängte, ärgerlich beiseite.

Der Wind pfiff durch die Passage, heulte um die Ecke Friedrich- und Behrenstraße und peitschte den kalten Regen durch die

Straßen. Zähneklappernd und zitternd an allen Gliedern, preßte sich Lore hinter einen Pfeiler des Lindentheaters und wartete geduldig, bis die Vorstellung zu Ende war. Wenn die Menschen aus dem lustigen Stück kamen, waren sie ja besser aufgelegt.

Aber auch diese Hoffnung täuschte.

Einer, den sie besonders arg bedrängte, drohte ihr sogar mit dem Schutzmann. Lore war wütend. Lore war verzweifelt. Lore weinte armdicke Tränen. Und so bot sie in ihrem kurzen, fadenscheinigen Röckchen, mit den schlotternden Gliedern und den tränenverschleierten Augen wirklich ein Bild des Jammers, das auch den härtesten und mißtrauischsten Menschen rühren mußte.

Da entdeckte sie im Gewühl einen alten, feingekleideten Herrn, der sich gerade vergebens bemühte, eine Zigarette anzuzünden. Wie eine Schlange schob sie sich an ihn heran.

»Ach, ick bitte, lieber Herr, sind Se doch mal so freundlich und koofen Se mir doch 'ne Schachtel Zündhölzchen ab. Ick habe heute noch nischt jejessen, und meine Mutter is zu Hause krank.«

Der alte Herr sah mitleidig auf das armselige Geschöpf herab, das sich so flehentlich an ihn anschmiegte, und sah, wie rund und fest die Beine waren, die unter dem Röckchen hervorlugten.

»Möchtest wohl was Gutes essen, mein armes Kind?« fragte er mit weicher Stimme.

Lore merkte gleich, daß mit dem Alten da was zu machen wäre.

»Ach ja«, heulte sie los, »seit drei Tagen hab' ick immer nur Brot jejessen. Mutter is ja so krank.«

Der »Olle« griff gerührt in seine Hosentasche und holte ein Fünfmarkstück heraus, das er Lore unter die Nase hielt.

»Kennst du das?«

»Ja.« Lore konnte fast gar nicht reden, so sehr aufgeregt war sie beim Anblick des Mammons.

»Komm' morgen zu mir. Lützowstraße 63, Regierungsrat Scheibler – wirst du dir das merken?«

Lore murmelte krampfhaft: »Lützowstraße 63, Regierungsrat Scheibler – ick werd' et nich verjessen.«

»Also komm' morgen um fünf Uhr! Und da hast du inzwischen fünfzig Pfennig, damit du dir was zu essen kaufen kannst.«

Am nächsten Tage wußte Lores Mutter sich gar nicht zu fassen vor Erstaunen, als sie sah, wie ihr Töchterchen sich wusch, kämmte und zum Ausgehen rüstete.

»Wohin jehste denn?«

»Ick hab 'n Weg.«

In die näheren Details ihre Mutter einzuweihen, hielt sie nicht für notwendig.

Ihre Streichhölzer und Schnürsenkel nahm sie mit, auch zog sie sich nicht ihr gutes Sonntagsnachmittagskleid, sondern ihre Bettellumpen an.

Oh, sie war schlau, die Lore!

Als sie in dem feinen, vornehmen Haus in der Lützowstraße die teppichbelegte Treppe emporstieg, ließ sie jedoch ihre gewohnte Frechheit im Stich. Am liebsten wäre sie wieder umgekehrt und noch, als sie zaghaft die Hand an die Türglocke legte, mußte sie sich mit aller Gewalt das große, schöne Fünfmarkstück vorstellen, um nicht noch im letzten Augenblick zu verschwinden.

Sie erschrak selber, als sie die von ihr selbst gezogene Glocke drinnen im Korridor schrillen hörte.

Gleich darauf ließen sich Schritte vernehmen, und ein Diener öffnete ihr.

»Ah, da bist du ja«, meinte er ziemlich von oben herab. »Komm' nur gleich mit!«

Lore starb fast vor Staunen und Ehrfurcht, als er sie in ein elegantes Zimmer führte. Und so gut warm war es da. Und so gut roch es! Gar nicht nach Pellkartoffeln und Schweiß und Petroleum wie bei Muttern.

Der alte Herr saß in einem Fauteuil und streckte ihr freundlich die Hand entgegen.

»Na, das ist nett, daß du gekommen bist!«

Lore druckste und druckste und konnte kein Wort hervorbringen. Einmal machte sie den Mund auf, und dann machte sie ihn wieder zu – alles blieb ihr in der Kehle stecken.

»Komm nur her, Kind, und fürchte dich nur ja nicht! Wie heißt du denn eigentlich?«

»Lore Brösemeyer.«

Nachdem sie das herausgestottert, fand sie endlich die Courage, sich dem ihr freundlich zulächelnden alten Herrn zu nähern. Der wollte sie an seine Knie ziehen, ließ es aber sein, als er sah, wie schmutzig ihr Kittelchen war.

»Hast du einen großen Hunger mitgebracht?« fragte er sie.

Sie nickte mit leuchtenden Augen.

»Sollst auch gleich was Gutes kriegen. Aber zuerst will ich dir ein neues Kleid schenken. Komm mal mit!«

Er nahm sie bei der Hand und führte sie durch mehrere Zimmer, von denen eines eleganter und märchenhafter war als das andere, in ein Badezimmer, in dem in der schönen großen Wanne warmes Wasser bereitstand. Auf einer Chaiselongue lagen Herrlichkeiten ausgebreitet, bei deren Anblick Lore die Augen übergingen: ein feines, weißes Hemd und eine Hose mit Spitzen, lange, schwarze Strümpfe und als Pièce de Resistance ein traumhaft schönes rotes Tuchkleid, viel, viel schöner als ihre Sonntagsfahne, die doch auch schon zwölf Mark gekostet hatte.

Lore stand vor den Schätzen und staunte sie mit offenem Munde an. Ganz entgeistert von all der Pracht war sie.

Der alte, liebe Herr streichelte ihr – natürlich mit aller gebotenen Vorsicht – zärtlich den schwarzen Lockenkopf.

»Wenn du dich schön wäschst und auch ordentlich kämmst, dann darfst du das alles anziehen«, sagte er.

»Wirklich?«

Lore konnte und konnte an ihr Glück nicht glauben. In dem Aufzuge mußte sie sich daheim zeigen – da platzten sie alle vor Neid – selbst das Fräulein von der ersten Treppe, die doch sogar in der Friedrichstraße strichen ging.

Ihr Wohltäter ließ sie allein, und nun kam sie zu sich. Mit fieberhafter Hast riß sie sich ihre Fetzen vom Leibe und sprang mit beiden Füßen zugleich in das warme Wasser. Mit wahrem Feuereifer seifte sie sich ein und wusch sich mit peinlicher

Sorgfalt den ganzen Körper. Eine gewisse Stelle zwischen ihren Schenkeln rieb sie sich fast wund, so bearbeitete sie dieselbe.

Derweil stand der gute alte Herr hinter der Tür und sah ihr durch ein geschickt angebrachtes Loch zu. Als er ihren nackten Körper sah, rieb er sich vergnügt die Hände. Das war ja eine prachtvolle Akquisition, die er da an dem kleinen Gassenköter gemacht hatte. Wie rund und stramm die Schenkel waren, wie wohlausgefüllt der Popo; auf der kindlichen Brust begannen sich auch schon zwei vielversprechende kleine Wölbungen zu zeigen.

Er beobachtete sie, bis sie den letzten Knopf an ihrem neuen Kleidchen zugemacht hatte. Dann eilte er in das erste Zimmer zurück, wo sein Diener bereits einen köstlich duftenden Kaffee nebst opulenten Butterschnitten und verlockendem Kuchen hergerichtet hatte, und wartete auf das Erscheinen seines neuen Schützlings.

Der ließ nicht lange mehr auf sich warten. Lore schob sich schüchtern zur Türe herein, aber lüstern blitzten ihre Augen auf, als sie die Delikatessen erblickte, die da ihrer warteten.

Mit freudiger Überraschung konstatierte nun der alte Herr, daß sie jetzt in dem hübschen roten Kleidchen geradezu entzükkend aussah. Nur die schwarzen Haare, die noch ganz feucht waren, hingen ihr wirr ins Gesicht.

»Na«, rief ihr der gute alte Mann aufmunternd zu, »komm her und greif ordentlich zu!«

Das ließ sie sich nicht zweimal sagen. Mit einem Satze war sie auf dem Stuhl neben ihrem Wirt und begann sich in die Reize der dampfenden Kaffeetasse zu vertiefen. Dazu genehmigte sie sich ein großes Stück Königskuchen – und ein zweites und sodann noch ein drittes.

So beschäftigt war sie mit der Arbeit des

Kauens, daß sie gar nicht merkte, wie sie ihr Protektor mit vor Gier zitternden Händen auf seinen Schoß herüberzog und sich vorsichtig an ihre Beine tastete. Erst als sie seine Finger zwischen ihren Schenkeln fühlte, fuhr sie auf. Erschrocken war sie gerade nicht; sie war ja an Ähnliches gewöhnt und hatte im stillen so etwas erwartet, aber im Bruchteil einer Sekunde erinnerte sie sich in ihrer Schlauheit daran, daß sie doch eigentlich erschrocken tun müßte.

»Ach – – wa – wa – was tun Sie?« stammelte sie mit vollem Munde.

Der alte Bock hielt es nun an der Zeit, die Maske fallen zu lassen.

»Paß mal auf, Lore«, sagte er. »Du scheinst mir gar kein dummes Kind zu sein. Du siehst ja, wie nett ich zu dir bin! Wenn du das auch zu mir bist, sollst du immer so schöne Kleider anzuziehen und so gute Sachen zu essen haben! Willst du das?«

Lore fühlte, daß sie – wiewohl sie es mit tausend Freuden getan hätte – doch nicht so ohne weiteres auf den Pakt eingehen durfte. So ein bißchen Komödie konnte ihr nur Vorteil bringen. Also spielte sie sich auf die ganz Unschuldige hinaus.

»Oh, ick werde immer sehr brav sein! Aber bitte, jeben Se doch die Hand weg. Ick schäme mir so!«

Diese Proklamierung ihrer Tugend verfehlte die Wirkung. Der Alte zog sie noch inniger an sich und versuchte ihr noch höher unter den Rock zu greifen.

Aber sie kniff die Beine zusammen, so fest sie nur konnte, und er blieb auf halbem Wege stecken, was seiner Geilheit den Rest gab.

»Du sollst hier bei mir wohnen, Lorchen, brauchst nie wieder auf der Straße Zündhölzchen zu verkaufen. Brauchst nicht mehr zu frieren! Ich werde dich immer bei mir behalten, und du wirst es sehr,

sehr gut haben. Nur laß mich machen – bitte – – laß mich – –«

Aber Lore gab noch nicht nach. Wie zwei Eisenschrauben hielten ihre Beine seine Hand fest.

»Wat wird aber meine Mutter sagen, meine arme Mutter, die so krank is?«

»Der werde ich so viel Geld geben, daß sie wieder gesund wird.«

Daran hatte Lore kein Interesse, daß ihre kranke Mutter so viel Geld schluckte, aber da sie keine Entgegnung wußte, gab sie langsam ihren Widerstand auf.

»Aber – ick – ick – – schäme mir doch so – –«, maulte sie und preßte sich glücklich zwei große Tränen ab. Von dem am gestrigen Abend versprochenen Fünfmarkstück redete sie nichts, denn einmal wußte sie, daß sie von nun an viel, viel mehr bekommen würde, und dann paßte diese Forderung gar nicht in ihre Unschuldskomödie.

Der Geifer rann dem alten Satyr aus dem Mund, als er endlich seine geilen Finger an Lores Heiligtum legen konnte. Wer beschreibt aber sein meterlanges Gesicht, als sein Daumen wie von selber hineinrutschte.

Mit einem Ruck schob er sie beiseite und schaute sie wütend an.

»Was ist denn das?«

Aber Lore zeigte sich der gefährlichen Situation gewachsen. Unter herzzerbrechendem, steinerweichenden Schluchzen erzählte sie die Geschichte von dem Fremden in dem Klosett. Natürlich mit diversen, ihr Elend noch ausschmückenden Zutaten.

Der Alte erinnerte sich dunkel.

»Also du armes Wurm warst das damals?« fragte er halb versöhnt.

»Ja – ick, ick – –!«

»Der Schurke muß dich ja schrecklich zugerichtet haben!«

»Ja – ja – drei Monate bin ick in der Klinik jelegen. Ach, und ick war so krank!«

»Hm – hm. Und bist jetzt ganz geheilt? Laß mal sehen!«

»Ach – bitte – bitte – ach nich – doch!«

Und Lore, der es sonst gar nicht darauf ankam, für zwei Pralinés ihre ganze Herrlichkeit herzuzeigen, war auf einmal die Schamhaftigkeit selbst. Erst nach geraumer Zeit gelang es dem Alten, sie so weit zu bringen, daß sie sich die Röcke aufheben ließ. Er beugte sie ganz nach hinten zurück und zog ihr die Beine auseinander. Schmatzend, geifernd betrachtete er nun die keuschen Schätze, die er sich erobert hatte.

Trotz des überreichlichen Gebrauchs, den ihre Besitzerin von ihnen gemacht hatte, waren sie noch frisch, jung und appetitlich. Die kleinen Lefzen waren voll und rot, und auf dem schwellenden Venusberg zeigten sich sogar ein paar verheißungsvolle, schwarze Haarbüschelchen.

Der alte Wüstling geriet bei diesem Anblick total aus dem Häuschen. So wild, so rasend hatte Lore noch keinen Mann gesehen, und sie bekam ordentlich Angst, wie er sie jetzt mit seinen Armen packte und auf die Chaiselongue hinwarf.

»Nein – nein – – ick – will – nich«, kreischte sie in den höchsten Tönen.

Aber er hörte gar nicht auf sie.

Mit brutalem Griff zerrte er ihr die zusammengekrampften Beine auseinander und preßte seine zuckenden, nassen Lippen auf ihr Löchelchen. Wie ein Junger ließ er seine Zunge tanzen, und Lore, der dieses Spiel ein Novum war, fühlte sich bald durch den herrlichen Genuß, den sie empfand, vollständig überwunden.

»Ach – is – det – – jut!« ächzte sie und preßte sich recht fest an seinen Mund an, damit ja kein Zungenschlag danebenging. »Ach – so – jut – – ach – ach – – jetzt – jetzt – – jetzt – –«

Der Bock mußte sie festhalten, sonst wäre sie ihm bei dem wilden Czardas, den sie mit ihrem geilen kleinen Arsch exekutierte, aus den Händen gerutscht. Wie ein Verdurstender schlürfte er den heißen Saft, den sie ihm ins Gesicht spritzte, und erhob sich nicht eher, bis er gewissenhaft den letzten Tropfen aufgeleckt hatte.

»Na, hat's geschmeckt?« fragte er sie dann, die regungslos noch im Nachgefühl des eben gehabten Genusses mit weit gespreizten Beinen dalag.

»Ach – ick – ick schäme mir so!«

»Das wird sich schon geben. Aber jetzt mußt du mir auch solche Freude bereiten.«

»Wa – wat soll ick denn?«

»Mach' mal meine Hose auf!«

»Aber – i – da – das kann ick doch nich –«

Wie wenn sie's noch nie getan hätte!!

»Vorwärts!« herrschte er sie an.

Da knöpfte sie mit zittrigen Fingern den Zugang zu seinem Vergnügungsorgan auf. Aber hineingreifen wollte sie nicht.

»Hol' ihn 'raus!«

»Ick – ick trau mir nich!«

»So stell' dich doch nicht so an! So mach doch!«

Und da sie noch immer zauderte, packte er ihre Hand und führte sie selbst an Ort und Stelle. Fast hätte sie laut aufgelacht, als sie das weiche, schlappe Ding berührte, das er da baumeln hatte. Als sie es endlich herauszog, ekelte sie sich davor, so faltig und braun war es, wie ein Rasierriemen.

»Reib' ihn!«

Gehorsam begann sie, den Stumpf zu frottieren, und – Wunder über Wunder – in ihrer warmen, kleinen Hand begann er zu wachsen und zu steigen, ward immer größer und steifer, bis er sein Haupt gebieterisch in die Höhe reckte, wie die jungen Schwänze, die sie sonst in der Arbeit gehabt hatte.

Der Alte ward ganz rabiat, als er diesen Erfolg sah.

»Du bist ein Engel, süße, kleine Lore, ein Engel«, flötete er. »Nun will ich aber – nun will ich – –«

Über das, was er wollte, ließ er Lore nicht lange im Unklaren. Er legte sich auf die Chaiselongue, und Lore mußte ihn besteigen. Da sie bei den Prozeduren allmählich auch Feuer gefangen, warf sie alle Komödie und Ziererei beiseite und ging mit dem der Würde des Augenblicks entsprechenden Eifer an die Affäre. Wenn ihr alter Galan nicht halb verrückt gewesen wäre vor Aufregung, hätte er über ihre Geschicklichkeit baß erstaunt sein müssen. Aber so merkte er nichts oder schrieb alles ihrem angeborenen Talente zu. –

Wie ein Äffchen kletterte sie über ihn und versenkte seinen Stachel in ihre Höhle, um dann mit dem Ritt zu beginnen, wobei sie in raffinierter Weise das

Tempo allmählich steigerte. Der alte Satyr ächzte, stammelte, schmatzte, schnalzte, nannte sie zum hundertsten Mal sein süßes Engelchen, versprach ihr tausend mögliche und unmögliche Dinge und quetschte sich endlich unter unerhörtem Augenverdrehen sechsundzwanzig Tropfen Samen ab, während sie eine wahre Sintflut auf ihn losließ.

Sie hätte nach guter, alter Gewohnheit nicht übel Lust zu einer Wiederholung der Partie gehabt, aber ihr Galan war froh, daß er diese eine beendigt hatte, ohne auf dem halben Wege steckenzubleiben. Nun lag er schachmatt da und schnaufte und stöhnte und konnte sich nicht erholen.

»Ach, du mein kleines, süßes Engelchen«, sagte er dann, indem er einen kraftlosen Versuch machte, Lore an sich zu ziehen. »Was den erfahrendsten Frauen nicht geglückt ist, du hast durch das Feuer deiner Unschuld aus mir wieder einen Mann gemacht. Ich kann wieder lieben, kann wieder genießen! Das vergeß' ich dir nie! Du darfst mir jetzt nicht mehr von der Seite. Du bleibst bei mir als meine kleine Geliebte. An deiner Jugend will ich mich auffrischen, will ich wieder selbst jung werden.«

Lore verstand von diesem Erguß nur so viel, daß sie immer in diesen prachtvollen Zimmern wohnen, immer so guten Kaffee trinken durfte – alles andere war ihr vollkommen gleichgültig. Aber auf die zärtliche Frage des Alten, ob sie auch immer so nett zu ihm sein werde wie heute, gab sie ihm eine begeisterte Antwort.

Max, der Diener, ward herbeibeordert, und sein Herr trug ihm auf, sofort zu den Eltern Lores zu fahren und unter Beifügung eines vierstelligen Schecks die Mitteilung zu machen, daß er, der Regierungsrat Scheibler, sich von nun an mit der Erziehung ihres Kindes befassen würde. Lore würde sie von Zeit zu Zeit besuchen, sie aber dürften sich natürlicherweise in ihrer Tochter neuem Heim nicht blicken lassen.

Lore fragte, ob sie den Diener begleiten dürfte.

»Du willst dich wohl von deiner Mutter verabschieden?« fragte sie der Regierungsrat.

»Ja. Mutter wird sich so kränken.«

Aber daran dachte das durchtriebene Mädel gar nicht. Sie dachte nur daran, daß ihre Mutter gar nicht krank war, und was ihr viel wichtiger war, daß sie ihre Ersparnisse hinter dem Herde versteckt hatte.

Also setzte sie sich in ihrem neuen Staat an der Seite des würdigen Max in eine Droschke und gondelte los.

Als sie in der heimatlichen Gasse ausstieg, entstand ein Auflauf, daß vom nächsten Revier Polizei kommen mußte. Ihre Mutter, die gerade sämtliche Betten für die Schlafburschen herrichtete, fiel fast in Ohnmacht, war jedoch augenblicklich auf der Höhe der Situation, als ihr Max den Scheck unter die Nase hielt.

Lore hatte noch Zeit gefunden, ihr zuzuflüstern, daß sie krank sein müsse, und da die alte Hanne genauso ein Luder war wie die junge, verstand sie sofort alles und ging auch darauf ein. Unter jämmerlichem Husten und Spucken, Heulen und Schneuzen erklärte sie mit gebrochener Stimme ihre Bereitwilligkeit, daß der Herr Regierungsrat die Erziehung ihres einzigen Lieblings, ihres Sonnenscheins, ihres Wonnepusselchens übernähme.

Lore grub derweil ihren Schatz – genau neunundvierzig Mark und dreiundsiebzig Pfennige – aus und zog dann wieder mit Max ab.

Ihre Eltern aber kauften sich am nächsten Tage eine Destille in der Prenzlauer Straße, und das ganze Scheunenviertel sprach noch ein volles Jahr lang von dem Glück, das Brösemeyers mit ihrer Lore gemacht hatten.

Drittes Kapitel

Lore ging es derweilen nicht minder glänzend. Der alte Bock war, wenn auch ein Wüstling, so doch im Grunde genommen kein schlechter Kerl, da er die übernommene Ausbildung Lores auch tatsächlich durchführte. Lore, die offiziell als die Tochter einer entfernten Verwandten figurierte, wurde in eine gute Schule geschickt, und da sie einen offenen Kopf hatte und auch nicht faul war, machte sie rasche Fortschritte und holte alles nach, was sie bis dahin versäumt hatte.

Ihr Dienst bei dem Alten war kein besonders schwerer, eher, nach Lores Geschmack, zu leicht, nachdem sie sich einmal an ihn gewöhnt hatte. Am Nachmittag, wenn sie ihre Schulaufgaben beendet hatte, wurde sie durch Max in das Zimmer des Regierungsrates geführt, der mit ihr den Tee einnahm.

Hierbei hatte sie nun die Pflicht, ihn erotisch zu unterhalten. Zunächst zog er sie nackt aus, spielte mit ihren knospenden Brüstchen, die von Tag zu Tag ansehnlicher wurden; dann machte er ihr Minett, wobei er gewöhnlich so in Rage kam, daß sie ihre Wiederbelebungskünste an ihm versuchen mußte. Aber zu mehr als zwei Auferstehungen des Fleisches in der Woche konnte er sich nicht aufraffen. Rasierriemen blieb Rasierriemen und wurde, so eifrig Lores geübte Finger auch daran rissen, zerrten und kitzelten, nicht zu Stein.

Einmal versuchte sie es mit ihren frischen, jungen Lippen. Kunstgerecht ließ sie ihr Zünglein in all' die Falten und Risse des Stumpfes hineintauchen; preßte und saugte, daß ihr der Atem ausging, bis endlich – endlich Gott ein Einsehen hatte und den armen, krächzenden und ächzenden Alten wehrhaft machte. Er verlor vor Freude fast den Verstand, als er seine mit Ach und Krach reparierte Lanze in Lores kleinen, roten Schlund stoßen konnte. Und gar, als wieder die bewußten Tropfen zum Vorschein kamen! Da fiel er gleich in Ohnmacht!

Als er wieder zu sich kam, gab er Lore, die bei seinem Genuß ihrerseits nicht auf die Kosten gekommen war und sich ein bißchen mit der Hand nachgeholfen hatte, einen Hundertmarkschein.

Sie trug ihn zu ihrem übrigen Schatz, den sie bei ihrer Sparsamkeit täglich vermehrte. Sie war gar nicht so wie andere

Mädchen ihres Alters, die ihr Taschengeld für Bonbons, Bänder und ähnlichen Firlefanz hinauswarfen, sondern sie legte emsig Pfennig zu Pfennig, Mark zu Mark und freute sich, wie ihr kleines Vermögen sichtbar wuchs. Und wie gut es ist, in allen Lagen des Lebens Geld zu besitzen, sollte sie eines Tages erfahren.

Sie war nun schon an die vier Jahre bei ihrem Regierungsrat. Hatte sich in dieser Zeit nach jeder Richtung hin prachtvoll entwickelt und war ein auffallend schönes Mädchen geworden. Ihre schlanke Gestalt war zart und feinknochig und wies dabei doch überall die nötigen Rundungen und Wölbungen auf. Ihr Busen war der einer Sechzehnjährigen, und wenn sie auf der Straße ging, flogen die Blicke der Männer auf ihre Bluse, unter der sich die zwei kugelrunden, festen Brüste vordrängten, und auf den Saum ihres halblangen Rockes, der die kleinen Füße und den entzückenden Ansatz ihrer vollen Waden sehen ließ. Wenn ihr Greis von Liebhaber an ihrer Seite war, so hatte er stets böse Stunden mitzumachen.

Wenn Lore auch aus Angst vor ihm alle Lust zur Koketterie unterdrückte, so konnte sie es doch nicht verhindern, daß alt und jung sie anstarrte. Sie getraute sich schon gar nicht mehr, den Blick vom Boden zu erheben. Der Alte, dessen Hand ihren Arm ständig eisern umklammerte, spuckte nur so Gift und Galle und machte ihr daheim dann die größten Tänze, gleichviel, ob sie Schuld hatte oder nicht.

»Wehe dir«, schrie er sie einmal an, »wenn ich dich bei irgend etwas erwische! Ich werfe dich auf der Stelle auf die Straße hinaus, auf der ich dich gefunden habe!«

Bei dieser Drohung klapperten vor Angst Lores Zähne, denn wieder jenes Hundeleben führen zu müssen – nein, sie starb schon bei dem bloßen Gedanken daran.

Aber schließlich entging sie ihrem Schicksal nicht.

Lore war mit einer viel zu großen Portion Sinnlichkeit begabt, um sich nun, da sie von früh auf an die strammsten Jungens gewöhnt war, mit den schwächlichen Liebkosungen dieses lebenden Leichnams zu begnügen. Gewöhnlich, wenn sie erst anfing warm zu werden, war er schon fertig und so schachmatt, daß er nicht einmal seine Finger oder seine Zunge gebrauchen konnte. Und es war auch ein schmählicher Ersatz, wenn man sich mit den eigenen Händen bearbeiten mußte.

Schließlich ging Lore herum wie ein ewiger Feuerbrand, der jeden Moment die dünne Decke, die ihn hält, zerreißen kann. Wie oft, wenn sie auf der Straße einem hübschen Mann begegnete, begann es sie dermaßen zwischen den Beinen zu jucken und zu reißen, daß sie nur mit aller Gewalt sich zurückhalten konnte, um ihm nicht an den Hals oder vielmehr an einen anderen bedeutend tiefer gelegenen Körperteil zu springen.

Freundinnen hatte sie keine, durfte sie keine haben – das erlaubte der Rat nicht. Wo und wie sollte sie also die Bekanntschaft junger und leistungsfähiger Männer machen? Der Diener Max war beinahe ebenso alt wie sein Herr und außerdem noch im Gegensatz zu diesem ein fanatischer Weiberhasser, der sie immer noch als Eindringling behandelte. Also, wie sich helfen? Lore war oft verzweifelt und wälzte ihren bis in die Zehenspitzen mit Geilheit geladenen Körper Nacht für Nacht in ihrem Bett herum.

Da brachte ihr der Rat selber Hilfe. So schlau und so vorsichtig er war, eines Tages beging er doch die Dummheit, einen jungen sechzehnjährigen Burschen ins

Haus zu nehmen, der zur Unterstützung des altersschwachen Max engagiert wurde.

Friedrich hieß der Kerl, der ebenso blöd wie lang und stark war. Lore, die sich schon ganz als die junge Dame fühlte, amüsierte sich königlich über die tollpatschige Weise, mit der er sich ihr gegenüber anstellte. So blöd war er aber nicht, daß er nicht sah, welch' appetitlicher Bissen seine junge Herrin war, und er stierte sie, sooft er sie sah, mit seinen großen wasserblauen Augen an, daß Lore sich halbtot lachte.

Zunächst bereitete sie sich das Vergnügen, ihn in Situationen zu versetzen, bei denen ihm notwendig der Angstschweiß aus allen Poren brechen mußte. Sie verfolgte gleichzeitig den Zweck damit, ihn für ihre Absicht gefügig zu machen, denn so dumm und ungelenk er war, er war doch ein junger Mensch, stark und fest dazu, und an ihm wollte sie sich schadlos halten.

So leistete sie sich einmal folgenden Spaß: An einem Nachmittag, als der Regierungsrat nach stundenlanger Bemühung endlich über den Erguß seiner Samenreste in Lores süßes Löchelchen in tiefen Schlummer verfallen war und auf der Chaiselongue schnarchte, klingelte sie nach Friedrich. Als er eintrat, sah er sie in einem niedrigen Fauteuil sitzen mit übereinandergeschlagenen Beinen und wie aus Versehen zurückgeschobenen Röcken. Da sie wie stets, wenn sie sich ihren Bemühungen um den regierungsrätlichen Rasierriemen hingab, keine Hosen anhatte, so konnte er ihre runden, weißen Schenkel beinahe bis oben hinauf so gut wie nackt sehen.

Zudem saß sie so, daß er sie fast berühren mußte, wenn er das Teeservice abräumen wollte. Mit glasigen Augen stand er da und glotzte die Herrlichkeiten an, die sich ihm da enthüllten, und wußte nicht, ob er bleiben oder auf und davon rennen sollte. Sie beachtete ihn scheinbar gar nicht, sondern las interessiert in ihrem Roman. Der Rat schnarchte, daß die Tassen auf dem Tische klirrten.

»Friedrich«, sagte sie, ohne aufzusehen, »räumen Sie das Geschirr ab!«

Dabei schielte sie über den Rand ihres Buches nach ihm hin und mußte die Lippen aufeinanderpressen, um nicht laut herauszuplatzen. Mit purpurrotem Kopf stand der arme Teufel da und traute sich nicht, sich zu rühren, insbesondere, da ein gewaltiger Vorsprung in seiner Hose ihn einigermaßen hinderte.

»Nun, wird's?«

Da raffte er sich endlich auf, stolperte auf den Teetisch los und packte die Tassen auf das Silbertablett. Weil er aber seine Augen auf dem weißen, üppigen Fleische hatte, das da so dicht neben ihm emporleuchtete, sah er nicht, was er mit den Händen machte und – bums, lag eine der teuren Tassen in tausend Scherben auf dem Boden.

Im Nu schlug Lore die Röcke herunter, die das Malheur verursacht hatten, und keine Sekunde zu früh – denn schon sauste der Rat, jäh aus seinem stärkenden Schlummer gerissen, in die Höhe und ließ ein fürchterliches Donnerwetter auf das Haupt des armen Jungen los, der sich wie ein begossener Pudel von dannen schlich.

Ein anderes Mal, als der Herr des Hauses gerade einen wichtigen Gang zu seinem Rechtsanwalt hatte, fand sie plötzlich, daß an der Tüllgardine an dem Fenster ihres Zimmers etwas nicht in Ordnung sei. Friedrich ward beordert, die Doppelleiter zu holen, und mußte sie halten, während Lore hinaufkletterte, um den Schaden zu reparieren.

Merkwürdigerweise hatte sie auch diesmal keine Hosen an, und der arme Friedrich bekam fast die Genickstarre. Das Wasser lief ihm im Munde zusammen, und als sie endlich herunterstieg und, natürlich aus Versehen, ihr Rock auf einer der oberen Sprossen hängenblieb, sprangen ihm die Augen fast aus den Höhlen. Was er da sah, war aber auch danach. Er sah Lores runde Waden, sah ihre bei aller Jugendlichkeit doch schwellenden Schenkel, sah das schwarze, schon sehr respektable Mädchendreieck und sogar den Anfang jener Furche, die in das Tal der Seligen führt.

Wie wenn sie nichts wüßte, nichts sähe, stieg die kleine Hexe herunter, strich seelenruhig ihren Rock glatt und maß ihn mit strengem Blick.

»Was haben Sie denn, Friedrich?« fragte sie ihn hochmütig.

»N – n – n – ichts« stotterte er, während er sich mit dem Rücken seiner großen Pranke den Schweiß von der Stirn wischte.

»Gott! Sehen Sie aber dumm aus!« lachte sie.

»J – a!«

»Tragen Sie doch endlich einmal die Leiter hinaus!«

»J – ja!«

Gehorsam schulterte er die Leiter und ging.

Wenn sie sich getraut hätte, würde sie ihm ohne weiteres befohlen haben »Bleib' da!«. Aber der Regierungsrat konnte jede Minute zurückkommen, also mußte sie, so schwer es ihr auch fiel, auf das Vergnügen verzichten.

Jedoch das Plätzchen zwischen ihren Schenkeln brannte immer heftiger, bedurfte immer mehr des löschenden Schlauches, der, wie die Ausbuchtung in Friedrichs Hose jedesmal verriet, nicht zu kurz geraten sein mochte.

Einmal, als sie wieder so schlaflos lag und sich mit keuchender Brust in ihrem Kissen herumwälzte, faßte sie einen verzweifelten Entschluß. Sie wollte zu Friedrich ins Bett.

Ihr Zimmer lag neben dem des Rats, und sie konnte es nur verlassen, wenn sie dieses passierte. Auf den bloßen Füßen, nur mit ihrem langen Nachthemd bekleidet, schlich sie sich nun durch den gefährlichen Raum. Mehr als einmal blieb sie mit verhaltenem Atem stehen, ob der Alte nicht erwachte. Aber der schlief fest und ahnte nicht, daß sein so sorgsam behüteter Schatz auf dem Wege war, sich woanders anbeten zu lassen.

Friedrich schlief am Ende des rückwärtigen Korridors in einer kleinen Kammer, die neben dem Zimmer lag, das der alte Max innehatte. Auch hier galt es, vorsichtig zu sein, aber glücklich und ohne Gefährdung konnte sie in die Kammer schlüpfen, die das Ziel ihrer Sehnsucht barg.

Sie mußte den Burschen lange rütteln, ehe er so weit munter wurde, daß er begriff, was sie von ihm wollte. Erst als sie, ohne sich erst lang mit Erklärungen aufzuhalten, in sein Bett stieg und dann sofort ihrereits zum Angriff überging, wurde er vollständig munter. Die kleine Hand, die nun seinen Penis bearbeitete, hätte auch einen Toten erwecken können.

»Sei um Gottes willen still, sonst sind wir beide verloren!« zischelte sie ihm zu, als er einen lauten Schrei der Wonne ausstoßen wollte. – Nicht eine Sekunde ließ sie den Rettungsschlauch aus den Fingern, den sie sich endlich erobert hatte. Das war das richtige Maß, das sie brauchte. Groß und dick und brennend heiß, wie wenn er gerade aus einem Backofen käme!

Friedrich war derweilen auch nicht müßig geblieben, sondern hatte seine Tatzen über die Kostbarkeiten, die ihm vom Himmel herabgefallen waren, auf Reisen geschickt. Er preßte und quetschte diese festen Alabasterbrüste, als wollte er die zarten Knospen abreißen; bohrte seinen dicken Zeigefinger in ihren Nabel und riß ihr beinahe die Lefzen auseinander, als er an diese samtweichen Purpurschätze seine Hand legte.

Aber sie hatte zu langen Vorspielen keine Zeit.

»Komm«, befahl sie und schob sich unter ihn.

Mit weit gespreizten Beinen erwartete sie nun seinen Angriff, er war aber so aufgeregt und so ungeschickt, daß er nicht und nicht den Anschluß finden konnte. Sie mußte die Sache schon selber führen, wenn sie sich nicht durch seine blind wütende Stoßerei ein Loch in den Bauch stoßen lassen wollte. Aber trotzdem ging's nicht so glatt, denn ihr Löchelchen, das schon seit Jahren keinen anständigen Besucher mehr in sich aufgenommen hatte, erwies sich als zu klein für das Monstrum, das Friedrich ansetzte, und nur mit Müh' und Not und großen Schmerzen gelang es ihr, den Kontakt endlich herzustellen. Der Junge, der wahnsinnig aufgeregt war, hatte sich schon zweimal Luft gemacht und ihr Bauch und Hand mit einer wahren Sintflut überschwemmt.

Aber endlich – endlich! Endlich hatte sie ihn drinnen und fühlte sich zu ihrer Wonne ausgefüllt bis in den letzten Winkel.

»Stoß – stoß – –!« keuchte sie.

Friedrich ließ sich das nicht noch einmal sagen. Mit seinen Pranken umklammerte er ihren runden steinharten Popo und legte los, daß das eiserne Feldbett in allen Fugen krachte und kreischte. Schon beim dritten Stoß, den er ihr versetzte, öffneten sich die lang versperrten Schleusen ihres Innern, und sie entlud wie aus einem geplatzten Wasserrohr.

Und gar, als auch Friedrich losspritzte! Da ward sie wie besessen. Wie ein Brükkenbogen schnellte der junge, geschmeidige Leib in die Höhe, um den Segen in sich aufzunehmen, und sie preßte die Wände ihrer Scheide zusammen, als wollte sie Friedrichs Schlauch total zerquetschen.

Der gute Junge, dessen höchster Genuß eine schon angejahrte Köchin aus der zweiten Etage gewesen, reichte natürlich für die Bedürfnisse dieses pickfeinen Löchelchens, um das sich einst Fürsten und Millionäre streiten sollten, nicht aus. Er verstand nichts anderes, als schlecht und recht zu stoßen: hinein –, hinaus –, hinaus –, hinein –; abspritzen und fertig.

Nach der vierten Station war er fertig. Wie ein Klotz lag er da und rührte sich nicht. Lore aber lag über ihm und sog und sog an dem erschlafften Schlauch, bis er sich endlich doch wieder zu heben und zu strecken begann. Aus Furcht, er könnte ihr unter den Händen zusammenfallen, setzte sie sich mit kühnem Schwunge drauf und ließ nicht mehr locker.

Jetzt, in dieser Stellung, fühlte sie die Lanzenspitze gar bis an die Magenwand und war dementsprechend auch in Rage. Keuchend, schluchzend, mit den geballten Fäusten auf den ganz erschreckten Friedrich loshauend, so fuhr sie auf seiner Lenkstange auf und nieder, dabei unaufhörlich wahre Springfluten an Lava versendend.

Da – plötzlich, mitten im schönsten Genuß ward die Tür aufgerissen, ein elektrisches Licht flammte grell auf – und in der Tür stand, notdürftig bekleidet und wutschnaubend der Rat, einen Stock in der Hand. Hinter ihm mit schadenfrohem Grinsen Max.

Was war geschehen? Durch den Höllenlärm, den das kleine, geile Luder bei der Vergewaltigung des armen Friedrich vollführt hatte, war der alte Max aufgewacht. Zuerst hatte er nicht recht gewußt, was dieses sonderbare Stöhnen und Seufzen und Stammeln eigentlich zu bedeuten hätte, bis ihn das Krachen und Kreischen des Bettes auf die richtige Spur brachte. Da eilte er spornstreichs zu seinem Herrn, der seinen Ohren nicht trauen wollte, aber schnell überzeugt war, als er das leere Bett Lores sah.

Nun stand er da im Rahmen der Tür wie Erzengel Michael im Nachthemd, nur nicht so erhaben anzuschauen, und spie giftig wie ein Kampfhahn. So mußte er sein geliebtes Engelchen antreffen, und noch dazu in der Position, die er so liebte!

»Wart', ich will euch …!« kreischte er und stürzte auf die Gruppe los.

Mit einem Sprung war Lore herunter und flüchtete wie ein Wiesel an dem alten Max vorbei zur Tür hinaus. Ihr Hemd blieb drinnen, und splitterfasernackt rannte sie in ihr Zimmer, wo sie sich einschloß, während der Rat mit dem Aufgebot seiner letzten Kräfte ihren Seladon verhaute, der aus Leibeskräften brüllte.

Der Schluß war, daß der Alte in Ohnmacht fiel und von Max mit Hilfe des noch immer flennenden Friedrich in sein Zimmer transportiert wurde. Die Hexe, die den ganzen Salat angerichtet, stand noch immer, wie sie Gott geschaffen und Friedrich sie gevögelt, und preßte das Ohr aufs Schlüsselloch, um zu hören, ob's vielleicht nun über sie herginge.

Als sie aber merkte, daß man den Rat ins Bett legte, begann sie sich ruhig zu waschen, als ob nichts geschehen wäre, und warf sich dann ins Bett, um ihre Lage zu überdenken.

Diese Vierzehnjährige hatte durch die frühe Bekanntschaft mit dem Laster den Verstand einer reifen Frau. Keinen Moment war sie sich darüber im unklaren, was sie sich nun verscherzt hatte. Wie oft hatte der Alte, wenn sie gerade besonders schön Minett gemacht hatte, Worte fallen lassen wie Testament, Universalerbin usw. Das war nun alles unwiederbringlich dahin! Aber so berechnend sie auch war, sie grämte sich nicht eine Sekunde darum.

Denn was sie dafür gewann, war die Freiheit! Wenn sie's recht bedachte, war sie nichts gewesen als eine Gefangene im goldenen Käfig. Nicht einen Schritt hatte sie allein über die Straße tun dürfen! Nie mit einer Schulkollegin verkehren! Und dann, und dann! Immer diesen fürchterlichen Frondienst, die welken Reste dieses geilen, alten Bocks zu beleben. Sie schüttelte sich, so packte sie der Ekel!

Nein, nein! Endlich war sie frei! Und sie wollte sich die Freiheit nicht nehmen lassen. Sie war jung, sie war schön, und die Blicke der Männer auf der Straße sagten ihr deutlich genug, daß sie an Verehrern keinen Mangel haben würde. Wenn sie sich dem Rat zu Füßen warf, würde er ihr verzeihen, denn sie wußte ganz genau, was sie für ihn war.

Aber sie wollte nicht mehr! Nein, nein!

Nackt, wie sie war, sprang sie aus dem Bett und lief auf ihren Kleiderschrank zu, in dessen unterstem Winkel sie, sorgfältig versteckt, ihren Schatz an barem Gelde hatte. Mit zitternden Fingern zählte sie nach. Über zweitausend Mark! Das war doch eine Summe, die genügte, um sie über Wasser zu halten, bis sie einen neuen Verehrer gefunden. Ans Arbeiten dachte sei natürlich nicht.

Und dann hatte sie auch ihren Schmuck, eine goldene Uhr samt Kette, ein paar Perlenohrgehänge, einen kleinen, hübschen Saphierring und einige goldene Armbänder, zwar nicht viel, aber immerhin doch etwas. Und ihre zahlreichen Kleider, ihre Wäsche, natürlich feinster Batist, die waren doch auch etwas wert. Oh – sie war nicht verloren!

Und beruhigt legte sie sich nieder und schlief, bis ein scharfes Klopfen an der Tür sie weckte.

»Wer ist da?«

»Ich, der Max.«

»Was wollen Sie?«

»Ich soll Ihnen vom Herrn Regierungsrat bestellen, Sie sollen augenblicklich ihre Sachen packen und machen, daß Sie fortkommen!«

Lore hätte darauf schwören mögen, daß der Alte neben dem Diener stand, als dieser die drakonische Botschaft ausrichtete. Er wartete doch sicher nur darauf, daß sie jetzt ein großes Lamento anhebe, um dann gnädigst verzeihen zu können.

Aber just nicht. Nicht eine Sekunde dachte sie daran, was sie dem alten Manne, der doch mit allen Fasern seines Herzens an ihrer Jugend hing, zu verdanken hatte – nicht eine Sekunde an die Schmerzen, die sie ihm bereitete. Er war für sie erledigt und damit basta! Lore war eben die rechte Dirne.

»Es ist gut!« rief sie zurück. »Bringen Sie mir, bitte, zwei Koffer!«

Darauf glaubte sie hinter der Türe ein eifriges Getuschel zweier Männerstimmen zu vernehmen. Dann wurde es still, eine Türe wurde zugeschlagen, und eine Viertelstunde später ließ sich Max wieder vernehmen und meldete ihr, daß die Koffer vor ihrer Türe bereitstünden.

»Danke. Ich werde mich gleich anziehen. In längstens zwei Stunden bin ich fertig.«

Wiederum tat sie keine Frage nach dem Regierungsrat.

Im Nu war sie angekleidet. Vorsichtig öffnete sie die Türe des Nebenzimmers, in dem geöffnet zwei große Koffer standen.

In anderthalb Stunden hatte sie gepackt; ihr Geld und ihren Schmuck hatte sie in einem kleinen Ledertäschchen bei sich, und nun war sie fertig.

Sie selbst holte sich die Droschke, deren Kutscher die Koffer hinunterschleppte. Als sie im Begriff stand, die Türe das letzte Mal zu schließen, hinter der sie so lange Jahre gelebt, drehte sie sich noch einmal nach Max um.

»Adieu! Und grüßen Sie den alten Herrn Regierungsrat auch recht schön!«

Und mit ihrem silberhellen, spöttischen Lachen sprang sie die Treppe hinunter.

Sie war frei, frei!

Nicht einen Blick des Abschieds hatte sie für die Fenster der Wohnung, in der sie so viel Gutes erfahren. Sie war eben die rechte Dirne, kalt, grausam und herzlos.

Lachend, seelenvergnügt fuhr sie im Bewußtsein ihrer Selbständigkeit in den heiteren, sonnigen Frühlingstag hinaus.

Droben aber brach ein alter, verlassener Mann jammernd zusammen.

Viertes Kapitel

Aber nun wohin? Diese Frage legte sie sich vor, als sie in die Potsdamer Straße einbog. Zuerst hatte sie dem Kutscher die Adresse ihrer Eltern angegeben, aber jetzt überlegte sie es sich wieder.

Was sollte sie bei den Eltern? Sie, die Pracht und Luxus gewöhnt war, in dieser engen, nach Rauch und Schnaps stinkenden Budike? Sollte sie vielleicht den Flapsen, die dorthin kamen, schön tun? Oder wie, wenn die Eltern ihr das Geld, den

Schmuck oder die Kleider fortnähmen? Wenn sie sie überhaupt nicht mehr fortließen?

Nein, nein. Sie war frei. Und sie wollte auch frei bleiben.

Aber doch wohin?

Frühling war's. Die Sonne lachte auf die Straßen herab und erweckte in den Herzen der Menschen, die da unten auf ihnen hasteten, eine dumpfe, unbestimmte Sehnsucht nach reiner, würziger Luft und grünen, knospenden Bäumen.

Diese schmeichelnde Frühlingswärme und das Bewußtsein ihrer Freiheit versetzten Lore in einen Rausch. Beides wollte sie genießen.

Also gab sie dem Kutscher in der Leipziger Straße den Befehl, umzukehren und sie eine Stunde lang im Tiergarten spazieren zu fahren. Der wackere Rosselenker, der als echter Spreeathener sich über nichts wunderte, drehte seelenvergnügt um und fuhr nun seinen merkwürdigen Fahrgast in den Tiergarten hinaus.

In der Stadt, da guckte der Frühling nur so verstohlen in die Straßen, als traute er sich nicht hinein in ihr Lärmen und Treiben, aber da draußen, da tollte er herum, wie so ein rechter, ungezogener Junge. Da kitzelte er den Bäumen die zarten, grünen Blätter hervor, schleuderte bunte Blütenfarben auf den jugendlichen Rasen und machte den Leuten so warm, daß sie die Paletots aufrissen und mit vollen Lungen diese würzige Frühlingsluft einatmeten.

Das war ein Festtag der Natur, in den Lore jetzt mit ihren Ungetümen von Koffern, die auf dem Bock dem Kutscher Leben und Lenken sauer machten, stolz wie eine Königin hineinfuhr.

Fast alle Passanten drehten sich nach dem hübschen kleinen Mädel um, das da so fix und fertig, so erhaben über Schule, Mutter, Welt und andere Dinge im Frühling herumkutschierte. Die Damen rümpften die Nasen und sandten dem Wagen empörte Blicke zu; die Herren lächelten das fremde Geschöpf unternehmend an, und wenn sie allein, das heißt ohne Damengesellschaft waren, riefen sie ihm allerlei nicht mißzuverstehende Anfragen und Aufforderungen zu.

Allein Lore kümmerte sich nicht darum. Diese selbständige Spazierfahrt machte ihr ein solches Vergnügen, daß sie zunächst nach gar keinem andern Verlangen hatte. Kreuz und quer fuhr sie durch den Tiergarten, und aus der einen Stunde wurden ihrer zwei, ehe sie beim Brandenburger Tor wieder anlangten.

Aber nun, da der Frühlingsrausch einigermaßen wieder verflogen, fiel ihr die nüchterne Frage schwer aufs Herz: Wohin? Langsam zog sich die Abenddämmerung über die Stadt, und ehe Lore sich recht besann, war die Nacht da, und sie hatte noch immer keine Unterkunft. Der Droschkenkutscher, dem bei aller berufsmäßigen Wurschtigkeit doch allmählich einige Zweifel über die Qualität seiner Dame aufstiegen, hatte sie bereits mehrere Male über die Schulter her angeschaut. Und als er sich jetzt am Brandenburger Tor mit jähem Ruck ganz herumdrehte und sie barsch fragte, wohin die Reise jetzt gehen sollte, geriet sie vollständig aus der früher so erhabenen Contenance.

»Ich – ich – – weiß nicht«, stotterte sie unter seinem höhnischen Blick.

»Det nenn' ick 'ne Nummer«, rief der Mann ganz laut. »Da hab' ick ja 'ne feine Prinzessin uffjelesen! Mir scheint, Sie können die Berappungsarie nich singen, Kleene! Iberhaupt det janze Jeschäft scheint mir sehr mies. Wissen Sie wat? Wenn Sie nich wissen, wo Sie hinwollen, werd ick Sie wohin bugsieren. Uffs nächste Revier!«

Das war zu viel. Lore begab sich aller Erhabenheit und brach in helle Tränen aus.

»Det Flennen nutzt nischt, Madmoasellchen«, entrüstete sich der zornige Fuhrherr, »uff den Zimmt jeh ick nich. Uff de Polezei wird sich schon allens finden. Hüh, Botho!«

Zum Glück brauchte der Greis von einem Pferd längere Zeit, ehe er sich dazu entschloß, sich in Bewegung zu setzen. So kam es, daß ein junger, elegant gekleideter Mann, der die erbauliche Szene mit verwunderten Augen vom Fußsteig aus beobachtet hatte, an den Wagen springen konnte.

»Was gibt's denn, mein Fräulein?« fragte er die aufgelöste Lore.

»Er will – mi – i – ich – auf die Polizei führen – – wei – wei – weil er glaubt, ich wü – würde ihn nicht bezahlen. Und ich habe doch genug Geld«, fügte sie, energisch die Tränen hinunterschluckend, hinzu.

»Also, was wollen Sie von dem Fräulein?« herrschte der Prinz aus dem Märchenlande den Kutscher an.

»Ach – ick – ick – meente man so –«, knurrte dieser ziemlich kleinlaut.

»Sie haben nichts zu meinen, sondern die Dame dorthin zu führen, wohin sie will.«

»Ja, wenn se man wüßte, wo se hinwill!«

Die Situation schlug wieder bedenklich gegen Lore um. Aber der Kutscher war ein Mann, alt, schmutzig und brummig, und Lore jung, bildhübsch und hilfsbedürftig. Sie behauptete das Feld.

»Ich – ich wollte in ein Hotel«, hauchte sie.

Der junge Mann schaute sie zwar noch immer argwöhnisch an, aber er witterte da sofort ein Abenteuer und beschloß, es zu Ende zu führen.

»Ich kann Ihre Situation verstehen«, flüsterte er Lore ins Ohr. »Gestatten Sie daher, daß ich nun die Sache in die Hand nehme!«

»Ach – bitte, bitte!«

Der Held und Befreier ging um die Droschke herum, um neben Lore Platz zu nehmen.

»Fahren Sie Hardenbergstraße 12«, wies er den Kutscher an.

»Mir ooch recht«, brummte der und schob los.

»Ich habe ihm meine Adresse angegeben, Fräulein«, sagte der junge Mann. »Nur damit Sie zunächst aus dem Wagen herauskommen. Es ist selbstverständlich, daß ich Sie behandeln werde, wie es einem Ehrenmanne zukommt. Bei mir werden wir dann weitersehen.«

Sein energischer und doch liebenswürdiger Ton gefiel Lore ungemein. Überhaupt gefiel ihr der ganze Mensch, und jetzt, da sie sich unter seiner Hut sicher wußte, wagte sie es, ihn vorsichtig von der Seite her zu beaugapfeln. Ein hübscher Junge war er, mit dunkelbraunem Haar und ebensolchen, klugen und feurigen Augen. Gekleidet war er tadellos – Lore verstand sich darauf –, doch hatte seine Eleganz einen flotteren Schnitt als die Eleganz Berliner Kavaliere. Sie erkannte, daß er ein Ausländer sein mußte; sein Deutsch, obwohl durchaus korrekt, klang viel weicher und einschmeichelnder als das Deutsch, das sie bisher immer gehört hatte.

Schweigend fuhren sie durch den lauen Abend dahin. Der Fremde, der Lore für weiß Gott was hielt, glaubte sie in gedrückter Stimmung und wollte sie durch keinerlei Fragen belästigen. Er war wirklich ein Ehrenmann, der nichts anderes annahm, als daß ihn das Schicksal zum Beschützer einer verfolgten Unschuld bestimmt habe. Ein seinen Eltern und seiner Miß durchgebrannter Wildfang, so taxierte er sie.

Lore zerbrach sich derweilen den Kopf, um dahinterzukommen, für was ihr Befreier sie eigentlich ansah. Daß er sich eine Meinung, und natürlich eine ganz verkehrte, von ihr gebildet hatte, sah sie ihm an der Nasenspitze an, aber sie hätte viel darum gegeben, wenn sie nur eine blasse Ahnung davon gehabt hätte, welche. Denn sie mußte sich doch danach einrichten, damit sie ihm nachher oben in seiner Wohnung eine Geschichte erzählen konnte, die er für glaubwürdig halten mußte. Sie beschloß, um ganz sicherzugehen, ihn fragen zu lassen. Danach würde sie schon ihre Antworten zurechtlegen.

Der Kutscher fuhr natürlich, nach der Usance der Berliner Rosselenker, erst vors falsche Haus, was die beiden, ganz mit ihren Gedanken beschäftigt, nicht einmal bemerkten. Es war völlig dunkel, als sie endlich vor Hardenbergstraße 12 anlangten. Der junge Mann klingelte dem Portier, der sich vom

Kutscher die schweren Koffer auf den Rükken laden ließ, um sie über die Hintertreppe nach oben zu schleppen, während der junge Mann mit der selbstverständlichsten Miene von der Welt den Wagen bezahlte und hierauf mit Lore den Lift bestieg, der sie rasch ins höchste Stockwerk brachte.

Lore sah mit angenehmer Verwunderung das moderne, elegante Haus, das ihr viel vornehmer erschien, als das des Rats in der Lützowstraße. Aber ihre Freude fiel in umgekehrtem Maße, als der Lift stieg. Um Gottes willen, der führt dich doch nicht in eine Mansarde, dachte sie mit Angst und Schrecken, ward aber mehr als beruhigt, als sie oben an der Tür auf dem kleinen, sauberen Messingschilde las: Rudolf Reichert, akademischer Maler. Und nun klopfte ihr Herz erst recht: Sie sollte die Geheimnisse eines Ateliers kennenlernen.

Die Tür sprang auf, sie betrat das Märchenland!

Ein kleines Vorzimmer, dann schob sie ihr Prinz durch eine Glastüre in einen großen, hohen Raum, das Allerheiligste, das Atelier. Das elektrische Licht flammte auf, und mit großen Augen sah sie sich um. Ei, war das hübsch und mollig und elegant! Den Fußboden bedeckten dicke, weiche Perserteppiche; in einem Winkel war ein lauschiges, türkisches Eckchen hergerichtet, während in der Mitte ein mächtiges, auf einer Chaiselongue ausgebreitetes Eisbärenfell zum Sitzen einlud. Und zu was anderem auch noch, dachte sich Lore. Rings an den Wänden hingen schöne, bunte Bilder, zumeist nackte Frauen darstellend, und in der Ecke beim Fenster stand auf einem hohen Postamente die Statue einer ganz splitterfasernackten Dame, die wie zum Schutze ihrer Tugend die eine Hand vor die schwellenden Brüste, die andere vor eine gewisse Stelle oben an den runden Schenkeln hielt. Sicher seine Geliebte, meinte Lore. Es war aber nur die mediceische Aphrodite.

Der Eigentümer aller dieser Schätze stand neben Lore und sah mit großem Vergnügen, wie sie sein Heim bewunderte. Daß sie die nackten Weibsbilder, die sich im Atelier gemalt und gemeißelt herumtrieben, so anstarrte, fand er bei einem jungen Mädchen aus guter Familie ganz selbstverständlich, aber schließlich hielt er es doch für seine Pflicht, ihre keuschen Blicke von den gefährlichen Nuditäten abzulenken.

»Wollen Sie nicht ablegen?« fragte er sie.

Noch ganz betäubt ließ sie sich von ihm aus dem Jackett helfen und zog mechanisch die Nadeln aus dem Hute. Als sie aber dann seinen prüfenden Blick auf sich ruhen sah, erinnerte sie sich als echtes Frauenzimmer ihrer Frisur und zupfte sich ihre durch die Fahrt zerzausten Locken zurecht.

Jetzt war die Reihe des erstaunten Bewunderns an ihm. Daß sie eine Schönheit allererster Ordnung war, hatte er schon im Wagen konstatieren können. Aber er traute seinen Augen kaum, als er sie aus der Hülle herausgeschält vor sich sah. Mit unverhohlener Bewunderung glitten seine Blicke über ihre gewölbte Brust und ihre runden Hüften, um schließlich an dem Saum des Rockes haftenzubleiben, unter dem die entzückenden Füßchen und der vielversprechende Ansatz der Waden hervorschaute.

Sie, die fast immer mit Vergnügen die Augen der Männer auf sich sah, wurde unter diesen Blicken, die trotz aller Genauigkeit nichts Gemeines an sich hatten, ganz verwirrt. Die Röte schlug ihr ins Gesicht, und verschämt blickte sie zu ihm auf.

»Ach bitte, schauen Sie mich doch nicht so an!« bat sie.

In seinen feinen, liebenswürdigen Zügen malte sich die peinlichste Verlegenheit.

»Ich bitte vielmals um Entschuldigung, ich – ich – –«, stotterte er.

Als Retter in der Not erschien gerade in diesem Moment der Portier, der endlich die beiden Koffer heraufgebracht hatte. Auf einen Wink Reicherts lud er sie in der türkischen Ecke ab, worauf zwischen ihnen eine leise geflüsterte Unterhaltung stattfand, die damit endete, daß der Portier ein Goldstück in die Hand gedrückt bekam und unter der feierlichen Versicherung, alles bestens zu besorgen, eiligst abtrollte.

»Wollen Sie sich meine Höhle weiter ansehen?« fragte dann Reichert nach einer kleinen Pause.

Diesem jungen Mädchen gegenüber verlor er mehr und mehr seine Sicherheit. Sie war trotz der verlockenden Reife ihrer Formen noch ein halbes Kind, und doch stand er vor ihr, linkisch beinah und stotternd, wie wenn ihn der sengende Blick einer Ballsonne allererster Größe bestrahlte. Und je mehr er an Terrain verlor, desto mehr gewann sie, denn sie hatte mit ihrem sicheren Sündeninstinkte gleich heraus, wie sehr diesen Kunstmenschen ihre Schönheit bannte. Sie hatte keine Angst mehr um die Rolle, die sie zu spielen hatte.

Sie ließ sich das anstoßende Schlafzimmer zeigen, das ebenso geschmackvoll möbliert war, wie das Atelier, bewunderte das kleine Badezimmer und steckte auch das Näschen in die Küche, von der eine Türe auf die Hintertreppe hinausführte.

»So wunderhübsch haben Sie's hier, Herr Reichert«, sagte sie, als sie dann wieder im Atelier waren.

Er sah sie ganz erstaunt an.

»Woher wissen Sie meinen Namen? Ich bin ja doch nicht bekannt, eher das Gegenteil –.«

»Woher ihn sicher alle Welt weiß – vom Schild an Ihrer Türe.«

Und sie lachte ihn so herzlich an, hinter ihren Lippen schimmerten die weißen Zähne so verführerisch, daß er trotz des leichten Ärgers, den er über ihre Worte verspürte, mitlachte. In seiner Fröhlichkeit vergaß er die etwas förmliche Sprache, deren er sich bis jetzt befleißigt hatte, und redete nun sein geliebtes Wienerisch.

»Ich hab' scho' g'meint, Sie hab'n amal irgendwo a Bilderl von mir g'seg'n, Fräul'n«, rief er.

Zuerst verstand sie ihn nicht recht und sah ihn groß an.

»I' bitt' schön«, lachte nun er los, »das is net Chinesisch, was i' da red', sondern gutes Deutsch, nur aus Wien halt.«

»Sind Sie ein Wiener?«

»Gott sei Dank! Bin nur studienhalber hier, wissen' S', Fräul'n. Ich reis' so in der ganzen Welt herum. Wissen S', ich studier' die Frauen, denn aus der Schönheit der Frauen kann man die Kultur eines Landes ermessen.«

Sie kapierte zwar nicht ganz, was er meinte, aber das hatte sie weg, daß er

Frauen und Frauenschönheit über alles liebte. Leise streichelte sie den Kopf des Eisbären, auf dessen Fell sie jetzt saß, leise, zärtlich, schmeichlerisch, daß man die elektrisierten Haare der toten Bestie knistern zu hören glaubte.

Eine Pause entstand – die dem armen Rudi das Atmen schwer machte.

Da sah er vor sich dieses sinnbetörende Geschöpf, das er auf der Straße gefunden, ein Kind noch und doch ein Weib, blendend, berückend, bestrickend. Er hätte sich über sie werfen mögen und sie mit seinen Küssen töten. Seine Blicke bohrten sich auf ihre Oberschenkel, die sich unter dem leichten Stoff deutlich abzeichneten, zumal sie es schon verstanden hatte, sich in der geeigneten Weise zu setzen; seine Hände begannen zu zittern – – –

Sie schaute auf und traf seinen Blick. Sah in den dunkelbraunen Augen immer heller die Flammen der Begierde leuchten;

sie kannte das, sie verstand, diese Flammen zu würdigen. Aber jetzt, jetzt wollte sie es nicht. Irgendwo in ihrer verdorbenen Seele regte sich leise der Wunsch, von diesem Manne nicht als bloßes Genußmittel behandelt zu werden. Dunkel, ihr selbst kaum verständlich, fühlte sie die Sehnsucht, von diesem Manne geliebt zu werden, und sie nahm es sich beinahe mit kalter Entschlossenheit vor, dieser Sehnsucht die Erfüllung zu bringen.

»Warum schauen Sie mich so an?«

Wie eine Kristallglocke so zart und weich klang ihre Stimme. Ihre dunkelblauen Augen schimmerten zu ihm auf. Sie war Unschuld, ganz Unschuld.

»Verzeihen Sie – verzeihen Sie – – ich wollte Sie wirklich nicht kränken – – – aber Sie sind so schön – so schön! Ich – ich wollt', ich könnt' Sie malen!«

Sie klatschte in die Hände und sprang jubelnd auf.

»Als was denn?«

»Also, Sie würden mir sitzen –?« Seine Stimme bebte vor Erregung.

»Ach ja – warum denn nicht? Wenn ich Ihnen gefalle!«

»Ob Sie mir gefallen? Ob Sie mir – –!«

Wieder entzündeten sich die gewissen Feuer in seinen Augen. Unwillkürlich trat er einen Schritt auf sie zu und tastete nach ihren Händen – – –

»Ob Sie mir gefallen – – –? Sie? – Sie?«

Da ertönte im anderen Zimmer ein tapsiger Schritt. Der Portier kam mit dem Abendbrot.

Eine Flasche süßen Wein brachte er, köstliche Hummermayonnaise, Gänseleberpastete und andere gute Dinge. Rudi kramte aus einer wunderschönen Louis-XVI.-Kommode ein Tischtuch und Besteck hervor und im Nu stand ein kleiner, appetitlich gedeckter Tisch vor dem Fell der alten weißen Bestie, auf dem es sich die junge, blonde Bestie so bequem machte.

Mehr diskret als leise verschwand der Zufallsganymed, nachdem er mit wohlgefälligem Schmunzeln den Rest von dem Einkaufsgelde in die Tasche hatte senken dürfen. Rudi und Lore blieben allein. Er verriegelte alle Türen, steckte eine große Stehlampe an, die unter ihrem dunkelroten Schirm ein mildes, träumerisches Licht über den stillen Raum sandte, und drehte das elektrische Licht ab. Es war für die Stimmung des Glücks, die ihn ausfüllte, viel zu laut, viel zu grell.

Sie aßen gut, ließen sich die Delikatessen trefflich munden und sprachen auch dem Wein fleißig zu. Sie bediente ihn, aber nicht wie sie noch vor wenigen Tagen ihren Rat bedient hatte, nicht mit Andrücken, Reiben, Pressen. Der gute Rat pflegte dabei gewöhnlich seine Hand unter ihren Röcken zu halten.

Rudi saß da wie im Traum. Kaum, daß er sich zu rühren wagte, und wenn ihn wirklich einmal versehentlich ihre Hand oder ihr Kleid streifte, zuckte er zusammen und stammelte ein verlegenes »Pardon«.

Als das lukullische Mahl zu Ende war, räumte sie ab, und er trug das Geschirr hinaus in die Küche. Als er zurückkam, lag sie ausgestreckt auf dem Sofa, die Arme unter dem blonden Kopf, den sie ihm zuwendete. Er ging an das große Fenster, öffnete es weit und ließ die weiche Frühlingsluft herein.

Vom Tiergarten wehten verschollene Düfte herüber, und zärtlich strich die Nacht über die Bäume. In solchen Stunden wird Stimmungsmenschen alles zur Poesie, jeder Lärm zu Musik. Von der Stadtbahn am Zoo dröhnte das Brausen der Züge – Rudi vernahm es wie das ferne Triumphlied einer sieghaften Liebe. Als er sich langsam nach dem schönen Mädchen auf dem Eisbären umwandte, sah er, wie die blauen Augen zu ihm herüberleuchteten.

Da stürzte er zu ihr hin.

»Wer bist du? Du Engel, du Gottesgnadenbild? Woher kamst du, als ich dich gefunden? Und wohin willst du?«

Lore ahnte, daß da ein Gefühl auf sie niederströmte, dessen Quellen, die rein und schön waren, sie noch nie gekannt hatte. Ihr selbst war die Brust so eng, als wolle da drinn etwas aufspringen, etwas, was bisher immer verschlossen gewesen. Ihr, der nichts als Sumpf und Schmutz und Gemeinheit bekannt war, tat sich auf einmal ein neues Gefilde auf, dessen Herrlichkeiten sich ihren Augen noch in weiter, aber doch erreichbarer Ferne zeigten.

Sie sah auf ihn nieder, wie er da vor ihr kniete, und unwiderstehlich zog es sie zu ihm hin. Aber nicht, wie es sie zu jenem Jungen getrieben, unter dem sie in wilder Gier sich ausgetobt, sondern mit einer Art wahrer Freude, die ihr Herz mit ungeahnter Seligkeit erfüllte.

»Wer bist du? Du Engel?«

Was sollte sie darauf antworten?

Sollte sie ihm sagen, daß sie heute vormittag noch die Geliebte eines Greises gewesen, daß sie schon mit sechs Jahren das Handwerk einer Dirne kannte? Sie hatte schon längst vergessen, welche Rolle sie ihm gegenüber spielen wollte; ihm gegenüber – das fühlte sie – konnte sie nicht lügen. Was also antworten?

Sie schwieg. Und er legte sich das nach seiner Weise zurecht.

»Verzeih', ich will dich nicht fragen! Ist doch auch gleich, wer du bist, woher du kommst! Daß du bei mir bist, das ist die Hauptsache.« So rief er.

»Und daß du bei mir bleibst!« setzte er zögernd hinzu, als fürchte er, sie könnte in der nächsten Minute aufspringen und davonlaufen.

Wie ein Rausch, so kam es über sie.

Kein Mann hatte noch je so zu ihr gesprochen, hatte sie so angesehen. Die Männer, die ihr nicht unter die Röcke hatten greifen können, hatten sie wenigstens mit ihren Blicken ausgezogen. Und nun lag einer, und so ein schöner, junger noch dazu, vor ihr auf den Knien und betete sie an.

»Ich – ich bin doch nur ein kleines Mädchen –«, flüsterte sie.

»Du weißt selbst nicht, wer du bist! Du bist so schön – so schön – so unsagbar schön –«, die Fortsetzung seiner Worte war ein wirres Stammeln. Nur seine Blicke sprachen.

»Ich möchte dich malen«, fuhr er dann fort, »malen, so wie Gott dich in seiner Feiertagslaune geschaffen. Nie noch habe ich ein Bild in die Welt hinausgeschickt, weil ich noch nie mit mir zufrieden war, aber das würde mir gelingen, ich weiß es, ich fühle – man würde zu ihm wallfahren wie zu einem Heiligtum. Willst du? Willst du mir deine Schönheit geben?«

Sie wollte antworten.

Ihr ganzes Sein schrie ein einziges glühendes »Ja«, aber sie brachte kein Wort heraus. Sie nickte nur und erwiderte mit der ganzen Glut ihrer Leidenschaft seine Blicke.

Er sprang auf, als wollte er sich gleich vom Fleck weg an die Arbeit stürzen.

Aber schon beim ersten Schritte kehrte er sich wieder um.

»Nein«, sagte er, »heute nicht. Heut' brächt' ich keinen Strich fertig, 's ist alles noch zu glühend in mir. Die Glieder zittern mir vor Erregung. Nein, heut' kann ich nicht. Aber morgen – – morgen – – dann – – gelt?«

Er beugte sich über sie und starrte ihr heiß in die feuchten Augen.

»Ich versprech' dir – es geschieht dir nichts – gar nichts! Rein will ich dich halten, wie wenn du meine Mutter wärst – ich werd' mir doch nicht selber meine Göttin in den Schmutz ziehen. Aber an deiner Schönheit will ich mich vollsaugen, will mich an ihr berauschen – und will etwas schaffen, das der Welt den Atem nimmt.«

Sie selbst war berauscht wie er. Wenn er ihr jetzt gesagt hätte: Wirf die Kleider ab!, sie hätte sie sich in Fetzen vom Leibe gerissen. Dabei war eine Glut in ihr – eine wahnsinnige Glut. Ihre ganze wilde Sinnlichkeit war mit einem Mal wachgeworden und peitschte auf sie ein, so daß sie fühlte, daß sie sich nicht lange mehr halten konnte. Und sie wollte nicht. Nicht jetzt, nicht heute, nicht morgen – – – sie wollte geliebt werden!

Seine Blicke fürchtete sie am meisten. Wenn er sie noch lange so ansah, warf sie die Arme um seinen Hals und riß ihn zu sich herunter. Sie fühlte, wie ihre Schenkel, von der Siedehitze zwischen ihnen, allmählich sich öffneten, wie sie sich hoben in brünstigem Verlangen.

»Nein – nein – –«

Fast schrie sie es heraus. Und sprang empor, so daß sie ihn heftig zurückstieß.

Mit glühenden Wangen eilte sie ans Fenster. Die Tränen rannen ihr übers Gesicht, das der linde Nachtwind kühlte. So stand sie lange, lange – –.

Da fühlte sie ihn hinter sich. Der dicke Teppich hatte seine Schritte gedämpft, aber sie meinte, seinen Atem in ihrem Nakken zu spüren. Und da tastete sich auch schon seine Hand nach der ihrigen.

»Sind Sie mir böse?« fragte er leise.

Ihre runde Brust begann sich wieder im Sturme zu heben. Sie hatte nicht den Mut, sich umzudrehen.

»Sind Sie mir böse?« wiederholte er.

Da hielt sie sich nicht länger. Langsam wandte sie den Kopf zurück und blickte ihm durch ihre Tränen hindurch mit seligem Lächeln in die Augen.

»Nein, ich – – ich bin Ihnen nicht böse. Ich wüßte gar nicht, wie ich's könnte!«

Er trat ganz dicht an sie heran, so dicht, daß er seinen Arm um ihre Taille legen konnte. Langsam beugte er sich zu ihr hinab, bis seinen Mund nur eine Fingerbreite von dem ihren trennte.

»Sie bleiben bei mir?«

»Ja – ja – –.«

Und da hing sie schon an seinem Halse. Das war kein Küssen mehr – – – das war ein Aufsaugen, ein Verbrennen. – – – Mit beiden Armen hielt er den süßen Mädchenleib an sich gepreßt, und sie gab sich ihm hin, willenlos, vergehend, vergessend all' das, was sie sich vorgenommen.

So blieben sie lange – in einem Kuß, bis er endlich mit zärtlicher Langsamkeit aus ihrer Umarmung sich löste.

»Jetzt wollen wir uns trennen.«

Sie war willenlos wie ein krankes Kind. Hätte er sie aufgehoben, auf das Sofa gelegt und ihr die Schenkel auseinandergegeben, sie hätte sich nicht gewehrt. Aber er wagte es ja nicht einmal, daran auch nur zu denken.

Er führte sie in sein Schlafzimmer.

»So«, sagte er, »hier werden Sie von heute ab schlafen. Ich schlage mein Quartier im Atelier drüben auf!«

»Aber – –«

»Da gibt's nix zu abern«, unterbrach er sie, wieder in sein geliebtes Wienerisch verfallend. »Das wär' ja noch schöner. Ich hab' ja Decken und Polster genug. Seh'n S', da – da – –«

Er riß das Bett auf und zeigte ihr seine Federnschätze. Dann nahm er ein Kissen und eine dünne Decke unter den Arm und gab sich einen Ruck.

»Gute Nacht«, sagte er kurz und hastete zur Tür hinaus, als fürchtete er für sich selbst, wenn er eine Sekunde länger blieb.

Gott allein weiß, wie wenig und wie schlecht die beiden in der Nacht geschlafen haben!

Natürlich waren sie beide sehr früh wach, getrauten sich aber kaum, sich zu rühren, aus Furcht, den andern aufzuwecken. Schließlich, als es acht Uhr schlug, wagte es Rudolf doch aufzustehen, um Vorbereitungen für die Arbeit zu treffen, die er später beginnen wollte. Er rückte die Staffelei besser ans Licht, nahm die darauf stehende Skizze herunter und tat den größten Rahmen hinauf, den er in seinem Vorrat hatte. In Lebensgröße wollte er seine Göttin malen.

Dabei hatte er das Malheur, einen Rahmen umzustoßen. Als er ihn auffangen wollte, schmiß er noch extra eine japanische Bronzevase von ihrem Postament herab – na, jetzt hatte er seine Göttin glücklich aufgeweckt!

Richtig erklang schon eine süße Stimme von drinnen:

»Herr Reichert?«

»Fräulein?«

Er stand schon an der Tür, die Klinke in der Hand, besann sich aber noch rechtzeitig.

»Verzeihen S', daß ich Tepp Sie aufg'weckt hab' – –«, rief er hinein.

»Aber ich bin ja so froh! Ich bin schon lange wach und habe darauf gewartet, daß Sie ein Lebenszeichen von sich geben.«

»Ich bin halt ein doppelter Tepp! Aber jetzt g'schwind! Im Badezimmer ist alles Nötige, und während Sie drinn' sind, schieb ich Ihnen Ihre Koffer ins Schlafzimmer, falls Sie vielleicht etwas herausnehmen wollen.«

Eine halbe Stunde später konnte er auch ins Badezimmer. Derweilen hantierte sie in der Küche umher und bereitete das Frühstück, zu dem sie Milch, Butter, Eier und Schinken von dem vorsorglichen Portier vor die Hintertüre gesetzt fand. Rudolf durfte nicht in die Küche, solange sie darin zu tun hatte.

»Sonst wird das Frühstück sicher nicht fertig«, rief sie ihm lachend zu.

Aber als es dann auf dem Tischchen im Atelier stand, da hielt sie ihm selber die roten Lippen hin.

»Du – –«, stammelte er unter ihren Küssen.

Der Kakao war längst kalt, als sie sich darüber machten. Aber er schmeckte ihnen darum um nichts schlechter, und die Teller, die sie dann – das ließ sie sich nicht nehmen – hinaustrug, waren alle leer.

Als sie zurückkam, stand er an der Staffelei und rieb Farben an. Sie machte einige Schritte ins Zimmer und blieb dann stehen – –. Keiner sprach ein Wort.

Beide wußten sie, was jetzt kommen mußte. Sie sollte sich entkleiden – –. Und doch wagten weder er noch sie, auch nur mit einem Worte den Übergang zu dem schweren Momente zu suchen. Sie stand an der Chaiselongue, und er rieb krampfhaft Karmin ein.

Und dann wie auf Verabredung trafen sich ihre Blicke. Beide wurden rot, beide wandten sich ab …

Wieder eine Pause. Noch drückender als die erste. Das dumme Karmin war noch immer nicht angerieben; er hatte keine Zeit, sich umzudrehen – –.

Sie verstand ihn. Und begann sich zu entkleiden.

Lore Brösemeyer, die sich mit sechs Jahren von ihrem Bruder hatte besteigen lassen, die für fünf Pfennige vor jedem Straßenkehrer die Röcke aufgehoben, die das verdorrte Glied eines alten Wüstlings mit ihren Lippen zu neuem Leben zu erwecken pflegte – Lore Brösemeyer schämte sich. Schämte sich, als ob sie wirklich so rein und so keusch wäre, wie dieser Künstler glaubte. Und vor ihm war sie es auch, denn sie liebte ihn – –.

Er hörte das Rascheln ihrer Kleider, hörte, wie die Wäsche knisterte, als sie diese mit zaghaften Fingern sinken ließ – – in den Ohren brauste ihm ein Höllensturm, es schwindelte ihn, daß er sich an der Staffelei halten mußte. Aber er sah sich nicht um.

Sie brauchte lange, ehe sie zu Ende kam. Endlich fiel das Hemd doch, und nur mit ihren hohen, braunen Strümpfen bekleidet, trat sie hinter ihrem Schutzwall, der Chaiselongue, hervor, blieb aber gleich wieder stehen.

Da drehte er sich langsam, ganz langsam um, und für eine Minute brannten ihre Blicke ineinander.

»Gott, ich schäme mich so«, schluchzte sie auf und schlug die Hände vor das brennend glühende Gesicht.

Da lag er auch schon vor ihr auf den Knien. Mit aufgehobenen Händen – zu berühren wagte er sie natürlich nicht – flehte er sie an:

»Du Süße, du Einzige – nicht so! Nicht so! Eher werf ich den ganzen Malkrempel beim Fenster hinaus. Ich will nicht, daß du weinst! Ich will nicht – Mädi – Mädi – –«

Den Mut hatte er, ihre Hände zu ergreifen und sie vom Gesicht zu ziehen, so daß sie ihn anblickte.

»Ich weine ja nicht –«, lächelte sie. »Es ist ja nur so – so –«

Sie erinnerte sich daran, wieviel Männer sie schon nackt gesehen. Frech, gemein, als echte Hure hatte sie sich den geilen Augen präsentiert, vor den Augen dieses Menschen fühlte sie ihre ganze Gemeinheit. Und die war's, die ihr so auf Wangen und Brust brannte.

Er war zurückgetreten und betrachtete sie.

Zuerst sah er nichts als dieses herrlich geformte Stück Fleisch, das ihn erregte, wie ihn noch kein Weib erregt hatte. Diese

Jungfräulichkeit bei aller Reife der Formen machte ihn wahnsinnig. Er sah diese zarten und doch so runden Schultern, diese jungen und doch so vollen Brüste, deren Knospen spitz und rot waren wie Moosröschen, sah diese schwellenden Hüften, diese herrlichen, schlanken und doch so wollüstig gewölbten Schenkel, die über das weiche Knie sich in die runden, feinen Waden fortsetzten. Er sah dieses vielversprechende Mädchendreieck, dessen seidenweicher Flaum wie gesponnenes Gold schimmerte – dann sah er nichts mehr – seine Hände krampften sich zusammen, seine Augen weiteten sich – –. Und diese braunen Strümpfe, von denen die weiße Haut so diabolisch lockend sich abhob – –.

Mit einem verzweifelten Sprunge rettete er sich an das Fenster. Lange starrte er hinaus in den hellen Frühlingstag, bis der Künstler den Mann in ihm niedergerungen hatte; erst als er sich stark genug fühlte, drehte er sich ihr zu.

»Es ist vielleicht besser, Fräulein«, sagte er leise, wenn sie auch noch Ihre Strümpfe ablegen.«

Sie, froh, etwas tun zu können, gehorchte augenblicklich.

Als dieses gefährliche Reizmittel hinter der Chaiselongue verschwunden war, konnte er mit der Arbeit beginnen. Nun war er endlich nur der Künstler, der sachgemäß sein Modell prüfte und kritisch überlegte, in welcher Lage diese wundervollen Formen und Linien am schönsten hervorträten.

Über eine Stunde brachte er damit zu, sie Stellungen probieren zu lassen. Liegend, stehend, knieend, sitzend – unbarmherzig plagte er sie, bis er das richtige gefunden, und sie, die einen Feuereifer in sich brennen fühlte, gab sich alle Mühe, seinen Wünschen nachzukommen.

Sie selbst machte ihm Vorschläge, rührte, reckte und streckte sich unermüdlich, um nur jede der Posen, die er sich erst dachte, gleich zu erraten.

Endlich, endlich! Er malte sie als »Scham«. Sie lag halb zurückgelehnt auf dem Eisbärenfell und streckte die Hand wie abwehrend gegen einen imaginären Bedroher aus, während die andere das Gesicht verhüllte. Diese Pose übte einen ungemein starken sinnlichen Reiz, weil sie alle die wonnigen Glieder in lebhafter Bewegung zeigte, und war umso raffinierter, weil sie das Gesicht dieses einzigen Modells nicht verriet. Rudolf wollte nicht der Welt seinen Schatz offenbaren.

Ohne Skizze, ohne Kohlenentwurf machte er sich gleich ans Bild selbst. Kein Wort ward zwischen ihnen gesprochen.

Nach acht Tagen war die »Scham« fertig. Täglich hatten sie acht bis zehn Stunden gearbeitet, sie ebenso tapfer wie er. Nicht ein einziges Mal hatte sie es gewagt, sich zu rühren, nur den ausgestreckten Arm hielt sie unten, bis er ihn brauchte. Sonst aber saß sie stumm und regungslos, glücklich, überglücklich, daß sie bei so etwas Schönem mithelfen durfte.

In diesen acht Tagen fiel alles Gemeine und Verdorbene von ihr ab. Mit Entsetzen dachte sie an das Vergangene, und die Furcht schnürte ihr die Kehle zu, wenn sie sich ausmalte, daß er auf irgendeine Weise etwas erfahren könnte. Sie hatte ihn schwören lassen, sie nie zu fragen; hatte ihn auf den Knien angefleht, sie so zu nehmen, wie sie zu ihm gekommen war.

»Schau, Rudi – ja, ich hab' ein Geheimnis«, hatte sie ihm gesagt, »aber frag' nicht danach! Laß mich bei dir bleiben, immer und ewig! Ich bin ja so namenlos glücklich, daß ich es darf, und es wäre mein Tod, wenn ich fort müßte von dir.«

Da hatte er sie in seine Arme genommen und sie heiß und wild geküßt. Das war seine Antwort gewesen.

Natürlich war sie dabei angekleidet gewesen, denn wenn sie nackt war, getraute er sich nicht, sie anzurühren. Er ging ja sowieso immer wie ein bis an den Rand gefülltes Dynamitfaß herum. Nur wenn er den Pinsel in der Hand hatte, konnte er sie anblicken, ohne daß es ihm in der Hose zu eng wurde. Wenn er aber an ihrer Seite saß oder sie gar an seinem Halse hing – ihre liebste Beschäftigung –, erschien ihm Tantalus gegen die Qualen, die er auszustehen hatte, als der glücklichste aller Europäer. Wenn er mit ihr im Restaurant oder im Theater saß, wenn er mit ihr über die Straße ging, raubten ihm die bewundernden Blicke, die ihr folgten, schier den Verstand. Er sagte sich, daß sie alle, alle glücklich wären, wenn sie sie besitzen könnten. – Er stellte sich ihre Gesichter vor, wenn sie sie so sehen könnten, wie er sie sah – er wurde so aufgeregt, daß er sie einmal mitten auf der Straße in das nächste Haustor riß und sie dort wie ein Irrer mit seinen Küssen erstickte.

Und sie? Sie war ja jung wie er. – Liebte ihn vielleicht noch glühender als er sie – –. Sie litt ebenso. Wenn er sie so an sich preßte, oder sie sich auf seinen Schoß schmiegte, fühlte sie ganz deutlich an ihrem Bauche, an ihren Schenkeln heiß und drohend jenen, der ihn so quälte und den sie so gern, so wahnsinnig gern mit ihrer Glut gekühlt hätte. Ja, sie machte sich selber kein Geheimnis daraus, sie lechzte danach, den Geliebten zwischen den Schenkeln zu haben. Sie war feurig, sinnlich, kannte all' die Freuden und Wonnen der Wollust, sie wollte sie mit dem Manne, den sie mehr liebte als ihr Leben, auskosten. In den Nächten wälzte sie sich gleich einer Fieberkranken in den Kissen herum, ächzend, stöhnend und vergeblich bemüht, sich mit den Fingern Linderung zu verschaffen.

Wie oft tauchten ihre Blicke ineinander und sagten sich, wie sehr sich der Mann nach dem Weib und das Weib nach dem Manne sehnte. Dann entstanden gefährliche Momente der unsäglichen Lust und der unsäglichsten Qual.

Als das große Gemälde vollendet war, malte er sie in den verschiedensten Posen.

»An deinem Leibe«, sagte er zu ihr, »will ich die Schönheit lernen.« Sie lächelte glücklich dazu. Er malte sie nackt, nur bekleidet mit dem Königsmantel ihrer goldenen Haare, malte sie in Kleidern, im Bett – meist nur Skizzen, bei denen allein der Teil, der ihn gerade am meisten packte, ausgeführt wurde.

Die »Scham« hatte er in keine Ausstellung geschickt, sondern bei Schulte ausgestellt. Dieser große Kunsthändler war so begeistert von dem Werke, daß er ihm einen eigenen Salon einräumte und durch einen ihm befreundeten Kunstreferenten einen meterlangen Bericht ins »Berliner Tageblatt« schreiben ließ. Dieser Artikel lockte ganz Berlin in den kleinen Salon, in dem Lore Brösemeyers wohlgelungenes Konterfei hing. Zu einzelnen Stunden mußten die Türen verschlossen werden, da niemand mehr eingelassen werden konnte. Alle Welt war begeistert, sowohl über die Kunst des Malers als auch über die Schönheit des Modells.

Mit einem Schlage war Reichert einer der berühmtesten Maler.

Da verging nicht ein Tag, an dem ihm nicht das eine oder das andere Kaufangebot gemacht wurde. Ein bekannter deutscher Börsenfürst wollte ihm hunderttausend Mark bar auf den Tisch zahlen; er lehnte ab. Ein großer Kunstverlag machte ihm das Offert, er sollte der Anstalt gegen jede von ihm zu bestimmende Summe das Recht der Vervielfältigung überlassen; er lehnte ab. Ganz Berlin stand Kopf darüber. In den feinen Salons erzählte man sich die spannendsten Romane über diesen Künstler und sein Modell. Die einen wollten wissen, dies berückend schöne Kind sei die Tochter einer vornehmen Familie. Die andern machten sie gar zu einer Prinzessin. Die Dritten berichteten eine rührende Geschichte, wie er sie aus dem Schmutze der Straße aufgelesen und erst in seinem Atelier gesehen hätte, welchen Schatz er an der aus purem Mitleid Mitgenommenen gewonnen.

Inzwischen saßen die Helden aller dieser Romane oben in ihrem lauschigen Atelier und lasen mit lachenden Gesichtern all' das Zeug, das über sie gefabelt und gefaselt wurde. Und küßten sich und vermeinten zu vergehen vor Lust und Qual.

Bis eines Tages ein seltsamer Brief an Reichert kam. –

Der Schreiber dieser Epistel machte aus seiner Absicht gar kein Hehl. Er wollte dem Künstler nicht das Bild, sondern das Modell abkaufen.

»Ich habe Ihr Werk bei Schulte gesehen«, schrieb er, »und werde es nicht mehr los. Ich habe mich in ihr Modell verliebt und muß es mein eigen nennen. Wenn Sie es mir abtreten wollen, bin ich bereit, auf Ihren Namen jeden Betrag zu deponieren, den Sie für angemessen erachten. Das Mädchen erhält sofort eine volle Million sichergestellt und jeden Monat, den es bei mir ist, zehntausend Mark. Da ich annehme, daß Sie diese schöne Person nicht nur malen, sondern auch lieben, erwarte ich, daß Sie ihrem Glücke nicht im Wege sein werden.«

Rudolf las den Brief, ohne mit der Wimper zu zucken, und gab ihn dann Lore. Er hätte ihn einfach fortwerfen können, aber er wollte sich die Qual nicht ersparen, sie in Versuchung zu bringen. Nun stand er mit verhaltenem Atem da und beobachtete ihr süßes Gesicht, während sie las.

»Liebst du mich wirklich?« fragte sie ihn, nachdem sie fertig war, in einem so kühlen Tone, daß ihm das Herz in die Kehle sprang.

»Was soll diese Frage?« brachte er endlich mühsam heraus.

»Weil ich dich dann ersuchen müßte, meinem Glücke im Wege zu sein!«

»Deinem Glücke nicht im Wege zu sein …!«

»Nein! Meinem Glücke im Wege zu sein! Zumindestens diesem Glücke, das mir dieser Wicht da bietet.« Und mit verächtlicher Gebärde warf sie den Brief in den Papierkorb und sich selbst an Rudolfs Brust.

»Du … du … eigentlich sollte ich dir böse sein, daß du mich einer solchen Gemeinheit für fähig hältst. Glaubst du denn wirklich, es gibt für mich ein anderes Glück als bei dir … Rudi … Rudi!«

Diesmal war die Situation überaus kritisch. Der Gedanke, daß sie einander verlieren könnten, machte sie halb wahnsinnig.

»Ich lasse dich nicht!« keuchte er.

»Nein, nein … ich lasse dich nicht!« war ihre Antwort.

»Du bleibst bei mir – immer und ewig?«

»Immer – immer! Wenn du mich hinausjagst wie einen Hund, ich komm' doch immer wieder zu dir zurück! Du weißt ja gar nicht, was du mir bist – du, du Einziger!«

Halb saß, halb lag sie auf der Chaiselongue … er über ihr. Brust drückte sich auf Brust, Mund auf Mund. Auf ihrem Bauche fühlte sie einen gewissen jemand, hart und heiß wie glühender Stahl … Unmerklich schoben sich ihre Schenkel auseinander, ihre Augen umflorten sich …

Schon tasteten sich seine Hände, was sie noch nie getan, an ihrem Leibe hinauf, hinunter; schon ging sein Atem kurz und pfeifend; schon stammelte er irre, trunkene Liebesworte …

Da riß er sich noch einmal los. Mitten in seiner Glut schrie ihm sein Gewissen zu: Du mußt stark sein für euch beide; darfst diesen Schatz, der sich dir so rückhaltlos, so kindlich anvertraut, nicht beflecken.

Wie gelähmt sank er auf einen Fauteuil, und er brach schier zusammen unter der Wucht, mit der sich sein überreiztes Wesen nun selbst Luft verschaffte. Er schloß die Augen und sah nicht, wie sie sich in ihrer unbefriedigten Gier auf der Chaiselongue wand, mit keuchender Brust und zusammengekrampften Beinen.

Lange dauerte es, bis die Krisis vorüber war, und als sie sich endlich, beide müde und matt, erhoben, war es längst Nacht geworden. Schweigend kleideten sie sich in der Finsternis an und machten einen kleinen Spaziergang in den Tiergarten. Auch hier sprachen sie nicht viel miteinander, sondern gingen zumeist stumm nebeneinander her und getrauten sich auch nicht, einander, wie sie es so gern taten, in die Augen zu sehen. Gegen Mitternacht kamen sie heim und trennten sich ohne Gutenachtkuß. Sie fürchteten sich einer vor dem andern – und noch viel mehr jeder vor sich selbst.

Am nächsten Morgen machten sie sich ebenso schweigsam an die Arbeit. Sie entkleidete sich in der türkischen Ecke und nahm dann die Pose ein, an der er seit einigen Tagen studierte und die ebenso schwer als kühn war. Die »Verzückung« stellte sie dar. Lore lag dabei mit dem Kopfe zum Fußende der Chaiselongue, das eine Bein hing zum Fußboden herab, während das andere wie im Krampfe der Erregung an den Leib angezogen war und sich mit den zusammengekrümmten Zehen auf das Fell aufstemmte. Die Hände waren in die Zottelhaare verkrallt und der ganze herrliche Mädchenleib wie in dem Moment der höchsten Lust zusammengezogen.

Schon seit mehreren Tagen arbeitete Rudolf an diesem Bilde, ohne daß er dabei vorwärtskommen konnte. Die sich aus der gewagten Stellung ergebenden Verkürzungen erschienen ihm bald unnatürlich, bald verzeichnet, und immer wieder begann er eine neue Skizze.

Heute wollte es nun erst recht nicht gehen. Binnen zehn Minuten nahm er bereits zum dritten Male ein neues Blatt.

»Es geht nicht«, sagte er endlich seufzend und warf die Kohle ärgerlich auf den Tisch.

»Was hast du, Rudi?« fragte sie zärtlich, indem sie sich halb aufrichtete.

»Ich bring's nicht z'samm! Himmelherrgott, als ob ich ein Stümper wär'!«

»Vielleicht lieg' ich schlecht?«

»Ach – du – wenn's nur auf dich ankäme, Lori!« Er nannte sie immer Lori, da ihm das berlinerische Lore nicht behagte.

»Vielleicht ändern wir die Pose?« meinte sie, sich wieder zurücklegend.

Er trat an sie heran und dachte nach. Aber als er so dicht vor ihr stand, wirbelten alle seine Gedanken jäh durcheinander. Er konnte und konnte sich nicht sammeln und hatte doch nicht die Kraft, zurückzutreten.

Da lag sie vor ihm, nackt, mit Freuden ihm ihre Schönheit anbietend, und von ihrem süßen Leibe stieg ein wonniger Duft empor und umnebelte alle seine Gedanken. Diese Brüste, diese Hüften, diese Schenkel, die er so unzählige Male mit dem Auge des Künstlers betrachtet, erschienen ihm plötzlich ganz anders, tausend Mal schöner, tausend Mal verführerischer –. Zwischen den leicht geöffneten Schenkeln sah er aus dem goldenen Moose eine feine, rote Spalte heraufleuchten. Die bannte ihn, fesselte ihn – er wankte und stöhnte tief auf –.

Jäh fuhr sie empor.

»Rudi – was hast du?«

Und vergessend, daß sie nackt war, umschlang sie ihn mit beiden Armen und küßte ihn heiß auf den Mund.

»Ich – ich – was ich habe –?« stammelte er, seiner selbst nicht mehr mächtig. »Ich – ich –?«

Zärtlich zog sie ihn zu sich herab.

»Du grämst dich, daß ich nicht die Pose herausbekommen kann, die du brauchst. Ich bin so dumm, so ungeschickt –.

Unmittelbar vor seinen Augen sah er ihre schönen Brüste sich heben und senken, er fühlte ihre nackten, üppigen Schenkel sich an die seinen pressen –, immer inniger schmiegte sie sich an ihn an –.

Und die purpurne Spalte, die purpurne Spalte …

Da griff er mit unartikuliertem Laute hin. Im ersten Schreck drückte sie die Beine zusammen, aber nur, um sie sofort wieder zu öffnen. Sie hatte ja auf diesen Griff gewartet – gewartet –!

»Ah –!« Jauchzend entrang es sich ihrer Brust.

Wie ein Tobsüchtiger griff und preßte er an dem Heiligtum, das er sich so lange versagte, herum.

»Du – du –«, stöhnte er, »ich kann nicht mehr, – ich halt's nicht mehr aus – ich geh' zugrunde – du hast mir deine Schönheit gegeben – gib mir deinen Leib – gib ihn mir – du – du!«

Sie sank zurück und schlang die Arme um seinen Hals. Das war ihre Antwort.

Mit zitternden Händen riß er sich die Hose auf und warf sich zwischen ihre Schenkel, die sie in seliger Lust so weit als möglich spreizte. Aber seine Erregung war zu groß, als daß er noch die Fülle seiner

Kraft zurückhalten konnte. Im gleichen Momente, da die Spitze seines Priaps an die heilige Pforte klopfte, erbrachen seine Schleusen, und ein siedender Strom ergoß sich zwischen ihre Beine, ihren Leib und den armen Eisbären überschwemmend.

Wie ein Toter blieb er auf ihr liegen und merkte gar nicht, wie sie, ihrer alten Kunst sich erinnernd, an dem voreiligen Priap sich rieb und wetzte, bis auch sie durch eine gewaltige Entladung Luft bekam.

»Rudi – Rudi – Süßer – Einziger – nimm' mich!« ächzte sie und preßte ihre Zähne in seine Lippen.

Ihre Küsse brachten ihn zum Bewußtsein zurück. Sein erster Impuls, als er sie so unter sich sah, war aufzuspringen. Aber sie hielt ihn fest mit ihren weißen, weichen Armen.

»Ich liebe dich so –«, flüsterte sie, »ich liebe dich!«

»Du – du – du bist mir nicht bös' – nein?«

»Ich dir böse – ich möchte dich ja so gern glücklich sehen – ich hab' ja gesehen, wie du gelitten hast – wie du gegen dich angekämpft hast – du Edler, Starker – oh – ich war – viel, viel schlechter – ich hab mich gesehnt nach dir – nach deiner Kraft – nimm mich – nimm mich –!«

Beide wußten nicht wie, aber allmählich schob sich Priap fest und sicher durch die engen Lefzen – unwillkürlich halfen sie nach, und mit einem Male war er tief drinnen in ihrem Heiligtum, an dessen Grund er stieß. Während sie einander noch heiße Liebesworte zuflüsterten, hoben und senkten sie sich bereits, bis ihnen die Worte versagten und sie mit keuchender Brust aufeinander losstießen, als wollten sie sich ermorden.

Lore war ganz aus dem Häuschen. Sie wand und wälzte sich unter ihm, daß er mehr als einmal den Anschluß verlor. Ihre Hände irrten und zerrten an seinen Kleidern herum, und ihre Zunge bohrte sich tief in seinen Mund, seine Zunge durch schnelle und raffinierte Wirbel liebkosend.

Er hatte schon viele Frauen unter sich gehabt, aber solchen Genuß wie dieses Kind hatte ihm noch keine gegeben – keine, auch die reifste nicht. Eine Wollust raste durch seine Glieder, daß er vor sich selber erschrak. Als er fühlte, wie sich der Lavastrom zur Eruption bereit machte, heulte er förmlich auf vor Wonne.

Und während er ihr seinen Lebenssaft in den Schoß schleuderte, begann sie, mit verdoppeltem Hochdruck zu arbeiten. Ihre Grotte ward zu einer Pumpe, die den letzten Tropfen aus seinem Reservoir preßte.

»Ich werde wahnsinnig«, schrie er, »ich sterbe! – hör' auf – hör' auf – Lori – Lori –!«

Aber sie war zu wild, als daß sie hätte Gnade üben können. Mit knirschenden Zähnen, die Hände an seiner Hose verkrallt, flog sie auf und nieder, umklammerte ihn dabei mit ihren Beinen wie in einem Schraubstock. Unaufhörlich öffneten sich ihre Schleusen, die in der langen Fastenzeit so viel des köstlichen Saftes in sich angesammelt hatten.

»Laß mich – Sü – ßer – laß – mich – ich – liebe – dich – so – ich – könnte – dich – zer – rei – ßen – fühlst du – wie – ich – ge – nieße – ah – ah – jetzt – wieder – jetzt – Rudi, Rudi –«

Mit wahnsinnigem Aufschrei preßte sie ihn an sich. Und richtig brachte sie das Kunststück zustande, daß der müde Priap abermals Kraft und Feuer gewann und Rudolf von neuem in sie hineinfetzte. Das Geschöpf machte ihn ganz toll, raubte ihm den Verstand und riß alle tierischen Gelüste aus ihm heraus. Er biß und stieß sie, schlug mit den Fäusten auf sie los – bis er wieder in einer Sturmflut seine Glut in ihr unersättliches Sanktuarium sandte.

»Mädel –«, schrie er, »Mädel – ich – bin – so glücklich –!«

Dann schwand ihm das Bewußtsein.

Als er die Augen aufschlug, sah er sie mit besorgtem Blicke über sich gebeugt und damit beschäftigt, ihm Stirn und Schläfe zu reiben. Mit lautem Jubelschrei warf sie sich auf ihn und küßte ihn mit sanfter Zärtlichkeit auf den Mund.

»Liebster, Einziger – ich habe schon geglaubt, ich hätte dich umgebracht mit meiner Liebe.«

»Ich wünsche mir auch nichts anderes, als in deinen Armen zu sterben. Du bleibst bei mir – gelt, du gehst nie mehr von mir?«

Die Tränen glänzten in ihren Augen.

»Ich habe dir ja schon gesagt, und wenn du mich wie einen Hund davonjagst – –!«

Er verschloß ihr mit einem Kuß den Mund.

»Schweig, du Schlankel – du weißt ganz gut, daß ich ohne dich nicht leben kann.«

»Wirst du immer so denken – – immer?«

»Immer, immer!« – –

Sie kleideten sich an und gingen in das kleine Weinrestaurant hinunter, in dem sie immer ihre Mahlzeiten einzunehmen pflegten. Lore, der das Glück ihrer Liebe in hellen Strahlen aus den blauen Augen schien, war noch schöner als sonst, und Rudolf mußte sich energisch zusammennehmen, daß er nicht vor den Kellnern und den Gästen sie beim Kopf oder gar woanders packte.

Hastig aßen sie und eilten wieder in ihr Liebesnest zurück.

Kaum saßen sie im Lift, als er ihr mit der Hand schon unter die Röcke fuhr. Sie hatte keine Hosen angezogen – wozu auch? Sie wußte ja, daß sie dieses lästige Garderobestück ja doch bald wieder ablegen werde – und ließ es mit seligem Lächeln geschehen, daß er sie aufdeckte, um seine Lippen auf ihr seidiges Vlies zu pressen.

In dieser angenehmen Beschäftigung störte sie der selbsttätige Lift, der mit einem Ruck oben anhielt. Sie fuhren ordentlich zusammen und schlüpften unter Lachen ins Atelier hinein. Die Tür fiel ins Schloß und Lore eine Sekunde später auf die Chaiselongue, auf der noch von ihrem ersten Kampfe die wildeste Unordnung herrschte. Er stand vor ihr, riß ihr die Röcke hoch und bohrte seine Augen in ihre Reize. Es war zum ersten Male, daß er sie als Geliebter sah – in den Kleidern entblößt –, und bekanntlich stachelt solch ein Anblick ganz besonders an.

Zum ersten Male sah er diese schwellenden Schenkel, diesen zart gewölbten Bauch mit seinem goldenen Wäldchen nicht als Meisterwerk der Natur, die er nur nachzubilden hatte, um berühmt zu werden, sondern als Leckerbissen, mit denen ein gütiges Geschick ihn begnadet hatte, um ihn zum seligsten aller Sterblichen zu machen.

Mit scheuer, ehrfurchtsvoller Zärtlichkeit streichelte er diese Atlashaut ihrer Schenkel, und sie, die noch ihren Hut auf dem Kopfe hatte, sah ihm mit dem Lächeln des Weibes zu, das namenlos glücklich in dem Glücke seines Geliebten ist. Leise schob sich seine Hand an jenes Tal, in dem die hunderttausend Seligkeiten wohnen.

»Darf ich?« fragte er mit bittendem Blick.

»Eins darfst du nicht: Fragen! Sonst darfst du alles«, gab sie zurück und öffnete weit die Schenkel.

So schön ihr Körper war, an dieser Stelle war er am schönsten. Sie war eine jener Lieblingstöchter der Venus, deren Heiligtum immer rein, immer hehr bleibt. So viele Besucher auch da schon ein- und ausgegangen, die Schwellen sahen aus wie unberührt. Fest geschlossen waren sie, und das samtweiche Moos verdeckte schier die purpurne Spalte. Mit behutsamen, ehrfurchtsvollen Fingern zog er sie auseinander und stöhnte vor verhaltener Lust auf, als er zwischen ihnen das frische appetitliche Fleisch sah, von dem sich vorne frech und herausfordernd der kleine Kitzler und im Hintergrunde verlockend und verheißend der Eingang ins Allerheiligste abhoben.

»Wie schön du bist«, stammelte er trunken und sank vor ihr in die Knie.

Mit einem leisen, ganz leisen Kusse nur berührten seine Lippen zuerst das Paradies, aber sie ward wie von einem elektrischen Strahl durchrüttelt. Ein wollüstiges Schaudern lief durch den süßen Leib, er begann sich zu heben und zu senken und preßte sich mit einem plötzlichen Ruck an seinen Mund.

»Küß mich – küß mich – –!«

Er ließ sich das nicht zweimal sagen. Zwar besaß er in dieser Kunst keine große Erfahrung, aber die Liebe und der Wunsch, sie selig zu sehen, verwandelten ihn in ein Genie. Seine Zunge tanzte in den verschiedensten Variationen über den Zaubergarten. Bald umschmeichelte sie mit zärtlichen Windungen den kleinen, herausfordernden Wächter, bald huschte sie mit ihrer Spitze durch das Tal, bald preßte sie sich mit ihrer ganzen Breite über die wollustduftenden Gründe, und zum Schluß, als Lores runder Popo durch seinen wahnsinnigen Csárdás das Herannahen des höchsten Genusses verkündete, machte sie sich ganz lang und steif und bohrte sich tief in die zuckende Scheide. Eine Sintflut heißer Lava war ihr Lohn.

Einige Minuten blieb Lore noch in der Verzückung der Wonne liegen, während er vor ihr stand und mit nicht geringerer Verzückung das Resultat seiner Bemühungen betrachtete. Sie sah entzückend aus, wie sie sich da wollüstig dehnte, mit den zurückgeschlagenen Röcken und dem auf den wirren Locken schief sitzenden Strohhut, so recht das Bild wonniger Aufgelöstheit. –

Der Bewohner seiner Hose war ebensosehr entzückt wie er selbst und bekundete durch stürmisches Steigen und Drängen seine Begierde, dieses Entzücken durch die Tat zu bezeugen. Aber als sie Rudolf den gewissen Griff nach seiner Hose machen sah, sprang Lore rasch in die Höhe und schlug die Röcke zurück.

»Nein«, sagte sie mit schalkhafter Bestimmtheit, die ihr so reizend stand, »hier war nur das Vorspiel. Drinnen im Bett wird die Hauptschlacht geschlagen. Komm!«

An der Hand zog sie ihn in das Zimmer und kleidete sich mit fieberhafter Eile aus. Er durfte nicht mit Hand anlegen, um sie nicht aufzuhalten, und so war sie binnen weniger Sekunden auch tatsächlich nackt bis auf ihre schwarzen, durchbrochenen Strümpfe, die hoch über dem Knie durch grüne Seidenschleifen festgehalten wurden und für die weißen Säulen ihrer Schenkel eine wahnsinnig aufregende Basis bildeten.

»So, jetzt zieh' du dich aus«, rief sie ihm zu, der kein Auge von ihr gewandt hatte. Und damit er zur höchsten Eile angespornt würde, legte sie sich mit gespreizten Beinen quer über das Bett, so daß er – während er sich die Kleider vom Leibe riß – immer das Purpurtal der Wonne vor sich sah.

Nun war auch er nackt, und mit funkelnden Augen konnte sie seinen kraftvoll geschwellten Priap bewundern. Mit einem leichten Zungenschlage begrüßte sie den Gewaltigen – dann legte sie sich zurück, bereit, den Geliebten zu empfangen.

»Nicht gleich so wild«, bat sie. »Langsam, weißt du, nach jedem Stoß Atem holen – wir haben ja so viel Zeit.«

»Ja«, sagte er, »wir haben Zeit unser ganzes Leben lang!«

Dann tauchte er hinein. Erst nur mit der Spitze, mit der er wie zur Probe am Eingang hin- und herfuhr, bis er von selber immer tiefer hineinglitt. Von Zeit zu Zeit zog er sein Liebesinstrument ganz zurück, um auch den Kitzler ein bißchen aufzuheitern, der sicherlich in Melancholie verfallen wäre, wenn man ihn bei diesem Vergnügen ganz vernachlässigt hätte. Sie kreuzte die Beine auf seinem Rücken und liebkoste mit ihren runden Waden seine Schenkel, während sie mit ihrer Zunge einen wahren Feuerbrand in seinem Munde anrichtete. Dabei hielt sie genau Takt mit seinen Stößen, nur daß sie von Zeit zu Zeit ihren geschmeidigen Leib in solch' atemberaubenden Spiralen wand und drehte, daß er jedesmal die Engel im Himmel das Hallelujah anstimmen hörte.

So strebten sie mit raffinierter Langsamkeit ihrem Ziele zu. Wohl über eine halbe Stunde brachten sie mit diesem köstlichen Spiele zu, bis sie endlich in ein schnelleres Tempo übergingen, das sich von Stoß zu Stoß verschärfte und zum Schluß ein wütendes, stummes Ringen ward. Irre, abgebrochene Laute preßten sich aus ihren Lippen; ihre dampfenden Leiber schlangen sich ineinander, und als sie unter wahnsinnigem Stammeln und Schreien ihre Liebessäfte miteinander vermischten, war es, als ob ein und derselbe Krampf durch beide raste.

Nach diesem Hexentanz brauchten sie lange, um wieder zu sich zu kommen. Brust an Brust schliefen sie ein und erwachten erst spät am Nachmittag. Rudolf schlug gar erst die Augen auf, als er zwei kleine Hände und eine süße Zunge an einem gewissen Teil seines Körpers spürte.

»Du fauler Hans«, rief sie ihm zu, ohne sich in ihrer Arbeit stören zu lassen.

Er zog sie an sich, und eine Zeitlang war nichts zu hören als ihre Küsse, bis sie, ihre Lage benützend, sich vollends auf ihn hinaufdrehte und mit kühner Entschlossenheit sich seinen Dolch hineinbohrte. Hei – war das ein Reiten! Die goldenen Haare flatterten um die glühenden Wangen, die runden Brüste flogen, als wollten sie sich von der Halterung losreißen – – auf seine Schultern gestützt, so sauste sie auf und nieder, bis die Erlösung kam und sie matt auf seine Brust sank.

»Wie ich dich liebe – wie ich dich liebe –«, flüsterte sie ihm unzählige Male ins Ohr. – –

Gegen Abend ging er hinunter, Abendbrot einzukaufen. Schinken, Eier, Butter, eine Flasche Wein – alles schleppte er herauf, und sie ließen es sich trefflich munden.

Aber mit dem letzten Bissen lagen sie schon im Bette, das die ganze Nacht schwere Proben auf seine Standhaftigkeit zu bestehen hatte.

Die nächsten Wochen vergingen ihnen wie im Rausch. Gemalt wurde nicht viel in dieser Zeit, dagegen auf einer gewissen Mühle viel gemahlen – sie kosteten die Flitterwochen ihrer Liebe bis auf den letzten Tropfen aus. Die Straße sah sie wenig; sie kamen nur hinunter, wenn sie in ihr Stammrestaurant gingen, um neue Kräfte für ihre Kämpfe zu sammeln. Und auch da ließen sie sich keine Zeit. Sie aßen zwar viel – kein Wunder bei der Bewegung, die sie machten –, aber hastig. Die Gegenwart von fremden Menschen tat ihnen weh, bedrückte sie und behinderte sie vor allem.

Wenn sie mit sich allein waren, lebten sie wie Menschen im Paradiese. Nie wurden sie müde, sich zu küssen und zu herzen. Nie konnte er sich an den Schönheiten ihres Leibes satt sehen, und bald mußte sie die Röcke aufheben, um ihn ihre Schenkel und ihren runden Popo bewundern zu lassen, bald die Bluse abwerfen, damit er seinen Durst an ihren süßen Brüsten stillen konnte. Sie war ja genauso unersättlich und unermüdlich wie er und hatte ihre Hand stets in seiner Hose, wenn sie deren Insassen nicht gerade woanders einquartiert hatte.

Nie kam ihm in diesen Tagen der Wonnen der Gedanke, daß sie vor ihm schon berührt gewesen sein mußte; daß das Tor, durch das er in die Seligkeit einzog, lange vor ihm schon ein anderer erschlossen haben mußte. Nie fiel es ihm ein, sich über die Raffinements zu wundern, mit denen sie seinen und ihren Genuß zu erhöhen und zu variieren wußte. Er nahm sie, wie sie zu ihm gekommen war und wie sie sich gab. Wenn sich ihr schöner, wollüstiger Leib an den seinen preßte, wenn er ihre

Augen brechen sah und fühlte, wie sich die geschmeidigen Ränder ihrer Grotte um seinen Priap zusammenzogen, hörte die Welt für ihn zu existieren auf.

Umso schrecklicher war das Erwachen aus dem Rausche.

Fünftes Kapitel

Eines schönen Nachmittags läutete es an der vorderen Ateliertüre. Rudolf war gerade dabei, nach langer Zeit wieder einmal etwas – selbstverständlich irgendeinen Akt von Lore – zu malen, während diese in der Küche ihre Hausfrauenkunst an der Bereitung eines Kakaos erprobte. Erstaunt, wer es überhaupt wagte, in sein Liebesnest einzudringen, ging Rudolf zur Türe, um zu öffnen.

Ein alter, distinguierter Herr stand davor, und wie ein Blitz durchfuhr es den jungen Mann: Der kommt, um mir die Lore zu nehmen. Am Ende der Vater –.

Er war daher nicht sehr freundlich, lud aber den Besucher immerhin ein, näherzutreten.

»Mein Name ist Regierungsrat Scheibler«, begann dieser, als er in einem Fauteuil Platz genommen, und ein boshaftes Lächeln huschte über seine matten, eingefallenen Züge. »Aus Ihren erstaunten Augen ersehe ich, daß Ihnen mein Name ganz fremd ist, also hat ihn Lore Ihnen nicht genannt.«

Ein beklemmendes Gefühl der Angst kroch Rudolf die Brust herauf. Dieser Alte war nicht Lores Vater, was war er dann? Und wer gab ihm das Recht, so von ihr zu sprechen?

»Sehen Sie, Herr Reichert«, fuhr der unheimliche Gast fort, »Sie werden sich wundern, in welchen Beziehungen ich alter Mann zu dem jungen Mädchen stehe.

Nein – nein, ich bin weder der Vater, noch sonst irgendein Onkel, ich – doch ich will Ihnen lieber der Reihe nach erzählen. Ich habe Lore auf der Straße gefunden, auf der Friedrichstraße, wenn ich mich recht erinnere, wo sie mit Zündhölzchen bettelte. Zerrissen und verkommen sah sie aus, so ein rechtes Kind des Elends. Ich nahm sie ihren Eltern fort, nahm sie zu mir ins Haus, ließ sie erziehen – – ich bin ein sehr alter Mann, aber ich brauche die Jugend, die Schönheit – –. Sie verstehen – –.«

Rudolf nickte nur. Sprechen konnte er nicht. Ihm war zumute, als hätte der Alte ihn, den Jungen, den Starken, zu Boden geworfen und kniete nun auf ihm, um ihm die Kehle zuzudrücken.

Auch der andere schwieg, von seiner Bewegung übermannt.

»Herr, wenn Sie wüßten, was sie mir war. Ich kann mir denken, daß sie Sie in Ihrer Kunst gehoben hat – ich, ich habe ja das Bild bei Schulte gesehen, durch das Sie berühmt geworden sind! Ich kann mir denken, wie Ihnen zumute war, wenn Sie dieses Geschöpf Gottes in den Armen hielten – – mir aber war sie alles, alles – das Leben, die Freude – –, die –« er brach jäh ab.

»Sie hat es mir recht schlecht gelohnt. Ich fand sie eines Tages in den Armen eines Dieners – und ich wies sie hinaus –. Wies selber meinem Lebensglück die Türe. In meinem ersten Schmerz und Zorn war ich ungerecht, ich vergaß, daß ich als alter Mann diesem jungen Temperament nur wenig Befriedigung geben konnte – –. Was wollen Sie – das Leben ist einmal so – –. Sie war meine Geliebte; ach was, sie war mehr, mehr – –. Am nächsten Tag schon tat es mir leid! Ich brach fast zusammen vor Schmerz. Und dann habe ich sie gesucht! Und gesucht! Umsonst, und ich gab sie schon verloren, bis ich von Ihrem Bilde hörte und mich eine Ahnung zu Schulte trieb. Ich habe sie sofort erkannt!«

Zum ersten Male öffnete Reichert den Mund.

»Aber Loris Gesicht ist doch auf dem Bild nicht zu sehen«, sagte er tonlos.

»Glauben Sie, daß man das Gesicht braucht, um diesen schönen Körper zu erkennen! Herr, das sagen Sie als Maler? – Bei Schulte erfuhr ich Ihre Adresse, und jetzt bin ich da – bin ich da – – und flehe Sie an, geben Sie sie mir wieder – –«

Wie der Schrei eines Ertrinkenden klang diese Bitte. –

»Ich kann nicht leben ohne dieses Geschöpf. Sie ist schlecht, sie ist von Grund auf verdorben – ich weiß es, ich weiß es – – aber sie ist so schön – – ich bin ein alter Mann, meine Jahre sind gezählt – ich schwöre Ihnen, ich will es schriftlich beim Notar deponieren, daß Sie sie nach meinem Tode zurückerhalten sollen. Ich will ihr mein ganzes Vermögen vermachen – – ich bin sehr reich – – geben Sie sie mir zurück – – leihen Sie sie mir –«

Fassungslos starrte Rudolf auf den alten Mann, und er fühlte, wie das Mitleid für ihn den Ekel, den ihm seine ganze Erzählung eingeflößt hatte, überwog.

Schwerfällig erhob er sich.

»Ich will sie holen«, sagte er, »fragen Sie sie selbst.«

Die Glieder waren ihm wie mit Blei gefüllt, der Kopf schmerzte ihn, als er auf die Türe zum Schlafzimmer zuschritt. Der Raum war leer, ebenso auch die Küche – die Türe, die auf die Hintertreppe führte, stand offen. Ein wahnsinniger Schreck durchfuhr ihn – mit einem Sprung war er im Schlafzimmer – ihr Hut und Jaquet waren fort – – auf dem Küchentische standen zwei Tassen mit Kakao – – ihre Schürze lag daneben zerknittert, wie in atemloser Hast hingeschleudert – –.

Er wußte alles. Sie hatte an der Türe gehorcht. Aus Scham, aus Angst vor ihm, war sie dann davongelaufen – –.

Wie ein Wahnsinniger stürzte er in das Atelier zurück und packte den alten Mann an den Schultern.

»Sie ist fort«, brüllte er und riß den andern hin und her. »Sie haben sie vertrieben! Sie, Sie! Gnade Ihnen Gott, wenn sie sich etwas antut!«

Plötzlich ließ er den Greis los – und fuhr entsetzt zurück. Wie ein Stück Holz fiel Scheibler nach vorn über und schlug mit dem Kopf auf dem Boden auf. Als Rudolf ihn aufhob, starrte er in zwei leblose, gebrochene Augen.

Die Aufregung und der Schreck hatten den alten Mann getötet.

Sechstes Kapitel

Rudolf hatte richtig geahnt. Lore hatte an der Türe gelauscht, und das Herz stand ihr still, als sie die Worte des Regierungsrates hörte. »Nun ist alles aus«, schrie eine Stimme in ihrem Innern, und sie hatte nur noch den einen Gedanken: so rasch wie möglich fort! Wie sollte sie Rudolf noch gegenübertreten können, da er nun wußte, daß sie sich zur Geliebten dieses alten Wüstlings hergegeben!

Sie setzte den Hut auf, riß das Jaquet vom Nagel und rannte davon. Unten auf der Straße lief sie sodann weiter, weiter, ohne zu wissen, wohin. So lief sie in den Tiergarten hinein, ohne daß sie es merkte, und schaute verwundert auf, als sie sich plötzlich auf einer Brücke über dem Landwehrkanal sah.

Tief aufatmend blieb sie da stehen. Die kühle Nachtluft strich um ihre wirren Lokken, und von dem Wasser stieg ein feuchter Dunst auf, der ihr die glühenden Wangen kühlte. Einen Moment starrte sie hinunter. Schwarz war's da und unheimlich, und schaudernd fuhr sie vor dem Gedanken zurück, daß sie hier Linderung für ihren Schmerz finden könnte. »Nein, nein«, schrie sie. »Ich will nicht, ich will nicht!«

Ruhiger, gesammelter, schritt sie zurück. Mit einem Male aber begann sie zu laufen, denn sie fürchtete sich in dem nachtschwarzen, verlassenen Park. Diese großen, stummen Bäume schienen ihr riesige Männer zu sein, die nach ihr die Arme ausstreckten; im

Gebüsche raschelte es, und einmal begegnete sie zwei Männern, die sie so eigentümlich ansahen. Sie hielt erst inne, als sie sich mitten in dem lärmenden Verkehrsstrom des Kurfürstendammes befand.

Und nun fiel ihr, wie vor wenigen Monaten, die Frage aufs Herz: Wohin? Sie griff in die Tasche und merkte zu ihrem Entsetzen, daß sie ihre Geldbörse oben bei ihm vergessen hatte. Sollte sie diese holen, ihre Koffer vielleicht auch gleich? Nein! Sie müßte ihm ja dabei begegnen, und sie konnte ihn nicht sehen, die Scham hätte sie getötet. Sie ahnte ja, wie schwer ihn, der sie doch geliebt, die Worte des alten Wüstlings getroffen, und sie wußte, daß er ihr diese Enttäuschung nicht verzeihen konnte. Es war aus! Dieser Wonnetraum zerflossen – in ihrem Kummer fing sie auf der Straße zu schluchzen an.

Erst als die Passanten auf sie aufmerksam wurden, faßte sie sich. Und da sie keinen andern Rat wußte, stieg sie in eine Droschke und fuhr zu ihren Eltern.

Das waren keine schlechten Menschen. Sie hatten auf ihre Weise ihr Kind, dem sie ihr Glück verdankten, lieb und nahmen Lore, als sie weinend in die Wirtschaft trat, herzlich auf. Der Vater, der gerade mit einigen Stammgästen beim Skat saß, stand auf und zahlte, ohne zu murren, die Droschke, während die Mutter Lore in die gute Stube führte und ihr einen heißen Kaffee vorsetzte.

Sie blieb also zunächst bei den Eltern, denen sie irgendeine Geschichte vorerzählte, da sie es nicht übers Herz brachte, ihnen das Geheimnis ihrer Liebe zu enthüllen. Den Versuch der Mutter, ihr Vorwürfe zu machen darüber, daß sie den alten Rat so schmählich betrogen, wies sie schroff zurück und versicherte ihr, sie werde ihnen nicht lange zur Last fallen. Sie werde schon etwas finden, ganz egal was, wenn sie nur viel Geld verdiente.

Es war ihr auch wirklich egal. Ihr junges Herz war gestorben und verwahrte in seinem Leichenschrein das Bild des einen, den sie, das fühlte sie, nie und nimmer würde vergessen können. Ihre Erziehung, die Verderbtheit ihres Fühlens und Denkens, die durch ihre Liebe zu Reichert nur unterdrückt, nicht getilgt worden, trieb sie in ihre alte Dirnenlaufbahn zurück, denn anständig zu werden, zu arbeiten, dazu konnte sie sich nicht entschließen. Dagegen hätten auch wohl ihre Eltern Einspruch erhoben, die die Schönheit ihrer Tochter als ein Kapital betrachteten, das in der lukrativsten Weise fruchtbar gemacht werden mußte.

Lore empfand zwar ein geheimes Grauen davor, daß sie nun andere Männer werde zwischen ihre Schenkel lassen müssen, aber andererseits sagte sie sich, wenn sie den einen verloren hatte, war es ja wirklich alles eins, wem sie ihren Körper überließ. Sie war und blieb eben eine Dirne. Vielleicht wäre sie, wenn sie immer bei Rudolf geblieben wäre, eine andere geworden, so aber, der Stütze beraubt, sank sie noch tiefer zurück, als sie vorher gestanden.

Ihre Mutter hatte eine Freundin, deren Tochter in einer großen Bar in der Jägerstraße ihre menschenfreundliche Tätigkeit entfaltete. Diese wurde um Rat angegangen und war so gütig, Lore ihre Protektion behufs Erlangung einer Bardamenstellung zuzusagen.

Eines Nachmittags empfing sie ihren zukünftigen Schützling in ihrer Wohnung, die ihr ein ziemlich wohlhabender Freund eingerichtet hatte. Mademoiselle Claire – so nannte sie sich wegen ihres schwarzen Haares und ihrer schlanken, zierlichen Gestalt; sie stammte aber aus der Stralsunder Straße, Berlin, Nr. 31. – Also Mademoiselle Claire war wirklich eine gutmütige Person, dabei gerissen und mit allen Salben geschmiert.

»Weißte«, sagte sie zu Lore, »du bist eijentlich viel zu hübsch für die Bars, für det Jesindel, das da oft rinkommt. Und dann sind se besoffen und wollen einem gleich im Lokal vögeln – pfui Deiwel! Nee, Kleene, für dich wüßt' ich was Besseres. Zunächst aber zieh' dich mal aus, damit ich sehen kann, ob de wirklich das hältst, was de versprichst –«

Gehorsam zog Lore sich aus und war ganz erstaunt über das Entzücken, in das ihre neue Freundin geriet, als sie nackt vor ihr stand. Claire wußte sich tatsächlich nicht zu fassen.

»Nee, so was hab' ick all mein Lebtag nich jesehen«, rief sie ein über das andere Mal. »Du bist ja wie eine Venus! Solche Titten, so fest, so groß, hab' ick nich einmal jehabt, wie ick noch Jungfer war. Und det is' lang her! Und diese Beene und der Arsch! – leg' dich mal nieder – ach dumme Pute, schäm' dich doch nicht, das haste doch schon oft vor Männern gemacht, na, siehste, tu' die Beine aus'nander! So! Hast du 'ne schöne Möse! – – weißte, die ist Gold wert. Du hast wohl schon viel Schwänze drinn jehabt?«

Lore hielt es für angebracht, ihre Gönnerin in dem guten Glauben zu lassen.

»Du hast eine aus Gummi«, lachte Claire und bohrte ihren Daumen in die geheiligten Gründe, worauf Lore, die durch die Untersuchung merkwürdig aufgeregt wurde, sofort mit dem Hintern zu tanzen anfing. –

»Da sieh' mal einer an«, schrie die andere, »wie sie geil ist, na, warte – –!« Und eins – zwei, lag sie vor Lore auf den Knien, hob sich deren Beine auf die Schultern und ersetzte ihren Finger durch die Zunge. Sie verstand ihr Geschäft, und Lore, die zum ersten Mal den Genuß, den eine raffinierte, weiche Frauenzunge bereitet, kennenlernte, ging schier aus den Fransen vor Vergnügen. Sie schrie, ächzte, stöhnte, warf und wand sich, daß sie mehr als einmal in Gefahr war, von dem Altar der lesbischen Liebe herabzurutschen, und als Claire endlich glaubte, des Guten genug getan zu haben, packte sie sie mit beiden Händen beim schwarzen Schopf und preßte die beseligende Zunge an ihr vergnügungssüchtiges Löchelchen.

Zum Dank dafür zierte sie sich dann auch keine Minute, Claire Gleiches mit Gleichem zu vergelten. Mademoiselle setzte sich in einen Fauteuil, zog sich die Röcke hoch und spreizte die schlanken Beine, so daß Lore ungehindert ihr Näschen in den dichten, krausen Schwarzwald vergraben konnte, der den halben Bauch bedeckte. Obwohl Anfängerin in diesem Fache, machte sie ihre Sache doch sehr gut, und Mademoiselle Claire konnte sich nicht weniger als dreimal den Genuß einer voluminösen Entladung leisten.

»Ach«, stöhnte sie dann selig, während Lore sich mit dem Taschentuche den Mund von dem Segen befreite, mit dem Claire sie bedacht, »ach, ist das gut. Ich für meinen Teil könnte ganz gut die Männer entbehren. Sie sind roh und brutal und wollen einem immer ein Kind machen. Aber so eine Frauenzunge – ah – –.« Und als echter Gourmand küßte sie begeistert die Spitzen ihrer Finger. »Wir bleiben zusammen, Kleine. Weißte, so 'ne Freundin, mit der man sich mal von den männlichen Schweinigels erholt, muß man haben. Siehste, mein Freund, es is'n Baron, wirst'n ja schon kennenlernen, is' ja 'n riesig netter Kerl und is' auch beim Geschäft ordentlich auf'm Posten, aber, ick kann mir nicht helfen, wenn er mir hundert Liter von dem warmen Saft hineinspritzt, ist's mir nicht so lieb, wie wenn du mir die Spitze deiner Zunge hineinbohrst. Übrigens, mein Kompliment, du hast Talent. Du wirst es sicher zu etwas bringen. Hübsch biste, verteufelt hübsch, und wenn du unter den Männern so arbeitest, wie unter mir, da wirst du sie alle an der Leine haben. Wenn man ihnen ordentlich die Eier auszupressen versteht, kann man auch ihre Brieftaschen auspressen, verstehste?«

Während dieser würdigen, von weiser Lebenserfahrung durchtränkten Rede zog Lore sich wieder an. Als sie dann, sittiglich in ihre Kleider gehüllt, ihrer Freundin gegenüber saß, schlug sich diese vor die Stirne.

»Weißte«, schrie sie und sprang wie elektrisiert in die Höhe, »ich habe eine Idee, wir werden deine Jungfernschaft kapitalisieren.«

»Aber ich bin doch – –«

»Glaubste, das is'n Hindernis? Du hältst doch die Männer tatsächlich für gescheiter, als sie sind. Ich hab' meine Jungfernschaft mindestens zehnmal verkauft. Du, wo du so 'ne hübsche Nummer bist, du mußt'n paar Braune dabei rausschlagen. Wenn du mir versprichst, daß du mir 'n Viertel davon abgibst – weißte, Geschäft is' Geschäft – –«

»Aber das ist doch selbstverständlich – –«

»Du bist'n Schaf. So selbstverständlich is' das nicht. Aber ich will dir helfen. Ich weiß da draußen in der Steglitzer Straße 'ne Frau, die repariert immer die Jungfernschaften vom ganzen Westen, weißte – diese jungen Dämchen von der Kaiserallee und dem Kurfürstendamm, die lassen sich auch gern anbohren – na, und wenn sie dann heiraten, möchten sie doch dem Manne gern was Ganzes mitbringen – –. Also die Frau, 'ne Hebamme ist se natürlich, die richtet dich schon her, daß du mit deiner Jungfernschaft bei Hof gehen kannst. Gleich morgen fahren wir zu ihr hin, und da wird die Chose gemimt. Und dann kommste mit mir in die Bar, und da werden wir schon so'n paar schwere Onkels einfangen.«

Gesagt, getan. Am nächsten Tage schon lag Lore im Geheimzimmer der Frau Wandera auf dem Sofa, und diese hantierte mit einer ätzenden Flüssigkeit in ihrer Scheide herum. Die Geschichte tat zwar ein bißchen weh, aber als Lore nachher probierte, konnte sie selber schwer den Finger hineinstecken.

Die Hexenmeisterin gab der erstaunten Lore überdies noch einen ganz kleinen Gummiballon und lieferte dazu die folgende köstliche Gebrauchsanweisung:

»Sehen Sie, Fräulein, wenn Sie den Mann nu so zwischen den Tangenten haben und er nun loslegen will, dann drükken Sie auf diesen Ballon, den Sie vorher mit Blut – mit Hühner- oder Kalbsblut natürlich – gefüllt haben und spritzen ihm nun die Sauce heraus. Den Mann möcht' ich sehen, der daraufhin nicht zehntausend Meineide schwört, daß er Sie entjungfert hätte.«

Siebentes Kapitel

Am selben Abend paradierte Lore an der Seite Claires in der Continental-Bar. Ihr Erscheinen war eine Sensation, und mit Ausnahme ihrer Gönnerin platzten sämtliche Damen vor Neid, so umlagert war sie. Man stand ordentlich Queue vor ihr, und wenn sie all' den Champagner getrunken hätte, zu dem man sie einlud, sie hätte an einer Alkoholvergiftung elendiglich umkommen müssen.

Zum Glück für sie wachte aber Claire sorgfältig über ihr Wohl und Wehe und ließ keinen, der ihrem erfahrenen Blicke nicht berufen schien, an sie heran. Trotzdem blieb das Buffet, hinter dem Lore sich verschanzt hatte, dicht umlagert, und Claire machte den Gästen die Zunge lang – und was anderes auch noch –, indem sie ihnen erzählte, daß Lore noch Jungfer sei. Sofort fanden sich zwei, drei, die erbötig waren, ein paar Hunderter für diese Rarität zu riskieren. Aber davon wollte Lores Impressario nichts hören.

»Das Mädel«, rief sie, »für'n paar lumpige Blaue? Bilden Sie sich man keine Schwachheiten ein! Die Beine von der sollten Sie nur einmal sehen! Nee, meine Herren, unter einem Braunen ist da nichts zu machen. Ich hab's ihrer Mutter fest versprochen.«

Die Berufung auf die Mutter bei diesem sauberen Geschäft erzielte einen ungeahnten Heiterkeitserfolg. Lore, die den ganzen Handel mit maschinenhaftem Lächeln mitanhörte, lachte auch, obwohl sie am liebsten geweint, bitterlich geweint hätte.

Sie sah diese halb oder ganz betrunkenen Männer vor sich, die ihr mit den Augen die Kleider vom Leibe rissen, hörte ihre gemeinen, zynischen Reden, wie sie ihre einzelnen Glieder taxierten und lange Betrachtungen darüber anstellten, ob sie, nach der Kleinheit ihres Mundes zu schließen, auch unten so eng sei. Ein unbeschreiblicher Ekel stieg ihr in die Kehle herauf. Das da ist von nun an dein Schicksal, dachte sie. Und mitten in dem Trubel, mitten in dem Schreien und Lachen, in dem Tabaksqualm sah sie wie eine Vision ein paar zärtliche, braune Augen aufleuchten, die sie feurig und doch so gar nicht gemein anschauten. Rudi – schrie es in ihrem Herzen, während sie mit einem dicken Börsenjuden auf ihre Jungfernschaft anstieß.

Diese zusammengeflickte Jungfernschaft – das Glück war ihr hold: Sie ward sie noch an demselben Abend los. So gegen zwei Uhr, kurz vor dem offiziellen Schluß der Bar, erschien Baron Starpwitz – Claires Freund – in Begleitung zweier anderer Kavaliere, alle drei schon ziemlich angeheitert. Lore ward ihnen feierlichst präsentiert und versetzte sie natürlich in die hellste Ekstase. Besonders der junge Graf Weigerlingk, ein baumlanger, magerer Gardedragoner, war ganz wild auf die blonde Lore und wich ihr nicht mehr von der Seite.

Nach Schluß des Lokals fuhren die drei Jünglinge und die zwei Damen in einem Automobil nach Claires Wohnung, wo man die eigentliche Fröhlichkeit erst recht zu beginnen gedachte. Champagner hatten sie in Hülle und Fülle mitgebracht, und so gingen die Wogen des Vergnügens bald sehr hoch.

»Vorwärts, Mädels, zieht euch aus!« brüllte da Starpwitz und riß der zufällig neben ihm stehenden Lore den Rock mit einem Ruck herunter.

»Da hast du'n Blauen für den Schaden«, schrie er und warf ihr einen Hunderter zu.

Lore standen die Tränen in den Augen. Während Claire schon längst splitterfasernackt in dem Zimmer herumtanzte, starrte sie noch immer fassungslos bald die Reste ihres Rockes, bald den Hundertmarkschein an. So war sie noch nie behandelt worden. So direkt als gekaufte Ware. Da hast du Geld, jetzt mach' ich mit dir, was ich will. Immer und immer dachte sie an Rudolf!

Eine brutale Hand, die ihr von hinten herauf zwischen die Schenkel griff, schreckte sie auf. Weigerlingk war's, der sie auf ihre Jungfernschaft untersuchen wollte. Sie versuchte, sich loszureißen, aber er hielt sie fest und griff sie unten ordentlich ab, während der dritte im Bunde, ein Graf Rossow, ihr die Bluse aufriß und sich an ihren Brüsten gütlich tat.

»Das ist gemein, das ist gemein«, schrie sie, »lassen Sie mich los, lassen Sie mich los!«

Ein Höllengelächter war die Antwort, und die beiden Grafen machten sich daran, sie auszuziehen. Sie kämpfte verzweifelt, kämpfte wie eine Heldin um jedes einzelne ihrer Kleidungsstücke, aber was konnte sie gegen die beiden brutalen Gesellen ausrichten? Im Handumdrehen war sie nackt, und ihre Bedränger warfen sie auf den Tisch und rissen ihr die Beine auseinander, um sich ad oculos zu überzeugen, ob die Sage von der Jungfrauenschaft auf Tatsachen beruhe, oder ob man sie – wie so oft schon – hereinlegen wollte.

Claire konnte der armen Lore in diesen schweren Augenblicken nicht beispringen. Denn erstens sah sie nichts, und zweitens war sie selber viel zu sehr in Anspruch genommen. Sie kniete auf der Chaiselongue, hatte den schwarzen Kopf in die seidenen Kissen vergraben, den zart gerundeten Popo dagegen in die Höhe gereckt und stieß sich gerade, als Weigerlingk und Rossow Lores Schenkel auseinanderzerrten, das dampfende Schwert ihres Galans in die Scheide. Aber immerhin kam sie dann noch zurecht, um Lore vor der drohenden Vergewaltigung zu retten.

Wenn sich die zwei hätten einigen können, wer zuerst gegen die Barriere anrennen sollte, wäre das kunstvolle Werk der Hebamme aus der Steglitzer Straße längst in Fetzen gegangen, aber so standen sie mit gezückten Dolchen davor und stritten sich herum.

Wie ein Satan fuhr Claire dazwischen.

»Ihr Schweine, ihr gemeinen Schweine«, kreischte sie, während ihr noch über die Schenkel der bläuliche Liebeserguß des Herrn Baron Starpwitz herabtropfte. »Ist das eine Art, mit einem armen Mädel umzugehen? Ihr Schweine, ihr besoffenen – ihr solltet euch was schämen! Gleich laßt ihr sie los, oder ich fahre euch mit beiden

Händen ins Gesicht, daß euch Hören und Sehen vergeht!«

Das wirkte. Wie begossene Pudel standen die zwei da und ließen Kopf und Schweif hängen.

»Aber Claire«, stammelte Weigerlingk, »wir – machten ja bloß Spaß!«

»'n netter Spaß, das! Was glaubt ihr denn, ihr habt 'ne Tatterhure vor euch? Gesindel ihr! Ihr wollt Aristokraten sein – ganz gemeine Strolche seid ihr – – –!«

»Aber Schatz«, mischte sich hier Starpwitz ein, »so komme doch zu dir. Alles sei verziehen! Ich garantiere dir dafür, Rossow und Weigerlingk werden ihre volle Taxe bezahlen.«

»Ja, das werden wir«, schrie Rossow, »aber wir wollen sie haben!«

»Wenn sie wirklich Jungfer ist, zahle ich tausend Mark«, überschrie ihn Weigerlingk.

»Ich auch«, krähte der andere.

Und nun hob ein erregter Disput an, wer von ihnen zuerst der Glückliche sein sollte, bis Rossow selber einen Vorschlag machte, der allgemeine Anerkennung fand.

»'s is jut«, sagte er auf einmal im echtesten »Jardeton«. »Weigerlingk soll se von vorne entjungfern, ich werde ihr diese Wohltat von hinten besorjen. Nur bitte ich mir die Priorität aus.«

»Das läßt sich hören«, stimmte Claire bei, »nu aber erst Kasse! Ihr seid mir heute zu unsichere Kantonisten.«

Halb brummend, halb lachend, drückten sie ihr jeder einen Tausendmarkschein in die Hand, und sie öffnete die Türe zu ihrem Schlafgemache, in das sie zunächst mit Lore allein verschwand.

»Zwei Braune«, flüsterte sie dieser zu, »zwei Braune! Denke dir, was für'n Massel wir haben. Nu sei klug, Mädchen, und mach gute Miene zum bösen Spiel, 's ist ja doch einer wie der andere. Und da haste!«

Dabei drückte sie den gewissen kleinen Ballon, den sie schon am Nachmittag vorsichtigerweise vorbereitet hatte, ihr in die Hand.

Lore nickte nur. Sie hatte sich bereits gefaßt. Sie hatte nun einmal beschlossen, aus ihrem Körper ein Geschäft zu machen, also war's doch wirklich egal, wer da den Anfang machte.

Noch einmal sandte sie einen Handkuß in die Weite an den, den sie für immer verloren – dann schlüpfte sie ins Bett. Den Ballon, den sie bei ihrer ersten Fahrt nicht brauchte, schob sie unter die Kissen.

Rossow stürmte herein. Er hatte bereits draußen angefangen, sich auszukleiden, und war jetzt mit ein paar Griffen kampfbereit. Lore, die gleichmütig in dem großen, weichen Bette lag, sah ihm zu und konstatierte nicht ohne eine gewisse Befriedigung, daß sein Liebeswerkzeug lang, aber sehr dünn war, so daß sie bei der

Operation keine großen Schmerzen zu befürchten hatte. Seelenruhig drehte sie sich, als Rossow zu ihr stieg, auf den Bauch und harrte der Dinge, die da kommen sollten.

Der Kämpe aber ging nicht sofort zu Taten über, sondern bewunderte zunächst nach Gebühr den Teil Lores, den er sich gekauft hatte.

»Donnerwetter, is' das ein schöner Arsch«, jubilierte er. »Das is' ja 'n Juwel. Weiß und fest und rund. Donner, man kriegt ja ordentlich Appetit, hineinzubeißen!«

»Nein, nein!« schrie Lore und suchte mit beiden Händen ihren gefährdeten Schatz zu schützen.

Aber er riß ihr die Hände brutal fort und schlug seine Zähne wirklich in ihre weißen, zarten Backen.

»Au«, knirschte die Gemarterte, »zu Hilfe!«

Sofort trommelten Claires Fäuste gegen die verschlossene Türe, während man das rohe Lachen der beiden Männer hörte.

»Rossow, Sie Schwein, Sie verfluchtes, wenn Sie der Kleinen was tun, sollen Sie mich kennenlernen!«

»Halt's Maul«, brüllte Rossow zurück.

Aber er gab doch das Beißen auf und machte sich allen Ernstes an die ihm gestellte Aufgabe. Und es ging ziemlich leicht. Lore, um schneller fertig zu werden, reckte den mißhandelten Popo in die Höhe und hielt seiner Weisung gemäß die Ränder mit den Händen auseinander, während er mit knirschenden Zähnen seinen Zentrumsbohrer ansetzte. Stoß um Stoß glitt der dünne Schaft hinein, und Lore spürte seine Spitze alsbald am Grund. Obwohl sie keine Schmerzen hatte, hielt sie es doch für angezeigt, der edlen Sache zuliebe ein bißchen Komödie zu spielen, und stieß, je weiter er vordrang, immer lauteres Gestöhne aus.

»Ach bitte – bitte – nicht so – fest«, jammerte sie, »ah – das tut – so weh – ah –!«

Rossow hörte natürlich nicht darauf, sondern fuhrwerkte los wie ein Berserker. Auf die Hände gestemmt, arbeitete er im Schweiße seines Angesichtes, bis er sich endlich Luft machte. Lore, die zuerst gleichgültig stillgehalten, wurde allmählich auch aufgeregt, und als sie seine Ladung in ihrem Innern spürte, kniff sie die Backen so fest zusammen, daß der gute Rossow ordentlich erschrak.

»Du brichst'n mir ja ab«, lachte er.

Er schob sich von ihr herunter, reinigte sich und suchte dann aus seinem Rock, den er in seiner Rage einfach unter das Bett gefeuert hatte, seine Geldbörse heraus.

»Hier hast du«, sagte er, »weil du deine Sache so gut gemacht hast, noch einen Blauen als Schmerzensgeld.«

Dann packte er seine Sachen zusammen und verschwand hinaus, wo ihn das laute Hallo seiner Kumpanen begrüßte.

Lore schlüpfte aus dem Bette, wusch sich rasch und sprang ebenso schnell zurück. Nun kam aber die schwerere Episode, denn nun sollte sie das Paradies, in dem ihr Einziger selig gewesen, einem Fremden preisgeben. Aber sie biß die Zähne zusammen, versicherte sich ihres Ballons und lächelte mit echtester Jungfrauenscham Weigerlingk entgegen, als er jetzt eintrat.

Eine Art Haß empfand sie gegen diesen rohen, brutalen Menschen und nahm sich vor, ihm sein Vergnügen so sauer als nur möglich zu machen. Sie hob eine Komödie an, die den lieben Weigerlingk ordentlich in Harnisch brachte.

Der lange Dragoner machte noch weniger Umstände als sein Vorgänger. Er warf Rock und Weste ab und stieg mit den Stiefeln ins Bett. Die einzige Vorbereitung zu dem Weiheakte bestand darin, daß er sein mächtiges Instrument gründlich salbte.

»Also los!« lachte er und schob sich zwischen Lores Schenkel.

Zuerst weinte und schluchzte sie, schrie, sie wolle nicht – er solle sie loslassen.

»Ich – will – nicht – – ich – – will – nicht – – das – tut – so – weh – au – Claire – – Claire – – er – zerreißt mich – er zerreißt – – mich – –!«

Dabei preßte sie die Hände gegen seine Brust, als wollte sie ihn wegstoßen.

»So heul' doch nicht so, dumme Gans – –«, knirschte er. »Du machst ja das ganze Haus rebellisch – halt lieber still – so – dann tu' ich dir nicht weh – so, halt – gib die Füße mehr auseinander –!«

»Ich – kann nicht – –.«

»Gib sie auseinander – jetzt – ich bin gleich – drin – gleich – gleich – –!«

Jetzt tat es wirklich weh. Er war stark wie ein Stier und sie durch die gewisse Operation ganz eng. Sie hatte wirklich ein Gefühl, als sollte sie entjungfert werden, und schrie jetzt Zeter und Mordio, aber nicht zum Spaß, denn Weigerlingk war erbarmungslos. Er hatte richtig den dicken Kopf seines Priaps in die enge Pforte geklemmt, packte sie nun von unten an dem runden, zitternden Popo und bohrte Zoll um Zoll den Schaft hinein. Bebend, mit keuchender Brust, hielt sie jetzt stand und wartete dabei voll Geistesgegenwart auf den Moment, da sie ihren Ballon in Aktion treten lassen konnte.

Der Moment war da! Mit heiserem Schrei stieß er zu, ein Ruck, ein Stoß – drinnen war er, und sie quetschte ihren Ballon zwischen den Beinen aus, ohne daß er es merkte.

Dann aber überließ sie sich gleichfalls dem Vergnügen, und wenn sie sich auch nicht so ins Zeug legte, wie sie es bei Rudolf getan, so arbeitete sie, von ihren einmal aufgepeitschten Sinnen getrieben, doch so wacker, daß Weigerlingk ganz begeistert wurde.

»Du vö – gelst gut –«, stöhnte er, »wie 'ne ausgelernte Hure – so – gib Kontra, fest! – Noch fester! – bra – vo, kriegst auch nachher ein Extradouceur – siehst du – jetzt tut's nicht mehr weh – jetzt – ach – die Wonne – – dein Loch ist ein ver – flucht süßes Ding – jetzt – mir kommt's – mir – kommt's – ah – ah – –!«

Wie ein Klotz fiel er über sie hin. Die andern, die hinter der Türe auf jeden Laut aufgepaßt hatten, stürmten nun herein und tanzten in tollem Reigen um das Bett herum, aus dem Weigerlingk sich wie ein Triumphator erhob.

»Da seht her!« schrie er, indem er mit stolzer Gebärde auf die von Lore so geschickt fabrizierte Blutlache deutete. »Sie war wirklich eine Jungfrau. Ich habe Bresche gelegt und fordere euch auf, mit mir in den Ruf einzustimmen: Unsere allerjüngste Hure lebe hoch! hoch! hoch!«

Brüllend stimmten Starpwitz und Rossow ein, während Lore und Claire einander vergnügte Blicke zuwarfen.

»So, das wäre erledigt«, sagte er, »was machen wir jetzt?«

Rossow war der Mann der Ideen.

»Ich schlage vor«, rief er, »daß unser verehrter, geliebter und bewunderter Freund Starpwitz auch etwas von der seltenen Frucht haben soll, die wir heute gebrochen haben. Er soll Lore vögeln, und damit seine angebetete Claire nicht dabei vor Neid platzt, werden Weigerlingk und ich sie zugleich von vorne und hinten trösten.«

Der Vorschlag wurde mit fanatischem Beifalle aufgenommen – seitens der männlichen Glieder der erlauchten Gesellschaft.

Lore verhielt sich schweigend, ihr war alles egal – – dagegen protestierte Claire mit Hand und Fuß. Aber – ihr Protest half ihr hier nicht viel. Rossow und Weigerlingk packten sie, warfen sie neben Lore auf das Bett und hielten sie fest, während der lange Dragoner, der sich auf den Rücken legte, ihr, die sich in Rossows Fäusten nicht rühren konnte, seinen Priap vorn hineinsteckte. Dann zog er sie zu sich herunter, und Rossow setzte sich in seinem Sattel zurecht.

In den höchsten Tönen heulte die doppelt Aufgespießte, aber nur mit dem Resultat, daß ihre Peiniger mit doppelter Rage in sie hineinarbeiteten, so daß sie sich schließlich in ihr Schickal ergab und, so gut es ging, keinem von beiden seine Stöße schuldig blieb. Als sich das Trio dem Höhepunkt nahte, war das ein Stöhnen, Ächzen, Gurgeln wie noch nie – und in unentwirrbarem Knäuel wälzten sie sich so wild umher in dem Bette, daß sie beinahe die andere Mietspartei delogiert hätten.

Diese betrug sich etwas gemessener, obwohl Starpwitz es auch nicht an Verve fehlen ließ. Lore dagegen war stiller. Einmal war sie wirklich müde, und dann ging sie von vornherein bei keinem mehr ins Zeug. Sie arbeitete allerdings mit und gab ihren Leib ganz her, dessen Sinne ja viel zu gesund und auch viel zu blühend und kräftig waren, als daß sie tatenlos hätten bleiben können, wenn ihre Grotte den Besuch eines Waldgottes hatte.

Lore gab her, was sie ihrer sozialen Stellung gemäß hergeben mußte – der sozialen Stellung einer käuflichen Dirne!

Als am Vormittag des nächsten Tages die drei Ritter endlich abzogen, sprang ihr Claire jubelnd an den Hals.

»Da sieh' her, was die heutige Nacht getragen hat! Mit den fünfhundert Mark von meinem Schatz hast du bare zweitausendachthundert Mark!«

»Aber es war fürchterlich, es war geradezu entsetzlich!«

»Kind, daran gewöhnt man sich. Die Sentimentalität dagegen muß man sich in unserem Berufe abgewöhnen!«

Achtes Kapitel

Lore ließ sich das gesagt sein. Sie gewöhnte sich die Empfindungen, die Rudolf in ihr geweckt, ab und dafür die Gleichgültigkeit an. Sie hatte nur noch das Bestreben, Geld, recht viel Geld, zusammenzukratzen. Sie wurde geizig – sparte Groschen auf Groschen zusammen und kannte nur die eine Freude, ihr Bankbuch durchzublättern und das stete Wachsen ihres Kapitals zu studieren. Sie gab nicht viel für ihre Toiletten aus, gab fast gar nichts auf Schmuck und hielt sich nur eine kleine, bescheidene Wohnung, die sie von keiner eleganten Zofe, sondern von einem billigen Mädchen für alles in Ordnung halten ließ.

Denn tief drunten, am Grunde ihrer Seele, ruhte ein Wunsch.

Wenn sie ein recht großes Vermögen beisammen hatte, dann wollte sie diesem Leben, das sie anekelte, den Rücken kehren und in die Welt hinausgehen, um den einen zu suchen und zu finden, den sie nie und nimmer vergessen konnte. Er war schon längst aus Berlin fort – sie wußte es ganz genau.

Ein paar Abende hintereinander war sie vor das Haus in der Hardenbergstraße geschlichen und hatte mit Tränen in den Augen und zuckendem Herzen zu dem großen Fenster ganz oben unter dem Dache hinaufgestarrt. Aber kein Licht sah sie da – ausgestorben schien da das Leben zu sein.

Und eines Abends faßte sie den Mut und wagte sich dicht verschleiert in die Loge des Portiers, um diesen auszufragen.

»Ach Fräuleinchen«, sagte der Mann, »der arme Herr Reichert. Der hat schon längstens fortjemacht, ick jloobe nach seine Heimat. Wissen Se, er war ja doch mit so'n kleenes Mädchen beisammen, und da is mal der ihr Alter jekommen. Da muß et oben 'n mächtigen Knatsch abjesetzt haben. Det Deiwelsmädel is durchgebrannt, den Ollen hat oben der Schlag jetroffen und als jestorbenen Leichnam ham se ihn wegjeholt. Jott nee, wat muß der Herr Reichert darunter jelitten haben. Ach, wissen Se, eenmal bin ick nuffjekommen bei ihm – da is er Ihnen lang jelegen uff'm Sofa un hat jeflennt wie'n kleenes Kind. Er hat det kleene Aas wohl mächtig jerne jehabt. Tag für Tag is er rumjelofen und hat ihr jesucht. Na, schließlich hat er's uffjejeben und is abjedampft. – Ja richtig, det ick es nich vermansche. Zwee Koffers, die der Donna jehören, hat er mir dajelassen. Wenn sie se nich abholt, sollt' ick se uff die Polizei deponieren.«

»Ich weiß, wo meine Freundin ist, morgen wird sie sich die Koffer holen lassen.« Mit Mühe und Not brachte sie das heraus, dann wankte sie gebrochen davon.

Als am nächsten Tag die zwei Koffer vor ihr in ihrem Zimmer standen, machte sie sich mit fieberhafter Hast daran, sie auszupacken.

Sie suchte und suchte – –.

Ganz unten lag ihre Tasche mit ihrem Schmuck und Geld, das sie sich noch von dem alten Regierungsrat mitgebracht. Und daneben, auf Porzellan gemalt, ein kleines Bild: sie und er in innigster Umschlingung. Beide waren nackt; sie hatte gerade ihre schönen Beine auf seinem Rücken gekreuzt, und ihre Lippen preßten sich in verzehrender Glut auf die seinigen. Das Bild war mit großer Kunst gemalt; wie lebend leuchtete das Fleisch der beiden in Seligkeit versunkenen Gestalten, und ihr Gesicht war wie fotografiert in seiner vergehenden Liebesglut. Auf der Rückseite stand: »Leb wohl!« Das war alles – sonst nichts.

Wie lange sie darüber geweint, das wußte sie nicht. Aber als sie endlich sich beruhigt, tat sie einen Schwur: Nie wieder einen Mann zu küssen und nie wieder die Beine auf eines Mannes Rücken zu kreuzen. So wie sie sich ihm hingegeben, so wie er sie besessen, sollte nie in ihrem Leben ein anderer Mann sie besitzen. Nie wieder!

Und sie hielt ihren Schwur. Kein Mann, auch ihr späterer Gatte nicht, konnte sich rühmen, je einen Kuß von ihr bekommen zu haben. Wenn sie einer küssen wollte, hielt sie ihm die Wange hin – ihre Lippen hat keiner berührt. Und wenn sie noch so aufgeregt war, wenn der Kämpe, den sie zwischen ihren Schenkeln hatte, noch so tüchtig war, nie vergaß sie ihres Gelöbnisses. Sie arbeitete mit, entfaltete alle ihre Künste – – aber mit ihren herrlichen Beinen umschlang sie keinen.

Ja, sie tat noch mehr. Nie ging sie ein Verhältnis ein, band sich nie länger als für eine Nacht an einen Mann. Da sie dem einen, einzigen, nicht angehören konnte, wollte sie nun allen angehören. So erpicht sie sonst auf Geld und Geldeswert war, diesbezüglich schlug sie die verlockendsten Anerbieten aus. Eine Zwölfzimmerwohnung auf dem Kurfürstendamm, Equipage, Automobil, alles hätte sie haben können.

Ein millionenreicher Australier sicherte ihr ein jährliches Einkommen von 12 000 Pfund zu, wenn sie mit ihm nach Sydney ginge. Alles – alles schlug sie aber aus.

Auf alle die Vorwürfe, die ihre Freundin Claire ihr machte, hatte sie ein beharrliches: »Ich will nicht! Ich weiß, ich könnte doch keinem Manne die Treue halten«, erwiderte sie mit leichtfertigem Lachen. »Wozu soll ich mich der Gefahr eines Treuebruches aussetzen?«

Schließlich stand sie sich nicht einmal schlecht bei diesem Prinzip. Ihr Ruf war bald in ganz Berlin verbreitet, und die reichen, eleganten Lebemänner drängten sich in die kleine Bar, um die Bekanntschaft dieses eigenartigen Geschöpfes zu machen. Wie oft wurde eine Nacht in ihren Armen geradezu verauktioniert und einmal bekam sie auf diese Weise sogar sage und schreibe fünftausend Mark – für eine einzige kurze Nacht!

Sie war die echte Dirne, kalt, herz- und gewissenlos. Sie preßte aus den Männern den letzten Pfennig und drehte ihnen dann hohnlachend den Rücken. Ihre Minimaltaxe waren fünfhundert Mark. Wer die nicht bezahlen konnte, existierte nicht für sie. Mit ehrfurchtsvollem Bewundern erzählte man sich in den Kreisen der Lebewelt, daß ein bekannter Sportsmann ihr einmal zwei volle Hunderter auf den Tisch gelegt hatte, nur damit sie sich ein einziges Mal von ihm unter die Röcke greifen ließ. Eines Abends hatte sie der Einladung einer kleinen, aus steinreichen Börseanern bestehenden Gesellschaft Folge geleistet und sich im späteren Verlaufe der Begebenheiten dazu bewegen lassen, nackt auf dem Tische die Tarantella zu tanzen. Jeder der sechs Herren hatte dafür seine drei Hunderter bluten müssen.

Sie fehlte auf keinem öffentlichen Balle, auf keinem der f ashionablen Rennplätze, machte ihre Reisen nach Monte Carlo, nach Paris, nach Bath, aber immer allein – und immer mit reichem Gewinn heimkehrend. Immer heimlich auf der Suche nach Rudolf.

Der Continental-Bar, in der sie ihre glänzende Karriere begonnen hatte, blieb sie treu. Selbstverständlich war der Besitzer des Lokals darüber glücklich, und er ließ ihr alle Freiheit, die sie nur wünschte. Sie kam, wann es ihr paßte, sie ging, wie es ihr paßte und mit wem sie wollte. Wenn sie da war, wurden doppelte und dreifache Zechen gemacht. Und als sich gar einmal ein überspannter Fähnrich mitten im größten Trubel vor ihren Augen erschoß, hob der edle Wirt sie in alle Himmel.

Wer aber beschreibt das Entsetzen des guten Mannes, als sie ihm eines Tages erklärte, ihn und seine Interessen verlassen zu wollen! Sie ginge zur Bühne!

Sie war vollständig herangereift. Hatte alles kindlich-herbe im Wesen abgestreift und war mit neunzehn Jahren das schönste Weib Berlins. Ganz besonders leidenschaftliche Verehrer schworen sogar, daß sie das schönste Weib der Welt sei. Über Mittelgröße war sie von edlen schlanken und doch vollen Formen. Ihre Taille, die nie die Marter eines Korsetts kennengelernt hatte, war graziös und geschmeidig. Ihr Gesicht weiß, mit rosigem Pfirsichteint, umkränzt von einer schweren Krone leuchtenden, goldenen Haares, zu der die dunkelblauen Augen, in denen immer so eine gewisse sehnsüchtige Schwermut lag, wundervoll paßten. Bildhauer meißelten sie. Maler malten sie – das Schönheitsidol war sie für ganz Berlin.

Da kam eines Tages der Direktor des Metropolitantheaters, eines der ersten Ausstellungstheater Berlins, auf den ingeniösen Gedanken, diese Sonne an seinem Kunsthimmel erstrahlen zu lassen. Er sandte seinen Kompagnon, der zugleich auch sein Geschäftsführer war, zu Lore, um ihr einen glänzenden Antrag zu stellen. Dreißigtausend Mark Anfangsgage wollte er ihr zahlen. Sage und schreibe dreißigtausend Mark!

Lore hörte dem kleinen, dicken Geschäftsmann mit der Miene einer Königin zu, der man ein neues Königreich anbietet. Sie hatte ein weites, halb griechisches Hauskleid aus feinem, weißen Batist an, durch das ihre göttlichen Formen in sinnverwirrender Deutlichkeit durchschimmerten. Dem braven Direktor wurde abwechselnd heiß und kalt; seine ganze edle Nüchternheit ging in Rauch auf, und ehe sie noch den Mund zu einem Ja oder Nein aufgetan hatte, war er schon auf 36 000 Mark gestiegen.

»Fräulein, bedenken Sie, 36 000 Mark«, ereiferte er sich, während ihm seine Augen fast aus den Höhlen traten, da gerade – ob durch Zufall oder nicht, wer weiß es? – ein gut Stück des wohlausgefüllten Seidenstrumpfes Lores sichtbar wurde. »36 000 Mark! Sie werden die erste Rolle spielen. Sie werden berühmt werden! Aus England und Amerika wird man herkommen, um Sie zu bewundern!«

Lore spielte nachlässig mit den Ringen an ihrer Hand und überlegte sich die Sache. 36 000 Mark. Sie rechnete sich sofort aus, was sie davon sparen würde. Der Ruhm, den ihr der Direktor versprach, reizte sie nicht sonderlich. Sie hatte ja nur den einen Ehrgeiz, den einen Wunsch, Rudi wiederzufinden. Wenn du da droben stehst, mitten in der Öffentlichkeit, dann wird er dich vielleicht finden. Wird deinen Namen nennen hören, in den Zeitungen lesen, und wird dich holen kommen. Das gab den Ausschlag.

»Schön«, sagte sie von oben herunter, »ich will es mir überlegen.«

Wie besessen sauste da der kleine Dicke in die Höhe. »Warum erst überlegen? Was heißt überlegen? Solch' einen Antrag, wie wir ihn stellen, Fräulein, überlegt man nicht – den nimmt man an!« –

»Aber ich habe noch nie auf einer Bühne gestanden!«

»Gut – so werden Sie nun oben stehen.«

»Ich kann nicht singen.«

»Ist auch nicht nötig.«

»Deklamieren kann ich auch nicht.«

»Ist alles nicht nötig! Sie haben nur dazusein! Sie sind das größte Talent, das wir für unser Theater brauchen können. Sie sind schön – Sie sind – ach Sie sind – –«

Da blieben ihm die Worte im Munde stecken, denn Lore schlug ein Bein über das andere, und er sah ihre entzückende Wade.

»Sie – sind –«, stotterte er – »ich garantiere Ihnen – für den größten Erfolg, den je eine Künstlerin gehabt hat!«

»Und wenn ich doch durchfalle?«

»Sie und durchfallen! Wenn das Publikum Sie sehen wird in ihrer Schönheit, wird es wahnsinnig werden. Man wird sie mit den Augen aufessen –«

»So, wie Sie es eben tun –«

»Ich – ich – Fräulein, von mir könnten Sie verlangen, was Sie wollten –«

Sie lachte. Lachte ihr kaltes, höhnisches Dirnenlachen.

»Sehen Sie, Fräulein, ich bin der geschäftsführende Direktor – mein Kompagnon tut nichts, was ich nicht will. Wenn Sie ein bißchen freundlich mit mir sind –«

»Warum soll ich das nicht sein –?«

Und sie neigte sich vor, so daß er in dem Ausschnitt ihres Kleides den Ansatz ihrer Brüste sehen konnte. Das war zu viel für den kleinen Mann. Mit einem Rucke saß er neben ihr auf der Chaiselongue und ergriff ihre Hand.

»Ach, wenn Sie das wollten – Sie sollten sich nicht über mich zu beklagen haben. Von mir hängen die verschiedenen Gratifikationen ab. Sehen Sie, wenn Sie wollen, können Sie die Toiletten, die wir Ihnen machen lassen, behalten. Bei der fünfundzwanzigsten, fünfzigsten Vorstellung und so weiter zeigt man sich immer dankbar gegen die Kraft, der man den Erfolg verdankt, und ich – ich allein bestimme, wie hoch diese Dankbarkeit ausfällt! Ich werde mein Wort halten, darauf können Sie sich verlassen!«

Sie wurde zusehends freundlicher, obwohl sie der schmatzend-gierige Kerl noch mehr anekelte als alle die anderen. Er küßte ihr die Hand, küßte sie den ganzen runden, weißen Arm hinauf – er zitterte, bebte und versuchte es, sie ganz an sich heranzuziehen.

Sie wehrte ihn ab, nicht barsch, aber doch ziemlich energisch.

»Herr Direktor«, sagt sie, »ich bin kein Chormädel!«

»Nein – nein, Sie sind eine Königin! Aber ich – ich –.«

»Nun – Sie –?«

»Ich habe den Kontrakt zum Unterzeichnen fertig bei mir und bin bereit, Ihnen bei Abschluß sofort einen Vorschuß zu zahlen in jeder von Ihnen zu bestimmenden Höhe.«

»Ich brauche keinen Vorschuß.«

»Sagen Sie das nicht! Sie können das Geld annehmen und auf die Bank legen, wo es Ihnen Zinsen trägt.«

»Das ist wahr.«

»Na, sehen Sie, wie ich für Sie denke! Nun – bin ich Ihnen ein guter Freund oder nicht?«

»Das muß sich erst zeigen!«

»Es wird sich zeigen, verlassen Sie sich darauf, es wird sich zeigen. Wieviel Vorschuß wollen Sie nun haben?«

Sie sah ihm spöttisch in die vor Gier funkelnden Augen. Er zog mit der Linken seine Brieftasche, die Rechte legte er um ihre Taille und zog sie näher an sich heran, so daß sie seinen heißen Atem an ihrem Nacken spürte. Der Ekel drohte sie zu ersticken, aber sie sah, sie konnte aus dem Gesellen alles herauspressen, was sie wollte. Darum hielt sie still.

»Ich kann Ihnen fünftausend Mark geben. Wenn Sie wollen, das hängt von Ihnen ab, zehntausend in schönen, baren Kassenscheinen – Fräulein – Fräulein –.«

»Aber ich habe ja noch gar nicht unterschrieben!«

»Unterschreiben Sie, unterschreiben Sie!«

Er riß einen Füllfederhalter heraus und hielt ihr diesen hin.

Sie las aufmerksam den Vertrag durch. Durch ihn wurde sie für drei Jahre als erste Darstellerin an das Metropolitantheater engagiert, bekam ihre Toiletten von der Direktion geliefert, mit Ausnahme der modernen, und war nur verpflichtet, pünktlich an den Proben teilzunehmen.

Während sie las, hatte der gute Herr Direktor ihre scheinbare Unaufmerksamkeit dazu benützt, ihre Röcke hinaufzuschieben, und war nun in fieberhafteste Bewunderung ihrer Beine versunken.

»Hören Sie«, sagte sie, als sie mit der Lektüre fertig war, »Sie sind aber unverschämt!«

Damit schlug sie die Röcke herunter, nahm ihm die Feder aus der Hand, strich die drei Jahre durch, schrieb ein Jahr dafür und setzte dann ihren Namen unter den Vertrag.

»Wann soll ich beginnen?« fragte sie den kleinen Runden.

»Morgen, selbstverständlich morgen! Wir sind jetzt in den Proben für unsere neue Revue – wir müssen uns beeilen. In zwei Monaten ist die Premiere! Doch wie steht's mit dem Vorschuß? Wieviel wollen Sie?«

Er hielt ihr dabei seine Brieftasche verlockend vor die Nase.

»Na, sagen wir zehntausend.«

»Aber mit größtem Vergnügen. Morgen im Büro werden Sie den Empfang mir schriftlich bescheinigen. Jetzt aber, wenn ich bitten darf, mündlich.«

»Mündlich?«

»Einen Kuß!«

Ihr Gesicht nahm den kalten, abweisenden Ausdruck an, wie immer, wenn man einen Kuß von ihr forderte.

»Ich küsse nie!«

»Aber geh'n Sie«, lachte der Direktor, »wirklich wahr? Ein guter Spaß!«

»Nein, Sie irren, ich küsse nie. Aber um mich erkenntlich zu zeigen – da, mein Knie dürfen Sie küssen – wenn Sie wollen.«

Und das noch nie Dagewesene begab sich. Der eine der beiden Tyrannen des Metropolitantheaters ließ sich vor Lore nieder, die den Rock lüftete, so weit es nötig war, und ihm das Knie hinhielt. Schnalzend vor Wonne preßte er seine wulstigen Lippen auf die feine Seide des Strumpfes. Als er höher fahren wollte, sprang sie rasch zurück und ließ den Vorhang fallen.

»Das war nicht ausgemacht!«

»Wann werden wir das ausmachen?«

»Ich werde sehen – –. Wann soll ich morgen kommen?

»Paßt es Ihnen um halb zehn? Um zehn Uhr beginnt die Probe.«

Am nächsten Tage erschien Lore im Metropolitantheater und wurde vom ersten Direktor an der Spitze seines gesamten Stabes empfangen. Sie neigte das Haupt wie eine Königin und folgte dem Direktor in sein Privatbüro.

»Also, Sie wollen es mit mir probieren, Herr Direktor?« begann sie die Unterhaltung.

»Ich glaube, wir werden beide sehr gut dabei fahren«, lächelte er und rückte ihr vertrauensvoll näher.

»Ich hoffe. Aber Sie werden eine große Plage mit mir haben. Ich kann auf einer Bühne weder gehen noch stehen.«

»Das wird sich schon geben, wenn Sie nur der Sache Lust und Liebe entgegenbringen.«

Er schaute ihr dabei mit einem nicht

mißzuverstehenden Blick in die Augen. Sie hielt diesen Blick aus und lächelte.

»Ich werde mir alle Mühe geben, um Sie zufriedenzustellen, Herr Direktor.«

Sie, die immer über den Situationen stand, merkte ihm an, wie gern er deutlicher geworden wäre. Aber zum Glücke erinnerte er sich seiner Würde, die es ihm verbot, das neuengagierte Mitglied gleich in der ersten Stunde anzubeten.

»Wenn es Ihnen recht ist, mein Fräulein, wollen wir uns jetzt auf die Bühne begeben, wo ich Ihnen Ihre Kollegen und Kolleginnen vorstellen werde.«

Sie gingen durch einen kleinen Gang und kamen direkt auf die Bühne, wo das gesamte Personal bereits versammelt war. Die Vorstellung gestaltete sich sehr feierlich. Lore machte ihr bezauberndstes Gesicht und nahm sofort alle für sich ein. Bei den Männern war dies ja kein Wunder, aber selbst die Damen waren samt und sonders Feuer und Flamme für sie. Sie gab sich außerordentlich bescheiden und liebenswürdig.

Der Direktor klärte sie in wenigen Worten über das Stück und ihre Rolle auf und sagte ihr, daß sie ihr Rollenmanuskript am Nachmittag ins Haus bekäme. Derweilen müßte sie schon so mittun.

Sie hatte die Rolle der Commère, also wenig zu sprechen, aber mehr zu zeigen. Da sie sich nicht ungeschickt anstellte und vor allem von Mutter Natur mit Verständnis und Grazie ausgiebig bedacht war, brauchte man ihr nicht viel zu sagen. Mit ihrem Instinkte fand sie gar oft von selber das Richtige, und Direktor Schorz versicherte ihr mehr als einmal, daß sie es ihm viel leichter mache, als er sich's eigentlich vorgestellt habe.

Was den Bonvivant, einen bekannten Witzbold, zu dem Ausspruche veranlaßte:

»Er möchte gern, daß sie's im Bett noch leichter machte.«

Aber daraus wurde zunächst nichts. Sie war schlau wie immer und sagte sich, daß sie sich aller Macht über den Tyrannen begäbe, wenn sie ihn gleich zwischen ihre Schenkel ließe. So verfolgte sie die Taktik, von einem Male zum andern immer mehr zu versprechen, und gewährte ihm höchstens, wenn sie einmal ganz gnädig gelaunt war, einen Kuß aufs Knie. Einmal gestattete sie ihm einen Kuß auf ihren Oberschenkel, aber die Hose zog sie vorher nicht aus.

Der arme Mann, der einen solchen Widerstand seitens seiner Theaterdamen nicht gewöhnt war, geriet allmählich in den Zustand gelinder Raserei und überhäufte sie nur so mit Geschenken. Sein Kollege und Kompagnon, der natürlich vor Eifersucht platzte, wollte hinter ihm nicht zurückstehen, und so entspann sich ein für Lore außerordentlich belustigender Kampf der beiden Obergötter, bei dem sie nicht zu kurz kam. Wenn der eine ihr etwas bewilligte, übertrumpfte ihn der andere sicher. Im Kontrakt stand, sie hätte die modernen Toiletten selbst zu bezahlen – Direktor Schorz strich den Passus, so daß das Theater auch hierfür zu sorgen hatte. Sofort ordnete sein Kompagnon Frankreicher an, daß Lore tägliche Wagengelder zu erhalten habe. Schorz schickte ihr einen herrlichen Brillantring. Zwei Stunden später kam derselbe Theaterdiener und brachte ihr eine Perlenbrosche von Frankreicher. In dieser Tonart ging es weiter. Und beide hofften auf die Premiere, denn von dem Erfolg derselben hatte Lore ihre Geneigtheit abhängig gemacht.

Die Premiere kam und gestaltete sich zum glänzendsten Siege der erprobten Truppe des Metropolitantheaters, wie ein begeisterter Rezensent sich ausdrückte.

Alle Kritiker waren sich darüber einig, daß dieser Erfolg hauptsächlich der Kunst und den Reizen der Debütantin, Fräulein Lori Bros – diesen Theaternamen hatte sie gewählt – zu danken sei. »Die neue Revue«, schrieb einer, »besteht aus fünf Kleidungs-, vielmehr Entkleidungsphasen des Fräulein Bros. Im ersten Bilde zeigt sie sich als elegante Mondäne in hochgeschlossener Toilette. Man ist gespannt, welche Reize die kostbare Hülle birgt. Im zweiten läßt ein durchsichtiger Gazeschleier bereits ahnen, was für Delikatessen dem Publikum bestimmt sind. Man erwartet mit Ungeduld das dritte Bild. Hier folgt die erste Enthüllung – von oben. Man sieht eine herrliche Büste, ein paar wunderschöne Arme, einen tadellosen Rücken. Man ist entzückt. Das vierte Bild dreht sich um die Beine des Fräulein Bros. Sie sind es wert, den Mittelpunkt des ganzen Abends zu bilden. Man ist begeistert. Das fünfte endlich enthüllt das Ganze, dieses wundervolle Ganze. Man rast.«

Und so war es auch. Als Lore im letzten Bilde – Phryne vor ihren Richtern – ihre Seidenkleider abwarf und im dünnen Seidentrikot dastand, schien es, als ob das Publikum den Verstand verlieren wollte. Die paar Mucker, die die Entrüsteten spielen wollten, wurden niedergeklatscht. Beifallssalven donnerten unaufhörlich durch das ganze Haus, und immer und immer wieder mußte Lore, natürlich im Trikot, erscheinen. Am nächsten Tage war das Haus für die ersten vier Wochen ausverkauft. – –

Am folgenden Tage erschien um drei Uhr nachmittags Herr Direktor Schorz in der Wohnung seines Stars, mit einem überwältigend schönen Perlenkollier bewaffnet.

»Nun, was sagen Sie?« rief er triumphierend. »Haben Sie die Kritiken gelesen?«

»Ja, man ist sehr gnädig mit mir ins Gericht gegangen.«

»Gnädig? Ins Gericht gegangen? Sie sind denn doch etwas zu bescheiden! In den Himmel müßte man Sie heben. Sie sind ein Genie!«

»Weil ich so schöne Beine habe, nicht wahr?«

»Ach, tun Sie doch nicht so! Sie wissen selbst ganz gut, was Sie von sich zu halten haben. Und als Zeichen meiner Anerkennung habe ich mir erlaubt, Ihnen diese Kleinigkeit zu Füßen zu legen.«

Er hielt ihr das Etui mit dem Kollier hin.

»Wie reizend!« rief sie und nahm es in die Hand, um es nach Gebühr zu bewundern.

Sie vertiefte sich in die Betrachtung so sehr, daß sie gar nicht darauf achtete, was der Herr Direktor derweilen unternahm. Er schob ihr vorsichtig die Röcke in die Höhe, erst bis über die Knie, dann höher und höher, bis er auch den Spalt des Batisthöschens in seinem Bereich hatte. Vorsichtig, um sie ja nicht zu erschrecken, legte er seine dicke, fleischige Hand auf das üppige Goldvlies – sie war so vertieft, daß sie gar nichts merkte. Auch nicht, als sich seine zitternden Finger noch mehr vorwagten, als sie im weiteren Verlaufe der Begebenheiten dem kleinen, steinharten Kitzler ihre Referenzen bezeugten; als sie bis an den Eingang zum Allerheiligsten selbst vordrangen. Erst als er seine freie Hand in den Ausschnitt ihres Kleides versenkte, befand sie es für gut, endlich aufmerksam zu werden.

»Was machen Sie da?« rief sie in hellem Entsetzen, ohne jedoch beiseite zu rücken.

Aber der Herr Direktor, der ganze zwei Monate auf diesen Augenblick gewartet, hatte jetzt keine Zeit mehr.

»Lassen Sie mich – lassen Sie mich«, stöhnte er. »Sie werden von mir alles haben, was sie wollen – lassen Sie mich!«

Sie empfand mehr Ekel als sonst etwas, aber um der guten Sache willen sank sie zurück. Der alte Faun stürzte sich schnaubend und prustend zwischen ihre Schenkel und bohrte ihr sein arg mitgenommenes Liebesinstrument in den Leib. Um schneller zu Ende zu kommen, hob und senkte sie sich in so beschleunigtem Tempo, daß ihr Bereiter selber ganz atemlos bat:

»Nicht so schnell, nicht so schnell!«

Und fortwährend stöhnte er:

»Wie du vögelst – wie du vögelst – du bist ein Go – Go – Gotteswunder!«

Als er zum dritten Male Gott anrief, ward ihm Erlösung. Unter erhebendem Geschnaufe und Gepruste spritzte er seine paar Samentropfen in Lores Wonnegrotte, die schließlich auch ihre Schleußen öffnete.

Sie verschwand dann in ihr Toilettenzimmer, während Schorz sich auf der Stätte seiner Heldentat von dieser erholte. Als sie zurückgekehrt war, fürchtete sie, er werde sie neuerdings zum Kampfe zwingen, aber er begnügte sich, sie am ganzen Körper abzutätscheln – an eine Wiederholung dachte er nicht, da er doch die Grenzen seines Könnens wußte und es mit seiner Würde als Direktor unvereinbar gewesen wäre, sich vor ihr so zu blamieren.

Also zog er es vor, als Held und Sieger abzuziehen. Er preßte noch einen dicken Schmatz auf ihre Brust, dann griff er zum Hute.

»Vor allem aber bitte ich dich, liebe Lore«, sagte er, bereits die Türklinke in der Hand, »nichts meinem Kompagnon, dem Frankreicher, diesem ekelhaften Kerl, zu verraten!«

»Nein, nein«, versicherte sie. »Wo werde ich so dumm sein. Er ist mir ja so widerlich!«

Eine Viertelstunde später schob sich der Kompagnon in ihr Zimmer. Sie lachte innerlich, wenn sie sich ausmalte, wie rührend das hätte sein müssen, wenn die beiden sich getroffen hätten.

Frankreicher brachte als Präsent die zerrissene Quittung über den Vorschuß, den sie beim Abschluß des Vertrages erhalten. Auch bei ihm war sie so liebenswürdig, sich in den Anblick seines Geschenkes so zu vertiefen, daß sie gar nicht merkte, daß er dieselben Wege beschritt wie sein Vorgänger. Die Szene nahm auch den gleichen Verlauf, nur daß Frankreicher, der in dem schönen Budapest das Licht der Welt erblickt hatte, seiner Wonne in den Lauten seiner Heimat Ausdruck verlieh:

»Joi – wie se trennt – wie se trennt – wer mer alles Gute gönnt!« Das war die Begleitmusik, nach derem Takte er mit seinem Kugelbauche auf Lore auf- und niederfuhr, bis unter unzählbaren Joi's sich der Strom – eigentlich war's nur ein Bächlein – in das Reservoir ergoß, in dem auch die Säfte seines Kompagnons Aufnahme gefunden hatten.

Lore, die die Gerechtigkeit selber war, arbeitete bei ihm ebenso mit wie bei dem andern und gestattete sogar, daß er zum Schlusse des Vergnügens sie auf den runden Popo küßte.

Aber dann mußte auch er durch die Mitte abgehen.

»Aber um eins bitt' ich dich, mein Kind«, sagte er, gleichfalls in der Tür. »Diskretion, strengste Diskretion gegen meinen Kompagnon, den Schorz, den ekelhaften, deutschen Bruder!«

»Wo werde ich so dumm sein! Er ist mir ja so widerlich!«

Neuntes Kapitel

Was blieb Lore noch zu wünschen übrig? Sie, die Tochter des Gelegenheitsarbeiters, die betteln gegangen und dem ganzen Scheunenviertel als Genußmittel gedient, strahlte nun als allererster Stern am Theaterhimmel. Ihr Vorzimmer war immer voll von Agenten, Managern und Unternehmern, die ihr Anträge stellten – einen immer glänzender als den andern. Die Reporter erkundigten sich nach ihrem Befinden wie bei einer Prinzessin, Backfische baten sie um ihr Autogramm. Jeden Abend war ihre Garderobe mit Blumen übersät. Und dann – –.

War sie schon als Star der Continental-Bar das Sehnen und Trachten aller Lebemänner und Lebebabys gewesen, so begann jetzt ein förmliches Wettlaufen um ihre Gunst. Man stand Queue am Bühnenausgang, man bestürmte sie in ihrer Wohnung. Die Brillanten regneten ihr nur so in den Schoß. Man legte Bankkontos für sie an. Spielte für sie an der Börse. Eine große deutsche Automobilfabrik stellte ihr ein Automobil samt Chauffeur und Garage zur Verfügung, weil ihr Name die beste Reklame für die Gesellschaft war. Berlin war in einem Lore-Bros-Taumel.

Und sie?

Sie verlor nicht, wie so viele, denen es ähnlich ergangen, es an ihrer Statt getan hätten oder getan haben, den Kopf, sondern blieb inmitten des Wirbelsturmes, der sie umbrauste, ruhig und kalt und nüchtern. Nicht einen Moment ließ sie ihr Ziel aus den Augen, reich zu werden, damit sie jedes Hindernis auf der Suche nach Reichert überwinden konnte. Die Kavaliere ruinierten sich um ihretwillen, Duelle fanden ihretwegen statt, die Ehre eines Grafen und eines Bankdirektors ging um ihres Lächelns willen in Trümmer – sie hatte für die Opfer kein Wort, keinen Blick des Mitleids. Ihr ganzes Sehnen und Fühlen ging nur nach dem Einen, Einzigen, der sie nicht nur besessen, sondern auch geliebt hatte.

Auch jetzt blieb sie ihren Grundsätzen treu. Nie band sie sich an einen Mann fest. Mehr als eine Nacht ward keinem bewilligt, und ehe er diese Gunst erlangte, mußte er ausgiebig bluten.

Eine Visitenkarte, die nicht von irgendeinem Geschenk begleitet war, schickte sie ohne weiteres zurück. Wer sich mit einer Stunde Liebesglück in ihren Armen begnügte, mußte dafür fünf blaue Scheine niederlegen. Eine ganze Nacht kostete zumindest zwei bis drei Braune.

Und wenn dann einer auf ihr so recht stöhnte und vor Seligkeit zwischen ihren göttlichen Schenkeln zu vergehen meinte, schloß sie die Augen und dachte an das Eisbärenfell, auf dem sie einst selig gewesen.

In den Monaten März und April ging sie auf eine Tournee nach Rußland. Fünfhundert Rubel pro Abend erhielt sie Gage, und die Petersburger und Moskauer Kavaliere legten ihr Vermögen zu Füßen. Für eine einzige Nacht schickte ihr Großfürst Alexis einen Saphirschmuck, der eine runde Viertelmillion wert war. Der Fürst Loworin schenkte ihr einen Viererzug, der nicht viel weniger Wert hatte. Als Millionärin kehrte sie nach Berlin zurück. Als sie wieder in ihre Wohnung am Kurfürstendamm trat, sagte sie sich: Jetzt hab' ich genug. Jetzt kann ich auf alles verzichten. Jetzt werde ich ihn suchen.

Die Bühne und ihre Erfolge reizten sie nicht im mindesten. Sie waren ihr ja nur Mittel zum Zweck gewesen, und nun, da sie ihrer nicht mehr bedurfte, überlegte sie es sich keinen Moment, ihnen den Rücken zu kehren. Ganz kühl, in wenigen Zeilen, teilte sie der Direktion des Metropolitantheaters ihren Entschluß mit, der Bühne Valet zu sagen.

Man kann sich denken, wie die beiden Freunde Schorz und Frankreicher diese Mitteilung aufnahmen. Sie liefen wie sie gingen und standen, nein, sie rasten, nein, sie flogen zu Lore in die Wohnung, rannten das Stubenmädchen, das ihnen den Eintritt verwehren wollte, über den Haufen und fielen vor ihr fast auf die Knie.

»Das ist unser Ruin!« schrie Schorz.

»Wir sind total pleite!« krächzte Frankreicher.

»Ganz Berlin wartet schon auf Ihr Auftreten!«

»Was heißt, ganz Berlin? Die ganze Welt!«

»Wir haben das neue Stück nur für Sie schreiben lassen!«

»Das Stück ist überhaupt nur für Sie!«

»Wir geben Ihnen vierzigtausend Mark Gage!«

»Und drei Monate Urlaub!«

Lore ließ sich bestimmen, mit den beiden nun eitel Glück und Wonne strahlenden Dioskuren noch auf ein Jahr einen Vertrag abzuschließen, riet ihnen aber, sich rechtzeitig nach Ersatz umzusehen, da sie das nächste Jahr unter keinen Umständen mehr auftreten werde. Die Ehrenmänner versprachen das Blaue vom Himmel herunter, und Lore unterzeichnete achselzukkend den neuen, um so vieles besseren Vertrag.

Wieder begann die Hetzjagd mit den Proben auf der Bühne und bei der Schneiderin. Sie lehnte alle Einladungen ab und zog auch ihren Direktoren, die jetzt mehr von ihr abhingen als sie von ihnen, eine unüberwindliche Schranke. Als Schorz einmal in seinem Privatbüro versuchen wollte, sie auf seinen Schoß zu ziehen, sagte sie ihm ganz klipp und klar:

»Herr Direktor – das steht nicht in unserem Vertrage. Und so, wie Sie mehr verlangen als das, wozu ich verpflichtet bin, sehe ich den Vertrag als gebrochen an und halte mich zu gar nichts mehr verpflichtet.«

Damit rauschte sie zur Türe hinaus und ließ den guten Mann – einem Schlaganfalle nahe – zurück. Als er sich erholt hatte, machte er seinem Grimm in dem einen Worte Luft: »Kanaille!«

Die Premiere gestaltete sich zu einer noch größeren Sensation als die vorjährige. Der große Abend war natürlich ein Ereignis, von dem ganz Berlin noch Wochen hindurch sprach. Lore war schöner gewesen denn je, und was sie an dem

Abend an Blumen erhielt, repräsentierte an sich ein kleines Vermögen.

Aber sie erhielt noch etwas anderes.

In der Pause überbrachte ihr die Garderobiere eine in einem Kuvert verschlossene Visitenkarte. Sie wollte sie schon achtlos beiseite werfen, als sie die Frau bat, sie möchte doch einmal sehen, was für ein Name auf dem Kärtchen stehe.

»Gott, sicher wieder so ein Seladon«, lachte Lore.

»Na, sehen Sie mal nach«, beharrte die Frau.

»Wenn Ihnen etwas daran liegt!« meinte das schöne Weib, erbrach das Kuvert und las:

Carl August, Prinz von P …

Lore legte die Karte seelenruhig beiseite und sagte:

»Lassen Sie ihn schön grüßen!«

»Er sitzt oben in der ersten Loge!«

»Von mir aus kann er sitzen, wo er will!«

Nicht einen Blick sandte sie hinauf. Er interessierte sie so wenig wie alle anderen, die ihr nachliefen.

Am nächsten Morgen überbrachte ein Leibjäger ein Etui mit einer kostbaren Rivière und eine Einladung zu »Hiller« zum Souper.

Lore hatte gerade den Besuch ihrer alten Freundin Claire, als der Liebesbote des Prinzen eintraf.

Die schwarze Barhebe geriet tatsächlich aus dem Häuschen, als sie erfuhr, wer der Sender war.

»Lore – Lore – du hast ein Glück!«

»Aber ich pfeif' drauf. Ich schick' ihm die Einladung samt dem Kram da zurück.«

»Du bist übergeschnappt!«

»Nimm's, wie du es willst – mich ekelt vor allen diesen Kerlen, ob sie nun Prinzen oder Schusterjungen sind. Ich will mit keinem mehr etwas zu tun haben.«

Claire schnappte nach Luft, so weg war sie über die Antwort.

»Aber Menschenskind, so bedenke doch!« stammelte sie, nachdem sie sich gefaßt hatte. »Ein Prinz, ein veritabler Prinz! Am Ende, wenn du's schlau anfängst, heiratet er dich.«

»Heiraten – –!«

Eine Idee, so kühn, so toll, sprang in Lores Gehirn auf, daß sie zuerst selber davor zurückschreckte. »Man könnte es ja versuchen«, sagte sie nachträglich.

»Was?«

»Sich von dem Narren heiraten zu lassen, um –.«

»Um –?«

»Um sich wieder scheiden zu lassen und –«

»Und –? So laß dir doch nicht jedes Wort aus der Nase ziehen!«

»Und eine große Abfindungssumme herauszupressen.«

Claire war entgeistert, Claire war starr, Claire machte den Mund auf und machte dann den Mund wieder zu.

»Weißt du«, rang sie sich endlich ab, »weißt du, Lore, du bist das größte Luder, das ich kenne!«

»Ich danke für das Kompliment!«

Also soupierte Lore am Abend nach der Vorstellung mit dem Prinzen in einem Chambre particulière bei Hiller. Er war ein blonder, junger Mensch – so ein echter preußischer Leutnant, hochmütig und fad, aber er behandelte sie als Dame. Dementsprechend verlief auch dieses erste Rendezvous ziemlich gespreizt, da Lore, ihrem Plane gemäß, dem Prinzen nicht die geringsten Avancen machte.

Wie geschickt ihre Taktik war, zeigte sich bald. Carl August wurde jedesmal wärmer, und als er sich eines Nachmittags bei ihr zum Tee befand, machte er ihr einen direkten Antrag. Sie solle sich von der

Bühne zurückziehen, er werde sie vollkommen schadlos halten und ihr in der Nähe seines Palais eine elegante Wohnung einrichten, in der sie nur ihn empfangen dürfe.

Sie hörte ihn ruhig an, ohne ihn ein einziges Mal zu unterbrechen. Dann aber erwiderte sie ebenso hochmütig, wie er gesprochen:

»Hoheit, so manche meiner Kolleginnen würde über Ihr Angebot vor Entzücken wahnsinnig werden. Ich empfinde nur das Beleidigende darin. Sie wollen mich kaufen.«

»Aber pardon, Fräulein – –.«

»Lassen Sie mich ausreden, Hoheit, ich gestehe Ihnen ganz offen, daß ich Ihnen daraufhin die Türe gewiesen hätte, wenn – wenn ich nicht solche – Sympathie für Sie empfände. Umso mehr tut es mir weh, daß gerade Sie mir solchen Schimpf antun, denn da Sie nun sehen werden, mit mir ist nichts anzufangen, werden Sie sich wohl von mir abwenden.«

Sie beglückwünschte sich innerlich selbst zu der schauspielerischen Kunst, mit der sie diese Tirade herunterdeklamierte. Am Schluß erglänzten sogar zwei helle Tränen in den blauen Augen.

Der Prinz sah sie wohl, sah aber noch deutlicher das stürmische Wogen ihrer runden Brust, und seine ohnehin nicht starken Gedanken begannen sich zu verwirren. Sonst hätte er sich doch sagen müssen, daß ihm dieses Weib, das unzählige Männer kaltherzig ruiniert hatte, nur eine raffinierte Komödie vorspielte.

Aber er sagte es sich nicht und ging in die Falle, die sie ihm stellte.

»Was soll ich tun, um Sie zu erringen?« fragte er ganz kleinlaut. »Ich muß Sie erringen, ich muß – und wenn ich zugrunde gehen müßte!« Lore atmete tief auf. Jetzt fiel die Entscheidung.

»Wären Sie kein Prinz, wären Sie ein schlichter Bürgerssohn, ein armer Teufel meinetwegen, ich würde Ihnen sagen: Heiraten Sie mich! Aber so – so bleibt uns nichts übrig, als uns zu trennen.«

Und während sie abermals zwei Tränen vergoß, musterte sie ihn verstohlen. Wenn er jetzt Mütze und Säbel nimmt und geht, ist's aus, dachte sie. Aber er tat nichts dergleichen. Stumm saß er vor ihr und zupfte nervös an seinem Schnurrbärtchen.

»Sie haben das Wort ausgesprochen, das ich mir schon oft gesagt habe«, begann er dann nach einer Weile. »Glauben Sie mir, ich würde keine Minute zögern, wenn nicht unüberwindliche Hindernisse dem entgegenstünden!«

»Ich weiß, daß diese Hindernisse für Sie unüberwindlich sind«, antwortete sie mit steinerweichender Bitterkeit und Trauer. »Deshalb verzichte ich.«

»Lore, Sie betonen, daß die Hindernisse für mich unüberwindlich sind. Warum gerade für mich? Halten Sie mich nicht für Manns genug, sie zu überwinden?«

Ihre Antwort war Schluchzen. Sie schlug den Kopf in beide Hände und weinte und weinte. Daß sich dabei ihr Rock verschob und ihr herrliches Bein bis zum Knie sichtbar wurde, war nicht ihre Schuld. Mein Gott, wenn man einen solchen Schmerz durchzukämpfen hat, kann man nicht daran denken, ob und was der böse Rock gerade ver- oder enthüllt.

Aber Carl August dachte und sah's, und Carl August schwor angesichts dieser verlockenden Wade, die Besitzerin dieser und all' der anderen Schätze sich zu eigen zu machen.

»Lore, weinen Sie nicht, Lore – ich schwöre Ihnen, es wird noch alles gut werden. Nur müssen Sie mir Zeit lassen!«

»Was wollen Sie tun?« fuhr sie auf.

»Prinz, Sie wollen sich meinetwegen ins Unglück stürzen? Nein, nein, das lasse ich nicht zu!«

Der vermaledeite Rock schob sich höher und höher, und dem armen Prinzen trat der Schweiß auf die Stirne, weil er nun über dem schwarzen Seidenstrumpfe ein Stück des weißen, üppigen Schenkels sah. Was er noch an klarer Vernunft in seinem prinzlichen Schädel hatte, ging momentan in Rauch auf, und so aufgeregt wurde er, daß ihm sogar sein Monokel aus dem Auge fiel.

»Ich liebe dich«, schrie er und stürzte zu ihren Knien, die er schnell umklammerte, ehe sie den Rock herunterziehen konnte. »Ich muß dich besitzen – du schönste aller Frauen! Sei mein – sei mein –!«

Er versuchte, sie niederzudrücken. Wollte ihr mit den Händen zwischen die Schenkel hinauf. Aber sie, Lore Brösemeyer aus dem Scheunenviertel, verteidigte sich so energisch, daß er besiegt und beschämt von ihr ablassen mußte. Mit der Würde einer beleidigten Königin erhob sie sich und schritt, ohne ihn eines Blickes zu würdigen, der Türe zu.

»Lore!«

Er sprang ihr nach und hielt sie fest.

»Verzeih', ich habe gehandelt wie ein Unsinniger. Ich will's wieder gutmachen!«

»Das können Sie nicht wieder gutmachen.«

»Ja, ich werde es gutmachen! So wahr ich Prinz von P… bin! Morgen schon wirst du von mir hören!«

Damit stürzte er fort. Lore aber warf sich auf die Chaiselongue und – lachte.

Am nächsten Tag kam er nicht. Statt dessen erhielt sie in der Garderobe ein kurzes Briefchen, in dem er ihr mitteilte, daß er schon daran arbeite, ihren Plan auszuführen.

Aber die Sache ging doch nicht so schnell. Lore hatte ja schließlich Zeit zu warten.

Mittlerweile aber überwarf sich Lore mit ihren Direktoren, weil ihr das Moderne Theater, in dem französische Pikanterien aufgeführt wurden, mehr Gage bot. Ohne sich die Geschichte lang zu überlegen, provozierte sie mit den Dioskuren einen Streit auf offener Szene derart, daß diesen nichts übrigblieb, als sie zu entlassen. Acht Tage später trat sie in einem französischen Schwank auf, im Modernen Theater, natürlich mit dem allergrößten Erfolg, da sie eine – griechische Statue darzustellen hatte.

Die Blätter konnten sich lange nicht darüber beruhigen, daß sie, die Diva eines Ausstattungstheaters, auch in einem richtiggehenden Lustspiel mit Glanz bestehen konnte, wenn sie auch hier ihre Schenkel und Hüften ins Treffen geführt hatte.

Noch in einer zweiten und dritten Rolle trat sie auf, in Rollen, in denen sie keine Enthüllungen vornahm, und – gefiel.

Eines Abends kam der Prinz in Zivil zu ihr in die Garderobe, glühend, aufgeregt.

»Teuerste Lore, es ist alles soweit. Wenn du willst, können wir jetzt nach London reisen, um uns dort trauen zu lassen.«

»Also gut, morgen!«

»Warum erst morgen?«

»Weil ich mich noch zusammenrichten muß. Jetzt geh', ich muß gleich auftreten.«

Er durfte die pfirsichweiche Wange küssen und verschwand.

Sie aber spielte ruhig zu Ende; dann fuhr sie zu der Continental-Bar, wo sie ihre Freundin Claire bestimmt zu finden wußte, ließ sie durch ihren Chauffeur herausholen und nahm sie mit in ihre Wohnung.

Dort sagte sie ihr:

»So, Claire, jetzt bin ich dort, wo ich sein wollte. Morgen fahre ich mit diesem Dummkopf von Prinzen nach London hinüber, um dort sein liebend Weib zu werden. Da ich aber durchaus keine Lust habe, es lange zu bleiben, wirst du folgendes tun: Morgen, wenn der Zug, in dem wir sind, Berlin verlassen hat, gehst du hinauf in die Redaktion irgendeines großen Blattes, ganz gleich, welches, und erzählst ihnen, daß sich eine bekannte Schauspielerin von einem P…schen Prinzen entführen lasse, um dort sein Weib zu werden. Nenne aber keinen Namen, denn die Sache darf nicht zu plump angefangen werden.«

»Was willst du damit – –?«

»Gott, Claire, bist du dumm! Seine Leute uns nachhetzen, um auf diese Weise so bald als möglich zu einer Abfindungssumme zu kommen. Oh, ich werde nicht billig sein!«

»Und was geschieht mit der Wohnung und den Sachen hier?«

»Die Wohnung mit allem, was darin ist, schenke ich dir. Meinen Schmuck habe ich bei mir. Und die Koffer mit Kleidern und Wäsche, die ich nicht nach London mitnehme, schickst du mir nach Wien bahnhoflagernd.«

»Nach Wien? Was willst du dort?«

Da fuhr Lore auf. Ihre Augen strahlten, durch ihren ganzen Leib ging ein mächtiges Zittern.

»Was ich in Wien will, Claire?« rief sie. »Mein Glück, mein Glück, nach dem ich mich all' die Jahre gesehnt habe!«

Sie fuhren am nächsten Tage nach London; zwei Tage später waren sie Mann und Frau.

Sie bewohnten im Hotel zwei elegante Zimmer, die durch einen Salon miteinander verbunden waren. Lore hatte auf diese Trennung der Appartements gedrungen.

»Ich bin deine Braut«, sagte sie zu ihm, der sie während der ganzen Reise bedrängte, »und ich wünsche als solche respektiert zu werden. In dem Moment, da ich deine Frau bin, gehöre ich dir. Ich selbst sehne mich ja so sehr danach!«

Das war eine der fettesten Lügen, die je über Lores rote Lippen gekommen – aber das genierte sie nicht. Der Zweck heiligt ja die Mittel.

Und ihre Hoffnung hatte sie nicht betrogen.

Als sie von dem Friedensrichter zurückkehrten, der sie getraut hatte, kamen sie im Parterre des Hotels an drei Herren vorbei, die bei ihrem Anblick sich aus ihren Fauteuils erhoben und den Prinzen sehr höflich begrüßten. Dieser wurde totenbleich, als er sie vor sich sah.

»Hoheit, dürften wir um den Vorzug bitten, von Ihnen empfangen zu werden?« sprach der Älteste der Herren, dem man trotz der Zivilkleidung den hohen preußischen Offizier ansah.

Carl August war keiner von den Starken, Entschlossenen. – Fassungslos starrte er bald auf den Sprecher, bald auf Lore, die nur mit äußerster Mühe ihren Triumph verbergen konnte.

Um die Sache schneller zu Ende zu bringen, ging sie – gleichsam diskret – in ihr Zimmer. Hier konnte sie sich nicht halten. Sie mußte einen Luftsprung machen vor Freude darüber, daß ihr Trick mit der Zeitungsnachricht so prompt gewirkt hatte.

Zwei Minuten später betrat der Prinz mit den drei Herren den Salon. Sie huschte an die Türe und lauschte.

»Eure Hoheit werden gnädigst verzeihen«, hörte sie den alten Offizier wieder sagen, »wenn wir hier im Auftrage erscheinen, der uns selbst am peinlichsten ist. Allein Hoheit sind selbst Soldat und wissen, daß man gehorchen muß, wenn der oberste Kriegsherr befiehlt. Ich bin beauftragt, Eurer Hoheit diesen Brief seiner Majestät zu übergeben.«

Lore hörte ein Papier knistern, dann eine Pause, in der Carl August wahrscheinlich den Brief las.

»Dann vernahm sie die tonlose Stimme ihres »Gemahls«:

»Also, nach Südwestafrika soll ich?«

»Allerdings – so hat Majestät zu entscheiden geruht. Jedoch sagte mir Majestät wörtlich: Wenn der Prinz Carl August meinen Brief gelesen hat, sagen Sie ihm, daß ich geneigt bin, Milde walten zu lassen und die ganze triste Geschichte als unüberlegten Leutnantsstreich anzusehen, wenn er Ordre pariert, das Frauenzimmer verläßt und mit Ihnen auf dem nächsten Schiffe zurückkehrt.«

»Und was geschieht dann, wenn – wenn ich gehorche?«

»Dann werden Hoheit von mir als Ihrem Vorgesetzten mit acht Tagen Stubenarrest wegen der eigenmächtigen Entfernung aus der Garnison bestraft.«

Carl August ging im Zimmer auf und ab. Er schien mit sich zu kämpfen.

»Ich müßte aber doch – –«, begann er nach einer Weile zaghaft.

»Wollen Hoheit das gnädigst mir überlassen«, sagte der alte General.

Carl August seufzte erleichtert auf.

»Ja, lieber Bärenfeld, tun Sie das. Aber gehen Sie zart mit ihr um. Sie ist ein außergewöhnliches Weib.«

»Und du ein ganz gewöhnlicher Schmachtlappen«, knirschte Lore. Sie war nun aber froh, daß sie es mit dem alten Haudegen allein zu tun hatte – denn dem brauchte sie keine Gefühlskomödie vorzuspielen.

Die Herren verließen das Zimmer, und gleich darauf klopfte es an ihrer Tür.

»Wer ist's?« rief sie hinaus, obwohl sie genau wußte, wer es war.

»Mein Name ist Bärenfeld, kommandierender General. Wenn gnädige Frau mir einige Minuten Gehör schenken wollen, wäre ich sehr verbunden.«

Lore trat hinaus, stolz, hochmütig und so blendend schön, daß der alte Soldat sofort begriff, warum der Prinz den unüberlegten Leutnantsstreich begangen.

Sie lud ihn mit einer Handbewegung zum Sitzen ein. –

»Ich weiß, was Sie wollen, Exzellenz«, sagte sie kühl. »Ich habe einen Teil Ihres Gespräches mit meinem – mit dem Prinzen – gehört. Es ist vielleicht nicht schön zu lauschen, aber Sie werden es mir ja nicht verdenken. Zumal unsere Unterredung dadurch sehr abgekürzt wird. Sie sind gekommen, um mich von dem Prinzen zu trennen – –.«

Der General, der geglaubt hatte, es mit irgendeiner Person zu tun zu haben, und sich nun einer Dame, einer wirklichen Dame gegenübersah, war in keiner geringen Verlegenheit.

»Ich hätte nicht geglaubt, daß er sich so leicht trennen würde«, fuhr sie fort. »Prinz Carl August ist frei, und es steht Ihnen frei, die Scheidung sofort einzuleiten.«

Damit erhob sie sich, zum Zeichen, daß sie die Unterredung für beendet betrachte.

»Gnädige Frau, wir sind Ihnen für Ihr Entgegenkommen sehr dankbar, und ich bin dementsprechend beauftragt, Ihre Wünsche betreffs des Schadens, der Ihnen durch die Reise erwachsen ist, entgegenzunehmen.«

»Ich habe zwar mein Engagement aufgegeben, bin auch auf lange Zeit in Berlin unmöglich infolge des Schimpfes, der mir angetan wurde – jawohl *des* Schimpfes –, aber ich konstatiere, daß Exzellenz zuerst davon gesprochen haben, nicht ich.«

»Aber das ist ja selbstverständlich!«

»Bitte – mein Konto ist auf der Deutschen Bank.«

Der General verneigte sich tief, sehr tief sogar – sie nickte gnädig – ihre Liebesaffäre mit dem Prinzen Carl August gehörte der Vergangenheit an.

Nun war sie frei! Ganz frei!

Noch am selben Tage fuhr sie nach Vlissingen, von wo sie der direkte Expreß nach Wien brachte.

Der Portier hatte damals gesagt, Rudolf sei in seine Heimat zurückgekehrt. Vielleicht hatte er sich hier dauernd niedergelassen. Auf jeden Fall mußte sie ihre Nachforschungen hier beginnen.

Sie hatte auch hier Glück, wie bei allem, was sie unternahm. Als sie im Hotel Bristol angekommen und sich von der Fahrt etwas erholt und erfrischt hatte, ließ sie den Direktor zu sich bitten und ersuchte ihn, den Aufenthaltsort des Malers Rudolf Reichert zu eruieren.

»Ah, den berühmten Reichert? Der

wohnt ja hier in Wien – da draußen irgendwo in St. Veit –, einen Moment, gnädige Frau, ich werde sofort nachschlagen lassen.«

Drei Minuten später kam er zurück.

»Herr Reichert bewohnt seine eigene Villa in der Lainzer Straße 110.«

Zehntes Kapitel

Wie ein Kind zitternd, machte sie sich noch am selben Tage auf den Weg. Fuhr sie doch der Erfüllung ihres Lebens entgegen, dem Glück, der Seligkeit oder – –? Schaudernd sagte sie sich: Wenn er dich aber zurückweist, nimmst du Gift. Vor seiner Türe nimmst du es.

Lange hatte sie geschwankt, was sie anziehen sollte. Endlich hatte sie sich für ein modernes Direktoirekleid entschieden, das sehr einfach, sehr dezent war und doch ihre schöne Figur in vollster Plastik zeigte. Unter dem

Kleide trug sie nichts als ein papierdünnes Batisthemd und hohe, schwarze Seidenstrümpfe. Er sollte es leicht haben – ganz leicht. An ihre wogende Brust gedrückt, sorgfältig verpackt, hielt sie das Bild, das sie einst am Grunde des Koffers gefunden – –.

Je näher sie zum Ziele kam, desto mehr steigerte sich ihre Erregung.

Da hielt der Wagen mit einem jähen Ruck. Sie schwankte und mußte sich mit der Hand am Gitter halten, als sie der Gartentür zuschritt, während die andere die Glocke zog.

Ein alter, weißhaariger Mann kam, um zu öffnen. Da mußte ihre Kraft schon die erste Probe bestehen, denn sie erkannte in dem Diener den Portier aus dem Hause in der Hardenbergstraße.

»Sie wünschen?« fragte er höflich.

»Ich möchte gern Herrn Reichert sprechen«, brachte sie mühsam hinter ihrem Schleier hervor.

»Wenn Sie sich mit mir bemühen wollen, meine Gnädige, werde ich anfragen. Herr Reichert empfängt nicht gern Besuche«, murmelte der Alte, der den Berliner trotz seines eleganten Hochdeutsches noch immer nicht verleugnen konnte.

Er ging voran, und sie folgte ihm durch den schattigen Laubengang, an dessen Ende sie die Villa sah. Mühsam stieg sie die Treppe hinauf und ließ sich ganz mechanisch von dem Alten in ein traulich eingerichtetes Wartezimmer geleiten.

»Einen Augenblick bitte sich zu gedulden«, sagte er und wollte sich entfernen.

Da raffte sie sich auf und hielt ihm das eingepackte Bild hin.

»Bitte, wenn Sie mich Herrn Reichert melden – dann übergeben Sie ihm gleich dieses kleine Paket!«

Jetzt merkte der alte Mann, wie sonderbar erregt die Fremde war. Kopfschüttelnd verließ er das Zimmer.

Sie sank in einen Fauteuil – sie konnte nicht stehen. Die Beine versagten ihr den Dienst.

Wird er kommen? Oder schickt er das Bild zurück? Dann – dann – –.

Da hörte sie einen raschen Schritt, die Portiere wurde zurückgeschlagen, und vor ihr stand Rudolf – schön und schlank wie einst, nur reifer, männlicher. Ihr Herz stand still vor Angst – sie erhob sich, schwankte ein, zwei Schritte nach vorn und brach mit lautem Schrei zusammen:

»Rudi – Rudi!«

»Lori!«

Die beiden Namen erklangen fast in einem. Und schon riß er sie empor in seine Arme, preßte sie an sich und suchte ihre Lippen.

Da war nur ein Schluchzen, ein Stammeln, ein unterdrücktes Jauchzen zu hören. Sie hing an seinem Halse und schaute ihn durch ihre Tränen hindurch selig lachend an.

»Du schickst mich also nicht fort?«

»Ich dich fortschicken, nachdem ich auf dich gewartet, seit du von mir fort bist! Lori – Lori – ich frage dich, gehst du wieder von mir fort?«

»Nein – nein – – nie!« schrie sie.

Er hielt sie einen Moment mit beiden Armen vor sich und betrachtete sie:

»Du bist schön, bist noch schöner geworden, als du warst, bist viel schöner, als ich dich mir erträumt habe. Komm, komm!«

Er zog sie durch mehrere Zimmer in sein Atelier.

»Das ist ja genauso wie in Berlin – und da – da ist ja auch das Eisbärenfell!«

Und sie stürzte hin, um der geliebten toten Bestie einen Kuß auf die Papiermaché-Schnauze zu drücken. Dann warf sie sich, wie sie war, in Hut, Mantel und Schleier, auf die Chaiselongue, kuschelte sich zusammen, wie sie es einst immer getan, und rief:

»Jetzt bin ich wieder zu Haus. Und alles, was dazwischen liegt, ist nur ein böser Traum. Aber ich muß dir diesen Traum erzählen, ehe ich noch den Hut ablege.«

»Ich bin aber nicht neugierig«, erwiderte er, indem er sie an sich ziehen wollte.

Sie wehrte ihm jedoch beinahe hastig.

»Nein, nein – ich tu's nicht anders«, sagte sie. »Ich habe schon einmal dir gegenüber geschwiegen und bin darüber unglücklich geworden. Ich hätte nicht die Kraft, diese Sehnsucht noch einmal in mir herumzutragen. Du mußt mich anhören!«

Sie drückte ihn auf die Chaiselongue nieder, glitt zu seinen Füßen hin und begann.

Wahrheitsgetreu, ohne irgend etwas zu beschönigen, erzählte sie ihm ihr Leben von der Minute an, in der sie in ihrem namenlosen Schrecken aus dem Hause gelaufen war, bis zu der Minute, da sie wieder vor ihm gestanden – – »und« rief sie, »nun weißt du alles. Ich war eine Dirne, unzählige Männer haben mich berührt, aber, Rudi, Einziger, Geliebter, ich schwöre dir, so wahr ich jetzt in dieser Minute selig bin, keiner hat je meine Lippen geküßt! Keiner hat mich je so besessen wie du da auf dem Bilde, das ich dir mitgebracht habe und das mir das Heiligtum meines Lebens war, zu dem ich mich flüchtete, wenn ich glaubte, wahnsinnig zu werden vor Sehnsucht nach dir! Ich habe dich gesucht; wärest du nicht in Wien gewesen, ich hätte dich in allen fünf Erdteilen gesucht, und ich hätte dich gefunden! Denn ich kann nicht leben ohne dich. Und darum frage ich dich: Kann ich jetzt Hut und Mantel ablegen?«

»Ja – alles – alles!«

Wiederum wehrte sie sein Ungestüm ab.

»Das kommt später!« lachte sie. »Erst mußt du mir beichten, denn ich habe dasselbe Recht, alles zu erfahren, wie du.«

»Meine Geschichte ist bald erzählt. Als du damals wie ein recht dummes Mädel davongelaufen bist – da hab' ich dich gesucht, in ganz Berlin gesucht. Ich wollte dir ja sagen, daß du ruhig bei mir bleiben könntest, denn das, was war – das war eben, nicht wahr?«

»Ach du – du!« Und sie küßte ihn heiß und leidenschaftlich.

Und er erzählte weiter, wie er zusammenbrach schier unter dem Schmerz, als er erkannte, daß er sie verloren hatte. Erst fürchtete er, sie hätte sich ein Leid angetan. Jeden Tag las er die Chronik der Selbstmorde und lief in die Morgue. Aber er fand sie nicht lebend, nicht tot. So verließ er denn Berlin als tieftrauriger, hoffnungsloser Mann. Ging hinaus in die weite Welt, um sie zu vergessen. Aber als er nach zwei Jahren zurückkam, war er so unglücklich wie zuvor. Er kaufte sich in dem stillen St. Veit diese kleine Villa und hauste hier wie ein Einsiedler – für ihn war die Welt tot. Er lebte nur in seinen Bildern, die seinen Namen in die Welt hinaustrugen.

»Ich weiß, ich habe Schönes geschaffen«, sagte er »viel, viel Schöneres als die meisten – ich hatte aber auch ein Modell, wie sie keines besaßen – komm'!«

Er zog sie vor den großen venezianischen Spiegel in der einen Ecke, stellte sie davor, so daß sie sich sehen mußte.

»Siehst du, sag' selbst, ist mein Modell nicht abgöttisch schön? Gibt es ein schöneres Weib auf Erden?«

Sie bog den Kopf zurück, und ohne sich umzudrehen, zog sie den seinen an sich heran, um ihn zu küssen.

»Willst du nicht nachsehen, ob sich dein Modell in all' den Jahren nicht etwas verändert hat? Vielleicht kannst du es nicht mehr gebrauchen?«

»Darf ich – darf ich?«

Ein langer Kuß war ihre Antwort.

Da zog er, hinter ihr stehend, ihr den Rock in die Höhe, zog ihn bis über die Taille, so daß sich ihm die herrlichen Waden, diese göttlichen Schenkel, diese schwellenden Hüften in ihrer ganzen Pracht darboten.

»Lori – Lori«, stöhnte er.

»Bin ich dir noch recht? Wirst du mich wieder malen?«

»Ich habe bis jetzt nur dich gemalt und werde auch bis zum letzten Pinselstrich nur dich malen. – Aber jetzt – jetzt – komm –.«

Er griff ihr mit der Linken von rückwärts durch die Schenkel, die sie so freudig öffnete, an die Stelle, an der sein Paradies lag, während er mit der Rechten den, der sich danach gesehnt, hervorholte und ihn zwischen die üppigen, steinharten Hemiglobben preßte, an die er sich andrückte.

Sie begann sofort ganz leicht den gewissen Freudentanz zu vollführen, riß sich aber doch los und ließ die Röcke fallen.

»Liebster, nicht so! Nicht jetzt! Haben wir so lange gewartet, werden wir es ja noch ein kleines bißchen aushalten, nicht wahr? Wir wollen uns das bis zuletzt aufheben. Kann dieser eine Tropfen unsern Durst löschen? Heute nacht soll unsere Hochzeitsnacht sein, und du sollst erfahren, daß ich kein Fünkchen meiner Glut verloren habe, alles, alles habe ich nur für dich aufgespart! – Es ist eine wahnsinnige Menge, Schatz, und du wirst viel zu tun haben, bis du sie gelöscht haben wirst! Also, d'rum spare deine Kräfte bis nachher! Mir zuliebe!«

Während sie ihm diese von sanften Küssen unterbrochene Rede hielt, hatte sie den widerstrebenden Priap mit ihren weichen Händen in sein Verlies zurückgeschoben und dieses dann wieder verschlossen.

»So, und nun zeig' mir dein Haus«, sagte sie dann und hängte sich in ihn ein.

»Unser Haus, willst du natürlich sagen.«

Er führte sie durch alle Räume, die sämtlich gleich elegant und gleich stilvoll eingerichtet waren.

Oben waren die Wohnräume, ein Musikzimmer, ein kleiner Speisesaal, eine Bibliothek, zwei Gastzimmer und ein Schlafzimmer.

Das erste, was sie in diesem Schlafzimmer sah, war, daß es nicht ein, sondern zwei nebeneinanderstehende Betten enthielt.

»Wer schläft denn in dem zweiten Bett?« fragte sie ihn.

»Bis jetzt niemand. Aber von nun an wirst du darin liegen. Es war für dich bestimmt – es hat auf dich gewartet.«

Über den Betten hing ein großes, farbenprächtiges Bild.

»Kennst du das?«

»Ja … du kannst noch fragen? Das ist doch die ›Scham‹, bei der ich dir zum ersten Mal Modell saß.«

»Und dem wir unser Unglück verdanken!«

»Jetzt sind wir glücklich, und es soll uns das Symbol unseres Glückes sein, willst du?«

»Das war es mir immer!«

Nun gingen sie in die Halle hinunter, in der inzwischen der alte Diener auf Rudolfs Befehl das ganze Personal, aus einem Gärtner, einem Kutscher, einer Köchin und einem Hausmädchen bestehend, zusammengerufen hatte.

»Diese Dame«, sprach Rudolf feierlich, »ist eure Herrin, sie ist meine Frau. So, das wollte ich euch sagen, und damit ihr nun ebenso vergnügt seid wie ich, werde ich euch heute als Gratifikation euer doppeltes Gehalt auszahlen, und Wilhelm – das war der zum Kammerdiener avancierte Berliner Portier – wird euch so viel Flaschen Wein geben, als ihr nur trinken könnt.«

Unnötig zu sagen, daß sich die Leute nun jubelnd hervordrängten und nach Wiener Sitte Lore die Hand küßten.

Hand in Hand stiegen dann die beiden seligen Menschen wieder hinauf, wo sie im Speisesaale ein köstliches Souper à deux einnahmen. Einer Flasche Heidsiek wurde dabei der Hals gebrochen, und als sie leer war, stand Lore auf und trat vor den Geliebten hin, ihm beide Hände auf die Schultern legend.

»Jetzt«, sagte sie, und Tränen stiegen ihr in die Augen, »jetzt, einzig geliebter Mann, jetzt sollst du mir alles das geben, wonach ich mich diese ganze Zeit, diese ganzen furchtbaren Jahre der Trennung gesehnt habe!«

Er hob sie auf und trug sie in das Schlafzimmer hinüber. Mit zitternden Händen entkleidete er sie und sich selbst, ohne sich lange aufzuhalten. Nur als unter den Spitzen des Hemdes die roten Knospen ihrer marmorharten Brüste erschienen, begrüßte er sie mit je einem sanften Kusse.

Dann aber sanken sie beide auf das Bett – auf ihr Bett. Weit spreizte sie die üppigen, schneeweißen Schenkel, und mit funkelnden Augen blickte er in das Land der Wonnen, das sie ihm lächelnd überließ. Es war, wie wenn ein Zauber der Gottheit darüber gelegen hätte. Alle die Stürme der Ausschweifung, die darüber hinweggezogen waren, hatten es nicht verwüsten, hatten ihm nichts von seiner wunderbaren Schönheit nehmen können. Voll und enggeschlossen waren die blutroten Lippen, die den Eingang zum Allerheiligsten bildeten, und dieses selbst ganz klein und schmal.

Es war, wie er es einst gesehen, nur reifer und daher noch schöner, noch berauschender.

Er preßte einen glühenden Kuß darauf. Sie stöhnte wollüstig auf, zog ihn aber gleich an ihre wogenden Brüste.

»Nicht so«, hauchte sie, »wenigstens jetzt nicht. Wir wollen beide zugleich genießen – komm' – komm' – nimm' mich! – –«, schrie sie in wachsender Leidenschaft – »Nimm' mich! Da lieg' ich – – ich bin dein – – und ehe mich je noch ein anderer Mann berührt, soll dieser Leib verdorren und verwelken!«

Sie hatte den glühenden Priap ergriffen, und nun führte sie ihn in das Ziel seiner Sehnsucht ein. Die Tränen der Wollust stürzten ihr aus den Augen, und in dem Moment, da sie den stolzen Schaft ganz in ihrem Schoß hatte, ward sie rasend, brach ihre so lang zurückgedämmte Leidenschaft wie ein Bergstrom hervor.

»Nimm' mich«, schrie sie keuchend, »stoß' – stoß' – zerfleisch' mich – zerreiß' mich – da – endlich kann ich dich mit meinen Beinen umklammern – nimm' mich – stoß' – stoß' – Rudi, Einziger – Rudi – mein Leben – mein alles! Da, spürst du meine Waden – meine Schenkel? – Da – da sind meine Brüste – pack' meinen Popo – so, so – fest, fester! Schlag', beiß', kratz' mich – jetzt, jetzt – Rudi – sterben – sterben – ich kann die Seligkeit – nicht – ertragen – ah – ah – ich – spritze – fühlst du's – ja –? Du auch – da – ah – wie das heiß ist – das ist Glut – Rudi, Rudi, wie lieb' ich dich – wie lieb ich dich –!«

Freudenmädchen

Erstes Kapitel

Als ich vierzehn Jahre alt war, nannte mich mein Papa immer noch ›Fratz‹, obwohl ich schon ein großes Mädel war und bereits halblange Röcke trug. Wenn es auf mich angekommen wäre, ich hätte zwar auch noch kurze getragen, denn ich hatte sehr schöne Beine und paradierte gern mit ihnen. Darum aber schauten mir die Herren immer so auf die Waden, drehten sich sogar nach mir um, und Mama, die sehr prüde war, ärgerte sich immer darüber, und wenn sie mit mir auf der Gasse ging, schimpfte sie mich stets fürchterlich zusammen. Wie wenn ich etwas dafür könnte, daß sich die Männer den Hals nach mir ausreckten! Oder daß ich so fesche Waden hatte!

Und überhaupt – ich fand gar nichts Unanständiges dabei, wenn sich die Männer so die Köpfe nach mir verdrehten. Im Gegenteil, ich freute mich darüber, denn es war doch ein Zeichen, daß an mir was dran war. Prüde sein soll nur diejenige, die nichts zu zeigen hat, schief ist und X- oder O-Beine hat. Das ist meine Meinung heute noch und war sie damals schon. Und Betty Hoffberg sagte das auch, die in unserer Klasse die Älteste war und schon Rendezvous mit Leutnants und Studenten hatte.

Sie war ein Jahr älter als ich und daher viel entwickelter. Ich erinnere mich ganz gut, was sie mit fünfzehn Jahren für große und dicke Brüste hatte und so viele Haare auf dem Bauch und in den Achselhöhlen.

Aber ich weiß nicht, soviel ich davon verstand, hübsch gebaut war sie trotzdem nicht. Sie war so dick! Sie kränkte sich darüber und sprach oft davon, daß sie, wenn sie erst einmal erwachsen sei, etwas machen würde, um magerer zu werden. Mich dagegen hat sie sehr bewundert.

Wir waren sehr oft beisammen, da wir sehr gute Freundinnen waren und auch nahe beieinander wohnten. Und dann sprachen wir natürlich in einer Tour von den gewissen Dingen. Eines Tages, als wir zufällig einmal in unserer Wohnung gerade so schön allein und ungestört zusammen hockten, zog ich mich ganz nackt aus, und sie schaute mich genau an. Sie verstand was davon, denn ihr Vater war Bildhauer.

»Paula«, sagte sie, nachdem sie mich von allen Seiten betrachtet hatte, »du wirst einmal sehr schön sein, weißt du, wenn du so achtzehn, neunzehn Jahre alt bist! Du hast jetzt schon so schöne und runde Glieder, deine Schenkel sind so gewölbt – und was du für Hüften hast! Und so einen runden, festen Popo! Und Tutterln hast du schon so große, daß man sie grad mit der Hand zudecken kann! Und auf dem Bauch hast du sicher mehr Haare als ich! Auf dich werden einmal die Männer fliegen!«

Während sie so sprach, griff sie mir mit ihrer großen, fleischigen Hand zwischen die Schenkel. Ich war zuerst ganz erschrokken und schämte mich beinahe vor ihr, aber weil es so merkwürdig wohltat, hielt ich schließlich still und ließ mich von ihr kitzeln.

Ach, das war so angenehm! Ich fiel in den Fauteuil zurück und machte die Beine recht weit auseinander, damit sie ja Platz hatte. Sie kitzelte mich in einem fort unten mit den Fingern und küßte mich dabei auf die Brustwarzen, die so hart und steif waren wie Stahlknöpfe.

Ich wurde immer aufgeregter und reckte mich mit dem Popo so hoch, wie ich nur konnte. Auf einmal wurde mir so heiß, so ganz eigentümlich, daß ich glaubte, ich hielte es nicht mehr aus. Mir war es, als wenn hundert Glutströme durch meinen Leib rasten und sich alle dort unten vereinigten. Und dann … dann … dann ging in mir etwas auf, und ich spürte, wie ein heißer Saft aus meinem Innern hervorsprudelte. Ich glaube, ich habe laut geschrien, so unsagbar wohl war mir dabei.

Als ich mich etwas beruhigt hatte, fiel ich über die Betty, die die Hände voll mit meinem Saft hatte, her und küßte sie ab.

»Weißt du, wie man das nennt, was du eben gehabt hast?« fragte sie mich.

»Nein.«

»Es ist dir gekommen.«

Ich hatte mich ja auch schon unten gekitzelt, eigentlich – vor wem sollte ich mich genieren, das zu gestehen? – tat ich es jeden Tag, besonders wenn ich im Bett lag, vor dem Einschlafen, weil es so angenehm war; aber daß es solch ein Vergnügen, man könnte direkt sagen, eine Wonne bereitete, das wußte ich nicht. Ich machte das schon seit vielen Jahren und war schon so daran gewöhnt, daß ich es gar nicht mehr entbehren konnte.

Ich glaube, ich war und bin heute noch überhaupt riesig sinnlich. Allerdings etwas ruhiger bin ich heute schon! Aber damals! Wenn mir ein Mann in die Nähe kam, wurde mir immer ganz heiß. Auch wenn sie mich so anschauten, mit ihren frechen, so wunderbar frechen Augen, wurde ich gleich aufgeregt. Dann juckte es mich immer an einer gewissen Stelle, und ich wäre am liebsten mit dem Finger hingefahren, um mich zu beruhigen. Sogar wenn mich mein Papa küßte, der ein großer, schöner Mann war, fühlte ich immer, wie ich zwischen den Schenkeln ganz naß wurde.

Zuerst wußte ich nicht recht, was ich davon halten sollte. Mein Gott, was wußte ich denn überhaupt! Ich wurde von meiner frommen und so sittsamen Mama so streng erzogen, daß ich mit dreizehn Jahren noch an den Storch glaubte.

Wenn ich nicht auf den Wunsch von Papa, der vom häuslichen Unterricht nicht viel hielt, in eine öffentliche Schule gekommen wäre, weiß Gott, wie lange ich noch so dumm geblieben wäre. Aber in der Schule lernt man bekanntlich rasch – besonders das, was man nicht lernen soll, und so war ich denn auch bald in alle die Geheimnisse eingeweiht, die das Leben so süß und teuer machen. Bis dahin hatte ich nur gewußt, daß, wenn man sich mit dem Finger unten an der bestimmten Stelle oder oben an den Brustwarzen kitzelte, man ein großes Wollustgefühl hatte. Das war meine ganze Kenntnis von geschlechtlichen Dingen.

Aber nachdem ich acht Tage die Schulbank gedrückt hatte, wußte ich Bescheid. Wußte, daß wir dieses enge kleine Loch zwischen den Schenkeln nur deshalb hätten, damit die Männer ihr langes steifes Glied da hineinstecken könnten. Wir Mädchen mußten dabei auf dem Rücken liegen und die Beine recht weit auseinander geben, damit die Männer ordentlich arbeiten könnten und fest hin- und herwetzten. Denn je fester sie das taten, desto mehr Vergnügen hatten die Frauen davon. Aber diese mußten aufpassen, damit sie nichts von dem Saft, den die Männer dabei verspritzten, in den Bauch bekämen, denn sonst würden sie schwanger und bekämen Kinder. So wie es einer unserer Lehrerinnen ergangen war. Ich sehe sie heute noch vor mir, eine magere, weit über dreißig Jahre alte, spinöse Jungfrau, die plötzlich an einer akuten Anschwellung des Bauches zu leiden begann. Sie wurde Knall und Fall entlassen, und wir wunderten uns – nicht über die Entlassung, sondern darüber, wer den Mut gehabt hatte, dieses klapprige Knochengerüst zu verführen.

»Er muß sich ja an ihren Knochen blutig gestoßen haben«, sagte die kleine, schwarze, geile Melanie Silber, die den Herren immer so frech auf die Hosentürln schaute.

»Sicher hat er sich erst in Watte eingewickelt«, meinte eine andere.

»Vielleicht hat sie irgendeinen Soldaten direkt dafür bezahlt.« Betty war es, die diese Meinung äußerte, und wir stimmten ihr alle zu.

Eines Tages brachte Melanie Silber ein Buch mit in die Schule, das den Titel hatte: *Der Mensch vor und in der Ehe, ein unentbehrlicher Schatz für junge Eheleute.*

Eine Menge Bilder waren darin, die Frau und den Mann darstellend, dann eine ganz genaue Beschreibung der Geschlechtsteile sowie des Koitus und seiner verschiedenen Arten. Dann stand da viel darüber, wie man es machen müßte, damit man keine Kinder bekäme.

Das Buch, das Melanie ihrem Bruder gestohlen hatte, ging natürlich in der ganzen Klasse von Hand zu Hand. Ich las es in der Nacht, wenn ich ganz sicher war und alles schlief, und war so aufgeregt, daß ich es mir in einem fort kommen lassen mußte.

Ich stellte mir vor, wie herrlich das sein müßte, wenn ich erst einen Mann zwischen meinen Beinen und mit seinem Glied – natürlich mußte es recht groß und dick sein – in meiner Öffnung haben würde. Ich preßte mir ein Polster zwischen die Schenkel und wetzte so damit hin und her, daß ich mir fast die ganze Haut herunterrieb. So machte ich es Abend für Abend.

Ich wurde schließlich schier wie toll und konnte überhaupt an nichts anderes denken. In der Schule schloß ich immer die Augen und malte mir so einen ganz ungeheuerlichen Schweif vor, der sich in meine Öffnung bohrte. Zu Hause benutzte ich jede freie Minute, um mich aufzuregen und meinen wollüstigen Träumen hinzugeben.

Einmal hätte mich meine Mama beinahe überrascht, wie ich mich gerade bearbeitete. Ich war so vertieft in meine Beschäftigung und so erregt, daß ich sie gar nicht kommen hörte. Zum Glück sprach sie, als sie eintrat, nach rückwärts mit dem Diener, so daß sie mich zuerst gar nicht bemerkte, wie ich mit hochgehobenen Röcken und die Hand zwischen den Beinen im Schaukelstuhl saß. So konnte ich mich noch durch einen kühnen Sprung in den Garten retten.

Meine Freundin Betty fragte mich eines Tages, ob ich schon gesehen hätte, wie ein Mann mit einer Frau das zusammen mache.

»Nein«, antwortete ich ganz traurig.

»Oh, neulich habe ich es gesehen«, erzählte sie. »Du weißt doch, mein Papa ist Bildhauer und hat sein Atelier nicht direkt in unserer Wohnung, sondern weiter rückwärts im Garten. Er kann da viel ungestörter arbeiten, und die Modelle, die zu ihm kommen, brauchen nicht durch die Wohnung zu laufen.

Na, was soll ich dir da lange erzählen, neulich hatte ich mich im Atelier versteckt, ohne daß mein Papa was davon merkte. Hätte er mich erwischt, ich glaube, er hätte mich halbtot geschlagen; aber ich hockte ganz zusammengekauert in einem Winkel hinter einem alten venezianischen Fauteuil versteckt und verhielt mich mäuschenstill. Ich weiß nicht, war es Neugierde oder so eine Ahnung, weshalb ich den Papa belauschen wollte – egal, warum ich es tat, und du – was ich da gesehen habe!

Als das Modell kam, sperrte der Papa die Tür recht fest zu. Währenddessen zog sich das Mädchen aus – du kennst sie auch, sie ist die Tochter von dem Schneidermeister Dolezal.«

»Was – die? Und die tut immer so, als ob sie nicht bis drei zählen könnte!«

»Das sind gerade die Ärgsten – das kannst du mir glauben. Also die Anna, so heißt sie, zog sich ganz ungeniert aus! Du, das ist ein schönes Mädchen! So üppig und doch dabei schlank und feingliedrig. Ihre Tutteln sind viel größer als meine und dabei viel, viel fester! Du solltest nur sehen, wie die Spitzen wegstehen – gerade so wie bei dir!«

»Erzähl, erzähl!«

»Also, sie zieht sich aus, nur ihre Strümpfe behält sie an. Ich kann dir sagen, ich selber war ganz aufgeregt, wie ich sie so sah! Den Popo, die Hüften! Na, mein lieber Herr Papa war auch ganz närrisch. Er riß seinen Arbeitskittel vom Leib und warf sich auf die Anna, als ob er sie erwürgen wollte.

Sie aber hatte gar keine Angst, sondern griff ihm direkt vorn in die Hose und holte sein Ding heraus, das ganz rot und geschwollen war. Sie ließ es nicht mehr aus der Hand, und selbst als sie übereinander auf die Chaiselongue fielen, hielt sie meinen Alten immer daran fest, bis sie es sich selber hineinschob.

Du, Paula, ich kann dir sagen, ich wurde ganz verrückt, als ich das sah! Beide Hände zugleich hatte ich unter meinem Rock und bearbeitete meinen Kitzler, während mein Vater in die Anna hineinstieß, als wollte er sie durchbohren. Sie aber blieb ihm gar nichts schuldig, sondern gab ihm Stoß um Stoß zurück und hatte ihn mit ihren Armen und Beinen so umklammert, daß von ihm beinahe gar nichts zu sehen war als sein Popo, der immer wie von Dampf getrieben auf und nieder sauste.

Und je länger sie so roboteten, desto mehr keuchten und stöhnten sie und küßten und preßten sich, bis die Anna auf einmal schrie: ›Mir kommt's, mir kommt's, fest, fester – mir kommt's!‹

Da hat mein Papa angefangen, in ihr Loch hineinzuarbeiten wie ein Wahnsinniger. Sie stellte sich auf den Füßen auf und lag jetzt unter ihm wie ein Brückenbogen. Weißt du, herrlich war das anzusehen, herrlich, sag ich dir. Ich war so außer Rand und Band, daß ich mich schier verraten hätte, so wetzte ich hin und her.

Zum Glück merkten und hörten die beiden gar nichts, denn nun fing er an zu keuchen und mit den Zähnen zu knirschen, daß ich gleich wußte, daß es auch ihm kam. Dann lagen sie eine Zeitlang wie tot aufeinander und ruhten sich aus. Schließlich standen sie auf. Zuerst wusch er sich sein Glied im Lavoir ab, dann stellte sie dieses auf den Boden, setzte sich mit gespreizten Beinen darüber und manschte lange darin herum. ›Wenn ich nur kein

Kind krieg‹, sagte sie und lachte meinen Vater ganz frech an. ›Du hast mir heute einen ganzen Liter hineingespritzt.‹«

»Was heißt das?« fragte ich Betty.

»Gott, bist du dumm! Du weißt doch, daß der Mann, wenn er das mit der Frau macht, genauso einen Saft ausspritzt wie wir. Na und mein Vater hat selbst soviel Saft in sich drinnen!«

»Na, was machten sie dann?«

»Nichts. Sie zog sich die Strümpfe aus und stellte sich aufs Podium, und mein Papa fing an zu arbeiten – an seiner Statue nämlich.«

»Sie zog sich die Strümpfe aus? Muß man die denn anhaben, wenn man das macht?«

»Du bist eine dumme Gans! Nein, die kann man auch vorher ausziehen, aber ich hab' mal wo gelesen, daß das die Männer mehr aufregt, wenn man so lange und schwarze Strümpfe anhat.«

Aber ich war noch nicht befriedigt.

»Macht's dein Papa mit deiner Mama auch so?« fragte ich.

»Das glaub ich nicht. Weißt du, Mama ist ja eine recht liebe und gute Frau, aber sie ist so schrecklich dick, und Papa ist doch ein Künstler, der nur das Schöne liebt. Da kann ich es ihm gar nicht verdenken, wenn er die junge, bildhübsche Anna Dolezal lieber liebt.«

So sprachen wir von unseren Eltern.

Mir ließ es von da an keine Ruhe; ich mußte auch so etwas sehen. Tagelang dachte ich darüber nach, wie ich es anstellen konnte, ein Paar bei der Arbeit bewundern zu können.

Schließlich kam ich auf die Idee, meine Eltern in ihrem Schlafzimmer zu belauschen.

Es ist aber vorher nötig, daß ich zuerst etwas über meine Erzeuger sage.

Mein Papa, der, wie ich schon einmal erwähnte, ein großer und schöner Mann war, stand damals am Ende der Dreißiger und war trotz seiner verhältnismäßigen Jugend bereits Kommandant eines Dragonerregiments. Wie ich später erfuhr, dürfte er sein rasches Avancement der Gunst einer Erzherzogin verdanken. Nicht nur im Regiment, sondern in der ganzen Armee soll das ein öffentliches Geheimnis gewesen sein – ob es auch die Mama kannte, das weiß ich nicht. Ich war ganz verliebt in meinen Papa; er war in meinen Augen der schönste Mann auf der Welt, und ich sah ganz deutlich, wenn ich mit ihm über die Straße ging, welche aufmunternde Blicke ihm die Frauen zuwarfen. Und er war nicht undankbar. Er gab jeden Blick getreulich zurück.

»Dein Papa ist in der ganzen Stadt als gefürchteter Don Juan bekannt«, sagte mir Betty einmal bei irgendeiner Gelegenheit.

»Er soll bei manchen Frauen besser Bescheid wissen als deren Männer, sagt man.« Ich war ordentlich stolz auf meinen Papa.

Meine Mama war sechs Jahre jünger als er, aber als Frau ebenso schön wie er als Mann. Ich sehe sie noch vor mir. Groß, schlank, mit aristokratisch feinen Linien und einer zentnerschweren Fülle aschblonden Haares, das ihr regelmäßiges, blendend schönes Gesicht wie eine Kaiserkrone umrahmte, wäre sie anbetungswürdig gewesen, wenn nicht ein so unnahbarer hochmütiger Zug ihrem kleinen, roten Mund ein so scharfes Gepräge gegeben hätte. Sie war die einzige Tochter des Markgrafen Godsperg und so ungeheuer stolz, daß sie selbst auf Papa, der nur ein einfacher Baron war, von oben herabsah.

Also, ich wollte sie belauschen. Zu diesem edlen Zweck schlich ich mich eines

Abends, während sie im Theater waren, ins Schlafzimmer und versteckte mich unter einer Ottomane, die den Betten gerade gegenüber stand. Ich mußte lange warten, und alle Knochen taten mir im Leibe weh, bis sie endlich nach Hause kamen. Nun hoffte ich, für meine Ausdauer belohnt zu werden – aber nie wurde ein wissensdurstiger Mensch bitterer enttäuscht als ich.

Sie kleideten sich aus, Mama natürlich hinter einer spanischen Wand, von wo sie in ihrem bis zu den Knöcheln reichendem Nachthemd hervorkam wie die personifizierte Schalkhaftigkeit.

Papa rauchte noch seine Zigarette zu Ende, dann sagte jeder ein eiskühles: »Gute Nacht!«, die Lichter verlöschten, und gleich darauf hörte ich ihre ruhigen Atemzüge. Sie waren fest eingeschlafen. In meinen schönsten Hoffnungen betrogen, schlich ich geknickt von dannen.

Noch zweimal probierte ich mein

Glück, aber immer mit demselben negativen Resultat. Bis ich schließlich zu der Überzeugung kam, daß meine Eltern einander von Herzen gleichgültig wären und ich bei ihnen nie und nimmer meinen Wissensdurst würde löschen können.

Ganz verzweifelt saß ich eines Nachmittags in meinem Zimmer und grübelte nach, wie ich doch zu der Erfüllung meines Herzenswunsches käme, als ich plötzlich im Nebenzimmer die Stimme von Papa und meiner englischen Gouvernante vernahm.

»Meine Frau ist in einer Komiteesitzung«, hörte ich meinen Vater sagen. »Also kommst du?«

»Ja, ich hole nur die Ruten«, erwiderte meine Miß. »Du erwartest mich in deinem Zimmer!«

»Ja, beeile dich! Wir haben drei Stunden für uns! Aber was machst du mit Paula?«

»Der werde ich irgendeine Aufgabe geben.«

»Es ist gut – mach aber schnell!«

Dann hörte ich noch so etwas wie einen Kuß und ein Kichern der Miß, wie wenn sie der Papa kitzelte – gleich darauf trat sie bei mir ein.

Sie war eigentlich keine Engländerin, sondern eine Irländerin, meine Miß; sie war jung, vielleicht zwei-, dreiundzwanzig Jahre und das, was man ein rassiges Frauenzimmer nennt. Nicht groß, eher gedrungen, hatte sie verteufelt runde Formen, die sie in tailor-made-Kleidern, die sie fast ausnahmslos trug, recht gut zur Geltung zu bringen wußte. Ihr Haar hatte jenes leuchtende Tizianrot, das die Frauenkenner so sehr lieben, und unter den langen Wimpern schauten ein paar ebenso schöne wie raffinierte Schwarzaugen hervor. Wiewohl sie neben der junonischen Erscheinung meiner Mutter verschwinden mußte, konnte ich doch ganz gut begreifen, daß sie meinem Vater gefiel.

Jetzt stand sie bei mir und fragte mich nach meinen Aufgaben für die Schule.

»Die hab' ich schon gemacht«, log ich frech, da ich wußte, sie würde sich keine Zeit nehmen, mich erst lange zu kontrollieren.

»Ich habe im Haus einige Zeit zu tun«, sagte sie, »lernen Sie in der Zwischenzeit dieses Gedicht von Swinburne auswendig. Ich werde Sie dann prüfen.«

Natürlich lernte ich nicht, sondern warf den edlen Swinburne, kaum daß sie draußen war, ganz respektwidrig in eine Ecke und schlich mich zu Papas Zimmer, an dessen Tür ich mich postierte.

Papa lief drinnen auf und ab wie ein hungriger Löwe. Er hatte das Jackett abgelegt und war gerade dabei, die Hosenträger abzuschnallen, als sie durch die zweite Tür eintrat. Sie trug ein Bündel dünner Ruten in der Hand, und ich zerbrach mir den Kopf, was sie damit anfangen wollte.

Diese Rutenaffäre war mir etwas ganz Neues, und ich zersprang vor Neugierde, was daraus werden sollte.

Zunächst geschah nichts mit ihnen. Miß Kate legte sie auf den Tisch und trat auf meinen Vater zu, der ihr schlankweg unter den Rock griff und sich da wacker zu schaffen machte, mit dem Erfolg, daß Kates runde Brust stürmisch zu wogen begann und sie für den Brand, den mein Vater in ihrem Leib entfachte, den löschenden Schlauch in seiner Hose suchte.

Mit ihren kleinen rosigen Fingern holte sie ihn hervor, aber wie erschrak ich, als ich ihn sah. Ich traute meinen Augen kaum, so klein und verhutzelt war er. Ich hatte mir vorgestellt, so ein großer und feuriger Mann wie mein Papa müßte ein Ding haben wie ein Zuchthengst – und jetzt dieses kümmerliche Restchen einer einstigen Herrlichkeit!

»Na, heute sieht er ja gar traurig aus«,

sagte die rote Hexe, indem sie an dem Endchen zog und zerrte.

»Wie immer, wenn ich so aufgeregt bin«, keuchte mein Vater und drängte das üppige Mädchen gegen die Chaiselongue, auf die es sich mit einem wollüstigen Seufzer sinken ließ. Mit ein, zwei Griffen streifte er sich die Hose herunter und zog das Hemd über den Kopf, so daß er in der über seinen Füßen sich bauschenden Hose ganz nackt dastand. Nun glaubte ich, endlich wird er sich zwischen ihre Schenkel werfen, und mein Herzenswunsch geht in Erfüllung.

Nackt wie er war, kniete er vor ihr nieder und hob ihr die Röcke hoch. Sie hatte keine Hosen an, so daß ich sehen konnte, was sie für pralle, weiße Schenkel hatte.

Er schob ihr die Schenkel auseinander und preßte seinen Mund auf das mit dunklen Haaren umkränzte Paradies oben zwischen ihnen. Ich war damals noch nicht so erfahren wie heute und wußte daher nicht, was er zwischen diesen üppigen Fleischsäulen tat, aber mein Instinkt sagte mir, daß er sie küßte, was ihr sehr wohltat, denn sie begann sich zu heben und zu senken, wie ich es immer tun mußte, wenn Bettys Finger oder mein eigener mich unten liebkosten.

Mit einem Mal nahm sie die Ruten vom Tisch auf und begann, ihn mit ihnen zu peitschen. Erst leise, dann aber, je näher er sie durch seine Küsse ihrem Ziele brachte, immer stärker und schneller, so daß sich schließlich blutige Striemen auf seiner Haut zeigten.

Ich war so starr über diese Prozedur, daß ich ganz und gar vergaß, sie mit meinem Finger unten an meiner Spalte zu begleiten.

Papa ließ sich aber diese Frechheit nicht nur gefallen, sondern sie schien ihm sogar noch große Wonne zu bereiten. Ja, einmal hörte ich ihn ganz deutlich stöhnen: »Fester, fester!«

Plötzlich ließ sie die Ruten sinken und fiel nach rückwärts zurück.

»Wonderful, wonderful, I, I spend«, stammelte sie in ihrer Muttersprache.

Da schrie mein Vater jubelnd: »Jetzt steht er – jetzt!«

Und da sah ich, wie nun sein vorhin so welkes Glied sich in voller männlicher Pracht präsentierte. Jetzt war es sogar so dick und lang, daß es mir um die geil auf und nieder zuckende Miß ordentlich angst und bange wurde.

Mein Vater schob sie vollends auf die Chaiselongue hinauf, spreizte ihr die Beine ganz weit – und dann, dann sah ich endlich einen Mann zwischen den Schenkeln eines Weibes an der Arbeit. Hui, wie der große Mann in sie hineinfeuerte! Zuerst lag sie nur in leisen krampfhaften Windungen unter ihm, aber gar bald geriet auch sie in Schwung, und ihr weißer, runder Popo tanzte, daß es eine wahre Freude war, zuzusehen. Ihre Arme schlang sie um seinen Hals und preßte sich an ihn, als wollte sie ihn überhaupt nie wieder loslassen. So stießen sie hin und stießen her, bis ich aus ihren unterdrückten Schreien, ihren fiebernden Küssen merkte, daß sie auf der Höhe der Glückseligkeit angelangt waren.

Sie blieben noch ein, zwei Minuten aufeinander liegen, wie wenn sie sich von ihren Wonnen erst erholen müßten. Dann schob sich die rote Hexe geschwind unter meinem Vater hervor und verschwand in das anstoßende Schlafzimmer. Er blieb ruhig liegen, wie er war, und zündete sich eine Zigarette an, die er in aller Behaglichkeit rauchte. Ich benutzte diese Pause, um auch mir durch konzentrierte Fingerübungen jene Erleichterung zu verschaffen, die ich infolge der Aufregung durch das meinen Augen gebotene Schauspiel dringend nötig hatte.

Die Miß kam zurück, lachend, frisch und rosig; sogar ihre bei der Liebesschlacht arg mitgenommene Frisur hatte sie wieder in Ordnung gebracht. Sie gab dem jetzt ganz schlappen Liebesschlauch meines Vaters einen scherzhaften Klaps und setzte sich neben ihn, der bereitwilligst zur Seite rückte, auf die Chaiselongue.

»Mir scheint, mir scheint«, sagte mein Vater, »du hast dich gewaschen!«

»Sieh nach!« Sie lachte.

Er ließ sich das nicht zweimal sagen und fuhr ihr mit der einen Hand unter den Rock, während er mit der anderen ihre Taille aufriß, so daß ihre großen, weißen Brüste hervorquollen.

Wie dicke, überreife Walderdbeeren prangten die von breiten Höfen umgebenen Warzen auf den schneeigen Halbkugeln, so daß ich selber eine wahnsinnige

Lust bekam, meine Lippen darauf zu pressen. Und erst mein Vater! Nur daß er diese köstlichen Früchte nicht auffraß. Die Wirkung seiner Liebkosungen blieb dann auch nicht aus. Die unten und oben mit gleicher Glut bearbeitete Miß geriet dermaßen in Feuer, daß sie sich über ihren Galan sinken ließ und seine Tätigkeit mit diabolischen Windungen ihres Leibes quittierte.

Plötzlich aber sprang sie auf, packte ihre Ruten und begann auf den Herrn Papa loszudreschen, daß nur so die Funken stoben. Der arme Mann war zuerst ganz erschrocken und suchte mit beiden Händen seinen so gewaltig attackierten Bauch zu schützen.

»So laß mich doch umdrehen!« flehte er und versuchte, sich zu drehen.

Sie aber war zu wild und hörte nicht. Und peitschte weiter. Also gab sich der Herr Oberst, der dermaßen verhauen wurde, einen Ruck und warf sich so herum, daß er seiner schönen Peinigerin seine von Gott dazu geschaffene Reversseite darbot. Klitsch – klatsch – sausten die Hiebe, und mir war es bei jedem, als kriegte ich ihn selber an die allerempfindlichste Stelle zwischen meinen Beinen.

Mit einem Mal erklang wieder des Gepeitschten Jubelruf: »Er steht, er steht! Komm!«

Gleichzeitig riß er sie zu sich herunter. Sie feuerte die Ruten hin und warf sich auf ihn. Mit hochgeschlagenen Röcken und gespreizten Schenkeln setzte sie sich über ihn, und für einen Moment, als sie seinen ragenden Speer seinem Ziele zuführte, sah ich nichts als zwei glühende, dampfende Leiber, hörte nichts als dumpfe, unartikulierte Laute, die ihren wahnsinnigen Tanz begleiteten. Ich war selbst so aufgeregt, daß ich alles nur verschwommen sah und mir fast meine kleine zuckende Öffnung in Fetzen riß, so bohrte und stieß ich daran herum.

Zwei heisere Schreie, die aus einem Munde zu kommen schienen, kündigten mir an, daß ›ihre Liebe sich ergoß‹. Ich wurde auch gerade fertig, und so fand die Partie einen allseitig befriedigenden Abschluß. Das wackere Kämpferpaar erhob sich von der Walstatt. Mein Vater begann sich anzukleiden, während die Miß ihre ausgiebig derangierte Toilette in Ordnung brachte.

Ich hielt es an der Zeit zu verschwinden und lief schleunigst in mein Zimmer zurück. Nicht fünf Minuten saß ich hier über Swinburne, als sie schon eintrat.

»Haben Sie gelernt?« fragte sie. Man hörte ihr an, wie müde und zerschlagen sie war.

»Ja«, sagte ich frech. Ich wußte, daß sie nach den eben gehabten Wonnestrapazen keine Lust verspüren würde, sich lange mit mir abzugeben.

»Dann ist es gut«, erwiderte sie. »Ich

fühle mich nicht wohl und werde mich bis zum Souper ein wenig niederlegen. Lassen Sie mich bitte rechtzeitig wecken.«

Damit retirierte sie in ihr an das meine angrenzende Zimmer, und als ich einige Augenblicke nachher vorsichtig den Kopf zur Tür hineinsteckte, sah ich sie auf dem Sofa liegen und schlafen wie eine Tote. Mein Vater tat in seinem Zimmer höchstwahrscheinlich dasselbe.

Man kann sich denken, wie meine Entdekkung auf mich wirkte. War ich früher schon stellenweise nicht mehr recht zurechnungsfähig, so wurde ich jetzt vor Geilheit halb wahnsinnig. Bei Tag und Nacht – immer sah ich vor meinen Augen den aufgepeitschten Liebespfeil meines Vaters in Miß Kate hineinfahren. Sah, wie sie sich unter seinen wütenden Stößen in wollüstigen Krämpfen wand. Hörte, wie sie schrien, keuchten, stammelten im Übermaß ihrer Wonnen. Ich begann mit dem Schicksal zu hadern, daß mir die gleichen Seligkeiten noch versagt blieben. Wann ich konnte, beschaute und prüfte ich meine Reize im Spiegel.

»Ich bin doch ebenso schön wie die Miß!« sagte ich mir. »Meine Schenkel und Brüste sind ebenso weiß, ebenso rund. Die Blicke der Männer sagen mir nur zu deutlich, wie gern sie sich zwischen meine Beine werfen würden! Warum muß ich warten? Ich will nicht warten! Ich will nicht!«

Und dann warf ich mich immer aufs Bett und machte mir, so gut ich eben konnte, mit den Fingern Luft. Die Augen schloß ich, und das Kissen, das ich dabei zwischen meine Schenkel quetschte, stellte meinen Papa dar, der mir sein stolzes Glied hineinbohrte.

Wahrhaftig, wenn er es wirklich hätte tun wollen, ich hätte mich nicht gewehrt!

Und dann wurde eines Tages der Riesenbrand, der in mir wütete, noch wilder angefacht.

Ich habe gesagt, daß meine Mama, die eine geborene Godsperg und die Nichte eines Bischofs war, so stolz und unnahbar schien, daß man in ihrer Nähe Schüttelfrost bekommen konnte. Wenn sie mich mit ihren strengen, blauen Augen ansah, wurde ich ganz klein, und all meine Glut sank in ein winziges Häufchen Asche zusammen. Ich begann allmählich zu begreifen, warum sich mein Vater von ihrer stolzen Schönheit zu der weniger imposanten, dafür aber feurigen Miß geflüchtet hatte. Ich nahm an, daß meine hochgeborene Frau Mama mit ihrem markgräflichen Popo wohl kaum so arbeiten würde wie die bürgerliche Kate.

Aber ich sollte eines Besseren belehrt werden!

Mein Vater hatte einen Pferdewärter, einen Bärenkerl, dem sie in der Eskadron eine neue Uniform hatten machen müssen, weil ihm keine aus dem Magazin paßte. Ein Kerl wie ein preußischer Gardist, mit einer Brust wie ein Faß und einem paar Schenkel wie aus Eisen. Einen Stier, der durchgegangen war, hatte er an den Hörnern gepackt und niedergeworfen. Ungebärdige Remonten, die um sich schlugen und bissen, so daß sich ihnen keiner in die Nähe traute, riß er mit einem Arm zu Boden. Dabei war der Nepomuk ein seelensguter und gar nicht dummer Bursche, der ganz genau wußte, daß die Weiber in ihn alle vernarrt waren.

Wenn ich über den Hof ging oder in den Stall kam, lachte er mich mit seinen hellblauen Augen immer so frech an, daß mir heiß und kalt wurde. Mir war es, als müßte er mir aus dem Gesicht herauslesen, wie es in mir brannte und kochte, und wenn ich nur gewußt hätte, wie, ich hätte unzweifelhaft kurzen Prozeß gemacht und mich mit hochgezogenen Röcken vor ihn hingeschmissen. Sein Bild begann ohnedies in meinen Fingerorgien das meines Vaters zu verdrängen.

So strich ich denn, sooft es nur irgend ging, um den Stall herum. Ich hatte eine junge Halbblut-Stute, die mir Papa geschenkt hatte – für deren Wohl und Wehe begann ich mich höchst eingehend zu interessieren. Immer stand ich dabei und sah zu, wie der Nepomuk striegelte, und wenn ich dann diese Muskelbündel an seinen Armen sich so straffen und strecken sah, fühlte ich, wie ich naß wurde zwischen den Beinen. Wenn er mich beim Ausreiten gar in den Sattel hob und ich seine eisernen Fäuste um meinen Leib spürte, wurde ich schier besinnungslos.

Ich glaube, er merkte ganz deutlich, wie es um mich stand, denn seine Blicke wurden immer unverschämter, immer deutlicher, und einmal, als er mir vom Pferd half, legte er seine große, breite Hand fest auf meinen Schenkel.

Ich hätte ihn ja mit der Peitsche ins Gesicht hauen müssen, aber diese geile Berührung regte mich so auf, daß ich ihm, wäre nicht hellichter Tag gewesen, widerstandslos in den Arm gefallen wäre.

Eines Nachmittags schlenderte ich wieder mit dem harmlosesten Gesicht von der Welt über den Hof dem Stall zu. Die Tür stand angelehnt. Ich trat ein, sah mich aber vergebens nach dem Nepomuk um. Schon wollte ich mich wieder entfernen, als mein Blick auf die offene Heubodenluke fiel. Ich weiß nicht, von welcher Ahnung getrieben, kletterte ich vorsichtig die kurze Leiter hinauf, steckte den Kopf ebenso vorsichtig in den Boden hinein. Zunächst sah ich nichts, aber dafür hörte ich ein gewisses Geräusch, das sich aus

Stöhnen, Seufzern und Küssen zusammensetzte und das mir von Papa und der Miß her wohlbekannt war. Aus der rückwärtigen Ecke hinter zwei riesigen Heubündeln kam es hervor.

Wie eine Katze zog ich mich nun vollends hinauf und schlich so dicht heran, bis ich alles vor Augen hatte. Und was sah ich?

Zunächst nur die langen Beine des Nepomuk und im weiteren Verlauf, als sich meine Augen an die Dunkelheit gewöhnten, auch seinen rotbehosten Podex, der in gewaltigen Schwingungen auf und nieder sauste. Und dann sah ich zwei schöne, schlanke, elegant bestrumpfte Frauenbeine, die sich auf seinem Rücken zusammenpreßten, und endlich erkannte ich, daß diese Beine niemand anderem gehörten als der Komtesse Godsperg, der Nichte des hochwürdigen Bischofs von Thunstadt – meiner Frau Mama.

Ich war so starr, daß ich ganz vergaß, aufgeregt zu sein. Ich konnte und konnte es nicht fassen. Meine stolze, kalte, hochmütige Frau Mutter – sie lag unter einem ganz gewöhnlichen Soldaten und ließ sich von ihm vermöbeln, daß nur so die Heubündel flogen.

Und wie sie mitarbeitete! Die mit unzähligen Ringen geschmückten Hände in das Stroh, auf dem sie lag, verkrallt, gab sie ihm mit geschlossenen Augen Stoß um Stoß zurück, und als bei ihr die Krisis nahte, fing sie sich an zu drehen und zu schrauben, daß der Nepomuk auf ihr schier toll wurde, solche Wonne bereitete sie ihm augenscheinlich.

»Himmelherrgottsakra«, fluchte er keuchend, »Himmel – herr – gott, Sie – rei – ßen – mir's Beuschel außa – Frau – Ba – ronin – i spritz – jetzt – ho – o – o – o!«

Sie wird zur Mänade.

»Ich auch! – Ich auch!« schrie sie. »Da –

da – spürst du – ah – stoß, stoß – fest – fester – noch – gib mir al – les, was – du – hast, ah – lieb mich – lieb mich!«

Wenn das der Herr Bischof gehört hätte.

Aber er hörte es ja nicht. Er saß fromm, wie es einem Heiligen zukommt, auf seinem Bischofsthron – und seine Nichte ließ sich in aller Gemütlichkeit von einem Soldaten ihres Mannes das gräfliche Loch bearbeiten, als wenn sie es durchaus in Fransen haben wollte. Denn sie war unersättlich.

»Kannst du noch?« fragte sie ihren Bereiter.

»Ob i no kann?« fuhr der aufs höchste entrüstet auf. »Da, Frau Baronin, schauns Ihna den Schwaf an! Der kann immer, besonders wenn er die Ehre hat, so ein vornehmes Loch zu pudern!«

Und er hielt ihr stolz sein an wahre Gigantenverhältnisse erinnerndes Glied, dessen dickes rotes Ende noch ganz von dem bläulichen Liebessaft überschwemmt war, vor die Augen.

Und sie – mir blieb vor Staunen fast der Atem stehen – packte es mit beiden Händen und preßte einen zärtlichen Kuß darauf.

»Ah – ist das gut«, stöhnte der Riese, ganz schwach vor Wollust. »Noch – noch …«

Sie umschloß mit ihren feinen roten Lippen, soweit sie konnte, den dampfenden Schaft. Sie ließ ihre Zunge daran spielen. Sie leckte den ganzen Thyrsusstab hinauf und hinunter. Sie liebkoste mit den weißen, wohlgepflegten Händen diese kilogroßen Eier – alles, was ich noch nicht kannte und was dem Nepomuk augenscheinlich ebensolche Wonne bereitete, wie seinem Herrn die Hiebe der Miß.

»Mir kommt's – mir kommt's!« schrie er.

Und durch den ganzen mächtigen Leib ging ein Krampf, ein Beben. Sie stieß sich den Schaft tief in den Schlund, wobei noch immer ein gutes Stück herausragte, und an den saugenden Bewegungen ihrer Lippen erkannte ich, daß sie die ganze Herrlichkeit in sich hineintrank. Und daß es ihr schmeckte, sah ich auch.

Wenn ich hundert Jahre alt werde, vergesse ich diese Szene nicht. Diese stolze, vornehme Baronin, die Tochter eines der ältesten Adelsgeschlechter, die Gattin eines Oberst, der eins der berühmtesten Regimenter unserer Armee kommandierte, hockte mit hochgeschlagenen Röcken vor einem Pferdeknecht, einem Bauern, und war glücklich, dessen Glied im Mund haben zu können! Das würdige Pendant zu ihrem Gemahl, der sich von der Gouvernante peitschen ließ.

Überlege ich mir es recht, so wundere ich mich nicht, wieso ich zu dem geworden, was ich bin.

Doch zurück auf den Heuboden. Hier ging die Orgie ihren Gang weiter.

Als meine Mutter ihren Durst an der Riesenflasche gestillt hatte, die ihr Nepomuk so großmütig zur Verfügung stellte, lehnte sie sich mit verzücktem Gesicht zurück, um noch den Nachgeschmack des köstlichen Elixirs zu genießen; Nepomuk ließ sich neben ihr nieder und begann, sich an ihrer seidenen Bluse zu schaffen zu machen.

»Frau Baronin«, fragte er, »derf i die Tutteln außanehmen?«

»Ja«, hauchte sie. »Mach mit mir, was du willst.«

Krach, sprangen zwei Knöpfe ab und flogen weit ins Heu, so sanft ging der Bär mit dem kostbaren Kleidungsstück um.

Sie ließ es lächelnd geschehen und half ihm sogar noch, als er der vielen Knöpfe, Hafteln und Bandeln gar nicht Herr werden konnte. Endlich war das Verlies offen, und wie zwei befreite Waldkinder sprangen die Brüste hervor.

Jetzt, da sie so still dasaß, konnte ich erst sehen, was für eine schöne Frau meine Mutter eigentlich war. Ihre Haut war weiß, ohne das kleinste Pünktchen, und glatt wie Seide. Sie war nicht so voll und üppig wie die rote Irländerin, die mich in die Geheimnisse der Sprache Shakespeares und meinen Vater in die des Flagellantismus einweihte; sie war schlank und zart und hatte doch runde und schwellende Glieder. Ihre Waden waren hoch über dem rassig dünnen Knöchel angesetzt und setzten sich in schöner, edler Linie in die vornehm gewölbten Schenkel fort, an deren Vereinigung ein köstliches, goldenes Nestchen lachte. Und ihre Brüste waren, obwohl sie doch schon die Dreißig überschritten hatte, einfach ein süßes, arabisches Liebesgedicht. Marmorhart und marmorweiß, eng aneinanderstehend und nicht zu groß. Mit leichter bräunlicher Tönung hoben sich die kleinen Warzen ab.

Schön war sie, diese Frau, würdig, die Geliebte eines Kaisers zu sein, und saß da auf einem Heuboden und ließ sich von einem Bauernkerl karessieren.

Aber seine plumpen, derben Liebkosungen, die schienen ihr zu behagen. Je brutaler, je fester er sie anpackte, desto feuriger küßte sie ihn, und als er sie, nachdem er sich an den Brüsten und Schenkeln genugsam delektiert, umdrehte, um nun ihre Kehrseite vorzunehmen, fügte sie sich ohne Widerstand. Ja, sie hielt sich selber noch die seidenen Röcke in die Höhe, damit er sich ungestörter ihrem weißen, wundervoll geschwungenen Popo widmen konnte.

Zuerst griff er nur mit den Händen daran herum, daß sich die seidige Haut zu röten begann, und versetzte ihm einige liebevolle Schläge mit seinem Eisenstab, die sie mit einigen wollüstigen Schraubungen quittierte. Dann aber ging er zur Detailarbeit über.

Er hob sie etwas in die Höhe, so daß sie mit dem Oberleib auf einem großen Heubündel lag und der Gegenstand seiner gegenwärtigen Anbetung, der sich in der raffinierten Einrahmung von Spitzen und Seide noch appetitlicher, noch herrlicher ausnahm, mund- und handgerecht in die Luft reckte. Dann trat er ein, zwei Schritte zurück und hielt mit zwei Fingern seiner mächtigen Pranke die wohlausgefüllten Globen weit auseinander, um zunächst einmal seine Augen an den ihm gewährten Schätzen zu laben.

Dadurch bekam auch ich sie zu sehen. Mitten zwischen den weißen Backen erblickte man eine kleine hellbraune Rosette – der Eingang zum Nordpol. Nie hatte ich mir gedacht, daß diese Stelle des menschlichen Körpers so einladend, so süß ausschauen konnte. Dann weiter zog sich rot, von goldigem Moos umschäumt, das Tal der Liebe dahin, an dessen Grund dunkel der Eingang zum Paradies sich abzeichnete. Ich glaube wohl, daß ein Mann bei diesem Anblick den Verstand verlieren konnte.

Mein lieber Nepomuk tat das zwar nicht, aber er bezeugte dem Heiligtum doch eine Verehrung, die der Göttin sehr angenehm war. Den Anfang machte er mit seinem dicken Zeigefinger, den er abwechselnd in das obere wie das untere Paradies bohrte. Die Wirkung war erstaunlich. Wie besessen fing das schöne Weib an, zu zukken und sich zu werfen, besonders wenn er sich in den Nordpol vertiefte.

»Ah«, schrie sie, »ah – das – ist – wonnig – so – wonnig!«

Dann warf sich Nepomuk plötzlich hinter ihr in die Knie und schickte seine große, fleischige Zunge in diese Himmelsgegenden auf Reisen. Hei, wie sie erst da wild wurde!

»Sü – ßer, ein – ziger Mucki!« Einen Liebkosenamen hatte sie ihm also auch schon gegeben! »Ach – das – ist göttlich – weiter oben – so – da – oh – ach, bohr mir deine süße Zunge hinein – so – tiefer – tiefer – noch – ah, Mucki – wie weich sie ist – fest – jetzt ah – Mucki, ich zerfließe – ich – sterbe!«

Ein Schrei war's – und Mucki hatte den ganzen Schnabel voll mit dem warmen Saft, der jetzt aus ihrem Schoß hervorsprudelte.

Leblos sank sie, die sich im Krampf der Wollust halb aufgerichtet hatte, auf das Heu, aber Nepomuk kannte keine Gnade. Mit einem Satz sprang er in die Höhe, riß ihr die runden Schenkel, an denen noch die Reste ihres Liebessaftes herabträufelten, auseinander und bohrte ihr seinen übermächtigen Schaft in die zuckende Öffnung hinein.

»Au – au!« schrie sie auf. »Nicht so wild – nicht so – du zerreißt mich; ah – du, langsam – langsam – ich – ich bitte dich!«

Aber sie hatte gut bitten. Der Mucki war rasend wie ein Stier und stieß zu, als wollte er sie durchbohren und mitsamt dem Heubündel an die Wand nageln.

Also ergab sie sich in ihr Schicksal, und aus ihren Klagen und Bitten wurden gar schnell wollüstige Seufzer-Schreie, bis sie schließlich herausgellte:

»Jetzt – Mucki, stoß – jetzt stoß – mir kommt's – ah – ah – ah, stoß!«

Das war kein Mensch mehr, das war ein Dämon, der nun in ihren weißen Leib hineinarbeitete.

»Himmelherrgott, ich reiß dich in Fetzen, so – o – ich erwürg dich – du – Hur, du – vornehmes Luder – du – ha – ich spritz, ich lieb dich tot!«

»Ja – ja – lieb mich!« ächzte sie.

»Sag, daß – du – meine Hur bist, sag's – oder ich reiß – dir deinen schönen Popo – auseinander.«

Er schlug heulend seine Pranken in ihr

weißes Fleisch und knirschte mit den Zähnen wie eine rasende Bestie.

»Sag's Hur – Sau – mensch!«

»Ja – ich – bin deine Hur – Mucki – deine Hur – aber hör nicht auf – mir kommt's – zum zweiten Mal – da – jetzt – jetzt – Mucki – ah – ich sterbe!«

Mir, der Zuschauerin, schwindelte. Wie wenn ich in tausend Flammen steckte, so war mir zumute. Ohne daß ich die Finger zu rühren brauchte, kam es mir fortwährend, und meine Hosen waren schon patschnaß.

Dabei ging die Komödie noch immer weiter. Meine Frau Mama war unersättlich – und der liebe Mucki eben ein anderer Kerl als mein schöner, eleganter Herr Papa. Er war weniger verbraucht.

Zwar nach diesem Teufelsritt mußte selbst er sich etwas ausruhen. Auch sein mörderischer Stahl ließ ermattet den Kopf hängen. Also warf er sich der Länge nach aufs Stroh nieder und streckte alle viere von sich. Sie aber lehnte halb, saß halb und hatte die Augen geschlossen. Ihre schöne, weiße Brust flog noch immer auf und nieder und ganz, ganz langsam schien sie zu sich zu kommen.

»Du, Mucki«, sagte sie mit leiser, schwacher Stimme, »geh, sei so gut, bring mir ein Glas Wasser!«

»Sofort, Frau Baronin!«

Nun, da die Rage vorüber, war sie für ihn wieder die Herrin.

Schleunigst sprang er auf und kletterte, wie er war, mit der offenen Hose hinunter, um ihren Wunsch zu erfüllen.

Sie benutzte seine Abwesenheit, um sich, so gut es ging, mit einer Handvoll Stroh zu reinigen. Dann knöpfte sie ihre Bluse zu, schlug die Röcke zurück und setzte sich aufrecht hin.

Nach ein paar Minuten erschien Nepomuk wieder, ein großes Krügelglas mit Wasser in der Hand. Sie trank es in langen, gierigen Zügen fast ganz leer.

»Ah«, sagte sie, tief aufatmend, »das tut wohl!«

»Ich glaub's«, lachte er, »nach der Rammelei!«

»Schwein!« rief sie und gab ihm einen Klaps.

»Na, ist es vielleicht nicht wahr?«

Sie lehnte sich kokett zurück.

»Bist du mit mir zufrieden?« fragte sie.

Er schnalzte mit der Zunge.

»Das will ich meinen. So ane wie Sie, Frau Baronin, kriegt unsereins net alle Tag unter die Hand! Und Sie verstehn's tausendmal besser wie die Menscher – na die – Sie wissen schon, wen ich mein.«

»Ich bin ja deine – deine ...«

Der große Kerl wurde ganz verlegen.

»Dös is mir nur vorhin so in der Wut außagrutscht«, stotterte er.

»Ich will aber, daß du es mir noch einmal sagst!«

»Aber, Frau Baronin ...«

»Was bin ich?«

»Na, wenn Sie es durchaus wolln, meine – meine Hur sans halt.«

Sie lachte hell auf.

»Wenn mein Mann das hörte! Oder die Damen vom Regiment! Ich, die Baronin Neyhaus – die Hure vom Herrn Dragoner Nepomuk …«

»Felgenberger«, ergänzte er. Dann aber fügte er hinzu: »Dös is net recht, Frau Baronin, daß Sie Ihna über mi lustig machen, weil i nur a Bauer bin. Ich mein, ich bin mehr wert als alle die vornehmen Herrn zusammen, den Herrn Oberst net ausgschlossen.«

»Ich mach mich auch nicht über dich lustig, du dummer Mucki – eher über mich und die andern. Aber das verstehst du nicht.«

Man sah es ihm an, daß er sie nicht verstand. Ich wußte damals auch nicht, warum sie so lachte, aber heute, nachdem ich eine Hure bin, weiß ich es. Ich mußte eine werden, weil meine Mutter, die geborene Komtesse Godsperg, die Baronin Neyhaus, gern eine sein wollte. Da oben, auf dem Heuboden, dachte ich allerdings nicht an diese Art der Vererbung. Hatte weder den Kopf noch die Zeit dazu, denn die beiden, die ich belauschte, hatten bald wieder genug von der Unterhaltung und gingen zu neuen Taten über.

Sie saß an das Heubündel, auf das sie sich vorhin gestützt, gelehnt und liebkoste mit ihrer feinen Hand sein struppiges Blondhaar, während er vor ihr auf dem Bauch lag und sie mit heißen Blicken anstarrte. Langsam schob er sich ganz dicht an sie heran und legte seine Tatzen mit der Grazie eines gezähmten Grizzlybären auf den Saum ihres Rockes, unter dem ihre kleinen, schmalen Füße hervorschauten.

»Darf ich?« fragte er.

Sie nickte, und er zog ihr den Rock bis zur Taille hinauf. Wieder konnte er sich an den entzückenden Waden, an den schwellenden Schenkeln berauschen. Wieder preßte er heiße Küsse auf das köstliche Fleisch, wieder begann ihr schöner Busen sich stürmisch zu heben und zu senken.

»Komm«, seufzte sie, »lieb mich!«

Sie selber legte sich auf dem Stroh zurecht, spreizte die Schenkel weit auseinander und schlug sie, kaum daß er zwischen ihnen lag, über seinem Rücken zusammen.

»Nun zeig, was du kannst!« sagte sie.

Einem Kerl wie dem Nepomuk brauchte man das nicht zu sagen. Er schob seine Hände unter ihren runden Hintern, daß ihr alle Rippen im Leibe krachten.

Sie schluchzte, ächzte, stöhnte, schrie, seufzte. Es war, als ob sie mit jedem seiner Stöße mehr in Wut käme – wenn das noch möglich war. Wie eine trunkene Mänade biß sie sich in ihn fest, verkrallte sich mit den Händen um seinen Hals und schlug mit den Hacken ihrer Schuhe unaufhörlich auf ihn ein.

»Lieb mich – lieb mich – die Baronin Neyhaus – bin – deine Hure – lieb – du Hurenbock, du – fester – fester – jetzt – jetzt – ah – spürst du – wie es mir kommt – jetzt ah – wie – viel – ah …«

»Ich – auch – ich – auch«, brüllte der Nepomuk.

Und sie machten weiter. Sie dampften, keuchten, atemlos, besinnungslos, aber sie stießen immer noch aufeinander ein, wälzten sich brüllend im Stroh herum, bald sie auf ihm – bald er auf ihr.

»Er ist ja gar nicht drin«, schrie sie auf einmal.

»Du reißt ein ja so umananda, Saumensch verfluchtes!« brüllte er zurück und stieß ihr den ausgekommenen Schaft in den Leib, daß sie aufschrie vor wollüstigem Schmerz.

»Lieb mich – zerfleisch mich!« ächzte sie dann wieder.

So ging der Paroxysmus weiter. Endlich – endlich ließen sie, mehr tot als lebendig, voneinander ab. Selbst die Bärenkraft des Nepomuk war gebrochen. Regungslos lag er auf dem Stroh, wie er von ihr heruntergefallen war, während sie, wie zerbrochen, mit geschlossenen Augen, die Arme weit von sich streckte.

Sie sah aus! Das blonde, keusche Haar hing ihr in wilden Strähnen ins Gesicht; auf der Schulter und dem Ärmel war die Bluse zerrissen; ihre weißen, göttlichen Schenkel zeigten von seinen tierischen Griffen blutunterlaufene Stellen. Wohl über eine halbe Stunde lagen sie so da.

Endlich erhob sie sich matt und beschaute sich von oben bis unten.

»Gott, ich sehe aus!« rief sie entsetzt. »Mucki, ich bitt dich, bring mir etwas Wasser zum Waschen und einen Kamm!«

Gehorsam klaubte sich der Riese zusammen und kletterte hinunter. Mit breitem Grinsen kam er dann zurück, stellte ein Blechlavoir mit Wasser vor sie hin und legte ein Handtuch und einen Hornkamm daneben.

»Ein Schuft«, sagte er, »der's besser gibt, als er kann.«

»Nein, das muß man sagen, du gibst alles her, was du hast!« Sie lachte.

Sie löste sich die langen Flechten auf, kämmte sie durch und befestigte sie wieder. Dann wusch sie sich das Gesicht und die Hände und versuchte mit zwei Stecknadeln die Wunden ihrer Bluse zu heilen. Schön sah es ja nicht aus, aber bis zu ihrem Zimmer hielt es.

Dabei hatte sie immer noch ihre Röcke oben, und der Anblick ihrer schwarzen Seidenstrümpfe und nackten Schenkel begann in dem unverwüstlichen Nepomuk wieder die gewissen Gelüste wachzurufen. Vorsichtig tastete er mit der Hand nach dem schönen goldenen Vlies, aber sie stieß ihn zurück.

»Bist du verrückt?« rief sie. »Willst du mich wirklich morden? Ich glaub, ich bin eine Wunde da unten!«

»Aber er steht mir schon wieder.«

Er nahm ihre Hand und legte sie an die Stelle seiner Hose, an der sich sein Liebeswerkzeug deutlich in seiner ganzen Mächtigkeit abzeichnete.

Sie griff lüstern daran herum, und schon sah ich, wie sich ihre Augen zu verschleiern begannen, aber sie hatte doch die Kraft, der Versuchung zu widerstehen. Sie zog die Hand zurück und stand dann auf.

»Nein«, sagte sie energisch. »Ich will nicht. Ich sehe ohnehin schon aus, als ob die ganze Eskadron auf mir gelegen hätte. Heb dir es für das nächste Mal auf.«

»Nur ein bissel, ein ganz a klans bissel!«

»Nein, nein! Ich muß fort. Mein Mann dürfte bald nach Hause kommen.«

»Nur so, mit der Hand.«

»Ich sag dir: nein. Oder willst du, daß uns der Oberst erwischt?«

Das wirkte. Er trat zurück und wollte sie vorbeilassen. Sie blieb stehen und schaute ihm eigentümlich lächelnden Blickes in die Augen. Dann griff sie in die Tasche und holte ihr silberbeschlagenes Portemonnaie hervor.

Aber der Mucki war ein Charakter. Als er ihre Bewegung sah, schoß ihm das Blut ins Gesicht. Er stieß ihre Hand, die ihm einen Zehner hinhielt, zurück.

»Ich bin ja kein Mensch, das man bezahlt, Frau Baronin«, knurrte er.

Da warf sie mit ihrem gewöhnlichen Ausdruck von Hochmut den Kopf zurück, lächelte ihm dennoch zu.

»So war es ja nicht gemeint, du dummer

Mucki! Ich wollte dir nur eine Freude machen.«

»Die machen's mir, wenn's recht oft kommen, Frau Baronin.«

»Sobald ich wieder kann. Servus, Mucki!«

Er wollte nach ihr haschen, um ihr noch einen Abschiedskuß zu geben. Sie entschlüpfte ihm, sprang leichtfüßig die Leiter hinunter und verschwand aus dem Stall durch eine Hintertür, die in den Garten führte.

Mucki stieg hinunter und begann seine Pferde zu putzen. Als er dann in die Küche hineinging, um seine Jause zu holen, schlüpfte ich aus meinem Versteck, turnte die Leiter hinab und trat gleichfalls durch den Garten meinen Rückweg an.

Als ich oben in meinem Zimmer ankam, fiel ich auf mein Bett hin, unfähig, mich zu rühren, wie wenn der Mucki mich statt meiner Mutter in der Arbeit gehabt hätte. Die Aufregung war wenigstens die gleiche.

Zum Nachtmahl mußte ich frische Wäsche anziehen, denn die, die ich jetzt am Leib hatte, war klitschnaß.

Meine Mutter saß bei Tisch, kalt und hochmütig wie sonst. Immer und immer mußte ich mich fragen, ist das dieselbe Frau, die ich vor wenigen Stunden so wütend, so schamlos gesehen habe?

Wie ich in dieser Nacht schlief, weiß Gott allein.

Zweites Kapitel

Aber in der Früh war mein Entschluß gefaßt. Ich wollte den Mucki auch haben.

Und das Glück kam mir günstig. Gleich nach Tisch brachen meine Eltern zum Besuch eines befreundeten Gutsbesitzers auf. Die Miß verschwand gleich nach ihnen aus dem Haus, wahrscheinlich lief sie zu ihrem Leutnant, mit dem sie neben meinem Vater ein Verhältnis hatte. Das Feld war frei.

Ich stürmte in mein Zimmer und riß mir

die Hosen herunter, die mir ja bei meinem Unternehmen nur hinderlich sein konnten. Dann ging ich mit der gleichgültigsten Miene von der Welt, während mich ein Schüttelfrost nach dem andern peitschte, hinüber in den Stall. Der Mucki stand und striegelte gerade meine ›Tinca‹.

»Guten Tag, Nepomuk!« sagte ich möglichst kühl.

Er war in Hose, Stiefeln und Hemd, aus dessen hochgekrempelten Ärmeln die braunen, nervigen Arme hervorsahen. Wie er so dastand, mit gespreizten Beinen, die rote Reiterkappe verwegen auf dem einen Ohr, war er ein Urbild männlicher Kraft. Ich wurde schon wieder feucht zwischen den Schenkeln.

Aber ich hielt mich. Ich konnte mich ihm doch nicht gleich so ohne weiteres an den Hals werfen.

»Küß die Hand, gnädigste Baronesse!« erwiderte er und richtete sich auf.

Sein Blick war wieder so frech, so unverschämt, daß ich ganz verlegen wurde.

»Was steht zu Diensten, Baronesse?« fragte er.

»Mir? Ach – nichts. Ich wollte nur sehen, was Sie … was die ›Tinca‹ macht.«

»Sie hat heut net gut gfressn, aber dös macht nix. So a Viech ist halt akrat wie a Mensch. Amal bei Appetit, amal net.«

»Ja, ja.«

Nach dieser geistreichen Bemerkung hätte ich eigentlich gehen können. Aber ich stand wie angewurzelt. Und als ich mich verzweifelt umschaute, traf ich seinen Blick. Da war mit einem Mal ein eigenartiges Funkeln drin. Er trat einen Schritt auf mich zu und noch einen.

Ich blieb stehen und schaute ihm grad in die Augen. Jetzt ist's schon alles eins, dachte ich mir. Und da verstand er mich auch – ein spöttischer Pfiff kam durch seine weißen Zähne.

Ich zitterte. Sein Blick, sein frecher, geiler, machte mich schwindlig, machte mich wahnsinnig.

»Wo waren Sie gestern nachmittag, Nepomuk?«

Wieder ein Pfiff. Er wischte sich die Hände sorgfältig im Stroh ab – dann trat er ganz dicht an mich heran.

Ich konnte die Haare auf seiner Brust zählen, so nah stand er bei mir. Hätte er die Hand nach mir ausgestreckt – ich hätte mir die Röcke hochgerissen.

Auch in ihm kochte bereits die Gier, und ich sah ihm an, wie mühsam er sich bezwang.

»Soll ich es Ihnen zeigen?«

»Ja«, stieß ich hervor. Und damit wandte ich mich schon zur Leiter.

»Sie wissen's ja eh!« Er lachte.

Ich zauderte einen Moment. Das letzte Restchen von Schamhaftigkeit, das ich noch in mir hatte, lehnte sich dagegen auf, daß ich vor ihm die steile Leiter hinaufsteigen sollte. Ich hatte keine Hosen an – und er kannte dann alle meine Geheimnisse, ehe er mich angerührt hatte. Aber nur einen Moment zauderte ich. Ich zuckte die Achseln und stieg hinauf.

Ich glaube, in dem Augenblick wurde ich das, was ich noch heute bin.

Langsam, Sprosse für Sprosse kletterte ich empor, und mir war es, als fühlte ich seine Blicke auf meinen Schenkeln, auf meinem Popo brennen. Als ich oben war, drehte ich mich nach ihm um. Er stand noch am Fuß der Leiter und starrte hinauf.

»Was ist denn, Nepomuk?«

»Na, ich hab halt gschaut«, rief er, und mit zwei Sätzen war er oben neben mir.

»Wohin denn?«

»Da her!«

Und da fühlte ich seine Hand unter meinen Röcken, an meinen Schenkeln, an meiner Grotte. Wie wenn ich einen übermächtigen elektrischen Schlag erhalten hätte, so traf mich diese Berührung einer brutalen Männerhand. Selbst wenn ich noch irgendeine Komödie hätte spielen wollen – ich hatte nicht mehr die Kraft dazu. Halb ohnmächtig sank ich in seine Arme.

Er umschlang mich und trug mich, seine Hand immer oben auf meinem Nest haltend, in dieselbe Ecke, in der er gestern meine Mutter so ausgiebig bedient hatte. Dort legte er mich nieder und hob mir ohne alle Umstände die Röcke hoch.

»Ffft!« machte er. »Baronesserl, Sie san fast noch schöner als Ihre Frau Mama. Die Waderln, die weißen Schenkerln – und wie rund sie schon sind! Und die schönen goldenen Haar – wie Seide – meiner Seel – wie Seide – und da – da – gehn's tun's die Beine a bisserl mehr ausananda – so – Himmelherrgott – dös is ja – alles wie aus Zucker! Mir scheint, da war noch nie aner drin.«

Und um sich zu überzeugen, bohrte er mir seinen Zeigefinger durch die ganz geschlossene Spalte durch. Dieses Vorspiel tat schon so weh, daß ich laut aufschrie und mich heftig wegdrückte.

»Ja, Sie san halt a Jungfrau«, meinte er besänftigend, »Sie san gar so eng! Fix Laudon – wie soll ich denn den da neinkriegen?«

Ich erschrak, daß mir das Blut stockte, als er mir das Ungetüm entgegenhielt, das gestern meine Mutter so in Raserei versetzt hatte, nach dem ich mich so sehnte. Nun, da ich es vor mir hatte, mit der Hand ergreifen konnte, da ich es selber genießen sollte – graute mir vor ihm.

»Packens nur ruhig an, er beißt net«, lachte er.

Zaghaft legte ich meine Fingerspitzen darauf und war ganz erstaunt zu finden, wie glatt und fein sich die Haut anfühlte, die dieses Stemmeisen der Liebe umspannte. Sein Kopf war dunkelrot und noch ein gutes Stück dicker als der übrige Schaft – ein kleines weißes Schaumperlchen stand darauf.

Dem Nepomuk tat die Berührung meiner Hand augenscheinlich riesig wohl. Er richtete sich in den Knien auf und machte ganz verzückte Augen.

»Ach – haben Sie a weiches Patscherl, Baroneß – eh – is dös gut«, stammelte er. »Ah – nur a bisserl – fester, so – oben – so – ah – ah – is dös guat, wie wenn i – schon in Ihnen drin steckat – ah, jetzt a bisserl schneller – da kitzelns mi mit der andern Hand an die Eier – so – so – glei kummt's mir – glei – ah – jetzt – jetzt – Himmelherrgott …«

Ich rieb und kitzelte, wie wenn ich dafür bezahlt würde, und hatte die Genugtuung, daß ich mit meinen unerfahrenen Händen den Quell zu Mutters Seligkeit öffnete. Wie aus dem Rohr unseres Springbrunnens im

Garten schoß plötzlich der weiße Saft empor. Mucki hatte mich in seinen Wonneschauern an der Brust gepackt und preßte mir diese so zusammen, daß ich laut aufschrie.

Das brachte ihn zur Besinnung.

»Um Gottes willen, hab i Ihna weh tan, Baronesserl?« fragte er besorgt.

»Die Brust haben Sie mir zerquetscht!«

»Ja, warum habens auch so süße Patscherln? Herrgott, ich hab ja gmeint, Sie ziagn mir die Seel aus'n Leib! Aber da wolln ma do glei amal nachschauen, was i in meiner Rag für ein Malheur angricht hab!«

Und ohne erst lange zu fragen, knöpfte er mir die Taille auf und versenkte seine Tatzen vorsichtig in meinen Busen.

»Sakra, san dös aber schöne Apferln!«

So langsam und zart er es vermochte, holte er meine Brüste hervor und streichelte sie mit bewunderndem Entzücken. Zum ersten Mal sah ich meine Reize durch einen Mann geprüft und geschätzt, und wenn dieser Mann auch nur ein Bauer war, so fühlte ich mich doch ungeheuer stolz.

»Sind sie schöner als die von meiner Mutter?« fragte ich.

»Dös kann man net sagn«, meinte er bedächtig: »Wissen's Baronesserl, Ihre Frau Mama ist halt doppelt so alt. Der ihre Tutteln san viel größer, aber sie san trotzdem schön und steinhart. Sie san ja noch ein junges Mädl, bei Ihna is alles noch im Wachsen. Aber wies halt san, Ihnere Tutterln sans so süß, so lieb, so herzig, daß mans in einer Tour küssen und streicheln möcht.«

Das tat er dann auch so ausgiebig, daß ich immer aufgeregter wurde. Unwillkürlich tastete ich mit der Hand nach seinem Ungetüm, vor dem ich mich anfangs so gefürchtet hatte. Es war steinhart.

»Wartens einen Augenblick, Baronesserl«, sagte er.

Damit verschwand er vom Boden und ließ mich mit meiner namenlosen Gier allein zurück. Nach zehn Minuten tauchte er wieder auf, auf dem einen Arm das mir bereits bekannte Lavoir, auf dem anderen ein Handtuch. Beides stellte er in der Ecke nieder und machte sich dann daran, ein riesig hohes Heubündel aufzuschichten.

»So, da legens Ihna nauf, dann geht's leichter!«

Er hob mich hinauf, spreizte mir die Beine und tippte mir leise mit dem Finger an die Muschel.

»Also, dös Schloß, dieses feine, vornehme, dös wer i jetzt aufknacken – aber i muß fein achtgeben, daß ich's net zerbrech. Deshalb hab i mir was mitgebracht!«

Zu meinem größten Erstaunen holte er aus der Tasche ein in Papier gewickeltes Stück Butter hervor, mit der er seine Brechstange einsalbte. Auch das Schloß wurde ausgiebig eingefettet.

»Dann rutscht er leichter eini, und es tut Ihna a net so weh«, belehrte er mich.

Damit waren die Vorbereitungen beendet, und das eigentliche Drama begann.

Ich lag auf dem Strohbündel ungefähr so hoch, daß er stehend seine Stahlstange gerade vor dem ›Schlosse‹ hatte. Nun setzte er vorsichtig an, und ich spürte, wie die mächtige Spitze langsam durch die engen Lefzen drang, die er mit den Fingern auseinanderhielt. Daß er soweit kam, hatte er der reichlichen Verwendung der Butter zu danken.

Fiebernd, den Atem anhaltend, lag ich da und rührte mich nicht. Er legte mir die Beine auf seine Schultern, schmierte noch einen ordentlichen Fleck Butter auf das Stemmeisen und machte sich zur Entscheidungsschlacht bereit.

»Net schreien – net schreien!« ermahnte er mich.

Langsam begann er vorzudringen. Ich preßte die Zähne zusammen, verkrampfte mich im Stroh, bereit, jeglichen Schmerz zu ertragen. Aber schon in der nächsten Sekunde hielt ich es nicht mehr aus, mir war, als würde ich mitten auseinandergespalten, als rissen mir brutale, grausame Mörderfäuste den Leib auseinander.

»Ich kann nicht – ich kann nicht«, wimmerte ich.

Der Mucki war wirklich die Zartfühligkeit selbst.

»Soll i aufhörn?«

»Nein, nein – nur ein bißchen warten. Es tut so schrecklich weh.«

Also zog er das fürchterliche Instrument etwas zurück und wartete ein paar Minuten. Dann aber setzte er von neuem an. Ich fühlte gar keine Lust, es war ein Schmerz, und als er jetzt tiefer und tiefer bohrte, glaubte ich, wahnsinnig zu werden.

Ich warf mich in die Höhe und wollte los.

»Ich will nicht – ich will nicht!« schrie ich.

Aber er hielt mich fest, was war ich gegen seine Hand, die mich jetzt rücksichtslos niederdrückte! Und dann – dann … Ich fühlte einen entsetzlichen Stoß, fühlte, wie etwas in mir zerriß, hörte noch den lauten Schrei, den ich ausstieß – dann wußte ich nichts mehr von mir.

Als ich dann zum Bewußtsein zurückkam, stand Nepomuk über mir und war damit beschäftigt, mir Stirn und Brust mit kaltem Wasser einzureiben. Das brachte mich vollends zur Besinnung; ich richtete mich auf und sah mit Schrecken, daß ich über und über mit Blut bedeckt war.

»Um Gottes willen«, schrie ich, »haben Sie mich aufgerissen?«

Der Nepomuk, der augenscheinlich froh war, daß ich wieder reden konnte, lachte übers ganze Gesicht.

»Net mehr, als nötig war, Baronesserl –

aber jetzt ist die Geschichte vorüber! Sakra no mal, dös war aber a damisch harte Nuß. Dös macht mir so leicht kein anderer nach!« sagte er stolz. »Aber fein war's, fein – so a Löcherl, Baronesse, habens wie aus Seiden. Wanns erst wem mittun können – dann werns erst sehen, wie der Kerl da, der Ihna so weh tan hat, schmecken wird! Nimmer auslassen werdens ihn wollen!«

So elend mir zumute war, mußte ich doch lachen.

»Wir werden ja sehen!« meinte ich.

Der Mucki, der sicher in seinem Heimatort der größte Don Juan weit und breit war und schon manche mehr oder minder harte Nuß aufgeknackt hatte, besaß augenscheinlich eine große Erfahrung.

»Kommens, Baronesserl«, sagte er, »setzens Ihna aufs Lavoir und waschens Ihna a bisserl – das wird Ihna guttun.«

Ich versuchte, von dem Thron meiner Entjungferung herunterzusteigen, aber mir waren die Glieder wie zerschlagen. Nicht rühren konnte ich mich.

»Ich kann nicht, Mucki«, seufzte ich.

Da hob er mich wie ein krankes Kind herunter. Ich hockte mich über das Lavoir – aber damals genierte ich mich noch.

»Gehn Sie, Mucki, ein bisserl zur Seite, ich schäme mich so!« bat ich.

Diskret dreht er sich um, und ich begann, mir die Todeswunde meines Mädchentums auszuwaschen. Die Berührung meiner eigenen Finger tat mir weh, aber schließlich tat mir das kühlende Wasser doch wohl – ich hockte mich so tief, daß die ganze zerfetzte Jungfernschaft im Wasser steckte, und hielt so lange aus, bis das fürchterliche Brennen aufgehört hatte. Dann trocknete ich mich vorsichtig ab und streckte mich behaglich im Stroh aus.

Der Nepomuk, der ein ordnungsliebender Bursch war, tat die Waschutensilien beiseite, setzte sich mir gegenüber nieder und vertiefte sich in die Betrachtung der Verwüstungen, die er in meinem Paradies angerichtet hatte, das er zwischen meinen weit gespreizten Schenkeln ganz deutlich sehen konnte. Mit seiner mächtigen, plumpen Hand, die aber gar nicht so roh und brutal sich anfühlte, streichelte er mir zärtlich die Schenkel und die Waden und erhielt mich so in einem steten Zustand der Aufgeregtheit.

»Soll ich amal mit der Zungen?« fragte er.

Ich nickte und hielt ihm die Beine so weit wie möglich auseinander. Ach, das tat wohl, als er mir nun auf meine wunden Stellen seine dicke, fleischige Zunge als Umschlag legte! Wie ein warmer Samt fühlte sie sich an, und mich durchströmte ein so unsäglich seliges Gefühl, wie ich es noch nie empfunden, selbst wenn ich mich von meiner Freundin Betty hatte schlecken lassen.

Ein Weib braucht halt zur Liebe einen Mann und nicht wieder ein Weib, und ich kann ruhig sagen, was auch später aus mir geworden ist, von der Homosexualität habe ich nie etwas wissen wollen.

Doch jetzt zurück zu meinem Mucki, der mir mein zerschundenes Löchelchen so zärtlich ausleckte, daß es ganz gesund wurde und ich, nachdem ich unter unzähligen Achs und Ohs meine erste Wonneladung verspritzt, Appetit auf die stärkere Kost bekam.

»Wird's auch gehen?« fragte er kurz.

»Es muß«, schrie ich, »komm doch schon!«

Also schob er mir ein großes Bündel Heu unter meine vier Buchstaben, die schon im Galopptakt auf und nieder wippten, verschmierte noch den letzten Rest seiner Butter an seiner wie ein Baumast starrenden Maschine und meinem glühenden Gröttchen, spuckte feierlich in die Hände und setzte an.

Ich begrüßte ihn mit einem lauten Schmerzensschrei, denn es tat doch noch riesig weh. Er hielt erschrocken inne, aber bei mir überwog die Geilheit doch den Schmerz.

»Stoß nur zu!« befahl ich ihm.

Demgemäß bohrte er mir die Spitze seines stahlharten Pflocks wieder zwischen die entzündeten Lefzen, aber dieses Mal preßte ich die Zähne zusammen und hielt stand. Ja, ich kam ihm sogar noch entgegen und half mit meiner Hand nach, indem ich die engen Ränder auseinanderhielt.

»Baronesserl, haben Sie aber a Courage«, lachte er. »Viel Vergnügen können's wirklich net haben!«

Nein, das hatte ich noch nicht. Mir wars, als würde mir Zoll um Zoll eine glühende Stange in den Leib gestoßen. Aber ich sagte mir, mit jedem Stückchen, das er vorwärtskam, ward auch mein Martyrium kürzer, das ich mir selber auferlegte. Also hielt ich aus, bis er drin war. Natürlich konnte mein kleiner Zylinder seinen mächtigen Kolben nicht in sich aufnehmen, und ein gutes Drittel dieses Ungetüms kam nicht unter Dach und Fach. Aber das Stück, das ich nun endlich im Bauch hatte, genügte mir, um mich für alle meine Leiden zu entschädigen.

Ganz leise und ganz langsam begann er nun heraus- und hineinzufahren, und schon nach dem dritten, vierten Stoß fühlte ich fast gar keinen Schmerz mehr. Dafür fing das Blut in allen meinen Adern an zu kochen, eine wahnsinnige Lust kam über mich, und ehe ich's selber merkte, war ich schon so im Schwung, wie ich es von meiner Mutter gesehen.

Mehr als einmal stöhnte der Mucki: »Baronesserl – Sie – Sie – pudern wie a Alte.«

Und dann – dann … Auf einmal war's mir, als würde ich in die Höhe gerissen, als löste ich mich auf. Ich fühlte, wie es in heißen Wellen aus mir herausströmte – ich schrie – ich glaube, ich wäre sonst erstickt. Mit Armen und Beinen umklammerte ich den Mucki, der, nun alle Rücksicht vergessend, wie ein Tobsüchtiger in mich hineinstieß.

Da, ein Stoß, den ich bis ans Herz fühlte, ein heiserer Schrei aus seinem Mund, und wie ein Zephir kam ein Saft in meinen ohnehin glühenden Schoß.

»Mucki«, stammelte ich, »Mucki – hör nicht – auf, spritz so bis in alle Ewigkeit!«

Das tat er nicht. Sonst wäre ich da oben auf dem Heuboden in Fetzen gegangen. Vielleicht wäre es besser für mich gewesen, denn dann wäre ich wenigstens keine 50-Kreuzer-Hure geworden.

Eine Viertelstunde ruhte ich mich noch aus, dann wankte ich mit zerschlagenen Gliedern durch die Hintertür in den Garten, von da auf mein Zimmer. Um sechs

Uhr am Abend lag ich im Bett und schlief wie eine Tote. Aber meine Sehnsucht war erfüllt. Ich hatte den Samen eines Mannes in mir drin gehabt.

Drittes Kapitel

Zunächst war der Mucki mein einziger Liebhaber, den ich noch obendrein mit meiner Mutter teilen mußte. Aber dieser Bärenkerl hatte Kräfte und Säfte, die für zehn solch unersättlicher Weiber gereicht hätten, wie wir zwei waren.

Du allgütiger Himmel, was hat der Nepomuk oft herhalten müssen. An manchen Tagen, wenn er in die schöne Öffnung meiner Mutter schon drei-, viermal untergetaucht war, kam ich dann noch von dem Strohhaufen, hinter dem ich die Stöße zu zählen versuchte, die meiner Mama weißer Hinterer in der Minute machte, wie ein Wiesel hervorgehuscht und zog ihn mir zwischen die Schenkel. Und ließ ihn nicht los, bis ich selber vor Mattigkeit nicht mehr die Beine auseinandergeben konnte.

Da ich so einer Künstlerin wie meiner Mutter zuschauen konnte, lernte ich auch bald alle die Raffinements und Techniken, die man kennen muß, damit die Männer wahnsinnig werden. Ich konnte Minett machen, daß der gute Mucki alle Heiligen anrief. Konnte mich drehen und winden, daß er schwindlig wurde. Konnte die Ränder der Scheide zusammenziehen und öffnen, daß sie funktionierte wie eine Pumpe. Konnte meine harten, runden Brüste so aneinanderpressen, daß sie für Muckis Riesenschweif geradezu ein ideales Futteral bildeten. Nur an der rückwärtigen Pforte war ich noch Jungfer. Einmal hatten wir es versucht, aber nachdem Mucki fünf Viertelstunden an meinem Popo herumgestoßen, hatten wir es aufgegeben.

Über ein Jahr dauerte dieses wonnige Verhältnis. Dann wurde Mucki vom Militär entlassen und kehrte in sein Heimatdorf zurück – und meine Mama und ich waren verwaist.

Ich konnte nicht einmal ordentlich Abschied mit dem lieben Kerl feiern, denn meine Nebenbuhlerin nahm ihn am letzten Nachmittag so her, daß selbst ein Mucki hinterher die Grenzen seiner Kraft erkennen mußte. Was ich auch für Wiederbelebungsversuche mit seinem zerschundenen Schweif anstellte, sie blieben alle die eitlen Bemühungen einer sehnsüchtigen Seele. Meine raffiniertesten Künste versagten. Vergebens lutschte ich mir die Lippen wund! Vergebens kitzelte ich ihn mit den Spitzen meiner Brüste. Vergebens legte ich mich mit hochgeschlagenen Röcken und weit gespreizten Beinen vor ihn hin, um ihn durch den Anblick meines zuckenden Paradieses in Rage zu versetzen. Vergebens preßte ich das kraftlose Stück Fleisch zwischen meine geilen Schenkel! Alles umsonst. Ein armseliges Minett war alles, wozu Mucki sich aufschwingen konnte.

Na, und am nächsten Morgen war er fort! Gott, was habe ich ihm für Tränen nachgeweint! Und wie hat sich erst die kleine seidene Katze zwischen meinen Beinen, die er so gut zu streicheln verstand, nach ihm gesehnt! Ordentlich melancholisch wurden wir. Was uns aber nicht hinderte, uns nach einem vollgültigen Ersatz umzusehen.

Mein Vater bekam damals einen neuen Adjutanten, einen bildhübschen jungen Oberleutnant mit lustigen, schwarzen Augen, der mir ganz gut gefiel. Die Konkurrenz meiner Mutter hatte ich diesmal nicht zu fürchten, denn diese Tochter eines Markgrafen fand nur Geschmack an derber Kost und hatte sich, wie ich bald herausbekam, mit dem Nachfolger Muckis im Pferdewärteramt, einem kleinen, aber ungeheuer kräftig aussehenden Burschen, getröstet.

Ich belauschte sie einmal mit ihm und fand, daß er zumindest ebenso leistungsfähig war wie Mucki. Binnen zwei Stunden ließ er meine Frau Mama sechsmal, oder war es gar siebenmal, das Hallelujah anstimmen. Mir aber war er doch zu klobig und zu schmierig.

Ich beschloß, mir also den Adjutanten zu erobern. Aber eine Schwierigkeit war da, und zwar in der Gestalt einer jungen Frau, denn mein Auserkorener war verheiratet – und zwar erst seit drei Monaten verheiratet, als er den Dienst als meines Vaters Adjutant antrat.

Boshafte Zungen redeten sogar von einer Liebesheirat, aber daran mochte ich nicht recht glauben, denn das Weibchen hatte zwar ein ganz passabel hübsches Gesichterl, war aber sonst nicht viel mehr als ein mit blütenweißer Haut überzogenes Knochengestell. Ich sah sie einmal bei Regenwetter mit aufgeschnürtem Rock über die Straße gehen, ach herrjemine, waren das ein paar Streichhölzer, mit denen sie da paradierte!

Wenn ich mich dagegen ansah! An mir war alles rund und üppig! Meine Waden und Schenkel waren eine Pracht, und meine Brüste, die inzwischen größer geworden waren, konnte ich bei aller Bescheidenheit für ein Meisterwerk der Natur erklären! Oh, mir war um den endlichen Erfolg gar nicht bang! Wenn ich nur gewußt hätte, wie ich ihn am schnellsten erringen konnte. Denn mein Paradies stand bereits in hellen Flammen und bedurfte dringend des löschenden Männerschlauches.

Das wußte ich – überstürzen durfte ich nichts, sonst merkte mein Adjutant die Absicht und retirierte eventuell hinter seine drei Monate alte eheliche Treue. Also mußte ich ihn langsam aufs Glatteis führen, ehe er selbst was ahnte.

Ich paßte also genau ab, wie er seinen Dienst verrichtete, wann er ins Büro kam, wann er es verließ, wann und wohin er ausritt – er war ein passionierter Reiter –, kurz, ich glaube, sein Weibchen war über des Mannes Lebensgepflogenheiten nicht so genau orientiert wie ich.

Ich mißfiel ihm nicht, das hatte ich bald heraus. Im Gegenteil, wenn er sich unbeobachtet glaubte, schaute er mich oft an mit einem Blick! Mit einem Blick! Ich kannte diese Art Schauen ganz genau! Die meisten Männer schauten mich so an, wenn ich in meinem leichten Sommerkleidchen über die Straße ging. Auf die Brust schauten sie einem dann und auf die

Linien, in denen sich die Beine unter den Kleidern abzeichnen.

Mein Oberleutnant also stierte mich auch so an. Wenn ich mich dann aber nach ihm umdrehte, wurde er verlegen, ja oft sogar rot und machte ein blitzdummes Gesicht. Er war schüchtern, obwohl er ein so bildhübscher Dragoneroberleutnant war, regelrecht schüchtern.

Diese für einen Soldaten so tadelnswerte Eigenschaft sowie die eheliche Treue, die bei ihm noch auf zu jungen Füßen stand, um gleich umzufallen, verhinderten ihn daran, sich mir zu nähern. Ich mußte ihn also – natürlich mit aller Behutsamkeit – aufpulvern.

Er ritt nachmittags, wenn er den Regimentsbefehl ausgegeben hatte, gewöhnlich in die Au hinaus, wo keine friedliebenden Spaziergänger ihn störten, wenn er seiner englischen Stute den Kopf freigeben wollte. Bis zum Abend jagte er da auf einsamen Waldwegen herum, und vorsichtig fragte ich ihn aus, welche er dabei bevorzugte. Harmlos stand er mir Rede und Antwort, so daß ich genau orientiert war.

Und so kam es durch einen merkwürdigen Zufall, daß er mir eines Tages in einem sehr steilen Hohlweg begegnete.

Vorsichtige Reiter stiegen hier aus dem Sattel, da das Pferd bei dem vielen Geröll gar zu unsicher auftrat, und ich war auch abgestiegen – aber nicht aus Vorsicht! Ich hatte ihn von der Höhe herankommen sehen und schritt ihm nun, mein Pferd am Zügel führend, entgegen. Als er mich erblickte, war er so perplex, daß er selber fast vom Gaul fiel.

Ich aber tat sehr kühl und überrascht und wollte nach ein paar kurzen »Woher«, »Wohin« an ihm vorbei. Im selben Moment aber hatte ich das Malheur, auf einen Stein zu treten und im Knöchel umzuknikken. Man weiß, wie weh das tut und wie gefährlich das ist, man kann sich auf die schönste Art und Weise das Gelenk verstauchen oder gar brechen.

Leicht begreiflich also, daß ich mit lautem Schmerzensschrei beinahe in die Knie sank und umgefallen wäre, hätte ich mich nicht an meinem Sattel gehalten. Mein schüchterner Oberleutnant war mit einem Sprung neben mir.

»Um Gottes willen, Baronesse«, rief er ganz entsetzt, »was haben Sie sich gemacht?«

»Ich glaube, ich habe mir den Fuß gebrochen.«

»Allmächtiger – was machen wir denn nur da!«

Er war so verzweifelt, daß er mir ordentlich leid tat. Nur mit Mühe und Not konnte ich das Lachen zurückhalten. Aber wie es die Situation erforderte, preßte ich mir richtig ein paar Tränen des Schmerzes ab.

»Vom nächsten Dorf sind wir mindestens eine Viertelstunde entfernt«, sagte mein trostloser Seladon. »Und ich kann Sie doch nicht in dieser Situation allein zurücklassen, Baronesse! Aber wissen Sie was«, setzte er in plötzlicher Erleuchtung hinzu, »fünf Schritte von diesem verdammten – o Pardon – Hohlweg ist ein kleiner Bach. Dort können Sie den Fuß vor allem ein bißchen kühlen.«

»Aber wie komme ich dorthin?« ächzte ich.

»Gestatten Sie, daß ich Sie in den Sattel hebe! Ich werde Ihr Pferd dann vorsichtig hinführen.«

Gesagt, getan. Da ich natürlich mit dem, ach!, gebrochenen Fuß mich nicht rühren konnte, mußte ich mich ganz auf seine Arme verlassen. Er bückte sich also, um mich bei den Oberschenkeln zu nehmen und so bequemer zu haben, und bekam daher ausgiebig zu spüren, wie rund

und fest meine Beine und mein Popo waren. Er brauchte auch dementsprechend lange, bis er mich im Sattel hatte, zumal ich ihm – die Lage erforderte es so – meine Brüste recht nachdrücklich ins Gesicht pressen mußte. Wenn er mich so ungeschickt hielt, was konnte ich denn dafür!

Als ich oben saß, wischte er sich tief aufseufzend den Schweiß von der Stirne. Ich glaub es gern, daß ihm meine Formen heiß gemacht haben müssen.

»Was haben Sie?« fragte ich ihn mit dem harmlosesten Gesicht von der Welt. »Ich bin wohl ein bißchen schwer?«

»Nein, nein, Baronesse«, beeilte er sich zu versichern. »Wenn man das Glück hat, Sie so im Arm halten zu können ...«

»Herr Oberleutnant!«

»Ich bitte um Entschuldigung! Ich – ich – werde Sie jetzt hinunterführen.«

Mit der Rechten hielt er sein Pferd, mit der Linken das meinige am Zügel. Es machte sich sehr hübsch, wie er so vorsichtig dahinschritt, gleich einem Ritter aus den Zeiten der Troubadours. Ich beschloß, ihn nicht lange leiden zu lassen.

Fünf Minuten später hielten wir an dem kleinen Bach, der tief drin im schattigen Wald dahinmurmelte. Die Prozedur des Herunterhebens erfolgte. Ich ließ mich wieder ausgiebig in seine Arme – stark genug waren sie ja – sinken; und er brauchte herunter noch länger als hinauf. Endlich entschloß er sich doch, mich aus den Armen zu lassen und plazierte mich vorsichtig in dem weichen Moos neben dem Bach.

Ich probierte, ob ich meine Stiefel herunterbekäme, aber es ging nicht – natürlich. Wo ich doch solche Schmerzen hatte! Er stand dabei und schaute teilnahmsvoll zu.

»Darf ich Ihnen helfen?« fragte er endlich. Der blöde Mensch hatte mich lange genug stöhnen lassen, ehe er sich zu dieser Frage aufraffte.

»Ach – wenn Sie es versuchen wollten!« seufzte ich kläglich.

»Ich werde Ihnen den Strumpf ausziehen, Baronesse«, schlug er vor.

»Ach ja.«

Seine Hände zitterten merklich, als sie meine Pumphose zurückschoben, um den Strumpfhalter oberhalb des Knies abzulösen. Und sie zitterten noch mehr, als sie den Strumpf herunterzogen und dabei notgedrungen mit meiner weichen Haut in Berührung kamen.

Ich weiß nicht, war es vor Anstrengung oder sonst etwas – als das große Werk getan war und er sich aufrichtete, glühte sein Gesicht, und seine Lippen bebten. Er konnte und konnte die Augen nicht von meinem nackten, weißen Bein wegbringen.

Ich tat natürlich, als ob ich nichts sähe – ich hatte ja solche Schmerzen! Vorsichtig steckte ich meine kleinen rosigen Zehen in das kalte Wasser – ach, es war so kalt, aber um den Schein zu wahren, mußte ich wenigstens für ein paar Minuten den ganzen Fuß dieser Tortur opfern. Also die Augen zu und hinein!

Max stand dabei und lächelte.

»Wenn Sie gestatten, Baronesse«, kam er mir dann endlich zu Hilfe, »werde ich die Stelle ein bißchen massieren. Und dann wird es gleich gut sein.«

»Ach ja.«

Und ich streckte ihm den Fuß hin, an den er sich mit wahrem Samaritereifer machte. Mir kam es vor, als ob er in diesem Eifer immer höher mit den Händen rutschte, aber um ihn nicht zu kränken, ließ ich ihn gewähren, bis er zu weit ging und auch mein – Knie untersuchen wollte.

Ich hätte es ihm ja ganz gern gelassen, allein ich mußte ja die Form wahren. Leider! Der Wald war so still, so verschwiegen; das Moos so weich! Und der Max so hübsch, so elegant! Von Minute zu Minute wurde er feuriger.

Aber ich hielt mich – vielmehr wollte mich halten. Ich entzog ihm das Bein mit möglichst kühlem Gesicht und bat ihn, sich umzudrehen, damit ich mir meinen Strumpf anziehen konnte. Er gehorchte seufzend, als ich jedoch auch nach dem Stiefel langte, wagte er einen Einspruch.

»Baronesse sollten noch nicht gleich den Stiefel anziehen«, meinte er, »das Gelenk bedarf noch ein wenig der Schonung.«

Ich war ja froh, noch eine Ausrede zum Bleiben zu haben, aber die Form – die Form!

»Ich kann doch hier nicht ewig sitzen bleiben«, maulte ich.

»Es ist noch früh; noch nicht einmal vier Uhr. Wir nehmen nachher einen scharfen Galopp und bringen die Zeit wieder ein.«

»Meinetwegen. Aber, Herr Oberleutnant, ich bitte Sie, keinem Menschen etwas von der ganzen Geschichte zu sagen. Sie können sich denken, wie unangenehm mir das wäre, wenn jemand über diese idyllische Szene hier am lauschigen Bachrand was erfahren würde.«

»Aber Fräulein Baronesse, wo denken Sie hin! Ihre Bitte schon ist eine Beleidigung.«

Ein paar Minuten blieben wir stumm. Wenn er jetzt nicht zum Sturm bläst, dachte ich mir, dann ist er ein Idiot, der nicht wert ist, daß ich mir solche Umstände um ihn mache. Aber meine Befürchtungen waren grundlos, der schüchterne Max hatte einmal Feuer gefangen und brannte gar bald aus allen Fenstern.

Ich saß auf einem kleinen Mooshügel – er lag auf dem Bauch zu meinen Füßen. Ich hätte ihn schon so gern zwischen ihnen gehabt, aber ich konnte doch nicht anfangen! Zum Glück kam er endlich zum

Verstand und übernahm die führende Rolle.

»Tut Ihnen noch der Fuß weh, Baronesse?« fragte er, indem er seine Hand zart auf den Knöchel legte.

»Ein bißchen!«

»Soll ich ihn vielleicht wieder ein bißl massieren?«

»Ach – wenn Sie so freundlich sein wollen?«

»Aber mit dem größten Vergnügen!«

Und er massierte. Und rieb. Und drückte. Und kam immer höher. Und höher. Und noch höher. Und flüsterte auf einmal:

»Baronesse, Sie haben den entzückendsten Fuß, den ich in meinem Leben gesehen habe.«

Und schon tasteten sich seine Hände ganz langsam, wie Indianer auf dem Kriegspfad, nach dem Rand meiner Pumphose.

Ich machte noch einen schwachen Versuch, die äußere Form zu retten.

»Was machen Sie, Herr Oberleutnant?« stammelte ich.

In Wirklichkeit wußte ich ganz genau, was er machte. Er schob den Rand der Pumphose – die war wirklich ein ekelhaftes Kleidungsstück – zurück und tastete sich mit den Fingerspitzen so hoch er konnte. Dabei schaute er mich mit seinen schönen schwarzen Augen immer so verliebt an. Selbst wenn ich ernstlich gewollt hätte, Widerstand hätte ich ihm da nicht mehr leisten können, denn ich war schon so aufgeregt, daß ich mir die verdammte Pumphose am liebsten selber vom Leib gerissen hätte. Meine Beine zitterten, und zwischen ihnen begann es aus dem Spender aller Freuden mächtig zu sickern und zu rinnen.

Max, wohl erkennnend, daß die Festung reif zum Sturm war, gab sich mit einem

Mal einen Ruck, daß er nicht mehr vor meinen Füßen, sondern schon halb zwischen ihnen lag. Er begann schon an meinen Schenkeln herumzugreifen, der freche Mensch, und dabei guckte er mir unausgesetzt in die Augen. Ich wollte ihn mit der Hand wegdrängen, aber ich – ich wollte ja nur zum Schein. Da spürte ich schon, wie er nach den Bändern der Hose suchte.

»Herr – Herr – Oberleutnant!«

»Süße, kleine – Baronesse – Sie – sind so schön, so bezaubernd – ich hab ja nur auf so einen Moment gewartet, um Ihnen sagen zu können, wie ich Sie anbete.«

So hatte noch kein Mensch zu mir gesprochen. Ich hörte mit verzückten Augen zu, und die Hand, mit der ich seinen schwarzen Kopf wegdrängen wollte, ließ ich in dem weichen, schmeichlerischen Haar. Ich rührte mich auch nicht, als er endlich die Bänder meiner Hose gefunden und gelöst hatte und sich daranmachte, sie herunterzustreifen. Ich half ihm, indem ich mich auf den Händen stützte und mich hochhob. Trotzdem ging es nicht so schnell, wie es die beiderseitige Hitze wünschenswert erscheinen ließ; er war schon viel zu sehr in Rage.

Endlich war sie unten; mit einem Ruck riß er sie mir über die Füße herab – ich schlug schnell den Rock hinunter.

»Paula, süße, angebetete Paula«, flüsterte er gierig. »Laß mich hinauf – laß mich. Ich will dir ganz bestimmt nicht weh tun – ganz bestimmt nicht – ich schwöre es dir – nur laß mich.«

Beinahe hätte ich gelacht! Er hielt mich für ein keusches Jungferlein!

»Herr Oberleutnant – ich bitte – Ihre Frau!«

»Ach, meine Frau – ich wollte Sie wäre so schön wie du – du Engel – du.«

Da hatte er sich richtig durch meine enggeschlossenen Schenkel durchgezwängt, wie einen glühenden Kohlenstift fühlte ich seinen Zeigefinger an meiner Spalte. Er bohrte sich hinein, er fuhr drin auf und nieder, er schraubte sich in mein Gröttchen, das trotz aller Arbeit eines Mucki doch noch eng und schier unpassierbar war.

Ich war aufgelöst. Das war doch eine ganz andere Hand als die Muckis. Wie weich und zart war sie; wie raffiniert dabei! Er machte mich rasend, besinnungslos – ich schlug die Arme um seinen Hals und zog ihn über mich, seinen schönen roten Mund mit Küssen, heißen Küssen bedekkend. Meine Zunge stahl sich zwischen seine Lippen und schmiegte sich an die seinige; mein Leib schob sich an den seinen – zu allem bereit, lag ich in seinem Arm.

Er lehnte sich zurück und hob mir die Röcke in die Höhe!

»Paula, Paula«, hörte ich ihn stammeln wie einen Irren, »bist du schön! Bist du schön! Schön bist du!«

Seine Küsse brannten mir auf den Schenkeln, auf meinem Venusberg; seine Hände wühlten mir mein Innerstes auf.

Und dann eine Pause. Ich schielte hinunter – er machte sich klar zum Gefecht, für einen Augenblick sah ich sein Schwert, das weiß und dick war – im nächsten fühlte ich es an die Pforte klopfen. Ich schob mich mit einem Ruck zurecht – ein, zwei Stöße daneben – dann …

Ach, war das herrlich! War das gut! Wenn er auch kein solcher Gigant wie Mucki war, so hatte er dafür mehr Kunst, mehr Raffinement. Er hatte so einen eigenen Rhythmus! Ich glaube, ich wurde wahnsinnig, und als sich die Schleusen meines Leibes auftaten, wollten sie gar nicht mehr zu fließen aufhören.

Ich hätte so fort arbeiten können in alle Ewigkeit. Aber Max war kein solcher Athlet wie Mucki und mußte nach dem ersten Ritt gleich verschnaufen.

Er streckte sich neben mir im Moos aus und zog mich an sich heran.

»Weißt du, wie ich dich in den Armen haben möchte? Nackt – ganz nackt. Du mußt ja schön sein wie eine junge Göttin. Wie Venus, als sie fünfzehn Jahre alt war!«

»Schmeichler!«

»Und wie unterrichtet du bist! Du arbeitest wie eine korinthische Hetäre! Ich wollte, meine Frau hätte die Hälfte von deinem Temperament! Mädchen, du kannst einen ja wahnsinnig machen!«

Statt aller Antwort warf ich mich über ihn und küßte ihm den süßen frechen Mund in Fetzen. Dabei schob sich allmählich meine Hand nach unten und konstatierte, daß sein Amor ein Einsehen mit meiner Glut hatte und sich unter meinen erfahrenen Fingern rasch zu der wünschenswerten Größe aufrichtete.

»Komm, komm«, lockte ich.

Ich umklammerte ihn mit beiden Beinen

und preßte ihn an mich, daß er sich beinahe nicht rühren konnte. Seine Hände umklammerten meinen Popo, seine Zähne gruben sich in meine Lippen, und dann gingen wir los.

Stoß um Stoß! Aber ich kam gar bald aus dem Takt. Ich flog auf und nieder, daß er mehr als einmal die Balance verlor; ließ alle meine Künste spielen, drehte und wand mich, daß der arme Max außer Rand und Band kam.

»Du, du«, keuchte er, »hab Erbarmen, du zerquetschst ihn mir ja – ich hab nur den einen – ah – das – Temperament – wie du – spritzt schon – ah – ah Paula sag – daß du mich – liebst.«

»Ja, ich lieb dich – du hast mir gleich vom ersten Moment an so gut gefallen – stoß – mir kommt's – schon wieder – ah – ah – M–a–x.«

Aber er war noch lange nicht fertig. Unermüdlich stieß er in meine zuckende Öffnung hinein, und ich schlug mit dem Absatz des einen Stiefels, den ich anhatte, den Takt dazu. Endlich – endlich kündigten mir seine wahnsinnigen Stöße an, daß er sich dem Parnasse nähere.

Und nun übertraf ich mich selbst. Ich drehte mich unter ihm, meine Hüften arbeiteten wie ein Kreisel, und mit unartikulierten Lauten der Wollust schleuderte er mir seinen Saft in den Leib.

Wie tot blieb er auf mir liegen.

Aber ich war andere Kost gewöhnt. Kaum war er ein bißchen zu Atem gekommen, als ich mich schon wieder über den kleinen Gott hermachte, der jetzt ganz flügellahm das Köpfchen hängen ließ.

»Ein bißchen Ruhe mußt du mir gönnen, du unersättliche Hexe, du.« Max lachte. Aber ich ließ nicht los; ich hielt fest, und ehe er noch recht wußte, was ich wollte, hatte ich den geschundenen Amor zwischen meinen Lippen und versuchte, ihm mit der Zunge neues Leben einzuflößen.

Max fiel aus einem Erstaunen ins andere.

»Wenn mir einer gesagt hätte, was du alles kannst – ich hätte ihn für den größten Lügner der Welt erklärt«, stammelte er.

Ich ließ mich durch seine mehr oder minder geistreichen Randglossen nicht beirren, sondern fuhr in meiner segensreichen Tätigkeit unermüdlich fort, bis mein ›heißes Bemühen‹ endlich vom Erfolg gekrönt war. Von neuem richtete Priap sein Haupt empor, und mit einem Seufzer der Befriedigung ließ ich mich zurücksinken.

»Das hat noch keine fertiggebracht«, sagte Max und schob sich zwischen meine weit geöffneten Schenkel.

Wiederum Stoß um Stoß. Wiederum brachte ich ihn und mich zur Raserei, bis wir schließlich stöhnend unsere Säfte und Schauer miteinander vermischten.

Dann bat ich ihn, zur Seite zu treten, stieg hinunter zum Bach und reinigte mich. Im Nu war ich aus der Mänade wieder zur Amazone geworden, und wir saßen auf, um nach Hause zu reiten. Er konnte sich kaum im Sattel halten, so müde war er. Ich spürte nicht viel, und als ich nachher beim Nachtmahl mit meinen Eltern am Tisch saß, merkte mir kein Mensch an, was ich für Früchte im Wald gepflückt hatte.

Viertes Kapitel

Natürlich trafen wir uns von nun an fast täglich an dem Bach und taten hier auf Amors Rossen ein paar feurige Ritte. Aber wir waren damit nicht zufrieden. Wir wollten mehr. Wir wollten uns nackt haben; splitternackt wollten wir uns nicht auf dem feuchten Moose herumwälzen, sondern in einem verschwiegenen Liebesnest, in üppigen Polstern vergraben, unsere Wonnen genießen.

Schließlich brachte ich es doch zuwege, daß er in der Nacht zu mir kommen konnte. Ich brauchte zwar dazu die Protektion meiner Miß, allein die wußte ich mir sehr schnell zu verschaffen. Ich wendete einfach rohe Gewalt an.

»Miß«, erklärte ich ihr eines Tages seelenruhig, »Sie müssen mir helfen.«

»Wobei?«

»Ich habe einen Geliebten und will ihn in meinem Zimmer empfangen.«

Die Miß war so starr, daß sie unfähig war, überhaupt einen Laut hervorzubringen.

»Sie sind wahnsinnig«, stammelte sie endlich, während ihr üppiger Busen von dem Sturm des eben gehabten Schreckens auf und nieder wogte wie eine tolle See. Sie schnappte nach Luft; sie wurde bald weiß, bald rot. Sie wußte nicht, war ich übergeschnappt oder sie. Aber ein noch schwererer Schlag sollte sie treffen.

»Nein, meine teure Miß, ganz und gar nicht. Ich habe nur einen Geliebten, nicht zwei wie andere Damen.«

»Wa – wa – was meinen Sie?«

»Ich kenne eine junge Dame, sehr hübsch, sehr feurig. Die hat einen Geliebten, der Kommandeur eines Dragonerregiments ist und den sie mit Ruten peitscht, und dann hat sie noch einen Geliebten, der es aber ohne Hiebe auch kann. Kennen Sie sie auch?«

Die arme Miß sah aus, als wollte sie mir jede Minute an den Hals springen.

»Sie sind eine giftige Schlange«, keuchte sie. »Was wollen Sie?«

»Ich habe Sie bis jetzt nicht verraten; ich hoffe, Sie werden es auch nicht tun!«

Sie sah mich an mit einem Blick! Wenn Augen töten könnten, ich wäre umgefallen und hätte keinen Geliebten mehr gebraucht – in meinem ganzen Leben nicht mehr. So standen wir uns eine Zeitlang gegenüber, ich jubelnd wie eine Siegerin, sie knirschend als die Besiegte.

»Tun Sie, was Sie wollen«, zischte sie endlich.

»Sie werden schweigen?«

»Ja.«

Dann kehrte sie sich auf dem Absatz um und ging hinaus.

Noch am selben Abend ließ ich Max in mein Zimmer. Er kam in Zivil vom Garten her und wurde von mir an der Hintertreppe in Empfang genommen, worauf ich ihn auf den Zehen in unseren Wollusttempel führte. Eine Entdeckung durch Vater oder Mutter wäre unangenehm gewesen, aber ich fürchtete sie nicht. Ich hätte ebenso skrupellos wie gegen die Miß die Trümpfe ausgespielt, die ich in Händen hatte.

Aber nichts geschah. Wir kamen unentdeckt in mein Zimmer, das ja an das der Miß stieß, die sich nicht rührte. Ich getraute mich aber zu wetten, sie stand am Schlüsselloch und belauschte mich und meinen Galan, so wie ich sie und den ihren belauscht hatte.

Mich genierte jedoch das nicht weiter. Ich hatte nichts als meinen Batistschlafrock an und darunter ein Hemd; ehe Max noch den Rock ausgezogen, hatte ich schon beides herunter und sprang ihm splitterfasernackt an den Hals.

Der liebe Kerl! Er wußte gar nicht, wohin er zuerst greifen, was er zuerst küssen sollte. Ich riß ihn zum Bett hin und gab mich seinen trunkenen Liebkosungen hin, bis mir die Vorspiele, so süß sie auch waren, zu fad wurden. Resolut griff ich in seine Hose und zückte sein Schwert. Kaum aber berührte ich es mit meinen Fingerspitzen, als auch schon ein Ruck, ein Krampf, durch den ganzen Max ging und mir eine voluminöse Ladung seines Liebessaftes schier bis ins Gesicht spritzte.

Die nun notwendigerweise eintretende Pause benutzte er dazu, um sich in fieberhafter Hast die Kleider vom Leib zu reißen. Mit heiseren Wollustlauten stürzte er sich dann auf mich, und wie ich ihn empfing, kann man sich ungefähr denken.

Zum ersten Mal hatte ich einen Mann ganz nackt zwischen meinen Schenkeln. Die dampfenden Körper wurden durch keine hindernden Kleider voneinander getrennt; Glied preßte sich an Glied; Pore an Pore – wir besaßen uns mit jedem Fleckchen Haut. Unsere Lippen klebten aneinander, unsere Hände, unsere Beine waren ineinander verkrallt, und so rangen wir miteinander.

Was dachte ich da noch viel an Künste, an Tricks – ich war wie eine Rasende, aus deren Leib unaufhörlich Lavaströme hervorbrachen.

Endlich ließen wir voneinander ab, da seine Kraft erlahmte. Und wie er von mir herunterfiel, so schlief er auch ein. Ich hätte auch gern die Augen zugemacht, aber ich traute mich nicht, aus Furcht, wir könnten verschlafen und in der Früh eine unliebsame Überraschung erleben. Also lag ich still und spielte mit meinen Fingern teils an meiner noch immer brennenden Öffnung, teils an seinem ganz zerquetschten Glied.

Aber siehe da! So fest er auch schlief, es gelang mir doch, das Stückchen Fleisch in jene Stahlstange zu verwandeln, die ich brauchte. Langsam, langsam schwoll und stieg es auf, bis es mir endlich in voller Pracht entgegenlachte. Da nahm ich einen kühnen Schwung – schwupp hatte ich die Lanze im Leib, und als gewandte Reiterin ging ich in einem Tempo los, daß ein Toter hätte davon erwachen müssen.

Max rieb sich die Augen, gab unverständliche Laute von sich und war zuerst ganz baff, als er mich so stolz im Sattel sah. Und dann folgte er brav und gehorsam meiner Leitung, bis ich zweimal und er einmal durchs Ziel gekommen.

Nun aber konnte ich selber nicht mehr weiter vor Schlaf. Ich bat ihn also, sich zu entfernen, damit ich ungestört Kräfte für die nächste Nacht sammeln könnte.

Ohne ein Wort zu erwidern, schlüpfte er in seine Kleider und trat dann seinen Rückzug an. Ich hörte noch, wie er die Haustür schloß – dann hörte ich nichts mehr.

Von da ab kam er fast Nacht für Nacht. Die Miß, die mich anfänglich doch am liebsten in einem Löffel Wasser ertränkt hätte, war eitel Liebe und Fürsorge geworden, ja, einmal, als meine Mama, weiß Gott durch was für eine Ahnung getrieben, auf den Einfall kam, mein Zimmer nächtlicherweise zu inspizieren, warnte sie uns rechtzeitig und versteckte Max in ihrer Stube. Ob sie ihn nicht der größeren Sicherheit halber ganz in ihre Öffnung hineinsteckte, kann ich natürlich nicht wissen. Jedenfalls steht fest, daß sie mir aus der Patsche half.

Aber aus der großen Patsche, in die ich nun kam, aus der konnte sie mir nicht helfen. Eines Tages wurde mir schlecht, ich übergab mich und konnte nicht den geringsten Geruch vertragen. Die Übelkeiten wiederholten sich; ich bekam ein spitzes, scharfes Gesicht, fiel von einer Ohnmacht in die andere – die Periode blieb aus, mit einem Satz: Ich war schwanger.

An die Zeit, die ich nun durchmachte, will ich mich nicht erinnern. Sie war die Hölle auf Erden. Was ich auch an geheimen und verbotenen Mitteln anwendete – es nutzte keines; es war, als wäre mir dieses Kind im Leib festgespickt. Die Todesangst, die ich ausstand! Die Pein, die ich litt! Alle meine Sünden büßte ich ehrlich ab.

Und das Schlimmste! Der Mann, dem ich all dies zu verdanken hatte, Max, der schöne, liebe, der gute Max, erwies sich als bodenloser Schurke. Als ich ihm das Malheur eingestand, war er ganz konsterniert zuerst, dann aber fiel er wie ein Wilder über mich her.

»Das hab ich nun davon«, schrie er, »daß ich dir auf den Leim gegangen bin, du geiles Luder! Hättest du besser auf dich acht gegeben – jetzt sitzen wir da in einer schönen Geschichte. Schau, wie du herauskommst! Ich weiß von nichts und rate dir auch, mich nicht mit hineinzureiten. Dann hast du schon gar nichts zu lachen.«

Ich warf ihn fast buchstäblich zur Tür hinaus.

Und dann kam das Kind! Bis zur letzten Minute hatte ich es vor den Eltern verbergen können, aber als ich gerade beim Nachtmahl in den fürchterlichsten Wehen zusammenbrach, war es aus. Daß mich mein Vater nicht erschlagen hat, ist wirklich ein großes Wunder. Das einzige Glück war, daß der arme Wurm keine Stunde lebte. Aber das war auch alles.

Kaum daß ich mich erheben konnte, wies mir mein Vater die Tür. Ich warf mich ihm und der Mutter zu Füßen, umsonst – so lasterhaft sie auch selber waren, die äußere Schande konnten sie mir nicht verzeihen. Einen Moment lang dachte ich daran, ihnen ihre Gemeinheiten ins Gesicht zu schreien, aber ich hatte nicht die Kraft und auch nicht den Mut dazu. Ich glaube, mein Vater hätte mich in derselben Minute zusammengeschossen.

Sie warfen mich auf die Straße. Im Trotz bin ich dann von ihnen gegangen, und ich habe sie beide nicht wiedergesehen. Trug auch, offen gestanden, kein Verlangen danach, denn ich haßte sie, wie ich nur jenen falschen, feigen Schuft haßte, der mich in der Stunde meiner Not im Stich gelassen hatte.

Fünftes Kapitel

Die einzige, die noch ein bißchen Mitleid mit mir hatte, war meine irische Miß. Sie steckte mir eine Zwanzigguldennote in die Hand, damit ich wenigstens für die ersten paar Tage etwas zu essen hätte.

Mit diesen paar Gulden setzte ich mich auf die Bahn und fuhr nach Wien. In Brünn konnte ich mich nicht mehr sehen lassen; ich glaube, die alten Weiber, diese bigotten, falschen, verlogenen Betschwestern, hätten mich auf offener Straße gesteinigt. Wurde doch selbst meinen Eltern der Boden hier zu heiß. Mein Vater ließ sich, wie ich später erfuhr, in eine weit entfernte, an der russischen Grenze gelegene Garnison versetzen.

Also fuhr ich nach Wien. Natürlich erster Klasse, so daß ich, als ich auf dem Nordbahnhof in Wien stand, keine ganzen drei Gulden mehr in der Tasche hatte. Aber das schreckte mich wenig. Ich war siebzehn Jahre alt, auffallend hübsch, und der unbändige Trotz hatte mir meine ganze Kraft wiedergegeben. Ich fürchtete mich nicht – im Gegenteil, ich freute mich, daß ich tun und lassen konnte, was ich wollte. Ein Mädchen, das solche Beine und solche Brüste hatte wie ich, brauchte sich vor dem Verhungern nicht zu fürchten.

Nichtsdestoweniger stand ich ziemlich ratlos auf dem Bahnsteig und schaute mit hilfesuchenden Augen um mich. Das kleine Handköfferchen, in das ich in der Geschwindigkeit alles gepackt hatte, was mir gerade unter die Hände gekommen war, hielt ich krampfhaft an mich gepreßt und wartete wie eine verzauberte Prinzessin auf irgendeinen Ritter, der mich auf sein Schloß führen sollte.

Aber da meldete sich kein Ritter. Wohl schauten mich die Männer alle mit den Blicken an, die ich kannte, aber auf Bahnhöfen hat man keine Zeit zu galanten Abenteuern.

Mißmutig nahm ich mein Köfferchen und trollte mich dem Ausgang zu, als plötzlich eine ältere, bescheiden gekleidete Person, die schon ein paarmal um mich herumgestrichen war, auf mich zutrat und mich mit freundlichem Lächeln anredete.

»Sagen Sie, liebes Kind«, sagte sie mit einer eigentümlichen fetten und süßlichen Stimme, »Sie sollten wohl von jemandem erwartet werden, und es ist niemand gekommen?«

»Ach, mich erwartet niemand.«

»Sind Sie hier denn fremd?«

»Ja, gnädige Frau.«

»Von wo kommen Sie denn, mein Kind?«

»Von Brünn.«

Sie schaute mich von der Seite an und prüfte meine Kleidung, der man wohl anmerkte, daß ich aus einem feinen Haus stammte. Die Person mochte wohl irgendeine Geschichte wittern, denn sie zwinkerte mir bedeutungsvoll zu. Sie wurde mir immer widerlicher, und ich hätte sie am liebsten abgeschüttelt, wenn ich nur in meiner Ratlosigkeit gewußt hätte, was anzufangen. Ich machte also mein freundlichstes Gesicht und fragte sie, ob sie irgendwo eine billige Unterkunft wüßte.

»Aber natürlich, natürlich, mein Kinderl! Kommens nur mit mir! Bei mir sind Sie am allerbesten aufgehoben.«

Ich ging mit ihr. Und von diesem Moment an war mein Schicksal entschieden.

Die dicke Person verfrachtete mich und ihren Schmerbauch in einen Einspänner, der uns ihrer Weisung gemäß in die Gumpendorfer Straße brachte. Vor einem hübschen, alten Haus hielten wir. Die Alte klingelte, worauf ein geradezu vornehm ausschauendes Stubenmädchen erschien und mir meinen Handkoffer abnahm.

Meine neue Gönnerin wohnte im ersten Stock, und ich war nicht wenig verwundert, als ich die elegante Einrichtung der Zimmer sah.

Pensionat Guschl stand auf der Tür. Aber ich, die ich zwar nicht die Erfahrung, wohl aber von Natur aus den Blick dafür hatte, merkte gar wohl, daß dieses Heim alles, nur kein Pensionat für junge Mädchen war.

Ich wurde in ein hübsch und zierlich eingerichtetes Kabinett geführt, in dem mir sofort der mächtige Stehspiegel auffiel, der schier über die halbe Wand reichte. Sonst war nichts Auffälliges in dem Zimmerchen, das so ein richtiges Nest für junge Mädchen war.

»So, mein Kind«, sagte Frau Guschl in mütterlichem Ton zu mir, »waschen Sie sich vielleicht auch ein bißchen, und wenn Sie müde sind, legen Sie sich ein wenig nieder. Nachher wollen wir dann besprechen, was mit Ihnen geschehen soll.«

Müde war ich nicht die Spur. Im Gegenteil, in mir brannte eine Unruhe, eine Ungeduld, die mich fiebern machte. In weniger als einer Viertelstunde war ich gewaschen, frisiert, umgekleidet und meldete mich bei Frau Guschl, die vor Erstaunen die fetten Hände überm Kopf zusammenschlagen wollte, es aber nicht tat, weil sie es nicht konnte.

Ein Mann saß mit ihr im Salon, ein kleiner, magerer Kerl, den sie mir als ihren Herrn und Gebieter vorstellte, der mir aber noch widerlicher war als sie selber. Er versuchte, sich als den würdigen Vater mir gegenüber herauszuspielen, dabei erkannte ich aber an seinen rotumränderten Augen ganz genau, daß er mir ganz gern an die Brüste gegriffen hätte, die sich unter meiner dünnen Bluse ganz deutlich abzeichneten. Mit gebührendem Wohlwollen faßte er mich unters Kinn und sagte:

»Mein liebes Fräulein, ich freue mich sehr, daß der Zufall meine Frau, die ihre Schwester aus Troppau erwartete, auf die Bahn geführt hat. So sind Sie wenigstens in gute Hände gekommen.«

Augenscheinlich meinte er mit den guten Händen seine eigenen, denn er streichelte nun meine Wangen und mein Haar und hätte seine väterlichen Liebkosungen weiß Gott wohin noch ausgedehnt, wenn nicht seine bessere Hälfte es für angezeigt gehalten hätte, seinen Gefühlen einen Riegel vorzuschieben.

»Du, Max«, sagte sie in einem Ton, der keinen Widerspruch zuließ, »würdest du nicht so freundlich sein und mir die Besorgung in der Stadt machen, um die ich dich gebeten habe?«

»Aber natürlich, mein Schatz«, antwortete er gehorsamst, gab ihr noch einen väterlichen Zwick und verschwand aus dem Zimmer. Dadurch, daß er überdies denselben Namen trug wie der Mann, den ich haßte, wurde er mir noch widerlicher.

Als sich die Tür hinter ihm geschlossen hatte, nahm mich die Frau an der Hand und zog mich neben sich auf das Sofa.

»So, nun können wir uns ruhig aussprechen, mein Kind. Die Mannsbilder verstehn ja von solchen Sachen nichts. Vertrauen Sie sich mir nur ruhig an. Ich habe noch drei solche lieben Mädchen im Haus, und Sie werden schon sehen, wie lieb sie mich haben und wie dankbar sie mir sind. Sie haben es nie bedauert, daß sie mir vertraut haben.«

Ich bewies ihr also mein Vertrauen, indem ich ihr irgendeine Räubergeschichte von einer mich hassenden, mich quälenden Stiefmutter erzählte, die mich aus dem Haus getrieben hätte. Ob sie mir mein Märchen glaubte, weiß ich nicht. Jedenfalls tat sie so, und als ich mir zur Illustrierung einige Tränchen abpreßte, nahm sie mich liebevoll in die Arme und legte meinen Kopf an ihren üppigen Busen.

»Wein dich nur gut aus«, tröstete sie mich, »ich werde dir schon helfen, mein Täuberl!«

Also schön! Schluchzte ich halt zum Steinerweichen, und sie störte mich auch nicht in dem Vergnügen, bis ich von der Komödie selber genug hatte und mich aufrichtete, um ihr erwartungsvoll ins Gesicht zu blicken.

»Was willst du nun anfangen in dem großen, fremden Wien?« fragte sie.

Der Schmerz packte mich von neuem: »Ich – ich weiß nicht«, flennte ich.

»Hast du was gelernt?«

»Klavier, Englisch, Französisch.«

Mit einer einzigen Handbewegung schleuderte sie alle meine Kenntnisse in den Abgrund.

»Also nichts.«

»Ja – das heißt – sticken könnte ich auch.«

Sie lachte, daß ihr dicker Bauch wackelte wie ein Segelschiff auf stürmischen Meereswogen.

»Bist du naiv! Davon willst du leben?«

Und dann setzte sie sich mit einem Ruck aufrecht hin und sah mir gerade in die Augen. Ich fühlte, jetzt rückte sie mit dem heraus, was sie eigentlich von mir wollte.

»Sag einmal, mein Kind«, begann sie, »hättest du was dagegen, ein Leben zu führen wie Gott in Frankreich und dabei nicht zu arbeiten?«

»Wie sollte ich das wohl anfangen? Ich stehe ganz allein auf der weiten Welt. Habe kein Geld, keinen Menschen, der sich um mich kümmert.« Und neuerdings vergoß ich einen großen, rührenden Tränenstrom.

»Na, wein nur nicht, Mauserl«, sagte meine dicke Freundin. »Wie heißt du denn eigentlich?«

»Paula Müller.«

Wiederum tat sie so, als ob sie mir glaubte.

»Also möchtest du so leben?« wiederholte sie ihre Frage.

»Ja«, schluchzte ich. »Aber was muß ich machen?«

Eigentlich wußte ich ja schon ganz genau, was die alte Hexe von mir wollte. Wenn ich meine Nase auch noch nicht viel in die Welt hinausgesteckt hatte, so besaß ich doch viel Erfahrung aus den Büchern, die ich heimlich gelesen hatte. Sie war sicher nichts anderes als eine ganz gemeine Kupplerin, die mich als gute Beute betrachtete.

»Du bist ja ein selten hübsches Mädchen, und gebaut bist du wie eine junge Venus«, begann sie ihren Sermon. »Du brauchst nichts zu tun, als ein bißchen gefällig und liebenswürdig gegen die Herren zu sein, die mich hie und da besuchen. Weißt du, es sind alles nette, feine Leute, die viel Geld haben.«

»Ja, aber wenn sie alt und häßlich sind, dann mag ich sie nicht.«

»Ich werde dir schon die jüngsten und feschesten aussuchen«, sagte sie, augenscheinlich hocherfreut über die schnelle Art, mit der ich mich gewinnen ließ. »Aber einen guten Rat muß ich dir gleich geben, halt dich im Leben immer mehr an die alten Herrn. Die jungen machen zwar mehr Vergnügen, aber sie geben dafür um so weniger aus.«

»Oh, ich werde mich bemühen, schon gegen jeden freundlich zu sein. Aber wenn die weiß Gott alles von mir verlangen?«

Sie gab mir einen scherzhaften Klaps.

»Mir scheint, du bist ein kleines Luder!« rief sie. »Du weißt doch sicher ganz genau, was du sollst und was du nicht sollst. Sag einmal überhaupt, bist du noch Jungfer?«

Ich hielt es für das beste, die Wahrheit zu sagen, denn mit einem einzigen Griff unter meine Röcke hätte sie sich vom wirklichen Tatbestand überzeugen können.

»Nein«, gestand ich, indem ich verschämt die Augen niederschlug.

»Ich bin verführt worden, von einem Bekannten von meinem Papa.«

Und da ich schon einmal im Beichten war, sagte ich ihr auch, daß ich vor ein paar Tagen ein Kind zur Welt gebracht hatte, das aber gleich nach der Geburt gestorben sei. Damit schnitt ich alle Fragerei ein für allemal ab.

Sie war über meine Eröffnung zuerst ganz baff, faßte sich aber schnell und schüttelte den Kopf.

»Nein, so was! So was! Deshalb haben dich wohl deine Eltern hinausgeworfen?«

»Ja.«

»Na, tröste dich; es wäre mir zwar lieber, ich könnte deine Jungfernschaft verkaufen, das wär' ein gutes Geschäft gewesen – na, da kann man aber schließlich nichts machen. Hast doch noch feste Tutteln?«

Mit sachverständigem Griff überzeugte sie sich, daß ich wenigstens hier noch jede Konkurrenz aushalten konnte.

»Jesses – Jesses«, sagte sie ganz überrascht. »Bei einem Mädel aus feiner Familie so schöne Tutteln zu finden, das sollt man nicht für möglich halten. Geh, zieh dich einmal aus, ich möcht dich ganz nackt sehen.«

Was sollte ich mich lange zieren? Wir verstanden uns ja vortrefflich. Also stand ich, ohne ein Wort zu verlieren, auf und legte meine Kleider ab. Nur meine Strümpfe und Schuhe behielt ich an, und so stellte ich mich vor Frau Guschl in Positur, die mich mit mehr als wohlgefälligem Auge betrachtete.

»Weißt, Paula«, sagte sie nach langer, eingehender Besichtigung, »du bist das schönste Frauenzimmer, das ich bis jetzt in meinem Leben gesehen habe. Und ich hab schon viele gesehen. Aber nun leg dich mal da her aufs Sofa und gib die Beine auseinander, ich will doch mal sehen, wie es da unten ausschaut.«

Gehorsam streckte ich mich aus und spreizte die Schenkel. Sie setzte sich einen Zwicker auf die Nase und begann nun eine höchst genaue Visitation, die mich durch die damit verbundene Krabbelei und Kitzelei so mächtig aufregte, daß ich mit meinem Popo den bewußten Höllentanz anfing und erst aufhörte, als ich Frau Guschls dicke Finger mit dem Strom meiner Erleichterung überschwemmt hatte.

»Mädel, hast du ein Temperament«,

keuchte sie, selbst ein bißchen angezündet durch den Brand, den sie in mir verursacht hatte. »Ich glaube, die Männer werden auf dir schier verrückt. Du kannst reich werden bei dem Geschäft, wenn du dich nur vernünftig hältst. Weißt du, ich habe kein so gemeines Puff wie die Hondel oder Mademoiselle Rosa. Zu mir kommen die feinsten Kavaliere Wiens, und die zahlen, die lassen was springen. Wirst schon schauen, wen du die Ehre haben wirst, heut abend in dein Loch zu stecken.«

»Na, ich werde mir schon Mühe geben.« Ich lachte.

»Und laß dich ja auf keine Liebesgeschichte ein. Die führen in unserem Geschäft zu nichts. Ein Mann, den du gern hast, der spuckt dich nicht an, weil du eben das bist, was du bist, und ein Mann der dich gern hat, ist sicher nichts wert. Dein früherer Liebhaber wird dich doch hoffentlich hier in Ruh lassen?«

»Ich will's meinen«, knirschte ich, und in derselben Minute schlug meine ganze Wut gegen den feigen Max wieder empor. »Übrigens weiß er ja gar nicht, wo ich bin.«

Damit wollte ich mich wieder anziehen, doch im selben Moment sprang die Tür auf, und der Herr des Hauses, Herr Guschl, stürmte herein. Der Lump mochte wohl geahnt haben, was da drinnen zwischen uns vorging, und wollte nun auch noch eine kleine Augenbelustigung haben.

Da kam er aber bei seiner besseren Hälfte schön an. Während ich mich mit einem Sprung hinter die Ottomane versteckte, schob sie ihn unter Anwendung roher Gewalt zur Tür hinaus, obwohl er heftig dagegen protestierte. Er hätte als Prinzipal doch auch ein Recht, sich seine Ware anzusehen. Er wäre doch auch was.

Aber es half ihm nichts, und er flog hinaus.

Kupferrot vor Zorn und Anstrengung

kehrte sie zu mir zurück und half mir, mich wieder anzuziehen.

»Du«, sagte sie dabei zu mir, »wenn sich etwa mein Mann an dich heranmachen sollte, der elende Fallot, dann ruf nur gleich mich und gib ihm sofort zwei ausgiebige Watschen. Hast mich verstanden?«

Am Mittagstisch lernte ich meine drei Kolleginnen kennen, die alle ebenso wie ich aus besseren Häusern zu stammen schienen. Sie waren alle jung und hübsch und verrieten durch nichts, weder durch Worte noch durch Bewegungen, den Stand, dem sie angehörten. Sie vertraten in vorzüglicher Auswahl sämtliche Frauentypen. Irma, eine Steyrerin von Geburt, war schwarz, hatte feine, schlanke Glieder und schwärmerische dunkle Augen, in denen stets eine gewisse Melancholie zu lesen war. Ilona, die Ungarin, war braun, klein und voll, mit runden, schwellenden Formen, während die dritte, Melanie, eine Tizianschönheit im wahrsten Sinne des Wortes war. Ihr schönes, reiches, rotes Haar legte sich wie eine Fürstenkrone um ihre hohe, weiße Stirne, und ihre veilchenblauen Augen konnten mitunter recht hochmütig dreinblicken. Im übrigen war sie aber wie die andern auch ein gutherziges, leichtsinniges Geschöpf, und wir vier schlossen rasch enge Freundschaft miteinander.

Nach Tisch, als der ehrenwerte Herr Guschl in sein Kaffeehaus gegangen war und unsere mütterliche Freundin sich zu ihrem Nachmittagsschlaf niedergelegt hatte, hockten wir vier uns vergnügt zusammen und tratschten, was ja die Hauptbeschäftigung der Mädchen des nun von mir erwählten Berufes ist.

Zunächst mußte ich meine Geschichte erzählen. Ich beichtete sie wahrheitsgetreu, natürlich unter Verschwiegenheit der richtigen Namen, und hatte die Genugtuung, daß meine Freundinnen alle über Max empört waren.

»So ein Schuft, so ein Schurke«, rief die lebhafte Ilona, »den Kerl müßte man zur Strafe an den Füßen aufhängen.«

»Die Männer sind alle miteinander nichts wert«, ließ sich die stolze Melanie vernehmen. »Wir sind ja nur dazu da, um ihnen Vergnügen zu bereiten. Aber wenn's im Ernst heißt, sich unserer anzunehmen, dann lassen sie uns schändlich im Stich.«

Dann erzählte mir eine nach der anderen ihre Geschichte. Überall dasselbe, verführt durch irgendeinen glattzüngigen Schuft und durch die Glut des eigenen Temperaments. Uns, die Verführten, macht man ehrlos, stellt uns unter Polizeiaufsicht wie gemeine Diebe und Verbrecher, aber die Schufte, die uns ins Unglück gestürzt haben, die läßt man frei ausgehen. Ich kann nicht besser ausdrücken, was ich meine, aber jeder rechtlich Denkende wird mich verstehen. Wann wird man endlich aufhören, uns arme Mädchen, die durch Unwissenheit und mangelnde Lebenserfahrung auf die schiefe Bahn geraten sind und infolge unserer Not und Verzweiflung darauf weitergehen müssen, zu Ehrlosen zu stempeln? Das Mädchen, das ihren Leib um einen Trauschein für ein ganzes Leben an einen ungeliebten Mann verkauft, ist das viel besser als wir? Und wenn es nachher seinen Gatten mit Gott und aller Welt betrügt, ist das vielleicht nicht ehrlos?

Damals allerdings dachte ich nicht so; damals war ich jung und leichtsinnig und machte mir über das Dasein, das ich von nun an führen sollte, herzlich wenig Gedanken. Im Gegenteil, wie es sich anließ, gefiel es mir außerordentlich. Nichts zu tun, als zu essen, zu faulenzen und sich zu putzen. Und dann jeden Abend einen hübschen, feschen Kavalier zwischen den Beinen – mehr verlangte man ja damals nicht.

Wir saßen noch lange beisammen, bis Madame Guschl erschien und uns daran erinnerte, daß es nun Zeit wäre, an die Abendtoilette zu denken. Sie selbst hatte den üppig wachsenden Schmerbauch bereits in eine Korsage allerneuester Fasson gepreßt und paradierte in einem schwarzen Seidenkleid, in dem sie sich offen gestanden mit einer Würde zu benehmen wußte, daß man sie ganz gut für eine Stiftsdame hätte halten können.

»Grad in unserm Geschäft muß man was auf Würde und Reputation halten«, pflegte sie immer zu sagen. Und wie mich meine späteren Erfahrungen lehrten, hatte sie nicht so unrecht.

Ich verschwand auf mein Zimmer und zog, da noch kein Kleid für mich vorhanden war, das blaue Crêpe-de-Chine-Kleid an, das ich in der Eile vom Elternhaus mitgenommen hatte. Es war mehr eine Balltoilette, etwas ausgeschnitten, aber es stand mir zu meinem blonden Haar vorzüglich. Frau Guschl war ganz entzückt, als ich vor sie hintrat, und prophezeite mir in den höchsten Tönen der Begeisterung eine schöne Zukunft. Was sie nämlich unter schöner Zukunft verstand.

»Gleich heute abend wirst du sehen, was du für ein Glück hast«, sagte sie, indem sie wohlwollend mein Kinn streichelte. »Ich habe den Erzherzog Robert, der Stammgast bei mir ist, benachrichtigt, daß ich etwas Extrafeines für ihn habe, und er hat mir sofort seinen Besuch zugesagt. Du darfst ihn aber um Himmels willen nicht als Erzherzog ansprechen, sondern ganz einfach als Herr Graf. Er ist übrigens ein reizender, liebenswürdiger Mensch, der dir in jeder Beziehung gefallen wird.«

»In jeder Beziehung?«

»In jeder!«

Man kann sich denken, mit welchem Herzklopfen ich die Stunde erwartete, für die sich der Prinz angesagt hatte. Wahrlich, ich mußte doch ein Glückskind sein. Wie viele Mädchen, die ebenso hübsch waren wie ich, gingen zugrunde oder sanken gleich in die tiefste Tiefe des Lasters hinunter, weil kein günstiger Stern über ihnen leuchtete. Alles, alles ist doch Glückssache im Leben.

Um sieben Uhr stürzte Herr Guschl, den ich den ganzen Nachmittag nicht zu Gesicht bekommen hatte, wie aus der Pistole geschossen ins Zimmer.

Gleich darauf erschien im Türrahmen eine hohe, schlanke Gestalt in Zivil, die uns vier Mädels, die wir uns respektvoll in einer Ecke zusammendrängten, mit einem leichten, vertraulichen Kopfnicken begrüßte.

»Na, liebe Guschl«, sagte der hohe Gast

zu der vor lauter Ehrerbietung zerfließenden Dame des Hauses, »wo ist denn Ihr neuer Schatz? Ich hab' heut sogar eine Einladung bei meinen Dragonern ausgeschlagen.«

»Ich hoffe, Herr Graf werden es nicht bereuen«, flötete sie und zog mich an der Hand aus unserer Ecke hervor. »Dies ist Mademoiselle Paula, die sich alle Mühe geben wird, dem Herrn Grafen zu gefallen.«

Der Erzherzog, der bekanntlich einer der schönsten Männer des ganzen Landes war, schaute mich lächelnd an.

»Bei meiner Ehre«, lächelte er, wobei unter dem hübschen schwarzen Schnurrbart zwei Reihen blendend weißer Zähne sichtbar wurden, »bildhübsch. Ich weiß ja, ich kann mich auf meine Guschl verlassen.«

»Zuviel Ehre, zuviel Gnade, Herr Graf«, hörte ich die Guschl murmeln.

Viel mehr hörte und sah ich nicht mehr. Der schöne Mann da vor mir hatte mich ganz bezaubert, und daß ich ihm, einem der ersten Männer der Monarchie, so gut gefiel, machte mich ganz toll. Er hätte in dieser Minute von mir verlangen können was er wollte, ich hätte es getan.

Mit einem Mal merkte ich, daß wir zwei, er und ich, ganz allein im Zimmer waren. Wie weggeblasen waren alle, verschwunden, nur dieser Abgott stand mit seinem bezauberndsten Lächeln vor mir und legte den einen Arm um meine Taille, um mich näher an sich zu ziehen.

»Wie alt bist du, Kind?«

»Siebzehn Jahre, Herr Graf.«

»Ei, ei, und so früh schon beim Geschäft?«

Ich wußte nicht, was ich erwidern sollte; um eine freche Antwort wäre ich ja nicht verlegen gewesen, wohl aber war ich es um eine respektvolle. Ich tat also das beste, was ich machen konnte, und spielte mich auf die verführte und betörte Unschuld heraus. Was auch seine Wirkung nicht verfehlte.

Ich stand jetzt ganz dicht an ihm, und er zog mich sanft zwischen seine Beine und küßte mich. Als seine vollen, sinnlichen Lippen die meinen berührten, war es vollends um mich geschehen. Halb besinnungslos sank ich ihm in den Arm und schob meine Zunge verlangend an die seine.

»Alle Achtung, küssen kannst du!« Er lachte.

Und dann spürte ich mit einem Mal, wie sich seine Hand zwischen meinen Schenkeln den Weg suchte. Ich gab ihn vollends frei, und in der Minute, da seine schlanken Finger in zitternder Gier meine empfindlichste Stelle berührten, fing ich an, mit meinem runden Popo an seiner Hose hinauf- und herunterzurutschen, daß es so eine Art hatte.

Für mein Leben gern hätte ich, wie ich es bei Mucki und Max immer getan, seinen

Amor höchst eigenhändig aus seinem engen Gefängnis befreit, aber ich traute mich nicht.

So stand ich, von dem Wirbelsturm in meinem Innern gepeitscht und geschüttelt, und hielt still, während er sich zunächst mit der Hand vergnügte. Dann hob er mir die Röcke auf und schickte seine funkelnden Augen über meinen Leib spazieren.

Daß ich ihm gefiel, auf den ersten Blick gefiel, merkte ich an seiner Erregtheit, die von Minute zu Minute zunahm. Mit seinen zitternden Fingern versuchte er, meine Bluse zu öffnen, und da es ihm nicht gleich gelang, kam ich ihm zu Hilfe. Mit einem Ruck riß ich mir die Taille, die hinten zu knöpfen war, von oben bis unten auf und streifte sie über die Arme herunter, so daß ihm meine Schultern und meine Brüste frei zur Verfügung standen.

»Herrgott, Mädel, bist du schön!« stammelte er und bedeckte meinen Busen mit

Küssen, die mich sengten und halb wahnsinnig machten. Ich öffnete das Mieder und schleuderte es beiseite und ließ das Hemd über die Achseln heruntergleiten. Mit hellem Jauchzen ließ er sich meine steinharten Knospen in den Mund stecken und saugte daran, wie wenn er dem Verdursten nahe wäre und meine Brüste der Quell allen Lebens.

Nun kannte ich keine Scheu mehr, und mit beiden Händen zugleich fuhr ich ihm in die Hose und holte sein schneeweißes, stahlhartes Glied hervor. Das war wirklich ein hocharistokratischer Penis, mit seidenweicher Haut und purpurfarbenem Kopf. Ich konnte mir nicht helfen, ich ließ mich in die Knie sinken und nahm ihn in den Mund, um ihm meine Verehrung zu bezeugen.

Meine ganzen Talente entfaltete ich: Finger, Lippen, Zähne und Zunge, alles setzte ich in Bewegung, um diesen entzückenden

Penis zu karessieren, und mein Prinz lag auch da, in seinem Fauteuil, unfähig, ein Glied zu rühren, so hatten ihn die Wollustschauer gepackt. Aber ich leckte auch! Ich glaube, nie ist einem Manne so Minett gemacht worden. Robert hatte beide Hände in meinem Haar verkrallt und stöhnte in Lauten der Wollust.

Plötzlich riß er mich zu sich empor.

»Komm – komm – schnell!« ächzte er.

Ich verstand ihn sofort. Mit hochgehobenen Röcken und weit gespreizten Beinen schwang ich mich auf den bäumenden Schwanz, der zischend in meiner zuckenden Öffnung verschwand, und begann an ihm auf und nieder zu fliegen, so daß die Katastrophe nicht lange mehr auf sich warten ließ. Er spritzte in mich hinein, was Platz hatte, und ich überschwemmte seine schöne, elegante Hose.

Es dauerte lange, ehe wir zur Besinnung kamen. Immer noch preßte er seine Nägel in das Fleisch meines zuckenden Popos, und immer noch rutschte ich auf ihm hin und her, bis er mich mit leiser Bewegung von sich fortschob.

»Mädel – du kannst lieben«, sagte er. »Du machst einen ja tot.«

Ich lachte und versuchte, meine arg zerfranste Toilette wieder in Ordnung zu bringen.

»Laß gehen«, rief er, »es hat ja eh keinen Zweck. Wir legen uns ja ins Bett. Das heißt, wenn du willst!«

»Oh, ich will!«

Er zog mich in das anstoßende Zimmer hinein, das ich zu meiner Überraschung noch gar nicht kannte. Es stand nichts drinnen als ein großes, niedriges Bett, das ganz von hohen Stehspiegeln umgeben war. Auch die Decke war mit einem großen Spiegel belegt, so daß man das Schauspiel, das man selber in dem Bett aufführte, von allen Seiten bewundern konnte.

Der Prinz hielt sich nun nicht mehr lange mit süßen Spielereien auf. Wie ein Rasender riß er sich die Kleider ab, und ich, die ich ohnehin schon halbnackt war, bastelte noch am Unterrock herum, als er bereits splitterfasernackt mit ragendem Penis vor mir stand und mir mit seinen gierigen Händen Unterrock und Hemd vom Leib riß.

Wie ein Satyr, so geil, packte er mich um die Taille und trug mich zum Bett. Im Nu hatte er den Weg zwischen meinen weit gespreizten Schenkeln gefunden und bohrte mir seinen glühenden kaiser- und königlichen Schweif in den Leib. Ich umklammerte ihn mit Armen und Beinen und gab alle meine Kräfte her.

Denn solche Wollust hatte ich in meinem ganzen Leben noch nicht empfunden. Ich kannte mich selbst nicht mehr. Die Tränen stürzten mir aus den Augen, während ich seine wütenden Stöße mit noch wütenderen erwiderte, und als es mir zum ersten Mal kam, schlug ich meine Zähne in seine Schultern, daß das Blut hervorquoll und er nur so aufheulte vor Wollust und vor Schmerz.

»Du machst mich – wahn – sinnig!« schrie er.

Aber auch ich verdoppelte meine Wut, verdoppelte meine Wollust. Als ich zufällig in die Spiegel blickte, erschrak ich selbst über das Bild, das wir boten. Wie zwei reißende Tiere, so zerfleischten wir uns.

Und dann, als es uns kam! Wir bäumten uns auf, so riß uns der Kampf empor. Ich krümmte mich zusammen wie ein Brük-kenbogen und nahm seinen siedenden Segen in mich auf, indem ich die Ränder meiner Scheide so zusammenpreßte, daß er sich nicht rühren konnte.

Wie ein Toter fiel er dann von mir herunter, unfähig, auch nur einen Atemzug zu tun. Auch ich lag lange mit geschlossenen

Augen da und konnte mich nicht rühren, bis ich mich endlich mühselig zusammenklaubte und zu dem Bidet wankte, das diskret in einer Ecke stand. Als ich mich gereinigt hatte, legte ich mich wieder neben dem ganz zermatschten Prinzen nieder und wartete geduldig, wie es einer braven Untertanin zukommt, bis eine kaiser- und königliche Hoheit geruhte, zu sich zu kommen.

Lange genug dauerte es, bis er die Augen aufschlug. Er richtete sich auf und sah mich an.

»Du bist eine ganz verteufelte Hexe!« Er lächelte, indem er meine Brüste und meine Lenden streichelte. »So hat mich noch kein Frauenzimmer hergerichtet. Ich hab ja geglaubt, ich müßte draufgehen bei der Tour. O weh«, rief er in komischem Entsetzen, als er im Spiegel die Spuren meiner Zähne bemerkte. »Ein Wunder nur, daß du mir nicht mit deinen Zähnen die Gurgel durchgebissen hast.«

»Ich habe auch noch nie so einen Genuß gehabt wie bei Ihnen, Herr Graf«, versuchte ich mich zu rechtfertigen.

»Sehr schmeichelhaft für mich. Aber ich glaube, wenn du mich öfters in die Arbeit nimmst, bleibt nicht mehr viel von mir übrig. Schau her, wie du mein Glied zusammengequetscht hast.«

Und wehmütig hielt er mir das schlappe Stückchen Fleisch hin, das jetzt an der Stelle traurig herabbaumelte, an der früher eine so stolze Brechstange in die Höhe geragt hatte.

»Oh, das werden wir gleich haben.« Ich lachte übermütig und machte mich mit dem Mund darüber.

»Das wird dir nicht gelingen – es ist noch keiner gelungen.«

»Es muß gehen!« rief ich, ohne mich in meinem loyalen Eifer stören zu lassen. Ich lutschte, leckte, saugte, biß, kitzelte und massierte dabei die Eier, daß ein hundertjähriger Greis davon hätte potent werden müssen, geschweige denn ein so junger und blühender Mann, wie es mein Prinz war.

Was lange währt, wird endlich gut, das heißt steif. Endlich ragte der kaiser-königliche Schweif wieder in herzerquickender Majestät in die Luft, und ich rückte mich triumphierend zurecht, um ihn, wie es sich gebührte, aufzunehmen.

Aber Prinz Robert traf gar keine Anstalten, seinen Einzug in die ihm ergebene Kapitale zu halten.

»Willst du mir einen Gefallen tun?« fragte er, indem er mir lächelnd seinen Zeigefinger als Vorreiter hineinbohrte.

Sofort begann ich zu tanzen, so daß ich nur mit Mühe und Not meine Bereitwilligkeit erklären konnte.

»Mach du das, Buberl«, sagte er.

Statt aller Antwort wollte ich mich sofort auf ihn hinaufschwingen, aber er hielt mich noch zurück.

»Laß dich noch einmal anschauen«, sagte er.

Nun schob er mich so an den Rand des Bettes, daß ich quer darauf zu liegen kam. Dann kniete er sich über mich, so daß seine runden festen Eier gerade über meinem Mund zu liegen kamen. So hatte ich wenigstens auch eine Beschäftigung, während er mir die Beine hochhob und sich in meine intimsten Reize vertiefte.

»Du hast ja ein Paradies wie aus Purpursamt«, rief er voller Bewunderung.

Für einen Moment ließ ich in meiner Tätigkeit, seinen Beutel mit meiner Zunge zu karessieren, nach und betrachtete das Bild, das mir der Spiegel bot.

Wirklich, ich muß sagen, es war ganz reizend. Unter dem goldenen Moos, das sich an den Längsseiten des lieblichen Tales hinzog, lachte rot und verführerisch das ›Paradies‹ hervor, das Seiner Hoheit eben noch so verteufelt zugesetzt hatte. Kein

Mensch, der es nicht wußte, konnte merken, daß ich erst vor kurzer Zeit ein Kind in die Welt gesetzt hatte. Wie die vollen Blätter einer erblühenden Rose, so öffneten sich leise und schamhaft die Lefzen, zwischen denen man feucht den dunklen Samt des Grotteneinganges schimmern sah.

»Das ist so appetitlich«, rief mein prinzlicher Verehrer, »daß man es mit Haut und Haaren aufessen möchte!«

»Nun, bitte sich zu bedienen!«

»Nein, Hexe, erst mußt du zeigen, ob du eine sattelfeste Reiterin bist!«

Na, ich zeigte es ihm. Ich ritt die hohe Schule, wie er vielleicht in seinem ganzen Leben noch keine gesehen hatte. Begnügte mich nicht damit, bloß, wie es die andern alle machen, auf der Lanze, auf der ich aufgespießt war, in mehr oder minder schnellem Tempo auf und nieder zu laufen, sondern ließ meine Hüften und Lenden spielen, daß ihm ganz schwindlig wurde. Und als ich an seinen immer schneller und kürzer werdenden Stößen spürte, daß bei ihm die Krisis herannahte, stützte ich mich mit den Händen auf, so daß ich mich in der Höhe halten konnte. Nur die zuckende Spitze seines Gliedes steckte in mir, und so sehr er sich in seiner Wut auch aufbäumte, mich ganz zu durchbohren, ich wußte doch immer Distanz zwischen ihm und mir zu halten.

»Du machst mich rasend«, brüllte er schließlich, »komm doch zu Ende. Ich halt's ja nicht mehr aus!«

Aber ich lachte und ließ mich nicht eher niedersinken, bis die Gefahr vorüber war. Dann begann ich meine atemberaubende Dreherei und Schrauberei von neuem. Jedoch zum zweiten Male ließ er sich nicht mehr so von mir zum Narren halten. Als er merkte, daß ich wieder entschlüpfen wollte, schlang er die Arme um meine

Taille und preßte mich an sich, daß ich mich nicht rühren konnte.

Und eine Ladung spritzte er mir in den Leib, daß ich glaubte, sie müßte mir beim Mund herauskommen. So öffnete denn auch ich die Schleusen meiner Beredsamkeit und sank, von einer Wollust sondergleichen durchgeschüttelt, über den herrlichen Männerleib hin.

Brust an Brust schliefen wir ein und wachten erst auf, als ein leises, schüchternes Klopfen an der Tür ertönte.

»Herr Graf«, ließ sich die Stimme der Frau Guschl vernehmen, »der Wagen ist da.«

»Wie spät ist's denn?« fragte ich noch ganz schlaftrunken.

»Gleich vier Uhr. Es wird gleich hell.«

»Donnerwetter.«

Mit beiden Beinen zugleich sprang er aus dem Bett und fuhr in seine Kleider. Ich saß aufrecht im Bett und schaute ihm zu, mit großem Herzweh, denn ich hatte noch nicht genug; ich hätte gern den Priap dieses schönen Menschen in meinem Leib gehabt. Aber was nicht ging, ging nicht.

Als er fertig war, trat er zu mir und küßte mich.

»Wir sehen uns bald wieder! Inzwischen werde ich dich rekommandieren«, sagte er lachend und drückte mir einen Hunderter in die Hand. Dann lief er hinaus.

Sechstes Kapitel

Nun war ich eine regelrechte Hure. Ich hatte zum ersten Male Geld dafür erhalten, daß ich mich einem Mann hingab. Aber wenn ich schon offen sein will, muß ich gestehen, daß ich mir damals sehr wenig moralische Skrupel darüber machte. Im Gegenteil, ich freute mich königlich über das viele Geld und fragte Frau Guschl, was ich damit tun sollte.

»Auf die Sparkasse legen, gleich hintragen«, sagte diese. »Mein liebes Kind, du mußt dir für deine alten Zeiten, wo du nicht mehr so hübsch und jung bist, ein paar Groschen zurücklegen. Schau, ich hab's auch so gemacht. An zehntausend Gulden hab ich beisammen gehabt, wie ich den Guschl geheiratet hab. Der war damals Zahlkellner in einem Restaurant in der Stadt, und dann haben wir zusammen das Geschäft da aufgemacht. Und das ist kein schlechtes, kann ich dir sagen.«

Also legte ich die ersten verdienten hundert Gulden auf die Sparkasse und trug auch späterhin jeden Kreuzer, den ich mir erarbeitete, hin, so daß ich bald ein hübsches Sümmchen in meinem Sparkassenbüchel aufweisen konnte.

Denn ich war sehr begehrt. Kein Abend verging, an dem ich nicht einen Gast in meinem Hotel aufzunehmen hatte. Der Erzherzog selbst kam sehr oft, fast jeden Monat zweimal, und hielt auch sein anderes Versprechen, indem er mich an die ihm befreundeten Kavaliere empfahl, so daß meine Tage oft für eine ganze Woche im vorhinein belegt waren.

Gott, was habe ich da für Leute kennengelernt! Die berühmtesten Namen der österreichischen Aristokratie waren darunter, und auch die der großen Finanzbarone fehlten nicht. Ich habe Männer kennengelernt, die aussahen wie Athleten aus der Zeit des römischen Kaiserreiches und eine gute Stunde brauchten, bis ihr Schwanz denjenigen Grad von Festigkeit hatte, den sie für mich brauchten. Männer, die aussahen, wie wenn jeden Moment der Tod seine Hand auf sie legen würde, und die mich in einer Nacht fünf-, sechsmal so liebten, daß ich am nächsten Morgen kein Glied rühren konnte. Ich habe Männer zwischen meinen Beinen gehabt, die vor Lust heulten wie reißende Bestien, Männer, die so phlegmatisch an die Arbeit gingen, als ob sie sich zu einer Schüssel Rindfleisch niedersetzten. Männer, die sich schämten und kein unanständiges Wort gebrauchten. Männer, die redeten wie Kohlenkutscher und nicht gesitteter waren als besoffene Schweine. Männer, die so natürlich waren, daß sie sich nicht einmal Minett machen ließen, Männer, die so pervers waren, daß sie lieber eine Ziege als eine Frau geliebt hätten. Männer, die zu mir ›Sie‹ sagten und mich wie eine Dame behandelten. Und Männer, die mit mir umgingen, als hätten sie mich auf dem Mist gefunden.

Ich lernte es bald, jeden so zu behandeln, wie er es wollte. Ich konnte keusch und prüde sein wie eine Nonne, die sich im dunklen Klostergang vom Beichtvater die Röcke aufheben läßt. Konnte ordinär und hundsgemein sein, daß es mich vor mir selber grauste. Konnte fad und langweilig zum Sterben sein. Und wieder wild und geil, daß dem Mann, der auf mir lag, angst und bange wurde. Und mit der Zeit lernte ich sie alle verachten, alle!

Schließlich war es mir ganz egal, wer mich liebte. Wenn mir sein Äußeres gefiel, arbeitete ich in vollem Ernste; war er mir gleichgültig oder gar zuwider, so tat ich nur des Geschäftes halber mit. Wackelte mit dem Popo hin und her wie ein Automat und gab allerlei Laute von mir, die meine unermeßliche Wollust dartun sollten.

Die Guschl, die wirklich im Grunde ihrer Seele eine brave Person war, hatte mich riesig gern und ließ mir alle mögliche Freiheit. Sie war überhaupt gar nicht so wie eine Bordellmutter, die ihre Mädchen nur ausnützt, sondern sie sorgte für uns und suchte alles Unangenehme, das unser Beruf nun einmal mit sich bringt, von uns fernzuhalten.

An schönen Nachmittagen pflegte sie immer mit zweien von uns in einem Fiaker spazierenzufahren. Auch ins Theater führte sie uns, und überall, wo sie mit uns erschien, erregten wir das größte Aufsehen. Wir waren stets mit ausgesuchter Eleganz, sogar ein bißchen auffallend gekleidet und über und über mit Brillanten behängt. Das gehört zum Geschäft, sagte sie, und sie hatte nicht so unrecht, denn wir fingen sogar oft reiche Provinzler oder Ausländer ab, denen es auf ein paar Hunderter nicht ankam.

Am liebsten aber war mir, wenn ich allein in der Stadt herumlaufen durfte. Ich zog mich dann so einfach wie möglich an, natürlich elegant, und stieg in allen feinen Geschäften herum und ließ mich »Gnädige Frau« titulieren. Niemand war glücklicher als ich, wenn dieses Wort an meine Ohren klang. Es ist doch einmal so in der Welt, die anständigen Frauen fühlen sich immer geheimnisvoll angezogen von dem Dunst, der das Kokottentum umgibt, und wir Dirnen bewahren uns stets so eine geheime Sehnsucht nach der für uns verschlossenen Sphäre der anständigen Frau.

Eines der wenigen Abenteuer, an die ich mich gern erinnere, verdanke ich diesen Streifereien als Dame von Welt. Ich pflegte auf meinen selbständigen Spaziergängen immer in dem Damencafé von Jesovits zu jausen.

Ich war dort schon als Stammgast bekannt, und keine der wirklichen Damen, die dort ständig verkehrten, ahnte, daß diese junge, bildhübsche, stets mit eleganter Einfachheit gekleidete Frau eigentlich eine Angehörige des in ganz Wien rühmlichst bekannten »Stall Guschl« war.

Eines Tages saß am Tisch neben mir ein hübscher, junger Mensch, so ein Bursch von höchstens drei-, vierundzwanzig Jahren, so ein richtiger, eleganter Wiener Junge. Nach langer Zeit war er der erste

Mann, der mir wirklich gefiel. Wenn ich mir nicht meiner Rolle als Dame bewußt gewesen wäre, hätte ich ganz gern mit ihm kokettiert. Aber so mußte ich mich in eine Wolke der Unnahbarkeit hüllen.

Er selbst benahm sich mit ausgesuchter Diskretion, obwohl ich es ihm an der Nasenspitze ansah, daß er sich mir für sein Leben gern genähert hätte. Das Schicksal in Gestalt einer ungeschickten Kellnerin kam uns zu Hilfe. Die brave Marie fand es nämlich für gut, die von ihm bestellte Melange, anstatt ihm zu servieren, auf mein dunkelgrünes Tuchschoß zu gießen. Natürlich war er sofort da, hilfsbereit mit einem reinen Taschentuch bewaffnet.

Ich nahm seinen Dienst und sein Taschentuch an. Der Schaden wurde zur Freude aller daran Beteiligten behoben, und der junge Mann, der sich mir als Leopold Ederer vorstellte, und meine Wenigkeit waren bald im angenehmsten Gespräch. Ich gab mich natürlich als die feinste und vornehmste Dame aus, und mein Leopold zerfloß vor lauter Achtung und Ehrerbietung. Er war riesig amüsant, und als ich mich erhob, war es ganz selbstverständlich, daß er mich um die Erlaubnis bat, mich begleiten zu dürfen.

Aber ich – getreu meiner Rolle – lehnte ab. Da machte der süße Junge ein so trauriges Gesicht, daß mir selber das Herz weh tat und ich ihm schnell versprach, morgen meinen Kaffee wieder bei Jesovits zu trinken. Nur, damit er mir nicht auf der Straße um den Hals fiel.

Richtig, als ich am nächsten Nachmittag in das Lokal trat, saß er schon da, mit der Miene eines Menschen, der nahe am Explodieren ist vor Ungeduld. Ich setzte mich an den Tisch neben dem seinen, und bald war wieder die angeregteste Konversation im Gange.

Er war wirklich ein reizender Junge, gebildet und nicht ohne Witz, aber riesig schüchtern und unbeholfen. Gleich bei dieser unserer zweiten Zusammenkunft erzählte er mir sein ganzes Leben.

War riesig einfach, dieses Leben! Solides, wohlhabendes Bürgerhaus, einziges Kind, Wiener Universität, an der er gegenwärtig im sechsten Semester studierte. Zweiundzwanzig Jahre war er alt – also genauso alt wie ich. Und welch ein Unterschied!

»Nun, und die Frauen?« fragte ich ihn.

Er wurde rot bis in den blonden Scheitel.

»Ach, ich, ich …«, stotterte er. »Von denen weiß ich nicht viel.«

»Was, Sie wollen mir doch nicht einreden, daß Sie, so ein hüb…, so ein eleganter junger Mann, noch nie die intime Bekanntschaft eines weiblichen Wesens gemacht hat?«

»Ob Sie es mir glauben oder nicht, gnädigste Frau«, versicherte er mir beinahe traurig. »Es ist doch so. Ich, ich, bin nämlich – so was wie … Doch hier kann man nicht darüber reden.«

»Warum denn nicht? Es stört uns ja niemand!«

»Nein, seien Sie mir nicht böse, gnädige Frau, ich – ich kann Ihnen das hier nicht auseinandersetzen. Wenn wir ein bißchen zusammen spazierengehen wollen – dann vielleicht.«

»Sie sind wohl nicht bei Trost! Das wäre ja reizend, wenn mich jemand von meinen Bekannten mit Ihnen sähe! Wissen Sie was, schreiben Sie es mir!«

Ich sah es ihm an, er hätte es mir lieber gesagt, aber schüchtern wie er war, traute er sich nicht zu widersprechen. Ich gab ihm eine postlagernde Adresse, wir plauderten noch ein halbes Stündchen über dies und das, dann reichte ich ihm, kühl wie eine

Königin, meine Hand und rauschte von dannen. Und wenn ich offen sein soll, ich hätte ihn gern zum Abschied geküßt.

Am andern Morgen ließ ich mir durch das Mädchen den Brief von der Post holen. Die ganze Nacht mußte er daran geschrieben haben, 16 lange, engbeschriebene Seiten. Ich habe mir jahrelang den Brief aufgehoben, später einmal, in einer Stunde der Verzweiflung, hab ich ihn in tausend Fetzen zerrissen. Was sollte mir, der Guldenhure, auch so ein Brief!

Das Bekenntnis des Schönsten, das, was ich glaube, auf der Welt ist, war dieser Brief, das Bekenntnis einer keuschen, tief empfindenden Jünglingsseele. Und mir schrieb er ihn, mir!

Er habe noch kein Weib berührt, weil er nur diejenige lieben würde, der er seine Seele hingeben könnte. Er hätte zwar furchtbar darunter gelitten, aber lieber wolle er zugrunde gehen, ehe er sich so wegwürfe wie seine Kameraden. Dienstmädchen, Dirnen, dergleichen billigen Versuchen sei er immer aus dem Weg gegangen. Er wolle sich rein halten für die, die nicht nur seinen Körper, sondern auch seine Seele lieben würde.

Und dann folgte eine genaue, himmlisch schwärmerische Schilderung, wie sein Ideal beschaffen sein müßte. Und es fiel mir gar nicht schwer, aus der Schilderung herauszufinden, wie er sich dieses Ideal vorstellte. Ganz genau so, wie ich aussah und wie ich mich gab. Ob er mich in Wirklichkeit zu seinem Ideal gemacht hätte, erlaube ich mir stark zu bezweifeln.

Erst hatte ich die Absicht, die Guschltante und meine Kameradinnen mit der Erzählung meines lyrischen Abenteuers zu unterhalten, aber nach diesem Brief hatte ich nicht mehr das Herz dazu.

Ich war ja noch nicht ganz verdorben. Im Gegenteil, ich freute mich sogar auf die weitere Entwicklung dieser männlichen Jungfer. Denn, daß ich ihn zwischen meine Schenkel lassen würde, das stand so fest bei mir wie das Einmaleins.

Schritt für Schritt ließ ich ihn mir näherkommen. Über den Brief sprach ich zunächst mit ihm überhaupt nicht, und es war köstlich mitanzusehen, wie er nur mit der äußersten Anstrengung eine Frage darüber zurückhielt. Endlich erklärte ich mich eines Tages bereit, mit ihm in den Prater spazierenzugehen.

Wer war glücklicher als er?

Wir fuhren mit der Elektrischen über die Sophienbrücke in die Hauptallee und bogen hier in die weniger belebten Seitenwege ein. Fiebernd vor Glück und Aufregung schritt er an meiner Seite dahin, ohne auch nur den geringsten Versuch einer Annäherung zu wagen.

Auch in mir war ein merkwürdiges Gefühl. War es Scham darüber, daß ich diesen entzückenden Jungen so täuschte und betrog? Oder war es Reue und Bedauern, daß ich nicht so war, wie er es sich vorstellte, ich weiß es nicht. Ich weiß nur, daß mir ganz eigen zumute war, so, wie ich es noch nie empfunden.

So tauchten wir immer tiefer in die grüne Sommerpracht des Praters, ohne ein Wort miteinander zu sprechen. Endlich, endlich faßte er sich ein Herz.

»Haben Sie – mei – meinen Brief gelesen?« brachte er mühsam heraus.

»Ja.«

»Sind Sie mir böse?«

»Nein.«

»Das, das ist mir damals alles so in die Feder geflossen – ich war ja im Rausch – ich bin es ja heute noch – bin ja immer wie verzaubert.«

Ich machte einen krampfhaften Versuch, der Sache eine lächerliche Wendung zu geben.

»Deshalb ziehen Sie sich auch jeden Tag elegant an.«

»Ich – ich …«

Da tat es mir leid, daß ich ihn so verletzt. Ich streckte ihm die Hand hin und sagte mit verführerischem Lächeln:

»Mein lieber Herr Edeler, ich hab Sie nicht kränken wollen. Das war nur so ein dummer Spaß.«

Mit beiden Händen zugleich ergriff er die meine und preßte sie an seine Lippen.

»O Sie – Sie!« stammelte er.

Ich sah mich vorsichtig um. Wir standen gerade auf einem schmalen Fußpfad, durch dichtes Gebüsch nach allen Seiten hin geschützt. Der Platz war günstig – ich gab ihm also, wie die Rennleute sagen, den Kopf frei.

»Mir scheint«, sagte ich, indem ich ihm ins Gesicht sah, »mir scheint, Sie wollen mir eine Liebeserklärung machen?«

Und da lag er schon vor mir auf den Knien.

»Nein – nein!« rief er. »Das wage ich nicht, denn Sie sind ja die Frau eines andern. Aber ich muß Ihnen sagen, daß Sie die Göttin sind, von der ich all mein Lebtag geträumt habe. So rein, so süß, so keusch! O Sie!«

Nicht wahr, das wundert Sie, daß man so zu mir sprechen konnte! Zu mir! Und ich kann Ihnen kaum schildern, wie mir zumute war, als ich diesen edlen, unverdorbenen Menschen da vor mir knien sah! Ich glaube, ich wäre am liebsten auf und davon gelaufen, wenn es mir nicht leid um ihn gewesen wäre. Ich beschloß, ihn glücklich zu machen.

»Um Gottes willen«, rief ich, »so stehen Sie doch auf! Wenn man uns in dieser Situation überraschte!«

»Ja – Ihr Ruf!«

Das war sein erster Gedanke!

Wir gingen wieder ein Stück weiter. Ich war selbst beinahe so aufgeregt wie er und hätte mich am liebsten gleich in seine Arme geworfen. Aber da das nicht gut möglich war, mußte ich mich gedulden.

»Was soll ich nun mit Ihnen anfangen?« fragte ich ihn.

»Ich bitte, schicken Sie mich nicht fort!« flehte er. »Lassen Sie mich bei Ihnen bleiben, Sie Schöne, Sie Hehre!«

Es kam über mich selber wie ein Rausch. So hatte noch kein Mann zu mir gesprochen. Sie nahmen mich, benutzten mich und bezahlten mich. Hier war einer, der mich verehrte, der mich mit einer Glorie umgoldete, die mir so unendlich wohltat. Zum ersten Mal in meinem Leben fühlte ich die ganze Schmach meines Berufes.

»Sie weinen!« rief er. »Sie weinen – ich – ich habe Sie verletzt, beleidigt!«

Da konnte ich mich nicht mehr halten.

»Nein«, brach es aus mir heraus. »Sie haben mich nicht verletzt und nicht beleidigt! Oh, Sie wissen ja gar nicht, zu wem Sie so reden! Ich bin ja ...«

Zu meinem und seinem Glück kam in diesem Moment irgendein Mensch an uns vorüber, sonst hätte ich mich fortreißen lassen und ihm alles gesagt. Aber so fand ich meine Selbstbeherrschung wieder. Reden konnte ich zwar nichts, aber ich blieb stehen und sah ihm in die blauen Augen. Da sah ich erst, wie schön, wie rein die waren. Große, verlangende und doch so unschuldige Kinderaugen.

Wie es kam, weiß ich nicht – aber mit einem Mal hing ich an seinem Hals und küßte ihn. Mir war, als wäre ich in einen Feuersee hineingesprungen, so umfaßte mich seine lang zurückgedämmte Glut.

»Ich darf Sie lieben? Ich darf?« schrie er.

»Ja – tausendmal ja, du darfst, du sollst, du mußt mich lieben!«

Und immer wieder bedeckte ich sein schönes Antlitz mit sengenden Küssen, wie wenn ich mit ihnen meine Schande abwaschen könnte. Er preßte mich an sich, halb betäubt von Glück und Aufregung. Und plötzlich spürte ich, wie ein gewisser Jemand in seiner Hose sich jäh aufrichtete und sich gierig an meine Schenkel drängte, deren heißes Fleisch er ja durch den dünnen Sommerstoff deutlich spüren mußte.

Aber ich tat, als ob ich nichts fühlte. Im Gegenteil, ich drückte mich noch inniger an ihn an, denn der Teufel des Übermuts, den ich trotz meiner Stimmung des Rausches nicht loswerden konnte, trieb mich dazu, den armen Burschen ein bißchen zu quälen. Ich trug nichts als eine dünne Batistbluse, durch die sich – allerdings meiner Rolle entsprechend – dezent genug meine runden, vollen Brüste abhoben. An die preßte ich ihn – ich glaube, seine ganze Keuschheit schmolz in dieser Umarmung dahin.

Er begann zu keuchen, deutlich nahm ich wahr, wie er sich an meinem Schenkel rieb – vielleicht wußte er es selber kaum, denn er war ja wahnsinnig aufgeregt. Und dann – dann kam aus seiner breiten Brust ein Ächzen, ein Stöhnen, ein Krampf durchlief seinen Körper vom Scheitel bis zur Zehe – und ich spürte eine glühende Feuchtigkeit, die seine Hose zu durchdringen drohte.

»Was haben Sie denn auf einmal?« fragte ich, indem ich einen Schritt zurücktrat.

Er war durch die fürchterliche Aufregung, die ihn durchwühlte, so mitgenommen, daß er fast umsank. Sein Gesicht glühte wie im Fieber, und seine Stirn war mit Schweißtropfen bedeckt.

»Ist Ihnen nicht wohl?« fragte ich, die Besorgnis selbst, und trat ihm wieder näher.

»Nein – nein«, rief er furchtsam, indem er fast zurücksprang. »Ich – ich habe nichts – mir ist ganz gewiß nichts!«

Der gute Junge schämte sich. Schämte sich, daß seine heiße, lang zurückgedämmte Natur sich selber Bahn geschaffen hatte.

»Wollen wir uns nicht ein bißchen setzen?« bat er schüchtern.

»Hier ins Gras?«

»Hier ist ein breiter Baumstumpf für Sie, ich will mich zu Ihren Füßen legen, wie ein Hund zu den Füßen seiner Herrin.«

Da lag er denn vor mir und starrte mich mit seinen glühenden blauen Augen an. Sprechen konnten wir kein Wort! Was hätten wir uns auch nach diesen Küssen sagen sollen?

So saßen wir lange, lange. Ich zog seinen schönen Kopf auf meinen Schoß und streichelte ihn, wie ich nie einen Mann gestreichelt hatte und in meinem ganzen Leben auch nie wieder gestreichelt habe.

»Also Sie wollen mich lieben?« fragte ich dann nach dieser stummen, aber doch so beredten Pause.

»Ob ich will? Ich muß ja!« schrie er. »Ich muß Sie ja lieben, Sie Schöne, Sie Strahlende! Ich muß Sie ja anbeten, wie der Priester seine Göttin verehrt.«

»Ich bin keine Göttin. Bin eine ganz gewöhnliche Sterbliche mit so und so vielen Fehlern!«

»Ach reden Sie doch nicht so! Für mich sind Sie meine Göttin!«

»Würden Sie mich auch so anbeten, wenn ich weniger hübsch wäre?«

Die Frage klang dumm, kokett, was weiß ich – aber sie rutschte mir heraus, ehe ich selber recht wußte, was ich sagte.

Einen Moment lang sah er mich ganz erschrocken an, aber sein Gemüt war zu harmlos, als daß er irgendeinen Verrat wittern konnte. Dann sagte er mit einer Ehrlichkeit, die ihn wunderschön kleidete:

»Nein. Denn ich könnte und kann nur die Schönheit lieben und verehren. Aber ich würde Sie nicht lieben, und wenn Sie tausendmal schöner wären, wenn Sie nicht jenes Wesen wären, das Sie sind. Oh, ich hätte oft schon Gelegenheit haben können, von schönen Frauen geliebt zu werden – aber immer, wenn ich einen Blick in ihre Seele tat und da dieses Chaos von Dummheit, Eitelkeit und Verworfenheit wahrnahm – nein, da wollte ich nicht. Ich kann nur ein Wesen lieben so wie Sie.«

Und das sagte er mir!

Ich bewies nicht einmal in diesem Moment den Grad der Keuschheit, den er mir zuerteilte, denn ich riß ihn an mir empor und küßte ihn. Küßte ihn!

Wieder überkam ihn diese wahnsinnige Erregung, wieder raste die Wollust in heißen Strömen durch seinen kräftigen Körper, den ich in seiner ganzen Schwere auf meinem Schoße liegen hatte.

Seine Finger wagten sich schüchtern und tastend an meine Schultern, glitten noch schüchterner von ihnen herab auf meine Brüste, zuckten bei der ersten Berührung von ihnen zurück, wagten sich wieder vor und legten sich endlich mit zitternder Gier auf die Knospen, die sich steif und fest durch den dünnen Stoff der Bluse hindurchdrängten.

Da konnte ich so recht sehen, wie schlecht ich war. Denn selbst in diesem Moment, da die Gluten über unseren Köpfen zusammenschlugen, vergaß ich nicht meine Rolle.

»Was tun Sie, Leopold – Leopold?« stammelte ich, indem ich scheinbar den Versuch machte, seine Hände wegzudrängen.

Leider war er so schüchtern, so unerfahren, daß er sich augenblicklich ins Bockshorn jagen ließ. Wie mit Blut übergossen, zuckte er mit den Händen zurück.

»Ich – ich – o ich bin – ich bin Sie nicht wert!« stotterte er.

Ich sah schon, ich mußte die Führung der ganzen Angelegenheit in die Hand nehmen, wenn ich ihn endlich einmal zwischen meine Schenkel bekommen wollte.

»Kommen Sie, Leopold«, sagte ich, »wir wollen weitergehen.«

»Sind Sie mir böse?«

»Nein – Sie Kind!« sprach ich so sanft und nachsichtig, wie ich nur konnte. »Eine Frau verzeiht alles, wenn sie liebt!«

»O, Sie, Sie!«

»Pst – schweigen Sie! Es kommen Leute!«

Es fiel niemandem ein, zu kommen. Kein Mensch ließ sich blicken, aber ich hatte ihm doch einen kleinen Dämpfer aufgesetzt, so daß er sich von mir fortziehen ließ.

Noch ganz erfüllt von seiner Wonne, schritt er wortlos neben mir her, bis wir uns wieder der Elektrischen näherten. Wenige Meter, bevor wir aus den Bäumen heraustraten, blieb er stehen und faßte meine Hand.

»Paula«, sagte er mit einer Innigkeit, die mich fast zu Tränen rührte. »Ich danke Ihnen für die herrlichen Stunden, die Sie mir geschenkt haben.«

»Sie Kind, Sie«, lächelte ich. »Um Gottes willen – seien Sie doch vernünftig – nicht hier!«

Wenn ich ihn nicht zurückgehalten hätte, wär er mir hier, keine hundert Schritte von der Elektrischen, zu Füßen gefallen.

»Einen Kuß noch – einen einzigen«, flehte er.

»Nein, Liebster, morgen ist ja auch noch ein Tag.«

»Ich – darf Sie morgen wiedersehen?«

Unter dieser Naivität brach meine stolze Strenge zusammen.

»Wann du willst – ich gehöre dir«, hauchte ich und schob meinen Arm in seinen und drückte und preßte ihn. Daß er dabei die Schwellung meiner Hüften spüren mußte, dafür konnte ich wahrhaftig nichts.

»Wenn du versprichst, ein braver und fügsamer Junge zu sein, darfst du morgen zu mir kommen«, setzte ich hinzu.

Daß er bei diesen Worten nicht verrückt wurde, wundert mich noch heute. Er faßte sich mit beiden Händen an den Kopf, als müßte er sich überzeugen, daß er wachte und nicht durch einen Traum zum Narren gehalten werde.

Mit Müh und Not bugsierte ich ihn zur Tramway.

Das Etablissement Guschl besaß außer der in der Gumpendorfer Straße gelegenen Zentrale noch eine in der inneren Stadt befindliche Filiale, eine außerordentlich elegant eingerichtete Wohnung, die von uns zur Bedienung von Fremden benutzt wurde. Mama Guschl besaß den Schlüssel dazu und vertraute ihn jedesmal der Dame an, die an der Außentour war.

Dorthin hatte ich meinen Schäfer bestellt, denn hier hatte ich den besten Rahmen für meine Rolle als anständige Frau.

Drei Uhr war die Stunde, die ihm sein Glück bringen sollte. Ich war schon eine halbe Stunde früher dort, und richtig, als ich um dreiviertel vorsichtig zum Fenster hinausspähte, sah ich ihn bereits auf der Straße auf und ab patrouillieren, die Uhr in der Hand.

Punkt drei läutete es. Kurz und zaghaft, wie einer, der sich vor Gott weiß was allem fürchtet. Als ich die Tür öffnete, stand er davor mit einem Gesicht, als ob er am liebsten wieder umkehren möchte. Aber ich erwischte ihn schnell am Arm und zog ihn herein.

»Rasch«, flüsterte ich, »damit Sie keiner sieht.«

Er war so befangen und so verwirrt, daß er alles mit sich machen ließ, ohne ein Wort zu reden.

Ich nahm ihm Hut und Stock ab und

führte ihn in den kleinen, mit solider, gutbürgerlicher Eleganz ausgestatteten Salon, wo ich ihn Platz zu nehmen bat. Wie ein Gymnasiast, der sein Schicksal von seinem mächtigen Direktor erwartet, saß er vor mir, ohne daß er es gewagt hätte, mich auch nur mit dem kleinsten Blick zu streifen.

Ich sah, ich mußte die Angelegenheit selbst in die Hand nehmen, sonst gingen wir auseinander, wie wir zusammenkamen. Natürlich war ich den Zwecken dieser Schäferstunde entsprechend gekleidet, trug nichts als einen leichten seidenen Schlafrock, durch den auch ein Blinder meine Formen hätte sehen können, und so ließ ich mich denn jetzt nachlässig auf die Chaiselongue sinken, in einer Stellung, die an Deutlichkeit nichts zu wünschen übrigließ.

Aber der dumme Kerl hatte und hatte keinen Mut.

»Kommen Sie doch her und setzen Sie sich da neben mich!« lockte ich ihn.

»Darf – darf ich?«

Ich wurde beinahe schon ungeduldig. Nun saß er glücklich neben mir, ich hielt seine feinen weißen Hände, und indem ich sie sanft streichelte, zog ich ihn langsam zu mir herunter, bis er endlich halb und halb über mir lag. Nun fand er den Mut, mich zu küssen, und ich muß gestehen, in dem Moment, da seine Lippen die meinen berührten, ward ich wahnsinnig.

Mit einem Ruck sausten meine Beine auseinander, so daß er, ehe er wußte, was ihm geschah, zwischen ihnen lag und ich auf meinem Bauch seinen glühenden Liebesstahl fühlte. Wie einer im Delirium lag er über mir, ächzte, stöhnte, drückte mich an sich, als wollte er mir alle Knochen im Leib zerbrechen, aber an die Hauptsache wagte er sich nicht. Für so unerfahren konnte ich ihn dennoch nicht halten, daß er nicht gewußt hätte, was mit einem Weib zu beginnen, das mit geöffnetem Busen und gespreizten Schenkeln unter ihm lag. Er brauchte mir doch nur den dünnen Schlafrock in die Höhe zu schieben.

Leichter war es noch nie einem Mann gemacht worden. Also was sollte ich machen? Selbsthilfe. Ich warf alle Bedenken über Bord und tastete mich mit der Hand nach unten, wo ich Monsieur Adam, den er sich nicht getraute freizulassen, mit einem energischen Griff in seiner Hose in Aktion brachte.

Seidig, bei aller Härte, fühlte sich dieses jungfräuliche Glied an. Ich ließ mir aber keine lange Zeit, es zu bewundern, sondern führte es zu der Stelle, die dringend seiner bedurfte. Ein Ruck, ein Schub, ein Stoß – drinnen war er, und im selben Moment fühlte ich mich auch schon von seiner Lava überflutet.

Aber ich ließ nicht locker. Mit beiden

Händen packte ich meinen Leopold am Popo und schob ihn in mich hinein, daß er schier ohnmächtig wurde vor Lust und Wonne. Und dann – dann, als es mir kam, geheult habe ich wie eine Besessene. Ich konnte und konnte mich nicht beruhigen, und da der süße Junge noch ›standhaft‹ war, ließ ich dem ersten Akt des Schauspiels sofort den zweiten folgen.

Jetzt war er schon auf der Höhe und brauchte keinen Führer mehr! Wie er arbeitete! Seine ganze jahrelang zurückgedämmte Kraft ließ er los, und ich, in dem Wonnegefühl, die erste zu sein, die sie zu kosten bekam, genoß, wie ich nie genossen habe und auch nie genießen werde. Er brauchte wahrhaftig nicht lange, um fertig zu werden, bei mir ergossen sich die Ströme der Freude unaufhörlich.

Ja, das waren noch selige Stunden.

Ich blieb natürlich für ihn, was ich von Anfang an für ihn gewesen, die reine, hehre Frau, die sich nur aus ihrer übergroßen Liebe heraus mit ihm hingab. Und er war so diskret, der liebe Kerl! Nie fragte er, nie zweifelte er. Für jedes Mal, das er mich besaß, dankte er mir von neuem, und wenn ich noch so unersättlich war und immer neue Proben seiner Liebeskraft verlangte, ich war ihm doch stets eine Göttin, die in den Stunden der Gnade zu ihm hinabstieg, um ihn selig zu machen – ich, die Hure, über die schon Hunderte von Männern weggekrochen!

Bei der Macht, die ich über ihn besaß, wäre es mir ein leichtes gewesen, ihn zu mir herabzuziehen. Aber das wollte ich nicht; ich weiß nicht, eine gewisse Scheu hielt mich davon zurück, und selbst heute tut es mir nicht leid, daß ich dieses einzige Mal in meinem elenden Dasein so etwas wie eine edle Handlung begangen habe.

So hat er mir ein reines Andenken bewahrt, und ich bin ihm die Erfüllung seines Jugendtraumes geblieben.

Andererseits hätte ich mich vielleicht an seiner Liebe aufrichten und ein neues Leben anfangen können. Ich glaube, er hätte mich sogar geheiratet, wenn ich es darauf angelegt hätte. Aber dazu fehlte mir der Mut. Ich war diesem unverdorbenen, glühenden Jüngling gegenüber so schwach, so kraftlos, daß ich keinerlei Versuche machte, nachdem ich ihn einmal besaß, ihn dauernd an mich zu binden.

Und so kam es, wie es kommen mußte. Eines Tages schlug der Blitz in unsere Idylle und riß uns für immer auseinander.

Der Salon Guschl wurde über Nacht ausgehoben. Sie können sich wohl noch an den Skandal erinnern, der damals in Wien aufging!

Herr und Frau Guschl, die liebe, gute, alte Guschltante, wurden verhaftet und hinterher auf ein paar Jahre eingesperrt. Wenn nicht so hohe Persönlichkeiten mit beiden Füßen in dem Schmutz, der da zutage gefördert wurde, darin gestanden hätten, wäre es ihnen gewiß noch viel schlimmer ergangen.

Am schlimmsten aber ging es uns, den Pensionärinnen. Auch uns drohte das Gefängnis, und wenn wir nicht ein paar mächtige Beschützer gehabt hätten, weiß Gott, sie hätten uns auch ins Zuchthaus gesteckt. So kamen wir mit einem blauen Auge davon, aber sie stellten uns unter die Aufsicht der Sittenbehörde. Uns, die wir die Geliebten von Grafen, Fürsten und Prinzen gewesen. Jede von uns bekam das gewisse Büchel, und wir waren nun nicht viel besser als die armen Straßenmädchen, die bei Regen und Sturm auf der Gasse herumsteigen müssen, um sich endlich von irgendeinem Kommis für drei Gulden benützen zu lassen.

Ich hatte ein paar tausend Gulden auf der Bank, aber die fraß eine kurze Reise nach Monte Carlo auf. Als ich nach Wien zurückkam, hatte ich nichts als meine Kleider und meinen Schmuck. Was blieb mir übrig, ich ließ mich in die Schar der Ronacher-Heben aufnehmen. Mein Traum mit dem blonden Leopold war nun doch einmal aus.

Auch hier mißhagte mir das Leben nicht. Abend für Abend Musik, Champagner, mehr oder minder fesche Kavaliere – nur die Hunderter flossen halt spärlich; ich mußte auch mit Zehnern zufrieden sein.

Einer meiner besten Freunde – oder soll ich besser sagen Kunden – war ein ungarischer Graf, nicht mehr der Jüngste, aber ein Kerl aus Eisen. Wenn der mich in der Arbeit hatte, war ich zwei Tage lang immer unfähig, ein Glied zu rühren. Das Liebeswerkzeug, mit dem er versehen war, wies aber auch Dimensionen auf, wie ich sie noch nie in meinem Leben zu Gesicht bekommen hatte. Selbst Mucki seligen Angedenkens war gegen ihn ein Waisenknabe.

Ob Sie es mir glauben oder nicht, als ich ihn zum ersten Mal zwischen meinen Beinen hatte, kostete es mich Mühe, seinen Amor meiner Venus zuzuführen. Nach fast zehnjähriger Liebestätigkeit machte ich damals schier eine zweite Entjungferung durch, so weh tat es und so schwer war es, bis der Riesenkerl an Ort und Stelle war. Dazu brauchte der edle Magyare eine gute halbe Stunde, bis er fertig war. Und der gute Mann konnte, obwohl schon ein guter Vierziger, noch drei- bis viermal in einer Nacht lieben. Da hörte schließlich jedes Vergnügen auf.

Da brachte ich ihn einmal auf eine Idee.

»Wissen Sie, Graf«, sagte ich zu ihm, »Sie, der Sie ein solcher Gigant sind, sollten nicht ein Mädel allein so zermatschen, sondern sich immer gleich ein paar mitnehmen! Dann hätte jede was davon!«

»Madel, hast eine großartige Idee!« schrie mein Freund Gyula.

Gesagt, getan. Am nächsten Abend wählte ich drei Mädchen aus, die ihn mit mir in seine auf dem Kärntner Ring gelegene Wohnung begleiteten. Jeder wurden zwanzig Gulden versprochen; der Sandor, der Oberkellner, packte uns noch zur Stärkung sechs Champagner ein, und los ging die Fahrt.

Nun stellte sich erst heraus, was mein lieber ungarischer Graf eigentlich für ein Schwein war. Kaum waren wir bei ihm oben, so zog er sich splitternackt aus und setzte sich mit seinem wie ein Pfahl in die Luft ragenden Schweif in einen Fauteuil, während wir ihn mit hochgehobenen Röcken umstanden, damit er seine Wahl treffen konnte. Diese fiel nach langem Nachdenken auf die Wally, ein kleines, bildhübsches Mädchen, das wegen der Aufnahmefähigkeit seiner Grotte in ganz Wien bekannt war.

Also Klein Wally drückte die Augen zu, nahm die Röcke und die Taille zusammen und setzte sich rittlings auf, den gräflichen Pflock in ihr Erdreich zu verpflanzen. Aber selbst ihr fiel diese Aufgabe nicht so leicht, und erst nach unzähligen Achs und Ohs sahen wir, die wir das erhabene Schauspiel mit Luchsaugen verfolgten, wie die furchtbare Maschine in dem schwarzen Samtschlund Wallys verschwand.

Aber der Große schmeckte der Kleinen. Sie bog sich nur so vor Wonne, und als ich nun gar zur Erhöhung ihrer Lust ihre Taille aufknöpfte und die Knospen ihrer Brüste zu lecken und zu kitzeln begann, geriet sie vollends aus dem Häuschen und schrie und kreischte und fiel schließlich halb ohnmächtig vom Freund Gyula herunter.

Nach dieser Ouvertüre begann das eigentliche Fest. Wir Mädchen zogen uns ebenfalls aus und stellten uns im Viereck auf und begannen auf ein vom Grafen gegebenes Kommando eine die andere zu lecken. Wer zuerst fertig war, bekam einen Fünfer und durfte den Grafen besteigen.

Ich war die glückliche Gewinnerin. Unser Mann legte sich nun mitten im Zimmer auf den Teppich, und während ich mich auf ihn aufspießte, kniete sich Olga, ein süßes, blondes Ding von achtzehn Jahren, über sein Gesicht, um sich von ihm Minett machen zu lassen, und Wally sowie Fanny, die vierte im Bunde, nahmen jede eine Hand für sich in Beschlag. So versorgte dieser Hüne uns alle vier auf einmal, und wir kamen auch glücklich alle ans Ziel.

Am meisten hatte natürlich ich davon, denn der Graf, der nicht umsonst seine Zunge und seine Finger in den Öffnungen von drei hübschen jungen Mädchen hatte, wütete unter uns wie ein besoffener Faun und stieß in mich hinein, als wollte er mir den Magen durchbohren.

Ich selbst kam allmählich so in Rage, daß ich die Brüste von Wally und Fanny erwischte und sie mir abwechselnd in den Mund preßte. Ich glaube, als es mir kam, habe ich der armen Wally die halbe Tuttel abgerissen.

Nach dieser Prozedur ruhten wir uns erst einmal ordentlich aus, tranken ein paar Gläser Champagner, bis unser Pascha sich wieder in der Lage glaubte, zu den Genüssen der Liebe zurückkehren zu können.

Nun machten wir eine Gruppe, die ebenso originell wie lustig war.

Fanny, eine geborene Tirolerin, ein urgesundes Mädchen mit Brüsten wie Mehlsäcke so groß und schwer, einem Hintern, aus dem man schon ganz gut zwei höchst respektable machen konnte, kniete sich auf alle viere hin, und der Graf, der sich hinter ihr auf die Knie niederließ, betrachtete ihr mit roten Haaren umkränztes Paradies vom Norden her. Ich setzte mich rittlings auf ihre Hüften und bog mich so zurück, daß er auf die schönste Art und Weise mir Minett machen konnte, in welcher Kunst er übrigens ein Meister war. Wally legte sich mit gespreizten Schenkeln so nahe an Fannys Gesicht, daß diese ohne jede besondere Anstrengung ihre Zunge im Paradies der Kleinen umherspazieren lassen konnte, indessen Olga sich wieder von Wally bedienen ließ. So arbeiteten alle für alle, und alle hatten ihre Freude daran.

Als letzte kam dann Olga dran. Hier mußte der ungarische Bär etwas zarter zu Werk gehen, wollte er das feingliedrige Mädchen nicht in der Mitte auseinanderspalten. Sie wurde in eine Menge Kissen auf den Tisch gepackt, und er trat vor ihre Schenkel, die zwei von uns weit auseinanderhielten, während die dritte den Amor unter liebevollen Fingerübungen in seine Wohnung geleitete.

»Er reißt mich auseinander!« schrie die Gemarterte. »Ich halt's nicht aus – ich halt's nicht a – u – s!«

Aber schließlich hielt sie es doch aus und kam sogar darauf, daß so ein dicker Schweif, wenn man sich erst einmal an ihn gewöhnt hat, schon ein gut Teil besser ist als einer von geringeren Dimensionen. Redlich gab sie Stoß um Stoß zurück und begleitete ihre segensreiche Tätigkeit mit Ausrufen, an deren steigender Rage wir ermessen konnten, wie gut ihr die Kost eigentlich schmeckte, mit der sie da bedient wurde.

»Ist – das – gut!« stöhnte sie. »Ach – so – gut – ahhh so dick ist er – ujjj – ich werd' wahnsinnig – so geliebt – bin a mein Lebtag ich nicht worden – jetzt – ah – jetzt spritz ich – – das ist zum Narrischwerden – heilige Mutter Gottes!«

Die Anrufung der Mutter Gottes in diesem erhabenen Moment wirkte so komisch, daß wir, die Zuschauerinnen, die vor Neid und Geilheit kaum stehen konnten, in schallendes Gelächter ausbrachen. Sogar Olgas Wohltäter, der sie in diese Ekstase versetzte, mußte lachen, wobei natürlich seine Aktion erheblich an Kraft und Vehemenz einbüßte.

Da kam er bei der frommen Dulderin gut an.

»Nicht aufhören!« kreischte sie. »Wer wird denn mitten im Schönsten aufhören! Stoß, Alter, so stoß doch – ah – so – – ahhhh – das ist gut!«

Aber alles auf Erden hat ein Ende. Auch die Stärke des Herrn Grafen Gyula. Tief aufseufzend trat er aus den weißen, runden Schenkeln Olgas heraus und wies mit betrübter Miene auf den ganz und gar erschlafften Riesen, der aber selbst in diesem Zustand von achtunggebietender Größe war.

»Bizon isten«, sagte er. »Ich komm jetzt aber wirklich nicht mehr weiter.«

Davon wollte Olga nichts wissen! So jemanden auf dem halben Wege zur Seligkeit stecken zu lassen, erklärte sie als die größte Schurkerei der Erde. Was blieb dem armen Grafen übrig? Um es sich mit diesem entzückenden Mädchen nicht zu verderben, kniete er vor ihr und ersetzte durch seine Zunge seinen streikenden Schweif.

Dann legten wir uns alle hochbefriedigt schlafen. Die drei Mädchen verteilten sich auf die verschiedenen Sofas, während ich die Ehre genoß, mit dem Hausherrn in einem Bett zu schlafen.

Die Folge davon war, daß ich am andern Tag – es war so gegen Mittag – durch die wenig zarten Versuche des Grafen aufgeweckt wurde, seinen zu neuer Kraft erstandenen Meister Jack in mich zu praktizieren.

Da ich aber auf der Seite lag, wollte das

Experiment nicht gelingen. Ich war noch halb verschlafen, als ich das Ungetüm zwischen meine Schenkel eindringen fühlte, aber ich erfaßte doch sofort die Situation, drehte mich auf den Rücken und gab bereitwilligst die Beine auseinander, damit die Himmelfahrt vor sich gehen konnte. Gerade als wir beim letzten Stoß waren, öffnete sich die Tür, und die drei Grazien kamen hereingestürzt.

»Augenblick, Kinder«, schrie mein Graf, »bin gleich fertig.«

Und dann spritzte er mir eine Ladung in den Bauch, daß ich glaubte, der müßte mir zerspringen.

Während wir dann unsere Schokolade tranken, stellte sich heraus, daß das unersättliche kleine Luder, die Olga, in der Nacht den Kammerdiener des Grafen, ebenfalls einen Vollblutmagyaren, aufgestöbert und sich fünfmal, sage und schreibe fünfmal, hatte lieben lassen. Nun stand sie da und konnte nicht Muh sagen, während wir andern uns ausschütten wollten vor Lachen.

Noch ein anderes Original lernte ich in der Person des Ritters von Wattmann, eines der ersten Großindustriellen Österreichs, kennen. Der Gute, der das Essen ebenso liebte wie das gute Lieben und auch einen dementsprechenden Schmerbauch besaß, kam eines Abends in Begleitung eines bildhübschen jungen Menschen ins Ronacher und lud mich zu einer Flasche Champagner ein.

Aus der einen Flasche wurden zwei, drei, und schließlich fuhren wir zu dritt ins Hotel, wo mir der Herr Ritter folgende Eröffnung machte:

»Meine Liebe, ich bin schon ein alter Knabe und kann erst dann lieben, wenn ich zugeschaut habe, wie es andere machen. Du wirst also die Liebenswürdigkeit haben und dich erst einmal von diesem Jüngling hier lieben lassen. Dann werde ich mir erlauben, deine Güte in Anspruch zu nehmen.«

Ich hatte natürlich nichts dagegen, zuerst mit dem Jüngling eine Partie zu machen, der mich ohnedies schon mit den Augen liebte.

Ich zog mich also aus, wobei meine Reize gebührend von beiden Kavalieren bewundert wurden. Ich sah damals noch ziemlich frisch und gut erhalten aus und nicht so wie heute, wenn auch meine Brüste im Laufe der Jahre etwas von ihrer früheren Festigkeit verloren hatten. Aber ich konnte mich noch getrost jedem Kenner präsentieren, besonders meine Schenkel und Hüften waren tadellos gewölbt. Na und mein Popo! Der war einfach eine Pracht! Die beiden waren denn auch begeistert, und der dicke Herr Ritter war so enthusiasmiert, daß er sich hinter mich kniete und meiner Pracht eine ehrerbietige Huldigung erwies, indem er sie von oben bis unten mit glühenden Küssen bedeckte. Sogar Rosenblätter machte er mir, während sein Kamerad mich von vorn bearbeitete.

»Du wirst sehen, Walter«, schrie er in höchster Ekstase, »bei dem Mädchen wird er mir stehen wie der Stefansturm! Lieb sie nur ordentlich!«

Ich wünschte mir selber nichts anderes, denn die ewige Leckerei und Kitzelei machte mich halb wahnsinnig. Ich riß also des Jünglings Schweif heraus, der sich ganz anständig präsentierte, und wollte ihn mir, wie wir gingen und standen, hineinstecken.

»So haben wir nicht gewettet!« schrie aber der Alte. »Er muß sich auch ausziehen. Im Bett müßt ihr lieben!«

Also mußte ich meine Ungeduld noch zügeln, bis Walter aus seinen Kleider heraus war. Dann aber duldete ich keinen Aufschub mehr. Ich riß ihn mit mir zugleich ins Bett und steckte mir seinen Dolch gleich in die Scheide, ohne mich erst lange mit Vorreden aufzuhalten. Und da ich ausgiebig aufgeregt war, ließ ich meinen Popo tanzen, daß das Bett nur so krachte.

Der Alte saß nackt am Rand daneben und geriet aus einem Entzücken ins andere.

»Herrgott, wie das Mädchen rast! Es kommt einem, wenn man bloß zuschaut. Was, Walter, das ist ein Vergnügen, so eine Scheide zu bearbeiten! Sieh dir an, wie sie sich dreht – wie sie arbeitet – mir scheint, jetzt kommt's ihr – Walter, leg dich herein – blamier dich nicht – zeig, was du kannst!«

Der gute Walter brauchte diese väterlichen Ermahnungen gar nicht, denn er tat ohnehin schon sein Bestes. Sein Protektor bearbeitete derweilen aufs Intensivste sein widerspenstiges Glied, und grade als wir fertig wurden, sprang auch er mit hellem Jubelruf in die Höhe: »Ich hab's doch gewußt, er steht – er steht.«

Aber die Sache ging doch nicht so einfach, denn der gute Bauch des guten Herrn Ritter von Wattmann war ein großes Hindernis. So sehr er sich auch reckte und streckte und sich bog, er bekam nicht mehr als die Spitze in die Pforte der Seligen hinein. Und das war so fürchterlich. Kitzeln und kitzeln, immer nur so ein paar kleine Bissen und kein anständiges Futter. Das war nicht zum Aushalten.

»So geht es nicht!« sagte ich resolut, indem ich durch einen Ruck das Stückerl, das ich in mir hatte, ausquartierte. »Ich laß mich nicht für einen Narren halten.«

Der Dicke mußte sich also auf den Rükken legen und zwar quer übers Bett, so daß seine Beine über den Rand herunterhingen. Dann kletterte ich auf ihn hinauf, mußte aber von Walter gestützt werden, da ich sonst bei dieser Position aus dem Sattel gerutscht wäre. Und der Halunke besorgte das, indem er mich mit seinem Nagel im rückwärtigen Apartment annagelte.

Das war nun eine Wonne ganz besonderer Art. Zuerst allerdings glaubte ich, die zwei Männer würden mich zerquetschen, aber als sie in gleichmäßigen Takt und Schwung gekommen, hörte ich alle Engel im Himmel singen. Diese doppelte Reibung von hinten und von vorn, diese zweifachen Lavaströme machten mich wahnsinnig – ich fiel nachher wie tot ins Bett und war die ganze Nacht zu nichts mehr zu gebrauchen.

Siebentes Kapitel

Von Ersparnissen war bei dem neuen Leben nicht mehr viel die Rede. Ein bißchen Schmuck, ein paar hundert Gulden – das war alles. Und auch das wurde mir eines Tages genommen. Mit einem Ruck schleuderte mich so ein niederträchtiger Hund in die tiefste Tiefe, aus der es kein Emporkommen mehr gab.

Eines Abends lernte ich beim Ronacher einen Offizier der deutschen Handelsmarine kennen. Er war ein großer, braungebrannter Kerl mit schwärmerischen schwarzen Augen und konnte so viel Interessantes erzählen. Auf einem Dampfer der Hamburg-Amerikalinie, der nach Südamerika fuhr, war er angestellt und wußte allerlei gruselige Schaudermärchen von den fremden Völkerschaften zu erzählen. Besonders von den Indern und ihren geilen, blutigen Liebesfesten – es rann einem eiskalt über den Rücken herunter.

Ich war so begeistert von meiner neuen Bekanntschaft, daß ich ihn – was ich sonst nie zu tun pflegte – in meine Privatwohnung mitnahm. Mein Janmaat war ausgehungert, und ich hatte bis in den Vormittag hinein zu tun, bis er ›seine ganze Ladung in mir verstaut‹ hatte, wie er sich seemännisch ausdrückte. Ich bin schon lange nicht so ausgiebig bearbeitet worden wie von diesem schlanken, sehnigen Burschen.

Am Nachmittag nahmen wir dann einen Fiaker und fuhren in den Prater, wo wir auch im dritten Kaffeehaus nachtmahlten.

Voll von Musik, Wein und Liebe kamen wir gegen zehn Uhr nach Hause und gingen sogleich an die Arbeit.

Fritz war so geil, daß er mir, während wir noch die Treppe hinaufstiegen, unter die Röcke griff. Kaum waren wir im Zimmer, so feuerte er mich schon ins Bett, und eh ich mich noch zurechtgerückt hatte, spürte ich sein Glied bereits in mir drinnen.

Während wir diesen ersten Ritt vollführten, zogen wir uns aus, und als wir uns gegenseitig angespritzt, rissen wir uns, was wir noch am Leib hatten, herunter und fuhren wie die Wilden aufeinander los. Ich kam in Glut und Wut wie in meinen allerbesten Tagen und war unersättlich.

Fritz, der auf seinen indischen Fahrten einiges gelernt hatte, wußte so manches Kunststück, das einen zur Raserei bringen konnte.

So verstand er es meisterlich, den Süd- und Nordpol zugleich zu befahren. Ich kniete dabei und hielt mein Gesicht tief in die Polster gedrückt, damit ich die beiden Pole ordentlich herausbringen konnte. Die Lage war einigermaßen schwierig, da ich außerdem die Beine so weit als möglich gespreizt halten mußte, aber ich wurde reichlich entschädigt durch den diabolischen Genuß, den ich hatte, wenn er abwechselnd oben und unten hinein- und herausfuhr. Die Explosion wurde dadurch auf lange Zeit hinausgeschoben, aber der Reiz war ein so gewaltiger, daß ich mehr als einmal glaubte, jetzt und jetzt geh ich drauf. Und dann – dann, als er endlich mit einem letzten Riesenstoß den Salut in den Südpol abfeuerte, brach ich vergehend unter ihm zusammen.

Acht Tage lang dauerte dieser Rausch. Dann hatte Fritz sein ganzes Geld ausgegeben, und ich mußte noch meine Ringe versetzen, damit er seine Hotelrechnung bezahlen konnte.

Ganz traurig saßen wir an dem letzten Abend beisammen und verzehrten melancholisch den mageren Aufschnitt, zu dem es gerade noch gelangt hatte. Nicht einmal zu dem gewissen Tanz im Bett hatten wir Lust. Einmal griff ich, in einem matten Versuch, etwas Leben in die Brude zu bringen, in seine Hose, aber der sonst so stramme, wackere Kerl, der da hauste, war so schlapp und niedergeschlagen, daß mir jede Lust verging. Plötzlich aber hatte ich eine Idee.

»Wie wär's, wenn ich dich begleite?« fragte ich.

Er sah mich zuerst an, wie wenn er an meinem Verstand zweifelte.

»Was ist denn weiter dabei? Ein paar hundert Gulden habe ich noch auf der Postsparkasse. Die reichen schon bis Hamburg und nach Südamerika. Dort mußt du mir allerdings weiterhelfen.«

Nun ging ihm die Idee ein, und er war

Feuer und Flamme dafür. Ich holte mein Postsparkassenbuch, und er nickte befriedigt, als er sah, daß ich über 600 Gulden mein eigen nannte.

»Bist ein Prachtmädchen«, versicherte er mir ein über das andere Mal.

Diese Freude, als er mein Geld sah, hätte mich aufmerksam machen müssen, wenn ich nicht gar so vernarrt in ihn und seine Künste gewesen wäre. Aber so war ich glücklich, und als er mich fünf Minuten später mit seinem wieder munteren Priap grüßte, war ich eitel Glück und Seligkeit.

Am nächsten Morgen hob ich meine 600 Gulden ab, und am Abend dampften wir nach Hamburg, wo wir vierundzwanzig Stunden später eintrafen. Fritz brachte mich in einem kleinen Hotel in der Nähe des Hafens unter und ging dann sofort weg, um sich bei seinem Kapitän zu melden.

Ich, müde von der ganzen Fahrt, legte

mich ins Bett und schlief, bis mich am nächsten Tag das Stubenmädchen weckte. Da merkte ich erst, daß Fritz gar nicht nach Hause gekommen war.

Aber ich schöpfte noch keinen Verdacht. Er wird auf seinem Schiff zurückgehalten worden sein, dachte ich und trank ruhig meinen Kaffee. Erst als der Mittag, gar als der Abend herankam und kein Fritz sich blicken ließ, wurde ich unruhig. Wohl zweihundertmal fragte ich, ob keine Nachricht gekommen sei; und als der nächste Morgen nach einer schlaflosen Nacht graute und mein Fritz verschwunden blieb, da wußte ich Bescheid.

Zum Glück besaß ich noch so viel Kleingeld – alles andere hatte ich ganz ja ihm anvertraut –, daß ich meine kleine Hotelrechnung bezahlen konnte. Aber dann stand ich da, mit einem großen Koffer voll Kleider, ohne einen Kreuzer Geld in der Tasche, in der großen, fremden Stadt.

Ich kann Ihnen nicht schildern, wie mir zumute war, am liebsten hätte ich mich umgebracht. Zwei Stunden weinte ich mich in dem kalten, unerfreulichen Hotelzimmer aus, dann faßte ich wieder etwas Mut. Mein Gott, es wird ja auch in Hamburg Leute geben, die sich ein paar schöne Brüste und Schenkel was kosten lassen.

Dunkel hatte ich was von dem berühmten Jungfernstieg gehört. Ich fragte mich also dorthin zurecht und stürzte mich dann, hier angekommen, mutig in das Gewühl der Spaziergänger. Lange brauchte ich nicht mit meinen Blicken zu angeln, da hatte ich schon einen, so einen richtigen Hamburger, einen großen, dicken Kerl mit semmelblondem Haar und wasserblauen Augen.

»Wat verlangste?« fragte er mich.

Mir war diese Art der Anknüpfung zwar neu, aber andere Länder, andere Sitten. Ich fand mich schnell in die Situation.

»Zwanzig Mark«, sagte ich resolut.

»Meinetwegen«, brummte er. »Wo wohnst du?«

Das war aber eine große Schwierigkeit. Denn ich hatte ja keine Wohnung. Ich erzählte ihm also irgendeinen Roman, den er mir auch nicht glaubte. Aber er war ein gutmütiger Junge und ging mit mir ohne weiteres in das erste beste Absteighotel, schmiß mir ein Goldstück hin und verschwand.

Ich zog mich an und ging auf den Jungfernstieg zurück. Eine halbe Stunde später lag ich, wenn ich nicht irre, sogar in demselben Bett mit einem andern, bekam wieder meine zwanzig Mark und zog hochbefriedigt zum drittenmal auf Fang aus, der mir sogar dreißig Mark eintrug, weil dieser Kunde, augenscheinlich ein Fremder, die ganze Nacht mit mir verbrachte.

Nun war ich auf dem richtigen Niveau angelangt. Ich, die einzige Tochter des Baron Neyhaus, war eine Straßendirne, die jedem Mann, der sie nur bezahlte, die Beine auseinandergab.

Aber es kam noch viel schlimmer. Zwei, drei Tage lang machte ich auf dem Jungfernstieg ganz gute Geschäfte und trug mich schon mit dem Gedanken, wieder nach Wien zurückzufahren, als ich plötzlich mitten auf der Straße von einem Schutzmann arretiert und zur Wache gebracht wurde. Wegen auffälligen Benehmens.

Ich erzählte den Polizeimenschen meine ganze Geschichte. Sie lachten mich aus und sperrten mich auf vierzehn Tage ein – wegen gewerbsmäßiger Unzucht, wie sie sagten. Was sollte ich dagegen tun? Und dann, als die vierzehn Tage um waren, nahm mich der Herr Polizeikommissar in sein Zimmer und sagte mir:

»Mädchen, du wirst jetzt in ein Puff gesteckt, und ich habe darüber zu entscheiden, verstehste? Wenn ich will, kommst du in ein feines, und wenn ich nicht will, in so eine Matrosenbudike, da unten am Hafen.«

Dann griff er mir einfach unter die Röcke und legte mich auf seinen Schreibtisch, um sich ein bißchen an meinen Reizen von den Anstrengungen seines Amtes zu erholen. Ich wehrte mich natürlich nicht und arbeitete sogar recht respektabel mit dem Popo, als er mir zum Schluß die Ehre erwies, mich zu lieben. Das Kreuz tat mir weh, und die Beine, die ich senkrecht in die Luft halten mußte, schmerzten mich, als ob sie jede Minute gebrochen werden sollten, aber ich gab ordentlich Kontra und simulierte sogar Raserei, als er mir seinen hanseatischen Liebessaft hineinspritzte.

»Mädchen«, äußerte er sich dann wohlwollend, »du liebst famos. Du sollst in das feinste Puff in der Schwiegerstraße kommen.«

Also landete ich, die einen Grafen hätte heiraten können, in der berüchtigten Schwiegerstraße.

Beinahe sechs Monate blieb ich in diesem Gefängnis. Denn was anderes war es ja nicht. Die Wirtin, so eine richtige Bordellmutter, die drei Viertel der Woche besoffen war, bewachte uns – wir waren unserer vierzehn – wie ein Kerkermeister und ließ sich alles, was wir von den Geschäften erhielten, bis auf den letzten Heller ausfolgen. Mit Müh und Not, daß wir uns ein paar Pfennige als Strumpfgeld retten konnten. Dabei waren wir ihr immer schuldig, weiß Gott, was sie uns immer für Rechnungen aufstellte. Für Kleider, für Essen, für den Doktor – und wenn eine sich getraute, ein Wort zu sagen, ergoß sich eine Flut wüster Schimpfreden über das Haupt der Verwegenen, daß uns anderen die Lust für allemal verging.

Und dann diese Gäste! Fremde, die sich das Haus mal aus Neugierde anschauen wollten, eine Flasche Bier tranken und schleunigst wieder verdufteten, ohne eins von den Mädeln auch nur mit der Fingerspitze anzurühren. Das waren noch die angenehmsten, obwohl man gerade bei ihnen die Demütigung, ein Bordellmensch zu sein, am allerärgsten empfand. Sie machten aus dem Ekel, den wir ihnen in unseren gelben, grünen und roten Seidenhemden einflößten, nicht den geringsten Hehl. Aber was machte sich unsereins daraus? Wenn sie uns nur eine oder zwei Mark schenkten!

Dann Eingeborene, Männer aus dem Bürger- oder besseren Handwerksstand, die sich in dieser Pesthöhle als Lebemänner fühlten und es dadurch am besten zu dokumentieren glaubten, wenn sie uns wie die Schweine behandelten. Wir mußten mit ihnen trinken, natürlich den elenden

Champagner, den unsere Wirtin verzapfte, mußten uns zu allen ihren rohen Späßen hergeben und mußten noch froh sein, wenn sie uns nicht mit Fußtritten bedachten.

Am schlimmsten aber waren die Seeleute, besonders die Segelschiffsmatrosen, die ja oft monatelang mit keinem Weib in Berührung kamen. Die fielen über einen her wie die wilden Tiere, und so ein Janmaat stand nicht eher auf, bis er sich ganz ausgeleert hatte. Was habe ich da oft aushalten müssen. Zu fünft, zu sechst sind sie oft über mich gekommen, und während mich der eine von vorn bearbeitete, bohrte mich der zweite von rückwärts an – was bei den Matrosen, die vielfach Päderasten sind, sehr beliebt ist –, der dritte steckte mir sein riesiges Glied in den Mund, und wenn es anging, mußte ich meine beiden Hände auch noch in Tätigkeit setzen.

Daß ich bei diesem Hundedasein von

den venerischen Krankheiten verschont blieb, ist ein Gotteswunder. So weit es ging, wusch und reinigte ich mich nach jedem Besuch, ganz war ja die Baronesse nicht in mir erstorben, aber immerhin lebte ich dort in einer beständigen Angst, daß mich der Doktor eines schönen Tages ins Spital schicken würde.

Schließlich gelang es mir, dem Zuchthaus zu entfliehen. Indem ich mir den Bissen vom Munde absparte, gelang es mir, ein paar Mark zu erübrigen. Und mit Hilfe eines Landsmannes, eines jungen Arbeiters, den ich oben bei uns kennenlernte, konnte ich auf einen Bahnhof entwischen.

Aber weiter als bis nach Bremen kam ich nicht. Da nahm mich die Polizei gleich auf dem Bahnhof fest, und nachdem ich zur Feier meines Einzuges in diese Hansestadt acht Tage abgesessen hatte, wurde ich in der dortigen Freudenstraße, die bezeichnenderweise Helenenstraße heißt, einquartiert. Mir war schon alles egal; die Zeit, die ich in Hamburg hatte mitmachen müssen, hatte mir vollends den Rest gegeben.

Dabei ließ sich das Leben in der Helenenstraße noch an. Sie lag weit draußen in einer stillen Vorstadt und bestand aus einer Reihe kleiner, einstöckiger Häuschen, das jedes sogar ein Vorgärtchen hatte. Die besseren Mädchen wohnten zu zweit in einem Haus, die mindere Qualität zu dritt, viert, oft gar zu fünft.

Bremen ist viel kleiner als Hamburg und auch viel stiller, da die meisten Seeschiffe gar nicht bis nach Bremen kommen, sondern in Geestemünde oder Bremerhaven anlegen. Von der Roheit der Seeleute war man hier also verschont. Auch konnte man das Geld, das man verdiente, für sich behalten, denn die Häuschen gehörten einem Großgrundbesitzer, irgendeinem Patrizier, der sich um uns nicht kümmerte, sondern nur jeden Ersten pünktlich den Zins abholen ließ.

Man war hier sozusagen seine eigene Herrin und konnte sogar frei und ungehindert in die Stadt spazieren, nur durfte man es sich um Gottes willen nicht einfallen lassen, etwa Bekanntschaften in der Sögestraße oder auf dem Domplatz anknüpfen zu wollen. Da wurde man unbarmherzig eingekastelt.

Allerdings, das Geschäft ließ zu wünschen übrig. Oft kam tagelang kein Gast, und wenn einer schon kam, handelte er erst eine halbe Stunde, ehe er sich entschloß, den Parnaß zu besteigen. Die besten Kunden waren die Gymnasiasten, die sich im Schutz der Nacht in die Straße der Wonne schlichen, um hier ihre Kommerse, die sie bei verschwiegenen Kellerwirten abzuhalten pflegten, durch einen männlichen Koitus zu beschließen.

Ach, waren diese Jungens oft ergötzlich!

Nie kam einer allein, immer waren sie zu zweit oder zu dritt oder gar in noch größeren Trupps. Vor der Haustür hielten sie erst eine lange Beratung, dann traten sie schüchtern ein, einer den andern hereinstoßend. Na, und wenn sie dann endlich glücklich im Zimmer waren, machten sie verlegene Augen und wären am liebsten wieder ausgerückt.

Zu mir kamen sie am liebsten. Erstens war ich die hübscheste von allen – eine Kunst, unter diesen verkommenen, traurigen Geschöpfen die erste zu sein! –, und dann war ich auch weniger gemein und brutal. Ich schmiß nicht mit so ordinären Ausdrücken um mich und drängte die Burschen nicht dazu, das elende Bier zu saufen, das ich im Haus hatte. Und wenn einer mir besonders gefiel, dann legte ich mich auch wohl ein bißchen hinein und gab ihm etwas von meinen ehemaligen Künsten zu spüren.

Mit der Zeit wurde ich eine Art Berühmtheit unter dieser jungen Lebewelt und genoß sogar etwas wie Verehrung unter ihnen. Alle sparten sie wie die Hamster, und sowie sie zehn Mark – das war meine Taxe – beisammen hatten, kamen sie glückstrahlend zu mir.

Und ich muß sagen, ich hatte sie ganz gern, diese frischen, kernigen, blonden Jungens. Sie waren so lieb und so bescheiden. Waren glücklich, wenn ich ihnen meine Waden zeigte oder sie meine Brüste angreifen ließ, und oft machte mich ihre junge, unverbrauchte Kraft wirklich noch einmal aufgeregt.

Ganze Feste feierte ich mit ihnen. Dann kamen sie in ihren besten Gewändern und brachten mir Bonbons und sonstiges Naschwerk mit, lasen mir die allerfeurigsten Gedichte vor, die sie auf mich und meine Schönheit gemacht hatten, und wer das schönste Gedicht verbrochen hatte, durfte sich dann mit mir in das Gemach der Freude zurückziehen. Ich glaube, ein König könnte nicht stolzer sein als der Junge, dem ich den Preis zuerkannte. Seine Kameraden standen dann zitternd an der Tür und zählten die Stöße, mit denen er sein Glück beförderte.

Eines Abends saß ich – im Winter war's – in meinem Vorderzimmer, das zugleich auch Wartezimmer war, als es klingelte. Als ich aufmachte, stand einer von den Jungens davor, verlegen und ängstlich. Es war einer meiner Lieblinge, ein auffallend hübscher und starker Bursch, der mir auch die größte Verehrung entgegenbrachte. Hans hieß er, glaube ich.

»Was willst du denn?« fragte ich ihn, als ich ihn glücklich ins Zimmer bugsiert hatte.

Eine halbe Stunde stotterte er verlegen herum, bis er endlich seinen Schmerz draußen hatte. Er hielt es nicht aus, er liebte mich so wahnsinnig, die ganze Nacht träumte er von mir, und er hätte jetzt kein Geld und brauchte noch eine ganze Woche, bis er die zehn Mark beisammen hätte, und – und – er hielte es nicht mehr aus. Er werde es mir auch bestimmt zurückgeben, auf Ehrenwort.

Da überkam mich eine merkwürdige Stimmung. Meine ganze Jugend stieg vor mir herauf, mein Leben mit seinen Gluten und seinen Schmerzen, und ich sah mit einem Mal den Weg vor mir, den ich herab in den Schmutz getaumelt. Noch einmal wollte ich so genießen – so wie einst –, mit beiden Armen einen Mann umklammern, der mich liebte, und nicht dabei die eine Hand nach dem Geld ausstrecken.

Die Tränen stürzten mir aus den Augen, so daß der gute Junge bis ins Innerste erschrak.

»Fräulein, habe ich Sie beleidigt?« schrie er und umklammerte meine Knie.

Ich schob ihn sanft von mir und verschloß alle Türen. Für diese Nacht war mein ›Geschäft‹ geschlossen. In dieser Nacht wollte ich wieder jung werden.

Dann kam ich zu dem Jungen zurück, der glühend und verwirrt auf der Ecke seines Stuhles saß und sein Schicksal erwartete.

Ich trat vor ihn hin und schaute ihm in die prächtigen blauen Augen.

»Ja«, sagte ich mit einer Stimme, deren Heiserkeit mich selber erschreckte, »ich will dich heute lieb haben, und du brauchst mir auch gar nichts zu bezahlen, weder heute noch morgen – aber du mußt die ganze Nacht bei mir bleiben! Kannst du das?«

Er schwankte nur einen Moment.

»Ja!« rief er. »Ja! Ich bleibe.«

Der Schlafrock, den ich trug, war vorn offen, und unter den Spitzen meines Hemdes konnte er deutlich meine großen Brüste sehen, die zwar nicht mehr die festesten, aber doch für diesen Lebemann von sechzehn Jahren eine Delikatesse ersten Ranges waren. Ich streifte Schlafrock und Hemd ab und hielt ihm die großen, hellbraunen Knospen hin.

»Küsse mich!«

Wie ein Verdursteter stürzte er sich darauf. Seine Hände irrten über meinen nackten Körper, umpreßten die vollen Rundungen meines Hinterns, meiner Hüften und wagten sich schließlich an das Allerheiligste heran.

Nun riß ich ihn zum Bett hin. Ich kannte mich nicht mehr. Ich war rasend, wie ich einst bei Max, bei Leopold gewesen. Knirschend, stöhnend schleuderte ich mich über den Jungen und stieß mir sein glühendes Schwert in den Leib. Meine Wut erschreckte, betäubte ihn ängstlich, aber gar bald war er mitgerissen und wälzte sich besinnungslos tobend, heulend in dem

Bett. Ich zog ihm derweilen sachte die Kleider herunter, und er war ganz erstaunt, als er sich plötzlich nackt sah wie mich.

Als wir erwachten, war es heller Tag. Zehn Uhr. Hans war bleich wie der Tod. Er hatte die Schule versäumt! Und was sollte er den Eltern sagen, wo er die ganze Nacht gewesen? Ich versuchte, ihn zu beruhigen, aber es war umsonst. Ganz fassungslos wankte er davon.

Und wie immer in solchen Fällen, hatte auch hier der Teufel seine Hand im Spiel. Als er gerade aus der Helenenstraße herausschleichen wollte, sah ihn ein Lehrer, der dort in der Nähe wohnte und auf dem Weg zur Schule war. Da half kein Leugnen. Die Schultyrannen stellten den armen Jungen vor ihr grausames, unerbittliches Tribunal und verurteilten ihn zur Ausstoßung. Aus Gram darüber ging der blühende, schöne Bursch in den Tod. Er mußte diesen Rausch seiner Jugend teuer bezahlen.

Er schrieb mir einen großen, über zehn Seiten langen Abschiedsbrief, in dem er sich in den schwärmerischsten Ausdrücken für die herrliche Nacht bedankte, die ich ihm geschenkt. Ich weiß nicht, ob ein Weib je solchen Dank für ihre Gunst erhielt!

Mir aber war diese freundliche, stille Stadt für immer verleidet. Als ich den rührenden Brief des Jungen gelesen hatte, packte ich Hals über Kopf meine Sachen, und in derselben Nacht fuhr ich nach Wien zurück.

Hier ging ich wieder auf die Straße. Zum Ronacher zurückzukehren, schämte ich mich, ich war in den zwei Jahren, in denen ich fern gewesen, gar zu arg heruntergekommen. Ich ging also ins Café Hyra, ein Nachtcafé dritten, vierten Ranges, wo Studenten, Kommis und dergleichen Kavaliere die Stammgäste waren. Ein Wiener Schnitzel und eine Flasche österreichischer Wein waren die höchsten Ausgaben, zu denen sie sich verstiegen.

Ich legte mir sogar einen Geliebten zu, wie die andern Mädchen alle auch einen hatten. Der meinige war ein Student an der Wiener Technik, der meine Gunst dadurch zu erringen suchte, daß er mir nach ein paar Besuchen nichts bezahlte und mich schließlich anpumpte. Ich gab ihm zwei, drei Gulden; als er mehr verlangte, warf ich ihn hinaus. Da schrieb er mir, wenn ich ihm am Abend nicht zehn Gulden ins Kaffeehaus brächte, müßte er sich erschießen. Er habe auf Ehrenwort zu zahlen, und wenn er sein Ehrenwort bräche, würde er kassiert und so weiter und so weiter – was weiß ich, was der Kerl alles schrieb.

Ich konnte ihn nicht leiden, verachtete ihn, aber er war ein brutaler Geselle, und ich fürchtete mich vor ihm. Also gab ich ihm am Abend das Geld, und von dieser Minute an war er mein Zuhälter. Nun war ich das richtige Mensch, nun fehlte mir gar nichts mehr. Geschlagen hat er mich nie, ich glaube, ich hätte ihn erwürgt. Und das wußte er, denn er war ebenso feig wie brutal, aber er hat jeden Pfennig, dessen er habhaft werden konnte, aus mir herausgepreßt. Ich gab ihm alles, was er verlangte, weil es mir eine Art Genugtuung bereitete, daß ich, das verworfene Geschöpf, noch auf jemanden mit Verachtung herabblicken konnte.

Dieser Halunke war schuld daran, daß ich Wien zum zweiten Mal verließ. Diesmal aber nicht mehr freiwillig, sondern aus Furcht vor der Polizei. Der Ehrenmann hatte nämlich einem fremden Kaufmann, der bei mir eine Nacht schlief, die Brieftasche gestohlen. Der Fremde, ein Ungar, kannte aber kein Genieren; er schlug Lärm und ließ meinen treuen Freund auf der Stelle verhaften.

Mit Müh und Not rutschte ich durch, aber aus Angst, die Polizei könnte mir jetzt aufsässig werden, zog ich es vor, aus Wien zu verschwinden. Eine Kollegin im Kaffeehaus hatte mir Wunder vom Preßburger Schloßberg erzählt, also zog ich dorthin.

Wieder eine Stufe tiefer.

Nun war ich in einem der kleinen, niedlichen Häuser auf dem Schloßberg und ließ mich für fünfzig Kreuzer von besoffenen Soldaten lieben. Mit einem Soldaten, mit Mucki, hatte ich ja auch angefangen.

Wie die Viecher lebten wir da. Die Bordellwirte behandelten uns im großen und ganzen nicht schlecht, und das Kupfer- und Nickelgeld, das wir als Trinkgeld erhielten, durften wir auch behalten. Man bekam gut zu essen und zu trinken, wenn man gerade nicht schlief, saß man an schönen Sommertagen im Hemd auf der Straße und schaute auf den mächtigen Strom hinaus.

Am Abend kamen dann die Gäste, dann bettelte man sie um Zigaretten an, half ihnen, ihr Bier austrinken, und zerrte schließlich den einen und den anderen mit aufs Zimmer. Dort schmiß man sich aufs Bett, zupfte ein bißchen an dem Schweif des Kunden, streckte dann die Beine in die Luft, damit er besser dazu konnte, gab auch ein, zwei Stöße mit dem Popo zurück und setzte sich dann auf den Nachttopf, um den Segen der Liebe von sich zu geben.

Die Leute, die da zu uns kamen, waren nicht pervers und nicht raffiniert. Sie hatten keine großen Schönheitsideale. Sie wollten Fleisch, recht viel Fleisch. Dafür zahlten sie ihre fünfzig Kreuzer und ihr Sechserl Trinkgeld.

Ja, das war ein Unterschied gegen früher!

Immerhin war ich noch ganz repräsentabel.

Ich war ja noch keine dreißig Jahre und hatte immer, soweit es in meinen Mitteln gestanden, meinen Körper gepflegt. In einem Bordell zweiten, dritten Ranges konnte ich noch immer eine Rolle spielen.

So kam es denn, daß ich eines Tages nach Budapest übersiedelte. Einem Budapester Reisenden, der sich zufällig auf den Schloßberg verirrt hatte, verdankte ich dieses Avancement. Er hetzte eine Budapester Bordellmama nach dem gesperrten Preßburg, und diese erschien auch alsbald, um mich nach genauer Besichtigung für sage und schreibe fünfzig Gulden meinem Herrn und Besitzer abzukaufen.

Mein Eintritt in das Budapester Puff war für die ungarische Kapitale ein Ereignis allerersten Ranges. Ich wurde in der Lebewelt der Kommis und kleinen Leutnants eine Berühmtheit, die man gesehen haben mußte. Die gute Frau brachte schon in den ersten Tagen ihre fünfzig Gulden, die sie für mich riskiert hatte, reichlich herein.

Da habe ich auch so manche gelungene Type kennengelernt. Der Ungar, der sich ja auf seine Ritterlichkeit den Frauen gegenüber viel zugute hält, behandelt uns nicht viel besser als Tiere. Er schmeißt uns die zwei Gulden hin, wäscht sich ab und geht.

Er geht ins Puff, um seiner guten Laune die Krone aufzusetzen. Ist dabei nicht so brutal, wie ich es etwa in Hamburg gesehen habe, aber doch ist etwas in seiner Art, mit uns Mädchen umzugehen, die mir in der ersten Zeit das Blut in die Wangen trieb. Er behandelt uns so wie irgendein Spielzeug, das er sich zu seinem Amüsement gekauft hat: Jetzt bin ich da, bezahlen tu ich, jetzt unterhalt mich!

Wenn die Burschen in unser Puff kamen, mußten wir Mädchen, die wir momentan frei waren, antreten, und dann wurden wir alle besichtigt. Sie hoben uns die Röcke auf, ließen sich unsere Popos präsentieren, griffen die Brüste ab und tauschten ganz ungeniert ihre Meinungen aus.

»Schau, was die für einen schönen Arsch hat!«

»Und die Tutteln, die die hat! Solche Tutteln hab ich bei einer Hur überhaupt noch nicht gsehn!«

»Da schauts euch aber die an, ein Haubenstock in einem Futteral!«

»Herrgott, die Füß!«

Und in der Tonart weiter. Daß so ein armes Mädchen, und wenn es noch so verkommen ist, doch noch einen kleinen Rest von Schamgefühl hat, daran denkt keiner. Es ist ja eine Hur, für die man zwei Gulden bezahlt! Und was mußten wir alles leisten für diese zwei Gulden!

Einmal kam ein ganzer Trupp Honved-Offiziere zu uns hinauf. Sie waren schon halb besoffen und brachten sich eine total besoffene Zigeunerkapelle mit. Sie wissen ja, wenn der Ungar lustig ist, muß ihm der Zigeuner ins Ohr weinen. Sie kündigten sich auf der Treppe schon mit einem Riesenradau an und feierten ihren Eintritt in unseren Tempel dadurch, daß sie zwei Zivilisten, die mit einer Flasche Wein in einer Ecke saßen, die Flasche an den Kopf warfen. Die Zivilisten traten einen schleunigen Rückzug an, und die Offiziere waren die Herren der Situation.

Den Wirt nannten sie einen Hund von einem Kuppler, seine Frau eine stinkende Sau, zu welchen Komplimenten natürlich beide dankerfüllt lächeln mußten, wenn sie es nicht riskieren wollten, daß ihnen die besoffene Gesellschaft das Lokal in tausend Trümmer schlug.

Dann brüllte einer der Leutnants: »Menscher antreten!«

Das galt uns. Zitternd und bebend aus Angst, die Einladung könnte durch ein paar flache Säbelhiebe eindringlicher gestaltet werden, stellten wir uns in Reih und Glied auf. Dann kommandierte der Leutnant: »Kitteln hoch!«

Jede riß den Rock so hoch als möglich.

»Habt acht! Rechts richt euch!«

Auch dieses Kommando wurde befolgt.

Dann trat der junge Offizier vor den Ältesten der Gesellschaft und meldete: »Herr Oberleutnant, ich melde, daß der Hurenrapport gestellt ist.«

Worauf die Besichtigung begann. Wir mußten wie üblich Brüste und Hintern herzeigen, mußten Kniebeugen machen, den Rumpf nach vorwärts beugen. Und wie wir so standen, die Popos in die Höhe gereckt und vorn auf die Hände gestützt, ertönte das Kommando:

»Habt acht! Schießen! Laden! Ladet! Fertig!«

Worauf je ein Offizier sein Gewehr aus der Hose herausholte, hinter eine von uns trat und den Lauf grad aufs Ziel richtete.

»Feuer!«

Bums, sausten die zwölf Glieder in die zwölf Öffnungen, und wir mußten in der schwierigen Lage stillhalten. Und die besoffenen Zigeuner spielten dazu die österreichische Volkshymne!

Solche Szenen ereigneten sich zu Hunderten!

Meine Herrlichkeit in Budapest nahm ein trauriges Ende. Eines Tages steckte mich so ein Kerl an, und ich kam auf zwei Monate ins Spital. Diese Zeit gab mir den Rest, und so schaue ich denn heute – so aus, wie ich eben ausschaue.

Für Budapest taugte ich nicht mehr. Also ging ich in die Provinz, um schließlich hier zu landen. Gott, in Maria Theresianopel war ich, in Hermannstadt, in Kronstadt, und jetzt stecke ich hier in diesem Nest.

Tiefer, glaube ich, kann ich nicht mehr

sinken. Ich bin schon genauso wie die andern. Denk nichts mehr, rede nichts mehr! Und hoffen – hoffen? Worauf sollte ich noch hoffen?

Ich habe beinah schon vergessen, wer mein Vater war.

Wenn einer kommt, dem es vor mir weniger ekelt als vor den andern, na gut, dann geh ich mit ihm aufs Zimmer, leg mich aufs Bett und laß ihn sich auf mir abrackern. Ob's ihm schmeckt oder nicht, ist mir ganz egal. Ich selbst spür ja gar nichts mehr. Automatisch, weil's so das Geschäft verlangt, lächle ich jeden an und sag ihm: »Geh, trink einen Schwarzen!« Oder: »Geh, schenk mir ein Zigarettl!« Und wenn ich mich anstrenge, flöte ich: »Komm, geh mit mir aufs Zimmer!«

Und wenn ich mich ganz besonders anstreng, dann setz ich mich auf seinen Schoß und laß mir von ihm hinaufgreifen. Dann tu ich so, als ob mich das aufregt, und verdreh ein bißchen die Augen und wackel ein bißchen mit dem Popo. Gusto machen, nennen sie das hier!

Ich will mich an nichts mehr erinnern, ich will nicht!

Denn sehen Sie, wenn mich hier in meinem viehischen Dasein einmal die Erinnerung packte, so mit aller Macht – ich glaube, ich müßte wahnsinnig werden!

Drum bemühe ich mich zu vergessen, daß ich einmal die Baronesse Neyhaus war.

Achtes Kapitel

Und so traf ich sie. Da unten in dem slavonischen Nest an der serbischen Grenze, in das mich der Zufall verschlagen. Ich hatte da mehrere Wochen zu tun und starb dabei vor Langeweile.

Eines Abends führten mich meine Freunde, die Offiziere der dort stationierten Ulanen, in das Puff. Der Hetz halber.

Mich grauste, und ein schier körperlicher Ekel faßte mich an der Kehle, als ich diese vier armen, ganz und gar verkommenen Geschöpfe sah, die sich uns mit dummem, blechernem Lächeln entgegenstellten. Drei von ihnen waren, was die meisten von diesen Huren sind, ehemalige Dienstmädchen, die vierte aber, die vernünftigste von allen, die hatte etwas an sich, etwas, das sie aus einer längst entschwundenen Zeit noch mit sich schleppte. Was sie in all dem Morast und Dreck, durch den sie gegangen, nicht hatte verlieren können – weil es ihr angeboren war.

Auf den ersten Blick sah ich, daß diese Person, die kaum dreißig Jahre alt sein mochte, einmal sehr, sehr schön gewesen sein mußte. Ihr Gesicht, obwohl verschwommen, zermürbt durch Krankheit, Schminke und Ausschweifung, zeigte noch edle Züge, und ihre Gestalt hatte noch immer etwas merkwürdig Anziehendes. Wie mußte dieses Weib in seiner Blütezeit die Männer berauscht haben, dachte ich mir.

Sie lallte ihr pflichtgemäßes: »Gehst du mit aufs Zimmer?« Und ich ging, zum großen Erstaunen und Gaudium meiner Freunde, mit ihr. Als sich dann hinter uns die Tür geschlossen hatte und sie ihr Kleid und ihr Hemd abstreifen wollte, winkte ich ab.

»Erzählen Sie mir Ihre Geschichte!« sagte ich.

Sie sah mich groß an mit ihren müden, stumpfen Augen, die einst so strahlend, so bezaubernd gewesen sein müssen. Dann erwiderte sie, kühl und abweisend:

»Sie irren sich, ich habe keine Geschichte. Wollen wir nicht pudern?«

»Reden Sie nicht so! Hier ist ein Zehner, denken Sie sich, wir hätten das gemacht, und erzählen Sie!«

Sie gab mir den Zehner zurück.

»Nehmen Sie das Geld«, sagte sie in einem merkwürdig gehässigen Ton, »ich bekomme einen Gulden, und wenn Sie mir sonst noch was schenken wollen …«

»Warum wollen Sie die zehn Gulden nicht?«

»Weil sie mir der Wirt ohnedies abnehmen würde. Und dieser Kerl braucht nicht soviel Geld!«

Ich sah, daß ich sie am ersten Abend nicht dazu bewegen würde, mir den Roman ihres Lebens zu erzählen. So ging ich denn Abend für Abend hin, bis sie endlich Vertrauen zu mir faßte und mir das berichtete, was ich auf den vorhergehenden Seiten niedergeschrieben habe.

Ich habe nichts beschönigt, habe nichts hinzugetan, nichts weggenommen. Habe dieses unglückliche Weib erzählen lassen, wie sie tatsächlich erzählt hat. Denn ich wollte sie ja zeichnen, wie sie sich selbst gezeichnet hat.

Einen Kommentar brauche ich der Geschichte wohl nicht anzuhängen. Sie spricht genug auch ohne Kommentar, ohne die übliche Moralanwendung.

Aber sie hat noch ein Ende, diese Geschichte.

Eines Tages kam der Divisionskommandant, Major Max von B., nach unserem Nest, um die dortige Eskadron zu inspizieren. Er war ein fescher, lustiger Mann, der gar nichts dagegen hatte, seine Leutnants nachher in das Puff zu begleiten.

Ich war auch mit von der Partie und war nicht wenig überrascht, als ich Paulas Gesicht sah, mit dem sie den Major begrüßte. Mit einem Mal wurden ihre stumpfen Augen hell und leuchtend, ein dunkler Funke sprühte in ihnen auf – ihre ganze Gestalt straffte und streckte sich.

Major von B.! Ohne Zweifel. Das war der Vater ihres Kindes, der Mann, dem sie ihre Verstoßung aus dem Elternhaus zu verdanken hatte.

Er erkannte sie nicht. Und sie beherrschte sich wunderbar, aber ich sah, wie sie sich alle Mühe gab, ihm zu gefallen und ihn dazu zu bringen, daß er mit ihr aufs Zimmer ging. Das gelang ihr denn auch schließlich, und sie verschwand mit ihm aus dem Salon. In der Tür drehte sie sich noch einmal nach mir um und winkte mir zu. Es lag etwas unsagbar Triumphierendes, Drohendes in dieser Geste. Etwas, was mich beunruhigte, erschreckte.

Das Gefühl des Unbehagens ward ich nicht mehr los, und so empfahl ich mich sehr bald aus der Gesellschaft. Als ich an der Kammer des Mädchens vorüberging, blieb ich einen Moment stehen und lauschte. Küsse hörte ich und Lachen, dann jenes gewisse Geräusch, wenn eine Frau und ein Mann den Ringkampf der Liebe aufführen.

Ich lachte über meine Ahnungen und ging beruhigt in mein Hotel schlafen.

Zeitlich am Morgen klopfte es an meiner Tür. Ich stürze hin, mache auf – der Leutnant Bohrer, der gestern mit von der Partie gewesen, steht davor – bleich, wahnsinnig aufgeregt.

»Mensch, was ist los?«

»Der Major, der Major!«

»Na, in des Teufels Namen, was ist denn mit ihm?«

»Das Mensch, das heute Nacht mit ihm war, hat ihn in ihrem Bett ermordet. Im Schlaf hat sie ihn mit einer Schere erstochen. Und dann hat sie sich die Schere in die Brust gestoßen – sie ist auch hin!«

Da wußte ich, was dieses Aufleuchten der Augen, diese triumphierende Geste zu bedeuten gehabt hatten!

Und da bedauerte ich das unglückliche Weib erst recht.

Aus den Erinnerungen eines Detektivs

Vorwort

Für meinen Onkel, der ein ausgezeichneter Detektiv war, lag das höchste Glück der Erde zwischen den schönen Schenkeln der Frauen!

Da er sich jedoch nie für eine einzige Frau hatte entscheiden können und bei jeder neuen Eroberung auf eine neue Art Wollust suchte und empfand, war er ein eingefleischter Junggeselle geblieben.

Wenn ich mir gegenüber ganz ehrlich sein will, so muß ich gestehen, daß ich ihm in dieser Beziehung – jedenfalls was die Frauen anbelangt – sehr ähnlich bin.

Immer, wenn ich eine Frau kennenlerne, habe ich das Gefühl, Freuden zu genießen, die die eben erst genossenen bei weitem übertreffen. Ich bilde mir ein, auf einem durch nichts mehr zu überbietenden Gipfel der Lust angelangt zu sein – bis ich dann wieder eine neue Eroberung mache und feststelle, daß es mit jedem neuen Partner wieder ein neues, auf seine besondere Art faszinierendes Spiel ist.

Mein Onkel ist vor ein paar Tagen gestorben. Für ihn hat all diese Lust nun ein Ende, doch ich bin fest davon überzeugt, daß er dieses Leben so lange in vollen Zügen genossen hat, solange ihm sein stets freudiger Mitkämpfer eisern zur Seite gestanden hatte. Ich glaube, es waren ihr Leben lang zwei wackere Kämpfer!

Kein Wunder, daß ich mich als erstes über ein dickes Bündel Blätter hermache, auf denen mein Onkel seine Lebens- und Liebeserinnerungen niedergeschrieben hat.

Allein der Gedanke an diese Erlebnisse macht mich unruhig und läßt meine Nerven bis zu einem sehr sensiblen Punkt unterhalb meines Bauchnabels erzittern. Schließlich und endlich werden es ja sicherlich nicht so ganz alltägliche Beichten sein, die ich da zu lesen bekommen werde.

Um mich ein wenig zu beruhigen – und auch, um dem Ganzen den ihm zustehenden würdigen Rahmen zu geben –, werde ich mir jetzt aus dem wohlsortierten Weinkeller meines Onkels eine seiner besten Flaschen holen (er hätte das sicherlich auch getan) und werde dann bei dem Genuß dieses edlen Tropfens im Geist miterleben, mitschwelgen, mitfühlen, wie er eine Frau nach der anderen eroberte, wie er ihren herrlichen Leib streichelt und ihre Schenkel öffnet. Ich werde sie im Geiste in höchster Ekstase stöhnen und Schreie ausstoßen hören, wenn sie sich endlich dann ganz verströmen!

Ach, was wird das für ein ganz neuer Reiz für mich. Die Blätter ziehen mich magisch an, ich kann es nicht mehr erwarten, an dem Leben und Lieben meines so bewunderten Onkels teilzunehmen.

Brutal werde ich aus meinen Gedanken gerissen – es läutet. Etwas unwillig über diese Störung, öffne ich. Eine zarte Mädchengestalt fällt mir jauchzend um den Hals und drückt ihre warmen Lippen auf die meinen.

»Oh, Jeannette, Liebling, du bist es! Und ich war so ungehalten, als es läutete. Doch wie schön, daß du gerade jetzt kommst. Komm schnell herein und mach die Tür zu!«

Jeannette ist die Tochter des französischen Botschafters hier. Sie ist eine typische Französin, grazil, mit einem wie von einem Bildhauer gemeißelten Körper, großen dunklen Augen, in denen die ganze Glut ihrer Leidenschaft sich widerspiegelt.

Lange, tiefschwarz glänzende Haare umrahmen ein ungemein rassiges Gesicht.

Mein Onkel hatte sie noch gekannt, und mehr als einmal habe ich an seinen wohlwollenden, ja, ich möchte beinahe sagen, begehrlichen Blicken gesehen, daß ihm – wenn sein Priap nur nicht schon zu alt und zu lahm gewesen wäre – ein solch appetitlicher kleiner Käfer auch noch ganz gut geschmeckt hätte!

Aber dieser süße kleine Fratz, dem die Lebenslust so aus den Augen strahlt, gehört mir, und im Augenblick habe ich – ganz im Gegensatz zu meinen sonstigen Gepflogenheiten – noch gar nicht die Absicht, mein Besitzrecht an einen Nachfolger abzutreten. Ja, allein der Gedanke daran, daß ein anderer diesen herrlichen Körper mit seinen Händen berühren könnte, macht mich schon rasend!

Stürmisch reiße ich sie in meine Arme – um mir zu beweisen, um es körperlich zu fühlen, daß sie ganz allein mir gehört – und küsse sie auf ihren wollüstigen Mund, auf die schelmischen Augen, auf die niedlichen kleinen Ohrläppchen.

Doch als ich diesen herrlichen Körper so fest an mich drücke und ihre harten Schenkel sich an meine schmiegen, fühle ich, wie mein munterer Kampfgenosse energisch in seinem Quartier rebelliert. Er ist offensichtlich der Meinung, daß auch er ein gutes Recht darauf hat, dem Gast seine Reverenz zu erweisen.

Jeannette sieht mich spitzbübisch an und meint:

»Soll ich diesen Störenfried gleich begrüßen, oder wollen wir ihn noch ein wenig zappeln lassen?«

»Ich bin der Ansicht, wir lassen ihn vorerst einmal ruhig noch ein wenig eingesperrt. Er soll sich einmal daran gewöhnen, daß er nicht immer so vorlaut sein darf, sondern ganz schön abzuwarten hat, bis wir ihn herausholen!«

»Ganz meine Ansicht«, meint sie. »Er soll nur noch ein bißchen schwitzen, dieser Draufgänger. Wunderst du dich eigentlich nicht, daß ich hier so unangemeldet hereinschneie? Weißt du, ich habe mir gedacht, daß du vielleicht den Nachlaß deines Onkels ordnest und daß ich dir dabei etwas helfen kann. Es gibt doch sicherlich eine Menge aufzuräumen.«

»Nun ja, das sicherlich auch. Ich wollte mir zwar gerade ein gutes Glas Wein einschenken und mich dann mit allem Genuß der Lektüre seinen Erinnerungen hingeben. Das Aufräumen hat ja noch etwas Zeit, findest du nicht auch?«

»In diesem Fall bestimmt! – Macht es dir etwas aus, wenn ich bei dir bleibe und auch ich an den Erinnerungen dieses doch so charmant gewesenen Mannes meine Freude haben möchte? Ich könnte mir vorstellen, daß er selbst nichts dagegen gehabt hätte.«

Dabei blinzelte sie mich schelmisch an. Sie weiß es ganz genau, diese kleine raffinierte Person, welche Schwäche mein Onkel für sie gehabt hatte.

»Wie sollte dann ich etwas dagegen haben, wenn du glaubst, daß Onkel dich liebend gern dabeigehabt hätte? Ich möchte aber an unser gemeinsames Lesen doch eine Bedingung knüpfen.«

»Und die wäre?«

»Hmmm – also paß einmal auf. Du weißt ja selbst, daß mein Onkel ein außerordentlich großer Frauenfreund – und ich bin davon überzeugt, auch ein ebenso großer Liebeskünstler – war. Sein Repertoire in der Verführungskunst schöner Frauen war bestimmt recht groß. Es könnte also ganz gut sein, daß er uns beiden ganz schön einheizt und eine gehörige Lektion erteilt. Meine Bedingung also: Was wir hier neu hinzulernen – wird auf der Stelle nachgemacht und ausprobiert!«

»Ach, du alter Erpresser, du infamer Halunke, du – na gut – ich bin einverstanden! Also los, frisch ans Werk, fangen wir gleich an! Doch nein – warte. Da ich ja nicht weiß, was mich heute noch alles an Strapazen erwartet, mache ich dir den Vorschlag, daß wir uns hier gemütlich in den großen Sessel setzen und uns vorsorglich zuerst einmal mit dem guten, alten Tropfen stärken. Das wird uns ein wenig ins Blut gehen und uns in die richtige Stimmung versetzen. Ich finde, sicher ist sicher!«

Damit drückte sie mich in den großen, tiefen Ohrbacksessel, setzte sich auf meinen Schoß und reichte mir das Glas.

Das hätte sie besser nicht tun sollen – ich meine das auf den Schoß setzen –, sondern sich in den zweiten Sessel gesetzt!

Wie ein Lavastrom schießt augenblicklich das Blut durch meine Adern, und in meiner Hose geht ein wahrer Freudentanz los!

Natürlich merkt sie sofort, was da unten los ist, und drückt sich nur noch fester an mich, dieses Luder. Ich habe beinahe den Eindruck, daß es ihr im Augenblick gar nicht mehr so sehr darum zu tun ist, gleich mit dem Lesen zu beginnen, sondern daß sie vielmehr der löblichen Meinung ist, daß unsere bisherigen Kenntnisse in der Liebe ja auch nicht so ganz ohne sind.

»Aber, aber, meine Liebe«, sage ich ganz scheinheilig und tue so, als ob ich überhaupt nichts merke, »so können wir doch nicht in Ruhe lesen.«

Ich hebe sie sanft in die Höhe, fasse unter ihren sowieso ganz kurzen Rock und ziehe ihr das Höschen herunter.

Dann befreie ich meinen rebellischen Priap, der sofort gebieterisch sein Haupt reckt. Senkrecht schnellt er in die Höhe und steht nun eisern da. Jetzt will er endlich seine Begrüßung haben!

Jeannette lacht und gibt ihm einen kleinen Klaps. Dann hat sie mit dem armen Wicht, der schon einen ganz roten Kopf hat, aber doch Erbarmen und begrüßt ihn.

Mein Blut kocht, aber ich will ihr noch ein wenig Theater vorspielen; auch sie soll noch ein wenig zappeln, bis sie ihren Willen bekommt.

»Meine Liebe, du dürftest doch allmählich wissen, daß man einen solchen Burschen nicht ungestraft liebkosen darf. Oder solltest du etwa irgendwelche hintergründigen Absichten haben?«

»Und wenn ich welche hätte? Wären dir denn diese Absichten gar so unangenehm?«

»Nein – eigentlich nicht!«

»Nun, dann errate doch einmal meine hintergründigen Absichten!«

Da kann ich mich nicht mehr beherrschen, hebe sie hoch und setze sie über ihren feurigen Verehrer.

Ach, was hat dieses Mädchen doch für

ein herrliches Tal der Wonnen! So eng und jungfräulich wie am ersten Tag. Mit der angeborenen Raffinesse einer liebenden Frau versteht sie es immer wieder, die Lust und Begierde zu wecken und zu steigern, um uns dann auf den Gipfel der Wollust und gleichzeitigen Erfüllung zu führen.

Bin ich bei ihr am Ziel aller Wünsche angelangt?

Ganz ruhig sitzt sie auf mir. Und während ihr warmer, junger Mund sich auf den meinen preßt und ihre kleine, spitze Zunge sich durch meine Zähne schiebt, um meinen Gaumen leicht zu kitzeln, beginnt in ihrer heißen Grotte langsam ein aufregendes Muskelspiel.

Oh, dieses aufreizende Spiel, das keine mit einer solchen Meisterschaft bisher beherrschte wie meine Jeannette!

Ich packe sie bei ihren festen Brüsten, küsse sie auf die kleinen Warzen, die vor Freude steil und spitz abstehen.

Ich zittere vor Verlangen – am liebsten würde ich ihr die Kleider vom Leib reißen, um sie ganz, ganz ohne jede, diese Herrlichkeiten verdeckende Hülle, genießen zu können.

Mein Fieber greift auch auf Jeannette über. Sie stößt kleine Schreie aus, ihre Finger krallen sich bei mir fest, ihre Schenkel umschließen die meinen noch fester.

Wir fallen von unserem Sessel herunter und wälzen uns über den Teppich. Eisern halte ich sie umklammert. Hart stößt sie dagegen und bleibt mir nichts schuldig, bis wir gleichzeitig auf den Höhepunkt kommen und mit einem brünstigen Schrei ermattet aufeinander liegen bleiben.

Als wir uns etwas erholt haben, schleicht sich Jeannette ins Bad, um sich zu erfrischen – ich folge ihr.

Wie ich sie da so pudelnackt stehen sehe, würde ich am liebsten gleich wieder über sie herfallen, aber wir wollten ja doch in den Erinnerungen lesen – und so beherrsche ich mich.

Außerdem haben wir ja noch eine lange, sehr lange Nacht vor uns, ja sogar vielleicht Tage und Nächte, denn wer weiß, wie lange wir lesen?

»Komm her, mein Schatz, wir wollen uns nicht gleich am Anfang so verausgaben, daß wir nachher vielleicht unfähig sind, die Eskapaden meines Onkels nachzuexerzieren! Trinken wir zur Stärkung ein Glas Wein – und fangen wir dann mit der Lektüre an!«

Jeannette war nicht nur ein schönes, sondern auch ein sehr kluges Mädchen – sie setzte sich nämlich jetzt in den zweiten Sessel!

Wir begannen nun die Memoiren meines Onkels zu lesen.

Erstes Kapitel

Ich muß vorausschicken, daß ich nicht immer Detektiv war, sondern vorher Offizier bei einem Infanterieregiment in Kronstadt an der rumänischen Grenze.

Kronstadt ist bekanntlich eine der schönsten Garnisonen der österreichischen Armee. Hier gibt es reiche und vornehme Familien, viele besonders schöne und anziehende Frauen und demzufolge Bälle und Gesellschaften – einfach alles, was sich ein junger, gutaussehender Offizier wünschen kann. Nicht vergessen möchte ich auch noch die ausgezeichnete Jagd – also Herz, was begehrst du noch mehr?

Mein Major hatte mich sehr gern, und auch beim Regimentskommando war ich gut angeschrieben, so daß ich die besten Aussichten auf eine schnelle Karriere hatte.

Ein Moment der Unüberlegtheit vernichtete eines Tages mit einem Schlag all diese Aussichten und Erwartungen und warf mich aus der vorgezeichneten Bahn.

Doch ich will der Reihe nach erzählen.

Im großen und ganzen hatten wir in unserem Regiment lauter brave Leute. Sie waren nicht gerade sehr intelligent, aber dafür willige und ergebene Soldaten, die an dem Offizier, der sie zu behandeln verstand, mit blinder Treue hingen. Selten kam es vor, daß sich einmal einer gegen diese Disziplin verging.

Doch die beste Disziplin geht flöten, wenn zu der braven Herde plötzlich ein räudiges Schaf kommt.

Nagru hieß der Kerl, halb ein Zigeuner, halb ein Wallach, der sich drei Jahre lang dem Einrücken zu entziehen verstanden hatte. Endlich gelang es den Gendarmen, den wilden Gesellen in total betrunkenem Zustand einzufangen und beim Regiment einzuliefern.

Man kann sich die Freude des mit einem solchen Rekruten beglückten Hauptmanns vorstellen. So ein Kerl kann ein ganzes Regiment außer Rand und Band bringen.

Ich erinnere mich noch sehr gut daran, wie der dicke, sonst so gemütliche Pachinger fluchte, als ihm der Regimentsadjutant den Entschluß des Obersten mitteilte, ihn mit diesem Musterexemplar von einem Rekruten zu beglücken.

Es stellte sich dann auch bald heraus, daß die Wut des armen Pachinger nur zu begründet war.

Er versuchte es mit Milde und Nachsicht, den Nagru zur Vernunft zu bringen. Er redete ihm gut zu und hielt ihm vor Augen, daß es in seiner Lage doch das beste wäre, sich in das Unabänderliche zu fügen und sich während der Zeit anständig aufzuführen. Doch als dies alles nichts half, sperrte er ihn schließlich ein, daß dem Kerl die Augen übergingen. Aber auch das half nichts, er änderte sich nicht und versuchte nur Unruhe zu stiften und die Kameraden aufzuhetzen.

Eines Tages war der Kerl dann plötzlich verschwunden. Er hatte tatsächlich drei gleichgesinnte Seelen gefunden, die sich ihm beim Ausreißen angeschlossen hatten. Mit dem aber noch nicht genug. Die Schufte nahmen ihre Gewehre mit, und durch einen kühnen Einbruch in das Kompaniemagazin versorgten sie sich mit der nötigen Munition.

Als der alte Feldwebel des Pachinger – der dafür ja verantwortlich war – den Diebstahl bemerkte, traf ihn beinahe der Schlag.

Aus Hermanstadt kamen vom Divisions- und Korpskommando die längsten Nasen, die sich auf dem üblichen Dienstweg bis zum armen Pachinger hinunter ins Ungeheuerliche verlängerten.

So habe ich den sonst ruhigen Pachinger noch nie erlebt, er tobte wie ein wildgewordener Stier – seine Flüche hallten durch die ganze Kaserne.

Das ganze Regiment wurde den Deserteuren nachgeschickt. Husaren und Gendarmen waren Tag und Nacht unterwegs – es war alles umsonst, die Kerle waren nicht einzufangen.

Hoch oben in den Klüften des Schuler und anderer Bergriesen führten sie ein höchst vergnügtes Räuberdasein und lachten über die vergeblichen Anstrengungen ihrer früheren Kameraden sich eins ins Fäustchen. Von ihrem herrlichen Höhensitz konnten sie das ganze vergebliche Manöver ja wunderbar beobachten.

Die vier Kerle führten ein wildes Leben. Sie überfielen einsame Bauernhöfe, um sich mit der nötigen Nahrung zu versorgen, und raubten Touristen, wo sie ihrer nur habhaft werden konnten, bis auf das Hemd aus.

Wehe aber den Weibspersonen, die ihnen in die Hände fielen – sie wurden erbarmungslos und brutal vergewaltigt! Und zwar nicht nur von einem Kerl, nein, von allen vieren. Die Frauen, die dieses viehische Vergehen erdulden mußten, litten Zeit ihres Lebens an diesem Schock.

Kronstadt kam nicht mehr zur Ruhe. Die Frauen wagten sich nicht mehr auf die Straße. Die blanke Angst saß ihnen allen im Genick. Man verbarrikadierte nachts die Häuser und fühlte sich trotzdem nicht mehr sicher. Man fühlte sich in die Zeiten Rozsa Sandors – des berühmten ungarischen Räuberhauptmanns – versetzt.

Zu alledem kam noch ein beträchtlicher wirtschaftlicher Schaden hinzu, da fast alle Sommergäste ausblieben.

Es war ja auch verständlich; wer wollte denn schon seine Ferien in einem Land verbringen, wo man vor Überfällen, Schändungen oder vielleicht gar Totschlag nicht mehr sicher war?

Na, und die wenigen Sensationslüsternen, die so etwas vielleicht anziehen konnte, von denen konnte man nicht leben, die hatten meistens sowieso nichts; sie zählten hierbei nun wirklich nicht.

Es klingt vielleicht etwas unglaublich, aber ich habe schließlich ganz allein diesen Banditen den Garaus gemacht!

Ich will allerdings zugeben, daß ich hierbei mehr Glück als Verstand gehabt habe.

Eines Tages rückte zu unseren Husaren der junge Graf K. zur Waffenübung ein. An und für sich wäre daran ja nichts Besonderes gewesen, wenn er nicht seine blutjunge und ganz besonders schöne Frau mitgebracht hätte. Das junge Paar, das sich überhaupt nicht trennen wollte, verband diese Übungszeit mit so einer Art Nachhochzeitsreise.

Wie gesagt, die Gräfin war eine ausnehmend schöne junge Frau, die sicherlich noch keine neunzehn Jahre alt war. Sie war groß und schlank, hatte blonde Haare und feurig funkelnde, blaue Augen. Ihr Wesen war von einer natürlichen, bezaubernden Liebenswürdigkeit.

Es konnte nicht anders sein – die ganze Garnison war vom ersten Tag an bereits in sie verliebt.

Die ganze Weiblichkeit von Kronstadt aber, der sonst das Regiment bei jeder sich bietenden Gelegenheit mit gezücktem Säbel nachlief, war plötzlich für die ganzen Mannsbilder gestorben.

Natürlich hatte es auch mir gleich dieses schöne Weib angetan. Ich hätte kein Mann sein müssen, wenn sich nicht auch mein Säbel aufrichtete, wenn ich ihr begegnete, und mit Kennerblick mir diesen herrlichen Körper ohne die verdeckenden Hüllen vorstellte.

Mein Gott, was hätte ich dafür gegeben, wenn ich dieser Frau unter anderen Umständen begegnet wäre! Aber so – nein! Das ging beim besten Willen nicht!

So zog ich mich absichtlich zurück und zeigte ihr vielleicht als einziger nicht, daß es um mich kein bißchen anders stand als um meine Kameraden, die ihr so offensichtlich den Hof machten.

Meine Standhaftigkeit wurde auf eine harte Probe gestellt, da das Schlafzimmer des Ehepaars im Hotel Bellevue genau neben meinem Zimmer lag. Zu allem Überfluß verband beide Zimmer auch noch eine Tür, die auf der anderen Seite nur durch einen Schrank halb verstellt war.

Ich habe zwar vorhin gesagt, daß ich zu stolz dazu war, wie meine Kameraden der Gräfin öffentlich den Hof zu machen, aber so stolz war ich nun wiederum auch nicht, daß ich nicht aus dem nahen Beieinanderwohnen versucht hätte, meinen Vorteil zu ziehen.

Man zeige mir den gesunden jungen Mann, der sich gleichgültig verhält, wenn er weiß, daß im Nebenzimmer, nur durch eine dünne Wand getrennt, ein blendend schönes Weib schläft!

Ich schäme mich jedenfalls nicht, offen zu bekennen, daß allein der Gedanke daran mir das Blut durch die Adern jagte und mir die verführerischsten Bilder vorgaukelte.

Welch prickelnder Reiz, sich vorzustellen, wie sie sich entkleidet, wie ihre herrliche Gestalt sichtbar wird, wie die jungen

Brüste mit ihren stechenden Wärzchen hervorkommen, wie der schlanke Leib in seiner ganzen Schönheit völlig nackt dasteht; und wie herrlich muß erst der Venusberg mit seinem goldenen Lockengewirr aussehen!

Um wieviel schöner muß da erst noch das Tal der Wonne sein?

Ach, ich beneidete das Leintuch, das all diese Kostbarkeiten tragen durfte, das Badewasser, das diesen Leib umspülte und in jede Falte kriechen konnte, das Handtuch, das diesen Körper reiben durfte!

Doch Träume sind Schäume!

Wenn ich der Gräfin begegnete, grüßte ich höflich. Ich verschanzte mich hinter meiner Reserviertheit, aus Angst, daß ich mich durch eine Geste, durch einen Blick verraten könnte.

Plötzlich wurde ich zum Moralprediger und fand, daß wir Männer uns nur lächerlich machen, wenn wir sinn- und charakterlos jedem hübschen Gesicht und Rock nachlaufen.

Doch was heißt hier sinn- und charakterlos? Und vor allem jedem hübschen Gesicht? Man konnte die Gräfin nun wirklich nicht in die allgemeine Masse einordnen und von ›jedem‹ hübschen Gesicht sprechen.

Wenn eine Frau so überragend schön ist wie die Gräfin, dann kann man dem Mann, der ihr den Hof macht, nicht vorwerfen, daß sein Handeln sinn- und charakterlos ist.

Um ein schönes Weib werben, lange werben – ja! Aber glücklich sein, wenn einen in der Masse ein zufälliger Blick streift oder wenn einem gar die Gnade zuteil wird, einen hinuntergefallenen Handschuh aufzuheben – nein!

Außerdem, was hilft denn das ganze Gerede? Die ganze Sache hatte ja nicht die geringste Aussicht auf Erfolg.

Die Gräfin war jung verheiratet und bis über die Ohren in ihren eigenen Mann verliebt. Ich hatte doch Augen im Kopf und konnte sehen, wie lästig ihr all diese Courschneiderei war, wie sie die ganzen Mannsbilder am liebsten zum Teufel gejagt hätte, damit sie bei ihrem eigenen Mann ein gewisses Türchen hätte öffnen können, um sich den Wonnen hinzugeben, nach denen ihr junger Körper stündlich verlangte.

Doch warum urteile ich über meine Kameraden eigentlich so hart? Warum fühle ich mich so haushoch allen anderen überlegen?

Was tat ich im Grunde genommen denn anderes?

Nein, ich lief ihr nicht öffentlich nach wie diese – ich tat es dafür in meinen Gedanken bei Tag und Nacht.

Ich zog sie aus! Ich umarmte, begehrte und küßte sie! Ach, warum bin ich nicht ehrlich?

Ich ging viel weiter, ich küßte nicht nur ihren Mund mit den sinnlich aufgeworfenen Lippen, ich küßte ihre kleinen festen Brüste, saugte an den noch so jungfräulichen Rosenknospen, knabberte vorsichtig mit meinen Zähnen daran, bis sie hart wie Stein wurden, ließ dann meine Lippen über den schlanken Leib immer weiter wandern, bis ich an den Venusberg mit den blonden Locken kam …

Wie Wellen schlägt es über mir zusammen, und ich finde endlich die Erlösung und Befreiung von meinen Qualen.

Oh, ich eitler, selbstgefälliger Tor – nie wird sie sich mir so hingeben! Sie würde mich nicht nur auslachen, viel schlimmer, sie würde mich verachten!

Eines Abends hatte ich noch sehr lange zu arbeiten, da ich die Rechnungsablegung der Kompanien zu prüfen hatte. Es schlug bereits zwölf Uhr, und ich raufte noch immer mit den geisttötenden langen Zahlenreihen herum.

Im Zimmer nebenan geht die Tür – meine Nachbarn kommen nach Hause.

Hell klingt das Lachen der jungen Frau zu mir herüber – und augenblicklich drehen sich meine schönen Kolonnen von oben nach unten und von unten nach oben – ich sehe überhaupt nichts mehr. Der Raum wird mir zu eng, die Luft zu dick; ich glaube, ersticken zu müssen.

Mein Gott, warum müssen sie auch gerade das Zimmer neben mir haben? Warum muß die Tür so dünn sein, daß sie jeden Laut und jedes Geräusch durchläßt?

Zuerst höre ich nur das fröhliche Lachen, doch dann tritt plötzlich Stille ein.

Ich will aus dem Zimmer, ich kann die Bilder, die mir meine Eifersucht vormalt, nicht mehr ertragen – doch ich gehe nicht.

Magisch angezogen gehe ich näher an die Verbindungstür – ich presse mein Ohr daran – ich muß hören, was da drüben vorgeht!

Das Lachen ist leise geworden, immer mehr unterbrochen von den Küssen, die ich deutlich hören kann.

Nun ein leises Seufzen, ein Kichern, ein neckisches Spiel des sich Gebens und doch Wehrens einer verliebten Frau, die ganz genau weiß, daß sie damit die Liebesangriffe des geliebten Mannes nur noch anfachen wird.

»Bitte, sei doch nicht so stürmisch! – Ich muß mich doch erst ausziehen. – Wir haben ja noch eine lange, lange Nacht vor uns und so viel Zeit für unsere Liebe«, höre ich sie nun flüstern.

»Ich kann nicht warten, ich kann nicht zusehen, wie du dich langsam ausziehst. Oh, du bist so herrlich, so wunderschön, so einmalig! Ich muß dir die Kleider vom Leibe reißen – ich will dich gewaltsam besitzen – ich will dich unter mich zwingen –

du …« Seine Worte gehen in einem Röcheln unter.

Ein seliger Seufzer der jungen Frau war die Antwort.

Warum stand auf der anderen Seite der Tür nur dieser idiotische Schrank!

Ich will zusehen, will mich selbst damit quälen! So kann ich nur horchen und mir das Bild ausmalen.

Ich muß dieses herrliche Weib in ihrer ganzen Nacktheit sehen, ich will sie mit meinen Händen umfassen und ihren Körper streicheln, will sie küssen und besitzen!

Ah, nun rührt sich nebenan wieder etwas, Kleider rascheln. Jetzt höre ich wieder Küsse, Küsse und nochmals Küsse. Herrgott, wann hört denn das nun endlich auf!

Ein leises Tätscheln, wie wenn eine vor Gier zitternde Hand die Reize eines schönen Weibes liebkost.

»Du bist so schön, so unvergleichlich

schön«, hörte ich ihn flüstern. »Jeden Tag liebe ich dich mehr –«

»Weil ich den anderen so gefalle?«

»Ach die – wenn sie nicht alle meine Vorgesetzten wären, brächte ich sie auf der Stelle der Reihe nach um. Wie ich leide, wenn ich zusehen muß, wie sie dich mit ihren gierigen Blicken verschlingen. Wenn ich mir ihre heimlichen Gedanken vorstelle. Oh, es ist für mich fürchterlich, glaube es mir, mein Schatz!«

»Bist du denn so eifersüchtig, Liebling?«

»Eifersüchtig? Was heißt eifersüchtig? Ich bin rasend! Ich glaube oft, meiner Sinne nicht mehr mächtig zu sein, so eifersüchtig bin ich!«

»Ach, du Dummchen – wenn du nur wüßtest, wie zuwider sie mir schon alle sind. Was sie sich nur einbilden! Merken sie denn nicht, daß ich sie alle zum Narren halte? Können Männer denn so jeden Verstand verlieren?«

»O ja, mein Liebling, das können Männer – ganz besonders, wenn es sich um eine so bezaubernde Frau, wie du es bist, handelt. Aber ich vertraue dir blindlings – und trotzdem – ich kann es nicht verhindern, daß mich diese Eifersucht beinahe vernichtet. Kannst du mich verstehen?«

Herrgott, was war ich froh, daß ich nicht unter diese »alle« zählte. Zum ersten Mal, daß der Lauscher an der Wand nicht seine eigene Schande hört! Aber wenn ich ehrlich bin, so muß ich mich ja noch mehr schämen.

Ich lauschte! Pfui Teufel! Ich stand an der Tür, schwitzte vor Erregung, hatte mir den Kragen heruntergerissen, weil ich meinte, ersticken zu müssen, und war im Begriff, mit der Hose das gleiche zu tun, denn der Gefangene bäumte sich derart auf, daß er die Knöpfe zu sprengen drohte. Kalter Schweiß bedeckte meinen ganzen Körper.

Da hörte ich, wie sie auf das Bett fielen. Wieder Küsse, Seufzer und Gekicher – dann ein leiser Aufschrei der jungen Frau!

Ein Höllenlärm ging nebenan los. Das Bett quietschte und knarrte, die Seufzer und Wonneschreie mischten sich mit den schmatzenden Küssen. Jetzt – ein leises Klatschen auf ihrem herrlichen Körper – er wird doch nicht etwa perverse Ambitionen haben? Nein, sie wehrt sich nicht, ich höre sie lachen, es kann also nicht weh tun. Jetzt flüstert sie leise Worte, heiser vor Lust und Freude.

»Ach, Liebster, wie ist das herrlich! Nie hätte ich es mir so vorstellen können. Immer wollen wir glücklich sein, ja?«

»Mein Schatz, mein ein und mein alles, ich möchte in dir versinken, dich ganz in mich aufnehmen – welch verzehrende Glut jagt durch meinen Körper. Was war mein Leben bisher ohne dich – ach – daß Lieben doch so wundervoll – so unermeßlich schön sein kann!«

»Ohhh, halte mich fest, nimm mich in deine starken Arme! Ach, wie ist das süß! Wie liebe ich dich – so lieb – so wahnsinnig lieb – oh – oh – wannsinnig – was wollen sie denn, die anderen? Schatz – süßer, einziger Mann – jetzt – ahhh – jetzt – ich – sterbe!«

Nein, sie starb beileibe nicht. Es trat ein wenig Ruhe ein, doch dann merkte ich, wie sie ihn wieder mit Küssen und Streicheln und leisem Klatschen bearbeitete. Sie mußte wohl das größere Temperament von beiden haben.

Flammen tanzten vor meinen Augen, ich glaubte, es nicht mehr ertragen zu können. Senkrecht, mit glühendrotem Haupt, stand mein Speer. Unwillkürlich griff meine Hand danach – und schon schoß der erleichternde Strahl heraus und brachte mir einigermaßen meine Ruhe wieder zurück.

Im Zimmer nebenan war es inzwischen ruhig geworden. Anscheinend gehörte der Graf gerade nicht zu den ausdauerndsten Kämpfern. Ich konnte es mir gut vorstellen, wie er sich der vermeintlich wohlverdienten Ruhe hingab.

Wie gesagt, ich nehme an, daß sie die wollüstigere Natur von beiden war. Leise hörte ich sie noch flüstern, es klang wie eine bittende Aufforderung, dieses herrliche Spiel doch fortzusetzen – dann ein resignierter Seufzer und Totenstille.

Ich stand mit zitternden Knien hinter meiner Tür, sinnlos vor Aufregung. Vor meinen Augen sah ich das schöne Weib sich in seiner göttlichen Wollust werfen und winden.

Mit selbstquälerischer Geilheit malte ich mir von neuem bis ins kleinste Detail ihre Reize aus – den kleinen, straffen Busen, die kleinen, harten Himbeeren darauf, die schlanken, straffen Schenkel, die herrlichen

Rundungen des Popos – und jenes Tal des Paradieses!

Himmel, läge ich doch nur an der Stelle des Grafen! Ich wüßte mir etwas besseres als nach zwei Nummern einzuschlafen!

Diesem feurigen Weib wollte ich es zeigen, was Liebe ist! Die ganze Nacht würde sie kein Auge zumachen! Nach jeder Ermattung würde ich sie mit meinen Küssen, meinen liebkosenden Händen zu neuer Glut erwecken – zu einer Glut, wie sie noch nie ihren Körper durchrast hat!

Bis jetzt kennt sie nur ihren eigenen Mann, weiß nur von seiner Kraft – und doch ist sie schon heute damit nicht mehr zufrieden! Warum hatte sie so eine bettelnde Stimme gehabt, warum hatte sie so entsagungsvoll geseufzt?

Sie hatte Blut geleckt, sie war erwacht! Sicherlich ahnte sie, daß es auch noch anders sein könnte, daß man dieses Tal der Wonnen nicht nur zweimal in einer Nacht zum Jubeln und zum Weinen bringen kann!

Umbringen könnte ich diesen Kerl, daß er diesem herrlichen Weib nicht die letzte Befriedigung verschafft hat. Wie kann er sich nur hinlegen und schlafen, wenn dieser göttliche junge Körper warm und weich neben ihm liegt?

Die Zeit des Grafen in unserer Garnison ging zu Ende. Ich hatte mich ihm und seinem schönen Weib nicht mehr genähert als früher. Im Gegenteil, ich ging ihnen jetzt direkt aus dem Weg, denn wenn ich die runden Hüften und den zart gewölbten Busen der jungen Frau nur von weitem sah, begannen vor meinen Augen die Funken zu tanzen.

Anstatt zu lauschen und mir durch ihre Liebesmusik unnötig einheizen zu lassen, schulterte ich mein Gewehr, pfiff Lord, meinem Hund, und ging hinauf in die Berge.

Schon seit Wochen stellte ich so einem alten Kerl von Bären nach, konnte die Bestie aber nie zum Schuß bekommen. Er war schlau und hielt mich genauso zum Narren wie die Gräfin ihre Anbeterlegion.

Wie ich hörte, wollte der Graf mit seiner Frau einen Ausflug auf den 1800 Meter hohen Schuler unternehmen. An und für sich war das keine aufregende Sache. Gefährlich wurde – oder konnte – die Tour nur dadurch werden, daß sich Nagru mit seinen Banditen da oben irgendwo herumtrieb. Man hatte zwar von den Halunken über zwei Monate nichts mehr gehört, aber das war kein Beweis dafür, daß sie unser Gebiet verlassen hatten.

Dem Paar wurde dringend abgeraten, sich in eine unnötige und eventuell sehr folgenschwere Gefahr zu begeben. Lachend schlug der Graf jedoch die gutgemeinte Warnung in den Wind und meinte nur selbstsicher, die Banditen sollten nur kommen, er wollte schon mit ihnen fertig werden! Er lehnte auch jede Begleitung, die man ihm zu seinem Schutz freundlicherweise anbot, entschieden ab.

Nun ja, welcher Verliebte würde nicht auf eine Gelegenheit warten, um sich vor der Angebeteten als Held auszuzeichnen? Vor allem, wenn er doch vielleicht im Unterbewußtsein sich darüber im klaren war, daß er im Bett nicht gerade der größte Held war!

So zogen sie also eines Morgens, nur von ihrem Diener begleitet, in die Berge hinauf.

Ich selbst war am Abend vorher mit Lord über die Hochebene der Pojana hinaufgestiegen, wo ich einen frischen Wechsel meines gepelzten Freundes entdeckt hatte. Aber der verflixte Kerl kam nicht, und ich lag die ganze Nacht umsonst auf der Lauer.

Mißmutig stieg ich also nach Sonnenaufgang zur Jägerhütte, um mir dort einen wohltuenden Tee zu kochen. Auch Lord ging nicht leer aus und bekam sein Frühstück. Anschließend streckten wir uns noch einmal wohlig auf warmen Decken aus, und ich hoffte, ein bis zwei Stunden zu schlafen, um mich für den langen Abstieg zu stärken.

Als ich erwachte, stand die Sonne schon hoch am Himmel. Es war ein ausgiebiger, aber erfrischender Schlaf gewesen.

Ich wollte gerade vor der Hütte meinen Rucksack packen, als ich tief unten im Hohlweg drei Gestalten sah, zwei männliche und eine weibliche. Sie stiegen gemächlich den Pfad zum Schuler hinauf. Durch mein Glas konnte ich nach einiger Zeit erkennen, es war der Graf mit seiner Frau und dem Diener.

Einige Sekunden kämpfte ich mit mir, ob ich ihnen entgegengehen sollte. So eine zufällige Begegnung hier oben in den Bergen, die war vielleicht mehr wert, als die ganze süßliche Courschneiderei dort unten.

Aber nein! Ich mußte meinem Vorsatz treu bleiben, ich durfte ihr nicht begegnen. Was sollte ich denn mit dieser ganzen, so aussichtslosen Sache anfangen. Also schulterte ich Rucksack und Gewehr und kletterte einen schweren Fußstieg hinunter, der mich unmittelbar bis an die obersten Häuser des rumänischen Viertels bringen mußte. Schon nach wenigen Minuten hatte ich sie aus den Augen verloren.

Da plötzlich – ein eisiger Schrecken lähmte mich – hörte ich zwei rasch aufeinanderfolgende Schüsse, dann gellte der Schrei eines Weibes in höchster Not zu mir herüber – noch ein Schuß, kurz und hell wie aus einem Revolver, und wieder der entsetzliche Schrei, noch gellender, noch verzweifelter!

Nagru – schoß es mir durch den Kopf!

O Himmel! Das schöne Weib in den Händen der Banditen!

Mir erstarrte das Blut in den Adern, ich war von tödlicher Angst um sie wie gelähmt.

Doch dann peitschte mich der Gedanke auf, und in halsbrecherischer Jagd hetzte ich den Weg wieder zurück. Auch Lord schien zu ahnen, was vorging, denn seine kurzen Nackenhaare standen einzeln wie Borsten, und von Zeit zu Zeit stieß er ein dumpfes, wütendes Knurren aus. Er war ein riesengroßer Kerl mit einem Brustkasten wie eine Mastigdogge, dazu wild und mutig.

Lord und ich, wir konnten es getrost mit den Halunken aufnehmen! Aber zuerst mußten wir sie einmal finden!

Nach einer halsbrecherischen Kletterei kamen wir endlich zu der Stelle, an der der Überfall vor sich gegangen war. Es bot sich mir ein entsetzlicher Anblick.

In einer großen Blutlache lag der Diener des Grafen. Der arme Teufel hatte einen Schuß in die Brust bekommen und außerdem eine fürchterliche Wunde am Kopf. Augenscheinlich hatte er zuerst den Schuß erhalten und war dann, als er trotzdem noch Widerstand leistete, niedergeschlagen worden.

Wo aber waren um Gottes willen die Gräfin und ihr Mann? Wo hatten die Banditen ihr Versteck – wie sollte ich sie nur finden?

Zunächst versuchte ich in aller Eile, es erst einmal dem armen Teufel von Diener so leicht wie nur irgend möglich zu machen. Ich schleppte ihn in den Schatten und verband, so gut es den Umständen nach möglich war, seine Wunden. Soviel ich als Laie davon verstand, waren sie zwar sehr schwer, aber doch wohl nicht lebensgefährlich. Ich öffnete seinen Rucksack und fand darin eine Flasche Cognac, die ich so neben ihn legte, daß er sie, sobald er aus seiner Ohnmacht erwachen würde, greifen konnte.

Mit knirschenden Zähnen machte ich mich jetzt schleunigst an die Verfolgung der Banditen. Sie hatten inzwischen einen erheblichen Vorsprung, den sie sicherlich weidlich zu nutzen wußten.

Weiß der Himmel, was in dieser entsetzlich langen Zeit alles schon passiert war.

Eine irrsinnige Wut packte mich, wenn ich daran dachte, daß dieses schöne Weib die Beute der Hunde wurde.

In meiner überhitzten Phantasie sah ich, wie sie sie niederwarfen, wie sie ihr die Kleider vom Leibe fetzten, ihr die schönen Beine auseinanderrissen – jetzt – ach welch eine Qual – warf sich der eine über sie – Himmel – umbringen werde ich dich, Hund – elendig verrecken werde ich dich lassen – ich werde dich zu Tode massakrieren – entmannen werde ich euch alle, die ihr eure dreckigen Hände nach diesem reinen Leib ausgestreckt habt – ich schwankte, so schüttelte mich das Entsetzen!

Lord hatte bei dem Verwundeten die Fährte aufgenommen und führte mich erst steil in die Höhe und dann seitwärts in eine schmale, finstere Schlucht, von deren Existenz ich bis dahin keine Ahnung gehabt hatte. Ich rannte mehr, als ich ging, und fiel einmal in meiner Rage so lang ich war über eine Baumwurzel.

An den böse funkelnden Augen meines Lords erkannte ich, daß wir immer näher und näher an die Banditen herankamen. Er riß an der Leine, daß ich ihn kaum noch halten konnte.

Plötzlich blieb er hinter einem dicken Gebüsch stehen. Die waagerecht stehende Rute und sein zorniges Knurren, das schon mehr ein unterdrücktes Wutgeheul war, bewiesen mir, daß wir die Feinde dicht vor uns haben mußten. Lord war so aufgeregt, daß er sich erst beim dritten Befehl niederlegte.

Vorsichtig, auf allen vieren, wie ein Indianer, pirschte ich mich heran. Hinter einem kleinen Schlehdornbusch lugte ich hervor. Was ich jetzt sah, ließ mir das Herz im Leib stillstehen!

Diese Schlucht war augenscheinlich der Schlupfwinkel der Banditen. Sie hätten sich keinen besseren wählen können. Von drei Seiten durch beinahe senkrechte Felswände abgeschlossen, hatte sie nur den einen schmalen Zugang, durch den ich gekommen war und den ein Mann ganz bequem gegen ein Dutzend Feinde halten konnte. Gegenwärtig dachten sie jedoch an gar keine Verteidigung, denn einmal hielten sie sich anscheinend für absolut sicher, zum anderen waren sie mit etwas viel Wichtigerem beschäftigt!

Der Graf, der augenscheinlich unverwundet war, stand, an Händen und Füßen gefesselt, an einem Baum. Totenbleich war er, und in seinem schmalen Gesicht war deutlich das Entsetzen und die ohnmächtige Wut zu lesen, womit ihn die Szene erfüllte, die sich da vor seinen Augen abspielte.

Vor ihm, dem gefesselten, wehrlosen Mann, stritten sich diese Schurken um ihre goldlockige Beute.

Regungslos, einer Leiche ähnlich, lag die Gräfin am Boden. Nur ihre Augen, die in unaussprechlicher Angst umherirrten, verrieten, daß sie noch am Leben war.

Was mochte im Herzen der Unglücklichen vorgehen, die sich vor den Augen des geliebten Mannes vergewaltigt, geschändet sah!

Und er erst? Was mußte er leiden! Er heulte, er schrie, riß an seinen Fesseln – die Banditen schauten sich nicht einmal nach ihm um!

»Valerie – Valerie«, schrie er, »mein geliebtes Weib – wir werden dann zusammen sterben! O Gott, hilf mir, daß ich ihr diese Schmach ersparen kann! Mein eigenes Leben will ich gern zum Opfer dafür geben!«

»Rudi, mein geliebter, armer Mann – schließe deine Augen, bitte, sieh nicht zu mir her – erspare mir zu all dem Unglück, das auf mich zukommt, die Scham, vor dir geschändet zu werden! Beweise mir deine Liebe – schließe deine Augen! Meinen Leib können sie schänden, meine Seele nicht! Bis in den Tod liebe ich nur dich!«

Sie dachte in dieser furchtbaren Lage nicht an sich, nur an ihn, den geliebten Mann. Dachte nur daran, was er, der doch auf das Wort, das ein anderer zu ihr sprach, eifersüchtig war, was er nun leiden mußte, wenn er das Schreckliche mit ansehen mußte!

Doch noch war ihnen eine Gnadenfrist geschenkt. Die Banditen konnten sich nicht einigen, wer zuerst diese seltene Frucht kosten sollte.

Der Nagru, der stärkste und brutalste von den vieren, beanspruchte als der Hauptmann der Bande für sich das Erstrecht.

Doch davon wollten die anderen nichts wissen. Immer höhere Wogen schlug der

Streit, immer böser wurden die Gesellen. Jeder packte sein Gewehr fester, und schon glaubte ich, sie würden sich gegenseitig zerfleischen – da einigten sie sich plötzlich auf das Losen.

Wiewohl die arme Frau kein Wort von ihrem wallachischen Kauderwelsch verstand, ahnte sie instinktiv, daß jetzt ihr Schicksal besiegelt wurde. Flehentlich hob sie ihre gefesselten Hände und deutete auf ihren Mann, doch die Bestien lachten nur höhnisch!

»Hei, der große Herr wird schon sehen, wie herrlich sein Weibchen unter mir tanzt«, schrie der eine Kerl.

»Wir werden ihr schon eine besondere Freude machen, der schönen Dame! Da, schauen Sie einmal her, Sie vornehme Puppe«, johlte der zweite und holte sein schmieriges, riesige Dimensionen aufweisendes Instrument aus der dreckigen Hose hervor.

Wie eine Jubelfahne hielt das Schwein ihr seinen Knüppel unter die Nase und schwenkte ihn gegen den unglücklichen Mann hin, dem der Schaum vor den Mund trat.

Die ganze Bande wieherte vor Vergnügen! Nun erst kamen sie auf die rechte Würze für ihr Vorhaben:

Den Mann, diesen großen, vornehmen Herrn, ihn würden sie bei der Schändung seines Weibes zum Zuschauen zwingen!

Der Nagru riß ihr mit einem brutalen Griff den Rock in die Höhe und streckte seine Verbrecherhände nach ihr aus.

Da verlor ich das kalte Blut, das ich trotz allem bis dahin noch bewahrt hatte. Ich hatte mich ganz langsam und vorsichtig durch das hohe Gras immer näher an die Gruppe herangeschlichen, um ja sicher meine Schüsse abgeben zu können.

Blind vor Wut und Angst um das Weib riß ich das Gewehr an die Wange und schoß!

Ich war sonst ein vortrefflicher Schütze und traf auf hundert Schritt einen Holzapfel. Jetzt, in meiner maßlosen Aufregung, verfehlte ich auf dreißig Schritt den Hund von einem Banditen!

Doch ehe sich die Kerle von ihrem Schrecken und Entsetzen erholen konnten, schoß ich zum zweiten Mal – und zum dritten Mal.

Der Nagru warf die Arme in die Luft und fiel über sein Opfer. Gleich neben ihm stürzte der Kerl mit der großen Maschine zusammen.

Dann stürzten wir los – Lord auf den einen, ich auf den anderen Banditen. Die Kerle waren so starr vor Überraschung und Schrecken, daß sie gar keinen Widerstand leisteten. Dazu ließen wir ihnen allerdings auch beileibe keine Zeit.

Ich haute meinem Gegner den schweren Kolben um den Schädel, daß er wie ein Stück Holz umfiel. Lord sprang dem seinen an die Gurgel, daß er gleichfalls neben seinen Kumpanen auf dem Boden Platz nahm.

Als ich Lord endlich von ihm wegreißen konnte, war er bereits tot.

Nagrus Bande war vernichtet! Drei der wüsten Gesellen waren tot; der vierte allein, den ich niedergeschlagen hatte, lebte noch. Ich kümmerte mich jedoch zunächst nicht weiter um ihn.

Als erstes befreite ich die Gräfin aus ihrer unglücklichen Lage. Eine tiefe Ohnmacht hatte ihre Sinne umfangen, und selbst als ich den toten Banditen von ihr herunterzog, kam sie nicht einmal zu sich.

Wie die angebetete Frau nun so vor mir lag, bekam ich den Lohn für meinen – sagen wir – Heldenmut!

Sehr ehrenhaft war es ja nicht, daß ich die Umstände so ausnützte. Doch man möge verzeihen, ich war ein junger Mann – und sie war abgöttisch schön! Zudem klang mir ihr Seufzen, ihre bettelnde Stimme immer noch im Ohr – und ich war so unbeschreiblich verliebt in sie!

Ich tat ihr nichts – nicht mit einem Finger habe ich sie berührt. Ich wäre sonst nicht viel besser als diese Banditen gewesen. Aber ihre Reize, die sich mir ziemlich unverhüllt darboten, die habe ich mit gierigen Augen in mich hineingetrunken. Der Bandit hatte es mir leichtgemacht, er hatte ihr den Rock bis über die Taille zerrissen.

Ein Paar wundervolle Waden und herrlich gerundete Schenkel, deren zartes Fleisch rosig durch das Seidenhöschen hindurchschimmerte, konnte ich bewundern.

Der Spalt des Höschens war zerrissen, anscheinend hatte der Hundskerl sich mit seinen Frevlerhänden bis hierher gewagt.

Verlockend, diabolisch verlockend, sah ich unter dem dichten dunkelblonden Seidenvlies den Anfang der enggeschlossenen Purpurspalte.

Daß ich bei den vor mir ausgebreiteten Herrlichkeiten nicht von meinem Siegerrecht Gebrauch machte – der Himmel weiß allein, wie entsetzlich schwer mir das fiel!

Ihre dünne Bluse war in Fetzen, und ungehindert konnte ich meine trunkenen Augen an den schönen, runden, schneeweißen Brüsten und ihren kleinen roten Knospen weiden.

Wie oft hatte ich mir im Geiste ausgemalt, wie schön sie sein müßte, doch die Wirklichkeit übertraf all meine Phantasie.

Schon beugte ich mich nieder, um sie wenigstens mit meinen Lippen zu begrüßen, da erinnerte ich mich zum Glück an den Grafen, der noch immer an dem Baum in Fesseln hing. Auch er war noch immer bewußtlos, und als ich ihm die Fesseln durchschnitt, fiel er mir regungslos in die

Arme. Ich trug ihn zu seinem Weib und begann nun bei beiden mein für mich nicht leichtes Samariterwerk.

Da ich mir vorgenommen habe, in allem ehrlich zu sein, muß ich gestehen, daß ich zuerst bei der Gräfin begann. Solange ihr Mann die Augen noch zuhatte, konnte ich ungeniert vorgehen.

Noch einmal umfing mich diese einzige Pracht der herrlichen Beine, ja, ich wagte es sogar, sie etwas auseinanderzuschieben, um mir einen Blick in das Paradies zu stehlen!

Wie rosig, wie jungfräulich war da alles noch. Die roten Lippen waren beinahe ganz geschlossen, und nur wie ein Stecknadelköpfchen groß lugte der Wächter des Paradieses aus dem goldig gelockten Moose hervor. Das war dicht und breitete sich hoch über den weißen Bauch aus – ein sicheres Zeichen für die feurige Leidenschaft seiner Besitzerin.

Schweren Herzens zog ich endlich den Rock, so gut es noch ging, herunter und machte mich daran, ihr mit dem Branntwein, den ich bei mir hatte, Schläfe und Brust einzureiben. Hauptsächlich natürlich die Brust!

Ich glaube nicht, daß ein christlicher Samariter bei seinem Werk je unchristlichere Wonne empfunden hatte als ich jetzt.

Ich nahm meine Aufgabe sehr, sehr gründlich und rieb und preßte an diesen steinharten und schwellenden Brüsten herum, daß eine Tote davon hätte erwachen müssen. Und sie erwachte! Ihr erstes Wort, das nur ganz leise geflüstert wurde, so als habe sie Angst, daß es irgend jemand hören konnte, war »Rudi«.

Als sie aber einen fremden Mann über sich gebeugt sah, drohte sie gleich wieder ohnmächtig zu werden. Schnell umfing ich sie, richtete sie auf und flößte ihr gewaltsam etwas Branntwein ein. Doch blitzartig ließ ich sie auch schon wieder los und sprang nach dem nächsten Gewehr, das ich erreichen konnte.

Der vierte Bandit, den ich niedergeschlagen und inzwischen ganz und gar vergessen hatte, war zu sich gekommen und rannte nun in großen Sprüngen davon.

Er durfte nicht entkommen – er hatte die Reize des göttlichen Weibes durch seine viehischen Augen entehrt.

Auf einen fliehenden Mann zu schießen, ist so eine eigene Sache – aber die Wut in mir war zu groß.

»Stai«, schrie ich ihn an, »jo puska!« (Steh oder ich schieße!)

»Stai!« – und zum dritten Mal: »Stai!«

Er rannte weiter – da schoß ich!

Im Laufen überschlug er sich, rollte ein Stück weiter und blieb dann liegen. Das Geschoß war ihm mitten durch den Kopf gegangen.

Als ich mich zu meinem Schützling umwandte, sah ich sie aufrecht dastehen, die Hände auf die Brust gedrückt, in den großen Augen namenloses Entsetzen über die eben mit angesehene Tötung eines Menschen.

Der Schuß hatte auch den Grafen aus seiner Ohnmacht geweckt. Leise rief er ihren Namen. Da warf sie sich laut aufjubelnd über ihn.

Ich trat zurück und überließ die beiden sich selbst.

Nach einer Stunde hatten sie sich soweit erholt, daß sie unter meiner Führung absteigen konnten. Der arme Teufel von Diener war bei Bewußtsein, und das Glück, seine Herrschaft unverletzt wiederzusehen, strahlte ihm aus den Augen. Ich hob ihn auf und trug ihn vorsichtig den jetzt nicht mehr allzu schwierigen Weg hinunter.

Acht Tage später reisten der Graf und seine Frau ab. Wie immer war ich ihnen in der

Zwischenzeit möglichst aus dem Weg gegangen.

Der Himmel hatte mich genügend belohnt, ich hatte einen Blick in das Land der Seligkeiten getan – mehr durfte ich nicht verlangen.

Wo ich ging und stand, ob ich las oder schrieb, zu Pferde, zu Fuß, schlafend oder wachend – immer sah ich diese herrlichen Schenkel, dieses goldene Vlies vor meinen Augen, fühlte in meinen Händen die Marmorbrüste! Ich durfte ihr nicht mehr begegnen, ich fürchtete, mich zu verraten.

Doch seinem Schicksal entgeht man nicht. An dem Morgen, als sie abreisten, rannte ich ihr auf dem Korridor fast in die Arme. Ich wollte mit einer flüchtigen Verbeugung vorbei, allein sie hielt mich fest.

»Herr Oberleutnant«, sagte sie, und ihre süße, schmeichelnde Stimme machte mich sofort butterweich, »ich lasse Sie nicht so einfach davon. Bis jetzt sind Sie uns immer aus dem Weg gegangen – ich weiß, diese Dankesbezeigungen sind Ihnen sicherlich peinlich. Aber wie um alles in der Welt sollen wir Ihnen zeigen, daß wir Ihnen für unser ganzes Leben verpflichtet sind? Sie haben in dieser ganzen traurigen Affäre so viel Takt« (mir schlug bei diesem Wort die Schamröte ins Gesicht), »so viel Diskretion bewiesen, Sie haben uns, aber ganz besonders mir das Tragen dieser entsetzlichen Erinnerung um vieles leichter gemacht. Solange wir leben, werden wir Ihre Schuldner sein.«

»Frau Gräfin«, stammelte ich, »ich – ich …«

»Ach was, Sie sind aber schon zu stolz! Schlagen Sie ein, nehmen Sie als Dank meine und meines Mannes Freundschaft! Wollen Sie?«

Da ergriff ich die kleine Hand, die sie mir entgegenstreckte, und küßte sie innig.

Sie blickte mir tief in die Augen, lächelte schelmisch, nahm meinen Kopf in ihre Hände und küßte mich herzlich!

»Sie sind ein ganzer Mann – Sie müssen ein guter, treuer Freund sein! Sie sehen, ich bin egoistisch wie jede Frau! Anstatt Ihnen zu danken, verlange ich ein neues Opfer von Ihnen – Ihre Freundschaft! Oh, wie wird sich auch mein Mann freuen, daß mir das gelungen ist.«

Im stillen frug ich mich, was ich mit dieser mir angebotenen Freundschaft anfangen sollte. Aus purer Freundschaft wird sie mir ihr Paradies nie öffnen – und so als platonischer Haus- und Hofhund? Nein – ich glaube, in diesem Moment haßte ich den Mann, dem ich Ehre und Weib gerettet hatte.

Ob sie mit dem feinen Instinkt der Frau erriet, was in mir vorging? Ich weiß es nicht. Sie trat wieder ganz nahe an mich heran und faßte meine Hände.

Ich fühlte ihren wonnigen Leib ganz

dicht an dem meinen. Ihr warmer Atem strich mir ins heiße Gesicht – ich brauchte nur die Hände auszustrecken!

Ein Würgen war in meiner Kehle. Jetzt, da ich sie als Freundin gewann, verlor ich sie erst recht als Weib!

»Nun, wollen Sie mein Freund sein? Mein wirklicher Freund?«

»Ja«, konnte ich nur flüstern.

Da zog sie mich stürmisch in das Zimmer zu ihrem Mann und jubelte: »Rudi, Rudi, denke dir, ich habe den Stolzen kleingekriegt! Er hat mir versprochen, mein Freund zu werden!«

»Der meine hoffentlich aber auch«, sagte lachend der Graf.

So wurde ich der beste Freund der beiden und habe es nach keiner Seite hin zu bedauern gehabt.

Als sie dann im Wagen saßen und die versammelten Offiziere der scheidenden

Sonne ihre letzte Huldigung darbrachten, stand ich hinter dem Vorhang am Fenster und schaute verstohlen hinab.

Ich täuschte mich nicht – ihre Augen suchten mich, während sie all die Grüße erwiderte und lächelte.

Da hatte sie mich erblickt. Den anderen unmerklich, hob sie die Hand an den Mund und lächelte mir zu.

Dann zogen die Pferde an.

Zweites Kapitel

Eines Tages erhielt mein Bataillon einen neuen Kommandanten, einen Böhmen, der ebenso ungebildet wie grob und brutal war. Er war ein Leuteschinder ärgster Sorte. Er brachte das Kunststück fertig, sich gleich beim ersten Ausrücken, wobei er das Bataillon kommandierte, bis auf die Knochen zu blamieren. Am schmutzigsten empfand ich jedoch, daß er die Schuld für sein Versagen auf den Kompaniechef abwälzen wollte. Die natürliche Folge davon war, daß wir ihn alle, vom Oberst angefangen bis zum jüngsten Kadetten herunter, nicht leiden konnten.

Es dauerte auch nicht lange, und ich geriet gehörig mit ihm aneinander, da ich am meisten mit ihm zu tun hatte. Eines Tages wollte er einen ganz blödsinnigen Befehl herausgeben. Ich erlaubte mir zuerst, mit aller Diensthöflichkeit darauf aufmerksam zu machen, daß dieser Befehl eine Unmöglichkeit sei. Als er dies jedoch nicht einsah und meine sachlichen Argumente nichts halfen, wurde ich schärfer und härter. Da packte ihn die Wut, und er nannte mich einen unverschämten, arroganten Adjutantenesel – worauf ich ihm eine schallende Ohrfeige gab!

Er sah in diesem Augenblick derart blöd drein, daß ich laut lachen mußte, was ihn natürlich noch wütender machte. Wie nicht anders zu erwarten, forderte er von mir Genugtuung.

Nun, diese Genugtuung konnte er gern haben. Bei dem Duell am nächsten Morgen zeichnete ich ihm meine Meinung noch einmal ganz eindeutig mit meinem Säbel ins Gesicht.

Zwei Monate später stieg ich in Wien als Zivilist herum, ohne eine Ahnung zu haben, was ich nun beginnen sollte. Ich hatte zwar ein paar gute Empfehlungen vom Oberst und vom Generalmajor in der Tasche, verspürte aber keine allzu große Lust, sie zu benutzen. Was sollten sie mir schon nützen? Sie hätten mir eventuell zu einer Stellung bei der Eisenbahn verholfen, doch der trockene Beamtenberuf sagte mir in keiner Weise zu.

Ich wollte eine Tätigkeit haben, die einen ganzen Mann erforderte, eine Tätigkeit, die Aufregung und Kampf mit sich brachte.

Da fielen mir meine gräflichen Freunde ein, und schnurstracks ging ich zu ihnen hin.

Ich wurde mit offenen Armen und einer ehrlichen Freude über das Wiedersehen aufgenommen. Der Graf versprach mir, sich beim Polizeipräsidenten, mit dem er entfernt verwandt war, für mich zu verwenden.

Man sagt immer, daß eine gute Verbindung alles im Leben ist und Tür und Tor öffnet. So war es auch hier. Drei Tage später war ich dem Detektivkorps als Adjutant zugeteilt.

Niemand war darüber glücklicher als die Gräfin, die mir nicht oft genug versichern konnte, wie sehr sie sich freue, mich nun endlich ganz in Wien zu haben.

Trotz der großen sozialen Kluft, die uns trennte, wurden sie und ihr Mann meine besten Freunde. Ungehindert ging ich in ihrem Palais ein und aus, nahm an allen Gesellschaften, die sie gaben, teil, selbst meinen Urlaub verbrachte ich regelmäßig auf einem ihrer schönen Güter.

Ganz besonders die Gräfin schloß sich eng an mich an. Bei dem Grafen dagegen hatte ich oft das Gefühl, als könne er mir bei aller Dankbarkeit nicht verzeihen, daß ich mich vor seiner Frau so ausgezeichnet hatte. Er war überhaupt in mancher Beziehung eine etwas kleinliche Natur, während sie ein großes, edles Weib war, dem ich treu als Freund ergeben blieb.

Aber gerade weil ich sie so hoch verehrte, wagte ich es nie, von ihr zu verlangen, daß sie mir mehr werden sollte als meine Freundin. Ach, zehn Jahre meines Lebens hätte ich gern hingegeben, wenn sich diese herrlichen Schenkel, die ich einmal unter so eigentümlichen Umständen geöffnet gesehen hatte, mir einmal, ein einziges Mal nur, freiwillig erschlossen hätten! Doch jene Szene oben in den siebenbürgischen Alpen wurde nie zwischen uns berührt. Sonst gab es kein Thema, das nicht zwischen uns frei diskutiert wurde.

Natürlich schilderte ich ihr alle meine bisherigen Abenteuer, und mehr als einmal wollte sie sich totlachen über die schlaue Art, mit der ich meine Opfer gefangen hatte.

So trat ich also meinen Dienst bei der Polizei an. Da ich ein eleganter Bursche war, der auch etwas vorstellte, teilte man mich der Abteilung zu, die sich hauptsächlich mit weiblichen Verbrechern beschäftigte, also mit Hochstaplerinnen, Ehebrecherinnen und ähnlichen Tugendheldinnen.

»Sie haben Glück«, sagte mein Chef Dr. Stein zu mir, »Sie bekommen da mitunter ein paar saubere Käfer in die Finger! Wenn Sie es schlau anfangen, fällt für Sie auch was ab – Sie verstehen mich, nicht wahr? Aber vorsichtig sein, ja, sogar sehr vorsichtig sein!«

Das ließ ich mir gesagt sein.

Als erste Aufgabe wurde mir die Überführung und Verhaftung einer Ladendiebin gestellt. Diese Frau bestahl seit einigen Wochen in einer unerhört raffinierten Weise die Juweliere und Spitzenhändler Wiens. Sie arbeitete so geschickt, daß sie sogar unerkannt einige Geschäfte zweimal mit ihrem Besuch beehren konnte.

Kein Mensch hatte nur eine blasse Ahnung, wer diese Meisterdiebin – denn eine Frau mußte es sein – sein könnte.

Während der nächsten drei Wochen stieg ich vergebens in allen vornehmen Läden herum, ohne auch nur die leiseste Spur von der Gaunerin zu entdecken. Mich wurmte das natürlich mächtig, denn daß ich gleich an der ersten Aufgabe scheitern sollte, war mir mehr als peinlich. Endlich lächelte mir eines Tages das Glück!

Ich schlenderte gerade durch die Kärtnerstraße, als ich vor einem unserer feinsten Juweliergeschäfte eine sehr elegante

Dame, deren Name den allerbesten Ruf in der Wiener Gesellschaft hatte, aus ihrem Wagen steigen und das Geschäft betreten sah.

Schöne Frauen waren ja schon immer mein Fall, und da ich mir die Augenweide der schönen L. nicht entgehen lassen wollte, trat ich nach ihr in das Geschäft ein.

Der Geschäftsinhaber kannte mich ja von meiner ihm bekannten Mission her und dachte, ich käme aufgrund meiner routinemäßigen Überwachung zu ihm.

Plötzlich bediente er die vornehme Kundin und legte ihr sein halbes Lager von Ringen und Anhängern vor.

Da sie lange und kritisch wählte, hatte ich Muße, sie von meinem versteckten Standpunkt aus genau zu beobachten. Sie war eine hohe, üppig-schlanke Erscheinung mit runden Hüften und prachtvoll geschwungenem Hinterteil. Sie war ein

Weib, dem man auf den ersten Blick ansah, daß sie die Liebe aus dem Effeff verstehen müßte.

Ihren Mann kannte ich sehr gut. Er war ein älterer, behäbiger Herr, der in Industriellenkreisen eine allererste Rolle spielte. Wenn ich mir dieses Paar vorstellte, er die Ruine und sie die Frau, die zehn Männer gebrauchen konnte – dann ergab sich die Fixierfrage: Wo ist der – oder vielmehr – wo sind die Hausfreunde?

Während ich im stillen noch diese Hausfreunde beneidete, machte ich plötzlich eine Entdeckung, die mich zuerst an meinem klaren Verstand zweifeln ließ. Ich glaubte, meinen eigenen Augen nicht mehr trauen zu können.

Da ich etwas seitwärts von der schönen Frau stand, konnte ich ihre feinbehandschuhten Hände genau beobachten. So sah ich, wie sie in einem unbewachten Augenblick einen kostbaren Brillantring in der rechten Hand versteckte und diese dann ganz gemächlich, so als wolle sie sich ein Taschentuch holen, in ihrer Kleidertasche versenkte.

Mich packte die Erregung. Hatte ich mich getäuscht? Das konnte doch nicht gut möglich sein! Sie, die Dame aus der allerbesten Gesellschaft – und eine Diebin? Das Blut stieg mir zu Kopf, mir schwindelte. Mein erster Impuls war, vorzustürzen und sie zu stellen.

Doch glücklicherweise geht diese Aufregung und die daraus eventuell resultierende Unüberlegtheit bei mir immer schnell wieder vorbei, mein Blut wird wieder kühl und meine Gedanken klar.

Was konnte ich davon profitieren, wenn ich sie jetzt hier auf der Stelle verhaftete?

Ganz nüchtern und sachlich legte ich mir einen verwegenen Plan zurecht, bei dem nicht nur die sogenannte strafende Gerechtigkeit, sondern auch ich auf meine

Kosten kommen sollte. Ich wollte wenigstens versuchen, mich der schönen Beute zu bemächtigen.

So wartete ich ruhig ab, bis sie sich anschickte, einen kleinen Ring, den sie endlich gewählt hatte, zu bezahlen. Ich legte Hut und Mantel ab, ging wie ein Angestellter schnell aus dem Geschäft und auf den wartenden Wagen zu. Dem Kutscher erklärte ich sehr bestimmt:

»Die gnädige Frau läßt Ihnen sagen, Sie möchten nach Hause fahren. Die gnädige Frau wird noch einen kleinen Spaziergang durch die Stadt machen.«

Ahnungslos fuhr der biedere Kutscher, der ja keinen Grund zu einem Zweifel sah, davon – und ich hatte freie Hand.

Als die Dame nun auf die Straße trat, war sie sehr erstaunt, ihren Wagen nicht mehr vorzufinden. In der Meinung, er drehe mit den Pferden in einer Seitengasse um, ging sie ein paar Schritte von dem Juweliergeschäft fort. Damit hatte ich gerechnet, denn keinesfalls wollte ich sie direkt vor dem Geschäft ansprechen.

Als sie nun in einiger Entfernung von dem Schauplatz ihrer letzten Räuberei entfernt war, trat ich an sie heran.

»Gnädige Frau, dürfte ich Sie für einige Minuten um Ihr Gehör bitten?«

Hochmütig sah sie mich von oben bis unten an. Ich lächelte still in mich hinein und freute mich schon auf den Augenblick, wo ich ihr diesen Hochmut austreiben würde.

»Mein Herr, sie verwechseln mich offensichtlich mit einer anderen Dame.«

»Nein, Gnädigste, durchaus nicht. Sie sind Frau L., die soeben in dem Juweliergeschäft von J. Z. einen großen Brillantring gestohlen hat.«

Gleichzeitig faßte ich sie am Arm, sonst wäre sie von dem Schreck umgesunken. Nun hatte ich in ihrem Entsetzen die unwiderlegliche Bestätigung des Diebstahls. Sie war unfähig, nur ein Wort hervorzubringen.

»Ich habe mir erlaubt«, fuhr ich leise fort, indem ich sie in die stille Nebengasse zog, »Ihren Wagen durch eine kleine List zu entfernen. Ohne Schwierigkeiten hätte ich Sie auch in dem Geschäft selbst verhaften können, aber mit Rücksicht auf Sie und Ihren Gemahl wollte ich jedes Aufsehen vermeiden.«

Jetzt erst bekam sie ihre Fassung wieder.

»Sind Sie wahnsinnig«, zischte sie. »Verlassen Sie mich augenblicklich, oder ich rufe einen Wachmann.«

Statt jeder Antwort zeigte ich ihr mein unter dem Rockaufschlag verborgenes silbernes Detektivschild.

»Gnädige Frau, wenn Sie meinem guten Rat folgen wollen, dann beruhigen Sie sich. Ich wäre sonst gezwungen, von mir aus die Polizei zu holen! Ich fordere Sie nun auf, mich ohne jeden weiteren Widerstand zu begleiten. Ich würde es außerordentlich bedauern, wenn Sie mich durch Ihr Verhalten zwingen würden, ein weniger taktvolles Benehmen Ihnen gegenüber als bisher anzuwenden.«

»Taktvoll nennen Sie das? Ha, daß ich nicht lache! Sie und taktvoll! Wissen Sie denn überhaupt, was Takt ist? Brutal, das können Sie vielleicht sein, wie alle Ihresgleichen! Mir bleibt im Augenblick wohl auch nichts anderes übrig – so füge ich mich der brutalen Gewalt! Ja, der brutalen Gewalt! Sie werden es noch zu bereuen haben, das dürfen Sie mir glauben! Und wohin gedenken Sie mich nun ›taktvoll‹ zu bringen?«

»Das werden Sie schon sehen«, antwortete ich sehr kurz. Unglaublich, wie dieses Weib noch unverschämt war, wo sie doch wohl allen Grund gehabt hätte, sich möglichst freundlich mir gegenüber zu benehmen. Ich kochte vor Wut und gelobte mir, es ihr aber auch hundertfach heimzuzahlen. Der Sieg würde mir gehören, darauf sollte sie sich verlassen!

Ich bestieg mit ihr einen geschlossenen Fiaker und fuhr sie zu meiner Wohnung. Während der Fahrt sprach sie kein Wort, doch an dem Wogen ihres Busens konnte ich deutlich sehen, in welcher Aufregung sie sich befand. Es war ja auch kein Wunder, bei dem, was sie auf dem Kerbholz hatte.

Als wir vor dem Haus, in dem ich wohnte, ausstiegen, machte sie ein beinahe freudig überraschtes Gesicht. Sicherlich hatte sie fest damit gerechnet, daß ich sie zu dem ominösen roten Palais der Polizeidirektion bringen würde. Nun standen wir vor einem einfachen Wohnhaus, und das gab ihr wieder neue Hoffnung. Ich öffnete die Tür.

»Bitte, Gnädigste, treten Sie ein.«

»Wohin führen Sie mich?«

»In mein Privatbüro. Oder – würden Sie lieber die Polizeistation vorziehen? Ich fahre Sie gern auch dorthin, wenn Sie es wünschen. Ich will mich gern bemühen, in der nächsten Zeit mich Ihnen gegenüber so taktvoll, wie es mir nur möglich ist, zu verhalten.«

Einen Moment sah sie mich mißtrauisch von der Seite her an. Sicherlich sah ich nicht aus wie ein Mitglied der heiligen Hermandad, sondern eher wie das eines Jockeiklubs. Vielleicht ahnte sie auch etwas – ich weiß es nicht. Jedenfalls schien ihr nach kurzem Überlegen mein Haus doch angenehmer zu sein als der rote Kasten auf dem Schottenring. Sehr wahrscheinlich traute sie sich auch genug Kraft zu, etwaigen außerpolizeilichen Angriffen, von meiner Seite aus, die Stirn zu bieten.

Noch mißtrauischer schaute sie allerdings dann doch, als sie mein sogenanntes

»Büro« betrat. Denn mein, wenn auch nicht gerade luxuriös elegantes, so doch behaglich eingerichtetes Arbeitszimmer, das ich mit meinen zahlreichen Jagdtrophäen und Schießpreisen geschmückt hatte, hatte mit einem Büro genausoviel Ähnlichkeit wie ein Tanzsaal mit einer Leichenhalle.

Mit einem trotzigen, hochmütigen Gesicht blieb sie an der Tür stehen. Man sah ihr deutlich den inneren Kampf an, den sie jetzt auszufechten hatte.

»Gnädige Frau«, begann ich die feierliche Amtshandlung, »treten Sie ein und nehmen Sie bitte Platz.« Dabei wies ich einladend auf einen bequemen Sessel.

»Ich danke. Ich hoffe, daß Sie bald Ihren unglaublichen Irrtum einsehen und mich freigeben werden. Glauben Sie nur ja nicht, Herr Polizist, daß ich Ihnen gefolgt bin, weil Ihr unverschämter Verdacht berechtigt ist. Es ist leider nur zu gut bekannt, daß man solchen Herren wie Ihnen nachgeben muß, wenn man sie nicht zu unerhörten Brutalitäten herausfordern will. Und nach diesen habe ich weiß Gott kein Verlangen!«

Hier, in diesem verschwiegenen Zimmer, hatte sie die Sicherheit der großen Weltdame wiedergefunden. Sie glaubte, mich, den kleinen Beamten, durch ihre strahlende Persönlichkeit einschüchtern, ja, erdrücken zu können.

Ich für meine Person war jedoch davon felsenfest überzeugt, daß sie für ihre Freilassung jeden Preis – ja, jeden Preis –, den ich »kleiner Beamter« von ihr verlangen würde, zu zahlen bereit wäre!

Ich überlegte kurz, ob ich soweit gehen dürfte, und führte dann einen kühnen, aber sehr wirksamen Schachzug.

»Ich habe von meiner Behörde den strikten Auftrag erhalten, Sie, gnädige Frau, solange Sie mir keine Schwierigkeiten bereiten, mit der größtmöglichen Schonung zu behandeln. Auf Grund unserer Beobachtungen haben wir Sie schon lange im Verdacht, konnten Ihnen aber bis heute nichts nachweisen.«

»So? Und jetzt glauben Sie es zu können?« antwortete sie ziemlich arrogant.

Sie mußte sich augenscheinlich sehr sicher fühlen, denn sie lachte mir höhnisch ins Gesicht.

Obwohl dieses schöne und hochmütige Weib meine Sinne über alle Maßen reizte, blieb ich kalt und ruhig.

Herrgott, das mußte so eine Wonne sein, diesen stolzen Leib unter sich zu haben. Ich muß zu meiner Schande gestehen, daß mir die Erreichung dieses Ziels im Augenblick weit wichtiger erschien als alle Ringe und Spitzen, die sie gestohlen hatte.

»Jawohl, gnädige Frau, das können wir allerdings«, sagte ich ebenso höhnisch und trat auf sie zu.

Noch ehe sie es verhindern konnte, hatte ich sie mit dem linken Arm um die Taille gefaßt, während meine rechte Hand blitzschnell in die Tasche fuhr, in der ich vorher den Ring hatte verschwinden sehen.

Wut verzerrte ihr Gesicht, und sie machte verzweifelte Anstrengungen, sich meinem harten Griff zu entziehen.

»Das ist eine Infamie!« rief sie keuchend. »Ich verlange, von einem weiblichen Wesen untersucht zu werden, wenn ich schon diese Schmach über mich ergehen lassen muß!«

Ohne sie loszulassen, hielt ich mit meiner Leibesvisite einen Augenblick inne.

»Ihr Wunsch, meine Gnädigste, kann sofort erfüllt werden«, sagte ich eiskalt, »doch dann müssen wir uns in die Polizeidirektion begeben, denn dort sind die Matronen, die zur Untersuchung von Frauen bestimmt sind. Überlegen Sie aber vorher folgendes: Zwei Stunden nach der Visite durch die Matronen wird in der Zeitung stehen, daß die Gattin des Kommerzialrats L. die langgesuchte Ladendiebin ist!«

»Sie werden nichts bei mir finden«, stöhnte sie. »Sie irren sich – Sie irren sich ganz bestimmt!«

Statt jeder Antwort fuhr ich, so tief ich konnte, in die Tasche hinein. Ich wollte diese hochnotpeinliche Untersuchung so lange wie nur irgend möglich hinausziehen, denn dabei konnte ich – natürlich nur um der Gerechtigkeit willen! – den üppigen Leib fest an mich pressen.

Ich stand so, daß ich zwischen meinen Beinen ihren einen Schenkel hatte. Deutlich spürte ich dessen volles, festes Fleisch, seine betörende Rundung, die Wärme, die er ausstrahlte.

War es da ein Wunder, daß mein privates Amtsorgan sich wild aufbäumte und nach Befreiung verlangte?

Es war unmöglich, daß das Weib das nicht merkte, zu stürmisch war das Pochen, zu dick war das Glied angeschwollen.

Plötzlich ging ein Zittern durch ihren Körper, sie bäumte sich auf, als wollte sie sich mir entwinden – und doch wieder fühlte ich ganz gut, wie sie magisch angezogen wurde.

»Lassen Sie mich – lassen Sie mich bitte frei«, flehte sie mit zitternder Stimme, aus der man ihre ganze Unsicherheit heraushören konnte. »Sie gehen entschieden zu weit – bitte, lassen Sie mich los!«

»Ich werde so weit gehen, wie ich es für richtig halte – und vor allem so weit, bis ich den Ring gefunden habe. Sie können die Situation sofort beenden, indem Sie mir freiwillig den Ring geben.«

Doch merkwürdig, sie tat nichts dergleichen. Zitternd stand sie an mich gepreßt. Wieder griff ich mit meiner Hand tief in die Tasche und fuhr dabei wie streichelnd den herrlichen Oberschenkel entlang. Aber merkwürdig, die Tasche war grundlos – ich schob den ganzen Arm hinein – da durchzuckte es mich wie ein elektrischer Schlag. Ich berührte einen feinen dünnen Seidenstoff – ihre Hose. Einen Moment war ich so perplex, daß ich unwillkürlich die Hand wieder herauszog. Doch meine Verwirrung hielt nicht lange an, mein Geist fing fieberhaft zu arbeiten an. Ich hatte doch in dem Juweliergeschäft einwandfrei beobachtet, wie sie die Hand mit dem Ring in der Tasche hatte verschwinden lassen. Der Ring muß also in der Tasche sein – es sei denn, diese Tasche war grundlos und führte zu einem anderen verborgenen Versteck; sie war gewissermaßen der Kanal, durch den sie die entwendeten Gegenstände verschwinden ließ. Aber wohin?

Forschend blickte ich sie an. Das schöne, stolze Gesicht war mit Purpurröte überzogen, in den Augen standen große Tränen. Doch ich war erbarmungslos – ich mußte erbarmungslos sein. Ach, wie viel lieber hätte ich Ring Ring sein lassen und hätte dieses herrliche Weib in meine Arme gerissen!

Noch einmal tauchte ich in den Abgrund, nicht ohne mich an der kleinen Seidenhose etwas länger aufzuhalten. Ja, um nur ja nicht den rechten Weg zu verfehlen, preßte ich meine Hand voll auf das schwellende Fleisch, das ich unter dem papierdünnen Stoff zucken fühlte.

Langsam, jeden Zentimeter voll auskostend, fuhr ich abwärts, bis ich plötzlich ziemlich über dem Knie auf ein sonderbares Strumpfband stieß. Es bestand aus breitem Gummi und war mit kleinen Haken versehen. Auf einem solchen Haken fühlte ich den gesuchten Ring!

»Da sieh mal einer an!« rief ich triumphierend und gab die Frau in meinen Armen frei.

Wortlos sank sie auf meinen Sessel. Ihr Widerstand war gebrochen. Sie schlug die

Hände vor das Gesicht und weinte lautlos in sich hinein. Nichts blieb von ihrem Stolz mehr übrig. Vernichtet, bis in die tiefste Seele beschämt, saß sie nun vor mir.

Ich machte kurzen Prozeß, schob ihr einfach den Rock zurück und löste das Strumpfband. Im stillen wunderte ich mich, wie unerhört raffiniert sie sich dieses Versteck ausgedacht hatte. Das Strumpfband saß auf dem Spitzensaum der Hose über dem eigentlichen Strumpfband, das aus hellblauer Seide bestand und mit koketten Schleifchen verziert war. Dieses zweite Strumpfband hatte also nur den einzigen Zweck, die geraubten Gegenstände sicher aufzubewahren.

Wie gesagt, mein Zepter hatte eine schier unmenschliche Belastungsprobe zu bestehen, und ich hatte alle Mühe, meine Erregung vor ihr zu verbergen. Um keinen Preis durfte sie bemerken, was bei mir los war!

Ich benutzte die augenblickliche Niedergeschlagenheit und weidete mich nach Herzenslust an den Schätzen, die ich da in meiner amtlichen Tätigkeit entdeckte. Warum sollte ich auch nicht? Es hatte ihr ja freigestanden, mir den Ring freiwillig herauszugeben! Sie hätte ja wissen müssen, daß ich nicht eher ruhen würde, als bis ich das Versteck gefunden hatte – und sie, sie ganz allein, hatte gewußt, welch heißer Weg zu diesem Versteck führt!

Sollte sich bei ihr am Ende zu der Scham die Wollust gesellt haben? Wer kennt sich in einem Weib schon aus?

Unbeweglich lag sie in dem Sessel und gab ihre Herrlichkeiten meinen lüsternen Augen preis.

Was waren das doch für elegante Halbschuhe, hauchdünne Seidenstrümpfe, durch die das zarte Fleisch ihrer wunderschönen Waden so rosig durchschimmerte; welch ausnehmend elegante Wäsche trug sie.

Meine Augen gingen langsam an der Wade hinauf zum Knie, das rund, aber nicht zu voll war – und weiter zu den herrlichen Schenkeln. Mein Gott, war das ein Anblick!

Der Speer in meiner Hose spannte sich, er war bereit, jede Sekunde loszuschießen!

Wie lange ich dieses gefährliche Spiel wohl noch aushielt? Auch ich hatte meine Grenzen!

Trotzdem verweilte ich bei dem Anblick der schönen Schenkel und malte mir selbstquälerisch aus, wie wohl die Reichtümer sein müßten, die ich nicht entdecken konnte – die ich nicht entdekken durfte!

Schweren Herzens zog ich also den Rock wieder herunter und ließ ihr zunächst Zeit, sich zu beruhigen, denn sie schluchzte herzzerreißend hinter ihren vorgehaltenen Händen.

Mir selbst tat die Pause außerdem

ebenso gut, denn nur mit Müh und Not konnte ich den Wirbelsturm in mir besänftigen.

Endlich ließ sie die Hände vom Gesicht sinken. Von Stolz und Hochmut war keine Spur mehr zu erblicken. Angst und Entsetzen stand in ihren Augen.

»Was werden Sie jetzt tun?« fragte sie kleinlaut.

»Ich sagte Ihnen ja schon, gnädige Frau, daß ich mit der größten Schonung vorgehen will. Natürlich muß ich in der Direktion melden, daß unser Verdacht sich bestätigt hat. Doch erschrecken Sie nicht, man wird Sie nicht gleich mit dem grünen Wagen abholen!

Wenn Sie mir jetzt einige Fragen wahrheitsgetreu beantworten, will ich sehen, wie man der peinlichen Affäre die für Sie günstigste Wendung geben kann.

Ich muß Sie aber nochmals warnen: Antworten Sie mir auf alle meine Fragen wahrheitsgetreu; versuchen Sie nicht, mich hinter das Licht zu führen, denn sonst wäre ich gezwungen, mit aller Härte und ohne Rücksicht auf Sie und Ihren Gatten gegen Sie vorzugehen!

Wo sind die anderen Gegenstände, die Sie gestohlen haben?«

»Ich – ich habe sie verkauft.«

»Verkauft? An wen? An einen gewerbsmäßigen Hehler?«

Für einen Moment flog wieder der alte Hochmut über ihr Gesicht, und ihre Antwort kam ziemlich stolz von oben herab:

»Solche Leute kenne ich nicht.«

»Bitte, wie Sie wollen! Ich frage Sie ein letztes Mal: Wohin sind die Sachen gekommen?«

»Ich – ich kann es nicht sagen – ich kann nicht! Bitte verstehen Sie – ich kann es einfach nicht sagen!«

Schluchzend hielt sie sich die Hände vor das Gesicht. Ach, wie schwer wurde mir doch manchmal mein Beruf gemacht. Statt dieses hilflose Weib in die Arme zu nehmen, ihren herrlichen Leib mit Küssen zu bedecken, ihr tröstende Worte ins Ohr zu flüstern und sie dann in meine Arme zu reißen und mich tief, tief in sie hineinzubohren – mußte ich überlegen bleiben, durfte ich vorerst in ihr nur die Verbrecherin erblicken, die ich zu überführen hatte.

Es mußte ein besonderes Geheimnis sein, das diese stolze vornehme Frau zur Diebin werden ließ. Schwer würde es sein, ihr dieses Geheimnis zu entlocken. Mein Gefühl sagte mir, daß ich hier mit Brutalität und Strenge absolut nichts erreichen würde. Voll Teilnahme trat ich auf sie zu und ergriff ihre Hand.

»Wenn Sie mir Ihr Vertrauen schenken wollen, gnädige Frau«, sagte ich, »kann ich Ihnen vielleicht helfen. Ich sehe ja, daß Sie unter einem fürchterlichen Zwang stehen, der Sie zu diesem verzweifelten Schritt getrieben hat. Sollten Sie vielleicht in der Hand eines Erpressers sein?«

Ich sah, wie Ablehnung, Trotz und doch wieder die Hoffnung auf Hilfe in ihr stritten. Ich wollte ihr Zeit lassen, diesen Kampf mit sich selbst zu entscheiden. Endlich gestand sie mir dann alles.

Sie befand sich in einer fürchterlichen, ja beinahe aussichtslosen Situation. Als junges Mädchen hatte sie sich, ihrem sinnlichen Temperament folgend, einem Dragoneroffizier hingegeben, der, wie alle diese gewissenlosen Verführer, sie dann im Stich gelassen hatte.

Volle sechs Jahre – jetzt war sie vierundzwanzig – hatte sie nichts mehr von ihm gehört. Nun war er vor kurzem plötzlich unter einem anderen Namen wieder vor ihr erschienen und hatte sie auf die unverschämteste Art erpreßt.

Kalt und zynisch entwarf er vor der verängstigten jungen Frau das Bild ihrer gesellschaftlichen Vernichtung. Er würde zu ihrem Gatten gehen und ihm ihre früheren Verfehlungen haargenau erzählen. Er konnte dabei nichts verlieren, höchstens gewinnen. Denn er war davon überzeugt, daß auch ihr Gatte ihm ein Schweigegeld zahlen würde, um der Schande zu entgehen. Sollte dieses aber nicht der Fall sein, dann würde er es verstehen, auch so die Sache publik zu machen.

Der jungen Frau, die um ihre Ehre und Ehe bangte, blieb nun nichts anderes übrig, als dem gemeinen Erpresser nach und nach ihre ganzen Barmittel zu geben. Sie hoffte, daß er damit zufrieden wäre und ihr endlich ihre Ruhe ließ. Doch darin hatte sie sich weit getäuscht. Als der Erpresser merkte, daß die Barmittel aufgebraucht waren, drohte er wieder, zu ihrem Gatten zu gehen. So kam sie in ihrer Verzweiflung auf den schrecklichen Gedanken, stehlen zu gehen, um diesen Menschen zu besänftigen.

In ihrer maßlosen Angst und Not kam ihr niemals der Gedanke, daß sie dieses Leben nicht ewig ungestraft weiterführen könne. Sie gab ihm alles, und er verkaufte die gestohlenen Gegenstände weiter. Sie selbst sah und wollte auch von dem Sündengeld keinen Heller sehen.

Nach dieser Beichte saß sie in sich zusammengesunken da, sah zu mir verängstigt auf wie ein waidwundes Wild, das auf den Todesstoß wartete.

Alles Verlangen, alle geilen Gedanken, die mich vor kurzem noch gequält hatten, waren verflogen. Ich war über soviel Gemeinheit so empört, daß ich nur noch den einen Gedanken hatte, diesen Schurken auf der Stelle zu fangen.

Ich ließ mir den Namen und die Adresse des Kerls geben und suchte ihn noch am selben Abend auf.

Er war ein hartgesottener Sünder, aber er mußte mancherlei auf dem Kerbholz haben, denn als ich ihm mit der Verhaftung drohte, gab er klein bei.

Endlich hatte ich ihn soweit, daß er mir sämtliche belastenden Briefe, mit denen er seine Erpressung unterstützt hatte, aushändigte und sich außerdem schriftlich verpflichtete, sofort aus Wien zu verschwinden und die junge Frau nie mehr zu belästigen.

Mit Ungeduld erwartete ich den nächsten Morgen und ließ mich – so früh es der Anstand zuließ – bei ihr melden.

Sie empfing mich in ihrem Boudoir und brach in helle Freudentränen aus, als ich ihr die Briefe und die Erklärung des Halunken in die Hand legte.

»Wie soll ich Ihnen das je danken?« rief sie ein über das andere Mal. »Sie geben mir das Leben wieder!«

In ihrer übergroßen Freude sah sie noch viel entzückender aus als in ihrem Stolz. Das weißseidene, enganliegende Hauskleid ließ ihre schwellenden Formen deutlich erraten, und als sie sich zu mir herbeugte, konnte ich mich an dem Anblick ihrer wundervollen Brüste erquicken.

Schüchternheit war noch nie mein Fehler gewesen – und schon gar nicht begehrenswerten Frauen gegenüber!

Warum sollte ich also hier die Frucht, die sich mir doch so verlockend darbot, nicht pflücken?

Mein zweites Ich regte sich bereits wieder gebieterisch in meiner Hose, das Blut wallte, und heiße Begierde sprühte aus meinen Augen. So gut es mir möglich war, beherrschte ich mich und sagte nur ganz ruhig:

»Gnädige Frau, ich habe nur meine Pflicht getan. Eine Belohnung habe ich nicht zu verlangen! Sie sind jetzt alle Sorgen ein für allemal los. Daß Ihr Geheimnis bei mir und meiner Behörde begraben ist, brauche ich Ihnen nicht erst ausdrücklich zu versichern.

Wenn Sie mir aber beweisen wollen, daß Sie mit meiner Tätigkeit zufrieden sind, wäre ich so kühn, eine ganz kleine Bitte auszusprechen.«

Entzückend anzusehen, wie sie jetzt errötete, denn so gemessen meine Worte auch klangen, meine Augen redeten sicher eine nicht mißzuverstehende Sprache.

»Was für eine Bitte?« flüsterte sie.

»Gnädige Frau, Sie werden mir vielleicht zürnen, aber ich bitte Sie zu bedenken, daß man nicht ungestraft eine so wunderschöne Frau, wie Sie es sind, untersucht. Haben Sie Mitleid mit mir – lassen Sie mich einen Kuß auf jene Stelle drücken, an der ich das gewisse Strumpfband fand!«

»Aber ich habe ja keine Ringe mehr dort«, sagte sie lächelnd und versuchte, sich mir zu entziehen.

Es war das charmante Versteckspiel einer Frau, die sich ihrer unwiderstehlichen Reize bewußt ist, die in ihrem innersten Herzen ebenfalls glüht und zu dem Kommenden »ja« sagt – und die sich doch noch, um die Form zu wahren, wehrt.

Ich kannte mich zu gut bei den Frauen aus, um dieses Spiel nicht zu durchschauen. Und doch, immer und immer wieder fasziniert uns dieses Spiel – macht uns eine unheimliche Freude und läßt es uns willig mitspielen.

Eine Weile hielt ich sie nur fest und sah ihr tief in die Augen. Als ihre Verwirrung immer größer wurde, hob ich ihr schnell die Röcke auf und zur Vorsicht gleich bis weit über die Knie!

»Nicht so hoch!« rief sie. »Das Strumpfband war ja viel tiefer!«

»Nein, meine Teuerste, es war ganz bestimmt höher, viel, viel höher!«

So rangen wir im Scherz miteinander.

Ihr Widerstand war, wie gesagt, nie ernstlich gewesen, es war der Widerstand der raffinierten Frau, die ihren Galan noch mehr aufreizen will, was bei mir allerdings nicht mehr nötig war!

Der Anblick der sich mir jetzt bietenden Schätze heizte mir noch mehr ein, außerdem war ich der Ansicht, daß ich mich schon zur Genüge selbst kasteit hatte. So ging ich entschlossen gleich auf das Ganze!

Langsam, ganz langsam und genießerisch, jede Sekunde der Verzögerung, der anwachsenden Spannung voll auskostend, den kaum noch zu ertragenden Reiz wenn möglich noch zu steigern, öffnete sie mir die üppigen Schenkel.

Jauchzend stürzte ich mich auf sie und nahm von dem duftenden, kühlen und frischen Paradies Besitz!

Jetzt konnte auch sie ihre Leidenschaft nicht mehr zurückhalten und begann leicht mit dem herrlich runden Popo zu tanzen.

Mit meiner freien Hand öffnete ich das Kleid und streichelte liebkosend über ihre herrlichen Brüste. Meine Lippen küßten die kleinen Knospen und saugten sich schließlich daran fest.

Ihr ganzer Körper bebte, und zitternd glitten ihre Hände über meinen Körper, bis sie auf meiner Hose liegen blieben.

Da brach ihr ganzes Temperament durch. Gierig zerrten die Hände an den Knöpfen, und im Nu war der hier eingesperrte Tobsüchtige befreit. Wie ein Pfeil schoß er heraus und streckte ihr sein Haupt entgegen!

Es gab für uns kein Halten mehr. Ich hob sie hoch und trug sie zur Couch. Nach kurzem Umherirren hatte ich den richtigen Anschluß gefunden. Mit den Händen umklammerte ich die runden, steinharten Hemisphären ihres Popos und ritt nun in einem Tempo los, das ihr augenscheinlich mehr als genehm war.

Hei, wie sie unter mir arbeitete! Die Beine auf meinem Rücken verschränkt, damit sie mich tiefer, noch tiefer in sich drücken konnte, die Zunge in meinem Mund, gab sie mir gewissenhaft Stoß um Stoß zurück!

Sie hatte eine Art, sich unter mir zu schrauben und zu winden, daß ich oft glaubte, mein Mannesstolz bräche mir mitten auseinander.

Ich hatte sie also doch auf den ersten Blick hin richtig eingeschätzt. Sie war eine Künstlerin in ihrem Fach!

Wir lagen danach ganz still nebeneinander und genossen noch einmal dieses herrliche Erlebnis.

»Sind Sie nun belohnt?« fragte sie, als wir uns von der Stätte unserer Wonne endlich erhoben.

Statt aller Antwort wollte ich gleich dem ersten Ritt in die Seligkeit einen zweiten folgen lassen, doch sie schob mich sanft von sich weg.

»Ich kann jetzt nicht mehr«, sagte sie. »Wir können jeden Augenblick überrascht werden. Aber heute nachmittag um fünf Uhr komme ich in Ihr – Privatbüro!«

Damit mußte ich mich wohl oder übel zufriedengeben. Außerdem mußte ich zugeben, daß die Situation nicht gerade ungefährlich sein konnte. So drückte ich noch einen heißen Kuß auf den schönen Busen und ging.

Als ich ins Vorzimmer trat, begegnete ich einem sehr eleganten jungen Mann, dem ich an der Ungeniertheit, mit der er sich benahm, sofort anmerkte, daß er der Hausfreund sein mußte. Hochmütig sah er mich von oben bis unten an, als ich grußlos an ihm vorbeiging.

Unendlich langsam verging mir die Zeit bis zum vereinbarten Zeitpunkt. Ich kam mir wie ein verliebter Primaner vor, der zum ersten Rendezvous geht. Wie ein Tiger im Käfig rannte ich in meiner Wohnung hin und her, stellte einen Gegenstand an einen anderen Platz, ordnete die Blumen in der Vase neu, schaute in den Eisschrank, ob auch alles da war – kurz, ich war ziemlich aus dem Häuschen.

Pünktlich wie eine Uhr kam sie am Nachmittag um fünf Uhr. Sie war dezent und unauffällig gekleidet und hatte ein ganz kleines verschämtes Lächeln um die Lippen, das sie mir noch viel begehrenswerter machte.

Ich nahm sie schnell bei der Hand, zog sie herein und versperrte die Tür. Wie sie nun die sichere Abgeschlossenheit fühlte, war es auch um sie geschehen.

Wir hielten uns nicht lange bei der Vorrede auf, sondern stürzten uns gleich kopfüber in das Meer der Wollust!

Auf meine Bitte zog sie sich splitternackt aus und ließ sich nach Gebühr von mir bewundern.

Sie war wirklich eine beauté du diable! Alles an ihr war rund, schwellend und fest. Die Brüste, der Leib, die Schenkel, der Popo – ich wußte nicht, wo ich zuerst hinsehen und hingreifen sollte!

Ach, und dieses herrliche Vlies, das sich wie weicher, schwarzer Pelz anfühlte und sich in seinen letzten Ausläufern bis an den Nabel hinaufzog.

Wie eine Purpurrose aus dem Dunkel der Blätter leuchtete mir das Tal der Liebe entgegen, als ich sie auf das Bett niederdrückte und die weißen Schenkel zur näheren Besichtigung weit auseinanderspreizte.

Doch lange konnte ich mich mit dem Betrachten nicht begnügen – wie zwei Verdurstende stürzten wir in einen rasenden Taumel der Lust.

Viele Frauen hatte ich schon geliebt, und immer hatte ich gedacht, daß nun die Lust nicht mehr gesteigert werden könnte, doch dieses herrliche Weib bewies mir, daß ich noch viel, noch unendlich viel lernen konnte. Wer hatte ihr diese unerhört raffinierte Kunst der Liebe beigebracht? War es ihr von der Natur mitgegeben? Konnte ein Weib so viel Urinstinkt besitzen?

Als wir schließlich ermattet nebeneinanderlagen, konnte ich es mir doch nicht verkneifen, sie zu fragen, wer der Geck gewesen war, den ich am Vormittag in ihrem Zimmer getroffen hatte.

Sie war gerade dabei, meine Liebesmaschine wieder in Gang zu bringen, indem sie sie liebevoll mit ihren feinen, zarten Händen massierte. Es übte einen wahnsinnigen Reiz auf mich aus und ließ mich stöhnen.

Sie tat, als ob sie meine Frage gar nicht gehört hätte, und fuhr ungestört in ihrer fruchtbringenden Beschäftigung fort. Doch dann fragte sie lachend:

»Du bist wohl schon jetzt eifersüchtig?«

»Ja! Ich bin eifersüchtig! Ich bin sogar rasend eifersüchtig auf diesen dummen Geck! Sag es mir lieber gleich jetzt, daß er dein Hausfreund ist!«

Lächelnd betrachtete meine Schöne ihr Werk – rückte sich zurecht, und während sie den Pflug in die passende Furche leitete, flüsterte sie:

»Er war es, aber heute gab ich ihm den Laufpaß!«

Drittes Kapitel

Man glaubt gar nicht, wie oft bei den Frauen als tiefstes Motiv für ein Verbrechen die Liebe zu suchen ist.

Um dem geliebten Mann zu helfen, oder aber auch, um sich für die verschmähte und gekränkte Liebe zu rächen, folgen sie blind den Eingebungen ihres Herzens und lassen sich zu Schritten hinreißen, die sie unweigerlich mit dem kalten, leidenschaftslosen Gesetz in Konflikt bringen müssen.

Der Fall der schönen L., die, um sich den früheren Geliebten vom Halse zu schaffen, zur Diebin wurde, steht nicht vereinzelt da. Ja, ich habe es sogar einmal erlebt, daß eine Frau einen kaltblütigen Mord beging, um den treulosen Geliebten zu bestrafen.

Ich war inzwischen, hauptsächlich durch die Bemühungen meiner Freundin, der Gräfin, und meiner Geliebten, der Frau L., in der guten und besten Wiener Gesellschaft heimisch geworden.

Die Beziehungen, die ich hier anknüpfte, waren mir für meine Tätigkeit sehr dienlich. Ich konnte sie um so besser ausnützen, als nur die allerwenigsten wußten, welcher Art meine Tätigkeit war. In der Gesellschaft galt ich allgemein als ein wohlhabender junger Mann, der von seinen Renten lebt.

So wurde ich unter anderem auch in das Haus des Barons E. eingeführt. Er war ein reicher Privatgelehrter, der sich auf dem Gebiet der Assyriologie große Verdienste erworben hatte.

Über seinen wissenschaftlichen Arbeiten schien er jedoch seine Frau arg vernachlässigt zu haben. Ich hatte jedoch den Eindruck, daß die Baronin nicht zu jenen Frauen gehörte, die sich ungestraft vernachlässigen lassen.

Als ich sie kennenlernte, war sie eine vollaufgeblühte Frau von 35 Jahren. Für meinen Geschmack war sie allerdings ein wenig zu üppig, denn ihre Formen, so graziös und harmonisch sie auch waren, zeigten doch schon mehr Fülle als Festigkeit.

Unleugbar jedoch war sie eine ungemein anziehende, pikante Erscheinung, die mit ihrem dunkelroten Haar und ihrer üppigen Gestalt überall, wo sie erschien, Aufsehen erregte.

Ihr Herzenströster war ein junger Schriftsteller, der zumindest um zehn Jahre jünger war als sie und den sie mit der ganzen dämonischen Leidenschaft der an der Altersgrenze stehenden Frau liebte.

Mich beehrte sie mit der reinen Freundschaft, die jedoch nie die Innigkeit meines Verhältnisses zu Valerie erreichte.

Eines Tages ließ es sich jedoch nicht verhindern, daß ich mit ihr in aller Offenheit über die Art meiner Tätigkeit sprach, da ich in einer sehr delikaten Angelegenheit eine Auskunft von ihr brauchte.

Es war ein kalter Winternachmittag, und ich wollte mich, meiner Gewohnheit gemäß, gerade zu einem kleinen Mittagsschläfchen niederlegen, als mein Telefon läutete. Mißmutig über die Störung nahm ich den Hörer ab und meldete mich.

Ich wurde blitzartig hellwach! Die Baronin bat mich in höchster Aufregung, doch sofort nach Währing in eine bestimmte Villa zu kommen. Auf meine besorgte Frage, was denn los wäre, antwortete sie mir nur, das könne sie mir telefonisch nicht sagen, ich möchte nur so schnell wie irgend möglich kommen.

In fliegender Eile zog ich mich an. Ich hatte ein ungutes Gefühl und eine dunkle Ahnung, daß eine nicht gerade erfreuliche Sache auf mich warten würde.

Eine Viertelstunde später stand ich vor der Villa. Es war ein altes Häuschen – Villa war hierfür ein zu anmaßender Ausdruck – mit einem Stockwerk, lauschig und wenig einsichtbar in einem großen Garten versteckt.

Wie mich die Baronin angewiesen, ging ich um die Villa herum, um sie durch den rückwärtigen Eingang zu betreten.

Das Haus machte einen absolut unbewohnten Eindruck. Ich hatte das Gefühl, als ob die Luft stillstehe, als ob der Tod umginge. Dazu kam das merkwürdig aufgeregte Gebaren der Baronin, aus dem nicht zu entnehmen war, ob sie selbst in

Gefahr war oder was es mit diesem Haus sonst für eine Bewandtnis hatte.

Zur Vorsicht entsicherte ich meinen Revolver und ging leise die Treppe zum ersten Stock hinauf. Ich überlegte noch, ob ich die erste Tür vorsichtig öffnen sollte, entschloß mich dann aber doch, zuerst einmal anzuklopfen.

Wie erstaunt war ich, als mir die Baronin selbst öffnete. Sie war im Straßenkostüm. Vergeblich versuchte sie, die fürchterliche Aufregung, in der sie sich befand, zu verbergen.

Rasch schloß sie die Tür hinter mir zu und zog mich, ohne ein Wort zu sprechen, in ein elegant, beinahe zu elegant eingerichtetes Arbeitszimmer.

»Herr von Rhems«, sagte sie leise, »ich danke Ihnen, daß Sie so schnell gekommen sind. Es ist etwas Fürchterliches passiert! Mein Freund – mein Gott, warum soll ich jetzt in dieser Situation vor Ihnen ein Geheimnis daraus machen – ja, ich habe einen Freund – und – und – er ist ermordet worden! Als ich vorhin hereinkam – fand ich ihn tot in seinem Bett!«

Sie konnte nicht mehr weitersprechen. Die Aufregung – vielleicht auch das Grauen – schüttelte sie. Stumm deutete sie auf die Tür zum anstoßenden Zimmer.

Es war ein hübsch möbliertes Schlafzimmer, mit Teppichen und Polstern üppig ausgestattet.

In dem großen Himmelbett, das an der rückwärtigen Wand stand, lag ein junger, hübscher Mann – eben jener besagte Schriftsteller – er war tot!

Vorsichtig zog ich die Bettdecke zurück und sah, daß er ganz nackt war.

Der Mörder hatte ihn augenscheinlich im Bett schlafend überrascht und so rasch den meuchlerischen Stoß geführt, daß der arme Junge sich vielleicht gar nicht einmal hatte zur Wehr setzen können.

Weder das Zimmer noch das blutüberströmte Bett oder die nächste Umgebung deuteten darauf hin, daß hier ein Kampf stattgefunden hatte. Es herrschte eine peinliche Ordnung, man hatte den Eindruck, daß in diesem Haus Ruhe und Friede herrsche.

Wer war der Mörder? Wo kam er her? Was war sein Motiv für diese niederträchtige Tat?

Wo sollte ich den Hebel ansetzen, um diese Rätsel zu lösen? Kannte die Baronin das Geheimnis der letzten Stunden?

Ich wollte mir zuerst einmal genau den Toten ansehen, vielleicht brachte mich das auf eine Spur.

Die Wunde war klein und dreieckig. Als ich sie genauer untersuchte, merkte ich, daß sie eine eigentümliche Krümmung aufwies. Es mußte also eine gebogene Waffe gewesen sein, mit der der Todesstoß geführt worden war.

Im Geist ließ ich alle Sorten von Messern und Dolchen Revue passieren, die für diese sonderbare Wunde in Betracht kommen konnten.

Wie durch eine magische Macht gelenkt, ging ich die reichhaltige Waffensammlung des Barons durch. Nach langem Überlegen schien mir nur eine Dolchart solche Wunden hervorbringen zu können – der Kris, wie ihn die malaysischen Völker führen!

Während ich so in meine Gedanken versunken vor dem Toten stand, machte ich plötzlich eine Entdeckung, die mich ein gutes Stück weiterbringen sollte.

Das Glied des Toten befand sich im Zustand der Erektion. Als ich genauer hinsah, fand ich, daß auf der Spitze der Eichel noch einige Samentröpfchen klebten.

Der arme Teufel war also im Moment des höchsten Genusses ermordet worden. Aller Wahrscheinlichkeit nach dürften höchstens ein bis zwei Stunden vergangen sein. Der Körper des Toten war außerdem noch warm.

Kaltes Entsetzen griff nach mir. Ich wußte nun viel, und wenn mich meine schreckliche Ahnung nicht betrog, wußte ich alles!

Als ich mich aufrichtete, fiel mein Blick auf die Baronin, die in der Tür stand und mich mit angstvollen Blicken ansah.

Ihr Gesicht war zu einer Maske erstarrt. Unbeweglich stand sie da und hielt nur ihren riesengroßen Persianermuff an sich gepreßt.

»Frau Baronin«, sagte ich, indem ich sie aus dem Zimmer weg in das anschließende Arbeitszimmer führte, »Sie müssen mir jetzt einige Fragen beantworten. Ich muß Sie eindringlich bitten, mir gegenüber absolut ehrlich zu sein! Warum riefen Sie gerade mich?«

»Weil ich Sie kenne – und zu Ihnen Vertrauen habe. Sagen Sie mir um Gottes willen, was soll ich tun? Ich kann doch den Mord nicht anzeigen, sonst bin ich ja kompromittiert!«

»Das stimmt. Ich hoffe, daß wir einen Ausweg aus dieser für Sie so peinlichen Situation finden werden. Das wichtigste ist, daß wir den Mörder finden! Sie standen dem Unglücklichen ja sehr nahe. Wüßten Sie vielleicht jemanden, der ihn so haßte, daß er vor einem Meuchelmord nicht zurückschreckte? Nur blinder Haß kann die Ursache sein, denn der Mord ist nicht aus gewinnsüchtiger Absicht geschehen!«

Einen Moment zauderte sie. Ihre Augen nahmen einen gehässigen Ausdruck an, aber sie hatte sich bewunderungswürdig in der Gewalt und zerfloß gleich darauf wieder in Tränen.

»Nein, ich weiß niemanden; ich kann mir nicht vorstellen, wer ihn so gehaßt haben soll. Soviel ich weiß, stand Egon ganz allein in der Welt und hatte keinen Menschen, der sich um ihn kümmerte, außer mir. Ich kann es einfach nicht fassen – ich stehe vor einem Rätsel!«

»Wann haben Sie die Wohnung betreten, Frau Baronin?«

»Ich glaube, um vier Uhr. Ich kam immer um die gleiche Zeit. Ahnungslos öffnete ich die Tür. Als ich dann das Schreckliche entdeckte, fiel ich in Ohnmacht. Ich habe noch nie einen Toten gesehen – schon gar nicht einen Ermordeten –, es war zu entsetzlich. Als ich dann aus meiner Ohnmacht erwachte, war mein erster Gedanke, Sie, Herr von Rhems, anzurufen und um Ihre Hilfe zu bitten.«

»War die Wohnungstür verschlossen, als Sie kamen?«

»Ja.«

»Wer wohnt im Parterre der Villa?«

»Eine alleinstehende alte Dame, die seit einem Monat in Mentone weilt.«

»Sie wissen nicht viel, Frau Baronin. Ich kann Ihnen wenig Hoffnung machen, daß ich Ihnen in dieser für Sie so sehr peinlichen Angelegenheit wirklich helfen kann.«

»Woher soll ich mehr wissen? Ich liebte ihn, er war mein ein und alles! Rächen Sie ihn, Herr von Rhems, rächen Sie ihn!« rief sie leidenschaftlich aus.

Bei diesen Worten fiel sie theatralisch vor mir auf die Knie. Krampfhaft hielt sie nach wie vor ihren großen Muff an sich gepreßt. Nie ließ sie ihn aus der Hand. Warum tat sie das? Es wäre doch naheliegend gewesen, ihn abzulegen.

Ich liebe keine theatralischen Szenen, sie mahnen mich außerdem immer zur Vorsicht. – So hob ich die Baronin ruhig auf und führte sie zu einem Sessel. Ich blieb der verbindliche Freund, wie sie es von mir gewohnt war.

»Ich werde alles tun, was in meiner Macht steht, davon dürfen Sie überzeugt sein, Frau Baronin. Wenn ich Ihnen jetzt einen freundschaftlichen Rat geben darf, dann lassen Sie sich jetzt eine Stunde spazierenfahren, damit Sie sich wieder etwas beruhigen können. Kehren Sie dann nach Hause zurück und überlassen alles Weitere getrost mir.«

»Und die Meldung an die Polizei?«

»Die werde ich schon erstatten.«

Ich nahm sie am Arm, sperrte die Wohnung ab und ging mit ihr hinunter. Unten stand mein Fiaker. Ich setzte sie hinein und sagte dem Kutscher, er möchte die gnädige Frau eine Stunde lang im Prater spazierenfahren, da sie sich nicht ganz wohl fühle.

Für mich stand fest, daß mein Plan nur gelingen konnte, wenn ich früher als sie in ihrer Wohnung war. Aus diesem Grund mußte ich sie mindestens eine Stunde von dort fernhalten.

Als sie außer Sichtweite war, eilte ich in meine Wohnung. Dort nahm ich einen

Bund Dietriche und begab mich schnurstracks in die Reichsrathstraße, wo die Baronin wohnte.

Wie ich wußte, war der Baron verreist, also waren von seiner Seite aus keine Schwierigkeiten zu erwarten. Aufpassen mußte ich nur, daß ich keinem der Dienstboten in die Hände lief. Ich hatte jedoch Glück und konnte unbemerkt in die Wohnung kommen, wo ich mich sofort in das Arbeitszimmer des Barons schlich, um dort zunächst einmal seine reichhaltige Waffensammlung zu besichtigen.

Meine Ahnung hatte mich also nicht getrogen! Ein hübscher malaysischer Kris, auf den der Besitzer besonders stolz war, fehlte.

Ich wußte, wo sich die Mordwaffe befand – im Muff der Baronin!

Jetzt interessierte mich nur noch die Frage, warum sie diese furchtbare Tat begangen hatte.

Mit meinem bisherigen Untersuchungsergebnis zufrieden, versteckte ich mich hinter der Couch, um den Moment abzuwarten, da die Baronin in das Zimmer kam, um die Waffe wieder an ihren Platz zu hängen.

Meine Geduld wurde auf eine harte Probe gestellt. Nach der erwarteten Zeit hörte ich sie nach Hause kommen, mit dem Diener und dem Stubenmädchen sprechen – aber das Zimmer betrat sie nicht. Anscheinend wollte sie warten, bis das Hauspersonal zu Bett gegangen war.

Meine Kombination erwies sich auch hierin als richtig. So gegen elf Uhr hörte ich, wie die Tür vorsichtig geöffnet wurde und jemand sich lautlos ins Zimmer schob. Es war die Baronin.

Der Anblick war beinahe gespenstisch. Sie war nur mit dem Nachthemd bekleidet und trug in der einen Hand eine Kerze. In der anderen Hand hielt sie den malaysischen Kris, mit dem sie vor wenigen Stunden ihren Geliebten getötet hatte!

Einen Moment lang zauderte ich. Man kennt ja meine Schwäche. Wenigstens für einen kurzen Moment wollte ich mich an der üppigen Schönheit der Verbrecherin weiden.

Sie erschien wie nackt, denn das hauchdünne Hemd ließ ihre üppigen Formen ungehindert durchscheinen. Brüste hatte sie, voll und schwer wie Sandsäcke! Die Hüften und Schenkel wie von Rubens gemalt, der ja so sehr die üppigen Weiber liebte.

Augenblicklich richtete sich ein gewisser Jemand verlangend in meiner Hose empor! Daß dieser Kerl doch nie Ruhe geben konnte! Selbst beim Anblick einer Verbrecherin ließ er nicht bedauernd das Haupt hängen, sondern richtete sich herausfordernd auf! Oder sollte ihn diese diabolische Verbindung von Schönheit und Verworfenheit so aufregen?

Doch die Sache war wirklich viel zu ernst. Eine Mörderin konnte ich nicht – und wenn ich sie noch so gern geliebt hätte – entwischen lassen!

Lautlos schlich ich hinter meinem Versteck hervor. In dem Augenblick, als sie den Kris wieder an seinen Platz hängen wollte, sprang ich auf sie zu und packte sie am Arm. Gleichzeitig preßte ich ihr den Mund zu, um sie am Schreien zu hindern.

Wie vom Blitz getroffen, brach sie in meinen Armen zusammen. Die Kerze fiel auf den Boden und erlosch. Als vorsichtiger Mann hatte ich mich aber vorher in dem Zimmer genauestens umgesehen und wußte so, wo der Lichtschalter angebracht war. Ein Satz – ein Griff – und helles Licht flutete durch den Raum.

Weiß wie eine Leiche stand die Baronin unbeweglich da. Das Hemd war ihr über die linke Schulter geglitten, und ihre volle Brust wogte vor meinen Augen auf und ab.

In ihrem Entsetzen dachte sie gar nicht daran, ihre Blöße zu bedecken.

»Warum haben Sie Ihren Geliebten ermordet?« fragte ich sie. Mein Ton war weich, nicht hart, denn ich empfand tiefes Mitleid mit der Unseligen.

»Weil er mich mit einer Dirne betrogen hat«, stieß sie wütend hervor.

»Ich dachte es mir.«

»Ich habe ihn aus dem Elend gezogen, habe ihn gekleidet, habe ihn in die hübsche Wohnung gesetzt, habe ihn erhalten – ich – alles – ich – und zum Dank dafür hat er mich mit so einer – betrogen!«

Es war ein Aufschrei einer gequälten, verletzten Frauenseele.

Sie sank in sich zusammen und starrte verzweifelt auf den Boden.

»Warum sind Sie auf die Idee verfallen, gerade mich zu rufen?«

Wie aus weiter Ferne kam ihr Blick. Was mochte sie im Geist nochmals geschaut haben? Ihren Geliebten, wie er mit ihr in höchster Lust vereint war? Wie sie ihm in seiner seligen Ermattung den Dolch in die Brust stieß? Sie wird dieses grauenhafte Bild bis an das Ende ihrer Tage vor sich sehen müssen. Ich glaube, daß dies die schlimmste Strafe für den Täter ist.

»Als ich es vollbracht hatte, packte mich die Angst. Die ganz gemeine Angst, daß man mich entdecken und verhaften würde. Deshalb rief ich Sie. Ich hoffte, Sie täuschen zu können – und dann zu meinem Schutz zu bewegen.«

»Das tut mir leid um Sie, gnädige Frau. Sie konnten mich nicht täuschen. Soll ich Ihnen jetzt sagen, wie Sie die Tat vollbracht haben?« Trotz ihrer flehenden Handbewegung fuhr ich ungerührt fort:

»Sie haben sich zuerst dem Unglücklichen hingegeben, und dann, in dem Moment, da er durch den Erguß wehrlos war, stießen Sie ihm den Dolch in die Brust! War es so?«

»Ja«, hauchte sie, »genauso war es. Doch – was werden Sie jetzt tun?«

»So schwer es mir fällt – meine Pflicht!«

»Mich verhaften?«

Mit einem jähen Aufschrei warf sie sich mir zu Füßen. Diesmal war es keine Komödie, diesmal war es echte Verzweiflung, Ausweglosigkeit, Not.

Das Hemd war ihr vollständig herabgeglitten, völlig nackt umklammerte sie meine Knie. Betäubend stieg der Duft ihres Körpers in mein Gesicht.

Mit typisch weiblichem Instinkt – der ja gerade in der eigenen Not hellwach ist – erkannte sie mit einem Blick die einzige Möglichkeit zur Rettung, die sich ihr noch bot.

Verzweifelt drängte sie sich zwischen meine Beine und preßte ihre Brüste gegen jene Stelle meiner Hose, in der sie Meister Priap sein Haupt in die Höhe recken sah.

Mir wurde heiß und kalt, und verzweifelt

tasteten meine Hände nach den geilen Hügeln, die an mir auf- und niederwogten.

»Retten Sie mich! Bitte – retten Sie mich!« stöhnte sie. »Soll ich denn sterben müssen, weil ich so einen undankbaren Schurken bestraft habe? Ich will nicht sterben – ich will nicht sterben! Mein Gott, ich bin noch so jung, ich will mein Leben genießen! Sehen Sie, ich bin schön – ich verstehe zu lieben – kommen Sie – hier gleich – lieben Sie mich – aber zeigen Sie mich nicht an!«

»Ich kann nichts weiter tun, als den Dingen ihren Lauf lassen, Frau Baronin. Ich bin von Ihnen ja als Freund – und nicht als Detektiv gerufen worden, aber was soll ich tun, wenn mir der Fall nach seiner offiziellen Entdeckung von Amts wegen übertragen wird?«

Sie hatte sich ganz an mir heraufgezogen. Ihr Leib rieb sich sinnbetörend an meinem. Mit ihren Schenkeln umklammerte sie meine Beine, und ihr dunkles, mächtiges Vlies wetzte auf meinem Monsieur auf und ab, der in seiner gierigen Härte schier die Hose zerriß.

»Sie werden es schon vermeiden können – wenn Sie wollen«, flüsterte sie, und ihr heißer, begieriger Atem versengte mir fast das Gesicht.

Sie hob nun einen Tanz an, wie ich noch keinen erlebt hatte! Ihre Haare lösten sich und fluteten ihr in schönen, dunkelroten Wellen über die Schultern und den Busen, dessen Knospen sie mir abwechselnd in den Mund steckte.

Dieses Weib machte mich rasend wie noch keine Frau je zuvor. Ich verbiß mich in sie, ich krallte meine Hände in ihren üppigen Hintern.

Wie ein wahnsinnig gewordener Kreisel drehte sie sich auf mir.

Als ich endlich entlud, vermeinte ich, flüssiges Feuer herauszuspritzen.

Mit wenigen Griffen zog – nein, riß – sie

mir die Kleider vom Leib. Im Nu war ich so nackt wie sie. Nun machte sie sich daran, meinem erschöpften Priap wieder neues Leben einzuflößen.

Sie führte das Kommando, und da sie raffiniert war, überließ ich mich gern ihren Weisungen.

»Komm«, sagte sie und zog mich an der Hand durch mehrere Räume hindurch in ihr Zimmer hinüber.

Später, als ich ihr zum Abschied noch einmal unter die Röcke griff, sagte sie schelmisch:

»Nun, Herr Detektiv, habe ich Ihnen zuviel versprochen? Jetzt halten aber auch Sie, was Sie mir versprochen haben!«

Das tat ich auch. Am nächsten Tag meldete ich mich krank und fuhr auf vierzehn Tage nach Palma auf Sizilien.

Als ich zurückkam, war es gerade fünf Tage her, daß man den Mord entdeckt hatte.

Den Mörder entdeckte man nie!

Nach weiteren zwei Monaten war das »Rätsel im Cottage«, wie es die Zeitungen nannten, ganz vergessen.

Um mein Gewissen doch etwas zu beruhigen, forschte ich nach meiner Rückkehr in aller Stille nach dem Leben, das der Ermordete geführt hatte. Ich erfuhr dabei so manches, das sie, wenn auch nicht ganz entlastete, so doch entschuldigte.

Es stimmte, der Junge hatte sich regelrecht von ihr aushalten lassen. Die Schriftstellerei war nur ein Firmenschild für seine Faulenzerei gewesen. Das Geld, das sie ihm überreichlich in die Tasche steckte, hatte er in Gesellschaft von Dirnen ärgster Sorte vertan.

Ich fand es begreiflich, daß sich ein so heißblütiges Weib für diese Gemeinheit rächte.

Nach einem halben Jahr starb sie übrigens ganz plötzlich.

Viertes Kapitel

Viele Wiener, und es brauchen nicht einmal die bewußten ›ältesten‹ zu sein, werden sich noch an die Baronin Gl. erinnern, die so Anfang der achtziger Jahre durch das Raffinement ihrer Toilette und ihrer prächtigen Viererzüge, die sie selbst lenkte, das Aufsehen sämtlicher Kreise erregte.

Bei den Rennen, auf den Praterfahrten, auch sonst bei allen öffentlichen Anlässen, war sie eine bekannte Erscheinung, die durch ihre weit über den Durchschnitt hinausgehende Schönheit die Augen aller auf sich lenkte.

Noch heute sehe ich sie vor mir, wie sie gleich einer Königin, die meisten um ein gutes Stück überragend, durch die Menge schritt, die ihr in beinahe scheuer Bewunderung Platz machte.

Sie war das, was man ein ›Kapitalweib‹ nannte. Beinahe sechs Fuß hoch, hatte ihr Körper doch nicht, wie sonst leicht bei großen Frauen, etwas Plumpes, Massives und Ungraziöses, sondern im Gegenteil, durch das klassische Ebenmaß seiner Formen, eine Eleganz und Grazie, die bezauberten.

Büste und Hüften waren voll und rund, aber nicht überquellend und ausladend. Die Taille war bei aller Kraft geschmeidig und zierlich.

Ihr Gesicht zeigte reine, weiche Formen, nichts Herbes und Hartes, geschweige denn einen Stich ins Brutale, wie man es sonst oft bei solchen Frauen sieht. Ihr dunkelblondes Haar umrahmte wie eine feingesponnene Goldkrone ihr Gesicht.

Wie oft, wenn ich dieses Prachtweib in der Freudenau oder auf dem Industriellenball an mir vorüberschreiten sah, dachte ich mir: Herrgott, diese Frau möchte ich einmal lieben!

Wenn mir damals einer gesagt hätte, daß mir dieser Wunsch in Erfüllung gehen würde, hätte ich ihm glatt ins Gesicht gelacht und ihn für verrückt gehalten.

Ich hätte eher geglaubt, daß die Kaiserin von China extra von Peking nach Wien gereist kommt, um die Zauberkünste meines Priaps zu kosten!

Die Baronin galt als ebenso unnahbar wie schön, und ihr Ruf war ebenso fleckenlos wie die vier Schimmel, mit denen sie die Hauptalleen im Prater entlangkutschierte.

Nie hatte ich sie mit einem Herrn sprechen, geschweige denn in der Begleitung eines solchen gesehen. Überall wo sie sich zeigte, erschien sie an der Seite einer schlanken, gleichfalls elegant gekleideten Frau in mittleren Jahren, die augenscheinlich ihre Gesellschaftsdame war.

Für all die bewundernden, begehrenden, brennenden Blicke, die ihr folgten, hatte sie nicht einmal eine Miene der Verachtung – sie waren ihr anscheinend gleichgültig und glitten an ihr ab wie Kinderpfeile an einer Steinmauer. Man raunte sich sogar in die Ohren, daß sie einen unserer populärsten Erzherzöge, der als großer Damenfreund bekannt war, in ziemlich brüsker Weise habe abblitzen lassen.

Aber nicht nur der Männerwelt gegenüber verhielt sie sich so ablehnend. Sie ließ sich auch keine Dame zu nahe kommen, gleichviel ob diese der höchsten Aristokratie oder der reichsten Plutokratie angehörte. Sie pflegte absolut keinen Verkehr, gleichsam als hätte sie ein Geheimnis zu wahren, dessen Verrat sie durch die Bekanntschaft mit Fremden fürchtete.

In der eleganten, kleinen Villa, die sie sich nach ihrem Erscheinen in Wien hatte erbauen lassen, lebte sie allein und abgeschlossen. Trotzdem fehlte sie bei keinem Ball, bei keiner Premiere, bei keinem Rennen.

Was war natürlicher, als daß bald die abenteuerlichsten Gerüchte über sie im Umlauf waren? Wußte doch kein Mensch, woher sie kam, wer sie war. Ihr Name war auch nur dadurch bekannt geworden, daß ein ganz besonders Wißbegieriger ihren Kutscher danach gefragt hatte.

Die einen behaupteten, sie sei eine brasilianische Prinzessin, die anderen, eine russische Fürstin; die dritten, die zynisch veranlagt waren, meinten, sie sei nur die Geliebte eines russischen Großfürsten.

So stritt man sich in den Kaffeehäusern, in den Salons und den Foyers der Theater über sie herum, und erst nach und nach, als man sich daran gewöhnt hatte, sie auf allen öffentlichen Veranstaltungen zu sehen, legte sich die Aufregung, zumal die Frau nie, und auch nicht durch das kleinste Atom eines Skandals, Anlaß zu üblem Gerede gab.

Das änderte sich schlagartig, als eines Tages die Welt mit Staunen vernahm, daß dieses schöne, anbetungswürdige Weib eine Verbrecherin – und zwar eine unglaublich grausame und raffinierte Verbrecherin – ja, eine Bestie in Menschengestalt, wie es kaum eine brutalere gab, war.

Ohne, daß ich es beabsichtigt hatte, war ich derjenige, der den Schleier des Geheimnisses zerriß.

Für diese Tat brauchte ich mir allerdings keinen Fackelzug zu bringen, denn wie so oft war auch hierbei der Zufall mein bester

Helfer. Nur durch eine rein zufällige Begegnung wurde ich bewogen, mich für das Leben und Treiben in der verschlossenen Villa zu interessieren.

In einer Winternacht kam ich ziemlich spät von einer Tarockpartie bei einem Freund durch die stille Gartenstraße, in der die Villa tief versteckt unter alten Ahornbäumen lag.

Es schneite, und bis an die Nasenspitze in meinen Pelz gewickelt, stapfte ich meinen Weg dahin, das ganze mir zu Gebote stehende Fluchlexikon durchgehend, da sich nirgendwo ein Wagen blicken ließ und ich daher die reizende Aussicht vor mir hatte, in dem Hundewetter bis auf die Währinger Straße zu Fuß gehen zu müssen.

Während ich gerade ein meterlanges Gebet murmelte, in dem sämtliche Fiaker und Einspänner Wiens der angelegentlichen Fürsorge des Teufels empfohlen wurden, hörte ich durch die Stille der Nacht, wie etwa vierzig, fünfzig Schritt vor mir ganz vorsichtig und leise eines der Gittertore geöffnet wurde.

In uns Detektiven ist zu jeder Tages- und Nachtzeit der Polizist wach, und instinktiv sprang ich in den schwarzen Schatten eines Baumes, um zu beobachten, was sich da so behutsam auf die Straße schlich. Vielleicht war es ein Dieb oder gar einer, der ein noch größeres Verbrechen auf seinem Konto hatte.

Wer beschreibt aber mein Erstaunen, als ich entdeckte, daß die Gestalt aus dem Garten der Baronin Gl. kam! Als ich noch genauer hinsah, erblickte ich eine zweite Person, augenscheinlich eine Frau, die hinter dem Heraustretenden die Türe abschloß und dann in das Haus zurückeilte.

Ah, meine liebe Gl., bin ich dir endlich auf die Sprünge gekommen, dachte ich!

Am Tage spielst du die Unnahbare, und bei Nacht läßt du verstohlen den Liebsten aus dem Hause! Na warte!

So rasch ich konnte – ich mußte mich ja immer im Schatten halten, um nicht gesehen zu werden – eilte ich dem geheimnisvollen Besucher der schönen Gl. nach.

Aber je näher ich kam, desto verwunderter wurde ich. Der Mensch sah nicht wie der Liebhaber einer schönen und eleganten Frau aus! Trotz der bitteren Kälte war er nur dürftig gekleidet und schritt merkwürdig langsam und schleppend dahin, wie einer, der todmüde und matt ist und sich nur mit der letzten Willenskraft auf den Beinen hält. Von Zeit zu Zeit blieb er stehen und hielt sich an dem Gitter der Vorgärten fest, wie wenn er jede Minute umsinken wollte. Dann wankte er wieder weiter, bis er schließlich mit einem leisen Wehlaut zusammenbrach und der Länge nach in den Schnee fiel.

Mit zwei Sprüngen war ich bei ihm und hob ihn auf. Zu Tode erschrocken starrte ich in sein Gesicht! Nein, das war kein glücklicher Liebhaber, der sich mit wankenden Knien aus dem Bett des schönen Weibes schlich.

Der Mensch mochte vielleicht siebzehn, achtzehn Jahre alt sein, sah aber aus wie eine wandelnde Leiche. Sein bartloses Gesicht war käsebleich und zeigte an mehreren Stellen blutunterlaufene Striemen wie von Peitschenhieben. Als ich ihn um die Brust herumfaßte, um ihn hochzurichten, ächzte er auf, wie wenn ihn jede Berührung unendlich schmerzte. Er war bei Bewußtsein, aber so schwach, daß er kein Wort über die blutleeren Lippen bringen konnte.

Was blieb mir übrig? Ich nahm ihn auf meine Arme und trug ihn die menschenleere Straße hinunter, bis ich an die Gymnasiumstraße kam, wo ich endlich einen Wagen erwischte. In diesem brachte ich ihn auf die nächste Rettungswache, wo die Ärzte den armen Teufel durch Cognac und schwarzen Kaffee soweit bekamen, daß er auf dem Stuhl sitzen konnte, ohne herunterzufallen.

»Wie heißen Sie?« fragte ich ihn.

»Ferdinand Gruber«, antwortete er langsam wie einer, der Mühe hat, zu sprechen oder überhaupt sich auf seinen eigenen Namen zu besinnen.

»Wie kommen Sie in die Villa Gl.?«

Er sah mich an, als müßte er zuerst seine Gedanken sammeln, ehe er mir diese Frage beantworten konnte.

»Na, Gruber, rappeln Sie sich zusammen. Sie werden doch wissen, was Sie in dem Hause gewollt haben?«

Nun erst kam er klar zur Besinnung.

»Ich war dort Gärtner«, stotterte er langsam.

»Sie, lügen Sie gefälligst nicht! Wenn Sie dort angestellt sind, warum schleichen Sie sich dann wie ein Dieb in der Nacht davon? Und wer war die Frauensperson, die Sie hinausbegleitet hat?«

»Das war die Toni.«

»Was für eine Toni?«

»Na, die Toni halt, das Stubenmädchen!«

Ich wollte ihn noch weiter fragen, aber der Arzt legte sich dazwischen.

»Der Mann ist zu schwach«, sagte er, »um ein scharfes Verhör auszuhalten. Lassen Sie ihn erst ein, zwei Tage ausruhen, ehe Sie ihn befragen.«

Das tat ich dann auch. Da ich aber nicht wollte, daß Gruber mit irgendeinem anderen Menschen in Berührung kam, nahm ich ihn kurz entschlossen mit zu mir nach Hause und pflegte ihn höchst eigenhändig.

Herrgott, wie erschrak ich, als ich mit Hilfe meines Burschen den armen Teufel auskleidete! Sein ganzer Körper war mit Wunden, Beulen und Striemen bedeckt.

Zum Glück war er ein zäher Kerl. Nach

zwei Tagen, in denen ich ihn aufpäppelte wie ein kleines Kind, stand er wieder auf den Beinen. Jetzt konnte ich ihn mir vornehmen, um endlich Licht in das mysteriöse Dunkel zu bringen.

»Also, Gruber, nun erzählen Sie mir einmal, und zwar ganz ausführlich, was Ihnen in der Villa passiert ist.«

»Ich kann nicht, Herr Oberkommissar.«

»Warum können Sie nicht?«

»Weil ich g'schworen hab'!«

»Geschworen? Ja, wem haben Sie denn geschworen? Und was haben Sie geschworen?«

»Ich hab' schwören müssen, daß ich nichts verrat!«

»Haben Sie den Schwur denn freiwillig geleistet?«

»Das nicht! Man hat mich gezwungen – aber ich meine halt, Schwur ist Schwur, und ich bin ein guter Katholik und brech' keinen Eid.«

»Gruber, ich will Ihnen mal was sagen: Sie sind ein Esel! Ein mit Gewalt erzwungener Eid ist kein Eid. Folglich kann man ihn auch nicht brechen. Was nicht besteht, kann man auch nicht brechen, verstehen Sie das?«

Aber all meine Sophisterei half mir nichts. So energisch ich auch in den Burschen drang, ich konnte nichts aus ihm herausbekommen. Selbst als ich ihm drohte, ihn zu verhaften, tat er den Mund nicht auf.

Schließlich verfiel ich auf einen Ausweg. Ich schickte meinen Diener zu einem mir befreundeten Kapitelherrn des Stephansdoms und bat ihn, sich zu mir zu bemühen.

Dem ehrwürdigen Geistlichen gegenüber, der ihn von seinem Eid entband, wurde Gruber dann endlich gesprächig.

Unter Tränen erzählte er, was er in der kleinen, verschwiegenen Villa durchgemacht hatte.

Was ich da erfuhr, erschien mir als die Ausgeburt eines wahnsinnigen Sadistengehirns. Mehr als einmal liefen mir bei dem Bericht des armen Teufels kalte Schauer den Rücken hinunter. Die Geschichte hatte sich folgendermaßen zugetragen:

Auf eine Anzeige im ›Tagblatt‹ hin hatte er sich als Gärtner gemeldet und war, da seine Zeugnisse gut waren, gleich angestellt worden. Ein Raum neben der Wohnung des Kutschers, die sich im Stallgebäude befand, wurde ihm zum Schlafen zugewiesen. Das Essen bekam er mit dem Kutscher zusammen.

In die Villa selbst kam er nie. Auch die Herrin bekam er nur äußerst selten zu Gesicht.

Er arbeitete fleißig im Garten und kümmerte sich wenig um die anderen Mitglieder des Haushalts. Aber schließlich fiel es ihm doch auf, daß außer ihm und dem Kutscher, der bereits ein alter, schwacher

Mensch war, kein Mann in der Villa war. Das ganze Dienstpersonal bestand aus lauter Frauenspersonen, die er nach und nach kennenlernte.

Mit einer von ihnen, der bereits erwähnten Toni, dem zweiten Stubenmädchen, schloß er nähere Bekanntschaft. Da er dem blonden Mädchen ebenso gut gefiel wie sie ihm, dauerte es nicht lange, bis sie miteinander einig wurden und die Toni ihm versprach, ihn in der nächsten Nacht in ihre Kammer zu lassen.

Wie verabredet, schlich er sich also in der nächsten Nacht, so gegen elf Uhr, ins Haus, dessen rückwärtige Tür die Toni offengelassen hatte.

Kaum war er jedoch in dem Speisesaal, den man vom Garten aus zuerst betrat, als er sich plötzlich von drei Seiten zugleich überfallen und auch schon gebunden fühlte. Es war ihm ganz unmöglich, sich überhaupt noch zur Wehr zu setzen.

An Händen und Füßen gefesselt, wurde er in den ersten Stock geschleppt, wo in einem halberleuchteten Zimmer die Herrin auf einer Couch liegend ihn erwartete.

Wie ein Bündel Kleider warfen ihn die drei Mädchen, die ihn hinaufgeschleppt hatten, der Herrin vor die Füße.

»Du hast es gewagt, die Hand nach einem weiblichen Wesen auszustrecken?« redete ihn das schöne Weib an.

Der Ferdinand Gruber war ein echtes Wiener Kind, keck und schlagfertig. Als er sich von seinem Erstaunen erholt hatte und in dem elegant eingerichteten Zimmer mit den vier Frauen, die alle ausnehmend hübsch und jung waren, allein sah, dachte er nichts anderes, als daß man mit ihm einen lustigen Spaß inszenieren wollte. Er faßte also die Sache sehr humorvoll auf und antwortete mit einem kecken Augenzwinkern:

»Ich hoffe, bald auch noch was anderes nach ihm auszustrecken!«

»Das sollst du büßen, du gemeiner Schurke!« schrie sie. »Ich werde dich die schuldige Ehrfurcht vor dem weiblichen Geschlecht lehren!«

Was der arme Kerl in dieser Nacht alles durchgemacht hat, läßt sich überhaupt nicht beschreiben.

Als Gruber seinen Bericht beendet hatte, war ich vor Entsetzen wie gelähmt.

Gab es solche Unmenschen? Konnte sich eine solche Bestie hinter dem nach außen so reinen Antlitz der Baronin verbergen? Als ich mich wieder einigermaßen gefangen hatte, frug ich ihn:

»Ja, sagen Sie mir einmal, wie haben denn die Frauen überhaupt erfahren, daß Sie zu dem Mädchen wollten?«

»Sie haben sie halt erwischt, wie sie in den Speisesaal geschlichen ist, um auf mich zu warten. Da haben sie es mit Gewalt aus ihr herausgebracht, daß sie mit mir ein Rendezvous hat. Diese Kanaillen, wenn ich die nur noch einmal in meine Hände kriegen würde!«

»Dafür kann Rat werden«, sagte ich.

So schwach er war, er sprang wie belebt auf.

»Herr Oberkommissar«, rief er, »wenn Sie den Ludern an den Leib wollen, dann nehmen Sie mich bitte mit! Wenn ich auch jetzt noch ganz zerschlagen bin, ich stelle schon meinen Mann, wenn's drauf ankommt!«

»Wir werden es ja sehen. Jetzt legen Sie sich erst einmal ruhig hin und schauen zu, daß Sie wieder zu Kräften kommen, dann wollen wir über die Sache weiterreden!«

Mein Entschluß stand fest. Ich wollte in die Villa eindringen und die Bestien verhaften.

Da ich aber die Welt mit dieser Sensation zu überraschen gedachte, erstattete ich meinem Vorgesetzten keine Meldung, sondern beschloß, auf eigene Faust vorzugehen.

Ferdinand Gruber und mein Bursche, ein bärenstarker Wallach, sollten mich auf der Expedition begleiten.

So zogen wir drei Männer am nächsten Abend los und kamen so gegen elf Uhr vor der Villa an, die wie gewöhnlich mit dunklen Fenstern in ihrem Garten lag.

Mit meinem Dietrich öffnete ich die verschlossene Gittertür, und auf den Zehen schlichen wir uns über den schneebedeckten Weg an die Haustür, die ich gleichfalls lautlos öffnete.

Mit verhaltenem Atem drangen wir in die Villa ein, in der bereits alles im Schlaf zu liegen schien.

»Das Zimmer der Baronin liegt im ersten Stock«, flüsterte mir Gruber zu.

Wie gelernte Einbrecher kletterten wir die Stiege empor und sahen, als wir oben auf dem Korridor standen, aus einer Tür Licht schimmern.

»Dort ist sie«, knirschte mein Führer, der vor Aufregung am ganzen Leibe zitterte.

Nun standen wir vor der Tür, die Revolver in der Hand. Einen Moment zögerte ich noch, dann drückte ich die Klinke nieder und trat ein.

Hinter mir schoben sich Gruber und Vlai, mein Bursche, ins Zimmer.

Das schöne Weib lag auf der Couch und las. Sie trug einen weiten lichtblauen, seidenen Schlafrock, unter dessen Saum die kleinen, mit Lackpantöffelchen bekleideten Füße hervorblickten. In goldenen Wellen flutete das aufgelöste Haar ihr über Schultern und Rücken herab.

Wenn man sie so ruhig in ihrer majestätischen Schönheit daliegen sah, konnte man sich nicht vorstellen, daß sie eine solche Bestie in Menschengestalt war.

In jähem Schreck fuhr sie empor und starrte uns totenbleich an.

»Wer sind Sie? – Was wollen Sie?« stammelte sie verwirrt.

»Ich bin Polizeibeamter«, erwiderte ich, »und diesen Mann da« – ich zeigte auf Gruber, der wie ein sprungbereiter Tiger neben mir stand – »werden Sie ja wohl kennen!«

»Der Gärtner!« ächzte sie.

»Ja, der Gärtner. Derselbe Gärtner, den Sie so schlecht behandelt haben, Frau Baronin! Sie haben ihn dafür gestraft, daß er mit einem Ihrer Mädchen ein Rendezvous hatte. Nun sollen Sie dafür gestraft werden, daß Sie ihn gestraft haben!«

Aber während ich diese schöne, von Moral triefende Rede schwang, hatte sie sich gefaßt. Sie richtete sich zu ihrer ganzen majestätischen Höhe auf und sah mich und meine Gefährten hochmütig von oben herab an. Ich bin wahrlich kein kleiner Kerl, aber sie konnte ohne Mühe noch die Haare auf meinem Scheitel zählen.

»Sie sind kein Polizeibeamter«, sagte sie kalt, »sonst hätten Sie es nicht nötig, sich bei Nacht und Nebel wie ein Einbrecher in mein Haus zu schleichen. Und die Gesellschaft dieses Menschen da« – sie deutete auf Gruber – »sagt mir deutlich, wer die beiden anderen sind. Auch nur ein paar Vagabunden! Machen Sie es kurz! – Wieviel wollen Sie haben? Na, reden Sie schon endlich!«

Gruber wollte auffahren, aber ich hielt ihn zurück und trat ihr einen Schritt näher.

»Ich bedaure«, erwiderte ich, »daß Sie sich in uns irren. Aber das ändert an Ihrem Schicksal nichts! Ich erkläre Sie im Namen des Gesetzes für verhaftet! Leisten Sie keinen Widerstand, denn ich bin nicht gesonnen, einen solchen zu dulden!«

Gruber und Vlai hoben drohend ihre Revolver. Sie war jedoch offensichtlich kein Weib, das Furcht kannte. Sie verschränkte die Arme auf der runden Brust und blickte mir, zwar bleich, aber fest in die Augen. Ich muß gestehen, daß mir ihre Beherrschtheit sehr imponierte.

»Ich würde Ihnen raten, daß weder Sie noch Ihre Kumpane da es wagen, mich anzurühren!« rief sie empört. »Das ist ja das neueste, daß Banditen sich als Polizisten ausgeben und in die Häuser eindringen! Ich bin überzeugt, daß Sie alle drei, wie Sie hier stehen, ganz schön Reißaus nehmen, wenn ich die richtige Polizei rufe! Also nochmals, lassen Sie diesen Quatsch und verschwinden Sie augenblicklich!«

»Madame«, sagte ich ironisch, »Sie werden sich ganz schön hüten, nach der Polizei zu rufen. Den Grund brauche ich Ihnen wohl kaum zu erklären, den wissen Sie selbst nur zu gut.«

»Daß ich nicht lache, wegen solcher Lappalien wird mir die Polizei kaum ein Haar krümmen. Außerdem dürfte man meiner Aussage wohl mehr Glauben schenken als der eines hergelaufenen Gärtners!«

Als ich dieses arrogante Weib so vor mir sah, stieg mir doch langsam die Wut auf. Wenn sie sich, von den Beweisen erdrückt, geduldig in ihr Schicksal ergeben hätte, würde ich wohl glimpflicher mit ihr verfahren sein – aber so – nein und tausendmal nein, sie war keiner mildernden Umstände wert!

»Frau Baronin«, sprach ich nun so scharf und schneidend ich nur konnte, »Sie verkennen absolut die Situation, in der Sie sich befinden. Sie sind jetzt in unserer Macht, und wir werden Sie ebenso behandeln, wie Sie den armen Jungen da behandelt haben. So wenig sein Flehen und Bitten Ihr hartes Herz rührte, so wenig soll Ihr Jammern unser Herz erweichen.«

»Ach so, läuft es darauf hinaus! Glauben Sie aber ja nicht, daß ich mich wehrlos in Ihre schmutzigen Hände ausliefere!«

Mit einem Satz sprang sie auf den Taster

der elektrischen Glocke zu. Ich hatte sie aber keine Sekunde aus den Augen gelassen und war nun schneller als sie. Im Sprung fing ich sie auf und warf sie auf die Couch zurück. Ich packte ihre Handgelenke und fesselte sie leicht.

Zugegeben, die Art und Weise, wie ich gegen dieses vornehme und schöne Weib vorging, war nicht gerade als fair zu bezeichnen. Außerdem war ich mir völlig darüber im klaren, daß ich meine Befugnisse weit überschritt.

Als sie nun vor mir lag, überlegte ich einen Moment, was ich nun mit ihr tun würde. Da sie uns nicht entkommen konnte, war es wohl das beste, wenn wir uns jetzt um die Dienerinnen kümmern würden, denn es wäre ja doch denkbar, daß die eine oder andere nach ihrer Herrin sehen und dann gewaltig Krach schlagen würde.

»Wissen Sie«, fragte ich Gruber, »wo die Mädchen schlafen?«

»Oben im zweiten Stock«, antwortete er, und seine Augen funkelten böse.

»Also hinauf! Verlieren wir keine Zeit! Mit dieser Dame hier können wir uns nachher noch in aller Ruhe beschäftigen. Inzwischen kann sie sich vielleicht mit ihrem verkommenen Hirn ausmalen, was ihr von uns für ›Zärtlichkeiten‹ zugedacht werden. Also bis nachher, Frau Baronin!«

Wir schlichen vorsichtig in den zweiten Stock hinauf.

Die Mädchen lagen in ihren Betten und schliefen. Es kostete uns also keine große Mühe, sie zu überwältigen.

Innerhalb von zehn Minuten waren alle vier – zur Vorsicht auch Grubers Freundin, die Toni – gefesselt und geknebelt.

Es blieb nur noch die Gesellschafterin, die ihr Zimmer in der gleichen Etage hatte, schnell zu überwältigen.

Sie war wach, als wir in ihr Zimmer traten. Bei unserem Anblick stieß sie einen schrillen Schrei des Entsetzens aus. Sie sah mit ihren aufgelösten, kurzen, grauen Haaren wie eine Nachteule aus. Diese alte Vettel war wirklich ekelerregend.

Gruber stürzte auf sie zu, und ich konnte es ihm bei Gott nicht verdenken, daß er sie aus dem Bett zog und fesselte.

Eine nach der anderen trugen wir dann die Frauen nach unten. Als wir alle gut aufgehoben wußten, kehrten wir in das Zimmer der Baronin zurück.

Und hier bot sich mir ein Anblick, mit dem ich ganz bestimmt nicht gerechnet hatte. Der Baronin war es nämlich in der Zwischenzeit gelungen, sich von ihren Fesseln zu befreien, und sie hatte ihrem Leben ein Ende gemacht.

Sie lag langausgestreckt auf dem Boden. In der Hand hielt sie ein kleines Fläschchen, dessen Inhalt sie geleert hatte.

Vorsichtig nahm ich es und roch daran: Zyankali.

Da erwachte ich endgültig aus meinem Trancezustand. Mir kam zum Bewußtsein, was ich getan hatte.

Die beiden, den Gruber und den Vlai, diese einfachen, brutalen Burschen, konnte man nicht zur Verantwortung ziehen.

Aber mir, mir konnte es schlimm ergehen, wenn ich die Sache nicht irgendwie einzurenken verstand.

Am nächsten Morgen erstattete ich meinen beiden Vorgesetzten, wenn auch mit gemischten Gefühlen, Bericht.

Da ich es für das beste hielt und auch wußte, daß sie mich schon nicht fallenlassen würden, gestand ich ihnen alles.

Der Präsident und mein unmittelbarer Chef, Dr. Stein, machten beide ernste Gesichter, aber schließlich drückten sie, wie so oft bei mir, alle zwei Augen zu.

So kam ich denn noch einmal ohne großen Schaden aus dieser Geschichte heraus.

Fünftes Kapitel

Eines Tages erhielten wir von der Pariser Polizei die Mitteilung, daß eine berüchtigte Hochstaplerin und Hoteldiebin auf dem Wege nach Wien sei. Sie hatte in Paris zwei kecke Streiche verübt, sei aber den Beamten durch die Finger geschlüpft. Man nehme an, daß sie ihr nächstes Gastspiel in Wien absolvieren werde.

Steckbrief: große, schlanke Figur, brünette Haare, vollendete Eleganz. Gibt sich für gewöhnlich als reiche Amerikanerin aus. Gehört augenscheinlich einer großen, internationalen Bande an, arbeitet aber immer allein.

»Das ist etwas für Sie, Rhems«, sagte der Chef schmunzelnd.

»Sehen Sie zu, daß Sie sie bei irgendeiner Tat erwischen, nehmen Sie sie dann hopp – und wir schicken sie kurzerhand den Kollegen in Paris zurück. Sollen die sich dann mit ihr herumschlagen.«

Eine Stunde später standen meine Agenten auf allen Bahnhöfen und paßten auf, ob nicht eine große, schlanke, brünette Dame in Wien ankäme.

Richtig, mittags meldete der Posten von der Westbahn: »Betreffende von Paris eingetroffen, Hotel Bristol abgestiegen.«

Am selben Abend kam im Hotel Bristol ein alter, sehr gepflegter Herr an, der sich als van der Wiek, Diamantenhändler aus Amsterdam, in das Fremdenbuch eintrug.

Er hatte einen großen Koffer mit und

trug in der Hand eine kleine Tasche, die er nicht einen Moment lang von sich ließ.

Dem Hotelpersonal erzählte er mit der vertrauensseligen Geschwätzigkeit des Alters, die Tasche enthalte kein kleines, sondern ein großes Vermögen: Diamanten, die er am Wiener Platz zu verkaufen beabsichtige.

Das Angebot, das kostbare Gepäck doch im Safe zu deponieren, lehnte er entschieden ab. Bei ihm sei es am sichersten aufgehoben.

Am nächsten Morgen saß der alte Herr am Frühstückstisch und studierte mit Hilfe einer goldenen Brille die Morgenblätter, als eine sehr elegante Dame den Raum betrat und sich, da kein anderer Platz mehr frei war, an dem Tisch neben dem Diamantenhändler niederließ.

Sie war eine große wohlproportionierte Erscheinung vom Typ der eleganten Amerikanerin. Ihr Gesicht war zwar zu unregelmäßig, um als hübsch zu gelten, dafür war es aber rassig und interessant.

Auch der Amsterdamer legte seine Zeitung beiseite und schaute sie mit seinem kurzsichtigen Blick an. Sie gefiel ihm offensichtlich, denn er nickte höchst befriedigt vor sich hin, als er sah, daß sie in seiner Nähe Platz nahm.

Die Amerikanerin, die so Ende der Zwanzig sein mochte, schenkte aber weder ihm noch den anderen Gästen die geringste Aufmerksamkeit.

Mit der gelangweilten Miene eines Menschen, der gewohnt ist, Aufmerksamkeit zu erregen, ließ sie sich das Frühstück servieren und vertiefte sich angelegentlich in dessen Reize.

Niemand, vielleicht selbst nicht einmal der Diamantenhändler, der ihr doch am nächsten saß, bemerkte, daß sie, während sie kunstgerecht die kalte Ente zerlegte, unter den langen, schwarzen Augenlidern hervor alle Anwesenden musterte.

Da führte der Hotelboy dem Diamantenhändler einen jüngeren Herrn zu, der den Alten sehr höflich grüßte.

Es begann dann eine Konversation, die, obwohl in französischer Sprache geführt, dennoch von der Amerikanerin offensichtlich verstanden wurde, denn unauffällig beugte sie sich zu dem Nebentisch hinüber, um der Unterhaltung besser folgen zu können.

»Für wieviel haben Sie mit?« fragte der Neuangekommene, augenscheinlich ein Wiener Kaufmann, den Holländer.

»Ach Gott, so für etwa acht mal hunderttausend Gulden. Ich sage Ihnen, junger Freund, lauter ausgesuchte herrliche Steine. Ein paar darunter so groß wie mein Daumennagel. Eine solche Ware werden Sie bisher noch nie gesehen haben.«

»Ich bitte Sie, Herr van der Wiek, das ist

ja ein enormes Vermögen! Wo haben Sie denn die Ware deponiert?«

Der Alte nickte vergnügt.

»Gut aufbewahrt, das können Sie sich doch denken! Wissen Sie, mein Koffer hat einen doppelten Boden, da findet sie kein Dieb – und wenn er noch so gerissen ist! Ich kenne mich aus mit den Schlichen der Unterwelt, das dürfen Sie mir glauben. Und ich sehe mich auch entsprechend vor. Nein, nein, bei mir ist diese Ware am sichersten aufgehoben, das dürfen Sie mir glauben!«

»Kann ich die Steine sehen? Es wäre doch gut möglich, daß ich einige davon brauchen könnte.«

»Aber mit dem größten Vergnügen, mein Freund. Wenn Sie mich hinaufbegleiten wollen, ich wohne im zweiten Stock, Zimmer 56.«

Die beiden Herren verließen den Frühstücksraum und gingen nach oben.

Als sie nach etwa einer Stunde wieder herunterkamen, sahen sie die elegante Amerikanerin in ein eifriges Gespräch mit dem Hoteldirektor vertieft.

Die Herren wollten gerade an dem Paar vorübergehen, als der Direktor auf den alten Holländer zuging und ihn höflich fragte, ob er vielleicht ein paar Minuten Zeit erübrigen könne.

»Aber selbstverständlich«, sagte Herr van der Wiek und verabschiedete sich sofort von seinem Freund, mit dem er schnell noch ein Rendezvous zum Speisen bei Hartmann verabredete.

»So«, sagte er verbindlich lächelnd, »jetzt stehe ich ganz zu Ihrer Verfügung, Herr Direktor.«

»Gestatten Sie, Herr van der Wiek«, sagte dieser, »daß ich Sie mit Mrs. Whitacre bekannt mache. Madame hätte ein Anliegen an Sie.«

»Ich bin entzückt, und es ist mir eine besondere Ehre, Madame«, sagte der alte Herr und küßte ihr galant die Hand. »Womit kann ich Ihnen dienen?«

Mrs. Whitacre lud ihn durch eine vornehm herablassende Handbewegung ein, neben ihr in einem ungestörten Winkel der Halle Platz zu nehmen.

Mit ungewollter Koketterie schlug sie ihre schönen Beine übereinander, so daß Herr van der Wiek ihre tadellos gewachsenen Beine bewundern konnte.

»Ich muß Sie vor allem um Entschuldigung bitten, Herr van – van –«

»Van der Wiek, gnädige Frau.«

»Ja, ganz recht, Herr van der Wiek. Ich muß Sie also um Entschuldigung bitten. Ich habe eine große Indiskretion begangen. Als Sie sich vorhin im Frühstückszimmer mit Ihrem Geschäftsfreund unterhielten, habe ich Sie belauscht. Es war nicht meine Absicht, sondern ergab sich unwillkürlich. Sie sprachen zwar französisch, doch ich beherrsche dieses ebenso wie meine Muttersprache. Ich hörte, daß Sie Diamantenhändler sind und eine größere Anzahl von kostbaren Steinen bei sich haben.«

Mit einem Augenaufschlag, der das Herz eines jeden alten Herrn höher schlagen läßt, fügte sie dann beinahe schüchtern hinzu:

»Würden Sie auch an Private verkaufen – an mich zum Beispiel?«

»Ja, aber mit dem größten Vergnügen, verehrte gnädige Frau! Ich glaube, es hat aber nur eine Schwierigkeit – die Steine sind nämlich ungefaßt.«

»Aber das macht nichts. Ich würde sie mir von meinem Juwelier fassen lassen. Aber immerhin hoffe ich doch, daß ich mir durch einen günstigen Kauf bei Ihnen eine nicht ganz unbeachtliche Menge Geld sparen kann.«

»Oh, gewiß. Selbstverständlich würde ich Ihnen die Steine, die Sie auswählen, zu Händlerpreisen überlassen.«

»Sie sind zu liebenswürdig, Herr van der Wiek. Ich weiß gar nicht, wie ich Ihnen für Ihr Entgegenkommen danken soll.«

»Aber ich bitte Sie, Gnädigste! Eine schöne Frau braucht sich nicht zu bedanken. Sie hat das Recht, zu verlangen!«

Dabei warf der alte Fuchs der Amerikanerin einen Blick zu, der eine deutliche Bestätigung seiner galanten Worte war.

Ihr gefiel anscheinend seine etwas altväterliche Art, den Kavalier zu spielen, recht gut. Sie bedankte sich mit einem bezaubernden Lächeln, das zwei Reihen tadelloser Perlenzähne hinter den roten Lippen sehen ließ.

Gleichzeitig begann wieder die Koketterie mit den Füßen, bei der er diesmal sogar noch etwas mehr zu sehen bekam. Vielleicht hoffte sie durch ein bißchen Entgegenkommen ihrerseits ein um so größeres von seiner Seite zu finden.

»Könnte ich die Steine vielleicht sehen?«

»Selbstverständlich gern, zu jeder Zeit, die Ihnen angenehm ist«, entgegnete der alte Damenfreund. »Nur müßten Sie sich schon auf mein Zimmer bemühen. Ich bin zwar bei meinen fünfundsechzig Jahren wirklich ganz ungefährlich, allein im Hotel könnte doch ...?«

Sie machte eine stolze, abweisende Gebärde und hatte gleichzeitig einen belustigten Zug um den hübschen Mund.

»Herr van der Wiek, ich bin Amerikanerin und von keinem Menschen abhängig. Wenn Sie wollen, können wir jetzt gleich auf Ihr Zimmer gehen.«

Aufs höchste vergnügt trippelte ihr der Diamantenhändler voran und ließ sie in sein Zimmer eintreten. Dann verschloß er eiligst die Tür. Als er ihren verwunderten Blick sah, meinte er beruhigend:

»Oh, das ist nur eine Vorsichtsmaßregel. Ich habe die Diamanten nämlich in einem Geheimfach meines Koffers. Es wäre mir nicht gerade angenehm, wenn wir durch das Hotelpersonal bei der Besichtigung überrascht würden. Aber Ihnen, gnädige Frau, kann ich ja meine Schätze zeigen – von Ihnen werde ich ja wohl nicht beraubt werden.«

Die Amerikanerin lächelte.

»Sie haben recht, Herr van der Wiek, in so einem großen Hotel kann man nicht vorsichtig genug sein.«

Der alte Herr hatte inzwischen aus dem Schrank seinen kleinen Koffer geholt und schickte sich an, ihn umständlich zu öffnen.

Sie trat zu ihm und schaute neugierig zu, wie er das Schloß aufsperrte und vorsichtig das Geheimfach aufschloß, dem er eine kleine eiserne Kassette entnahm.

Als er ihre neugierigen und interessierten Blicke bemerkte, zeigte er ihr den Mechanismus des Geheimfaches.

»Sehen Sie, gnädige Frau, man nimmt

diesen Einsatz heraus – so, dann drückt man auf diesen unscheinbaren Nagelkopf hier rechts – da, dann wird hier unten eine kleine Schraube frei, dreht man schnell dreimal hintereinander herum – so, dann springt das Fach auf. Ist dieser Mechanismus nicht außerordentlich schlau erdacht?«

In seinem Gesicht war ein selbstgefälliger Stolz zu sehen, daß er diesen raffinierten – und für jeden Dieb unknackbaren – Koffer besaß, den er nun dieser jungen, charmanten Frau zeigen konnte!

Umständlich hob er nun die Kassette heraus, schloß sie auf und hielt sie ihr hin.

Wie geblendet fuhr sie zunächst zurück!

Da lagen wirklich die wunderbarsten Steine, die man sich vorstellen konnte, auf dem schwarzen Samt.

In ihren dunklen Augen funkelte es seltsam auf, und in ihr Gesicht schlug eine brennende Röte. Aber nur für einen Moment. Sofort hatte sie sich wieder in der Gewalt und sagte im gleichgültigsten Ton von der Welt:

»In der Tat, Sie haben nicht zuviel versprochen, es sind herrliche Steine. Ich wäre Ihnen wirklich sehr dankbar, wenn Sie mir den einen oder den anderen der Steine überlassen würden.«

»Und mir wäre es ein ganz besonderes Vergnügen, wenn ich wüßte, daß einer dieser selten schönen Steine von einer der schönsten Frauen getragen wird, die ich in meinem nicht gerade unbewegten Leben kennenlernen durfte. Bitte, verehrte gnädige Frau, sehen Sie sich in Ruhe die Steine an und wählen Sie dann.«

Über eine Stunde lang wühlte sie in den Steinen herum. Hier und da durchzuckte ihre schlanken Finger ein gieriges Zittern, aber sie bewahrte ihre kühle Gelassenheit.

Wenn der alte Fuchs vielleicht gehofft hatte, sie durch den Anblick der funkelnden Steine zu blenden und dafür eine kleine Freiheit gewährt zu bekommen, so hatte er sich gründlich getäuscht.

Ruhig schloß sie die Kassette und gab sie ihm mit einem bezaubernden Lächeln zurück.

»Ich würde Sie bitten, Herr van der Wiek, bis morgen mit dem Besuch Ihrer Kunden zu warten. Ich würde mir gerne für etwa hunderttausend Gulden Steine aussuchen – falls Sie damit einverstanden sind. Ich muß nur gleich an meinen New Yorker Bankier telegrafieren, daß er mir die Summe sofort hierher anweist. Würden Sie mir also den Gefallen tun und sich bis morgen gedulden?«

»Aber selbstverständlich, mit dem größten Vergnügen, gnädige Frau. Es kommt in keiner Weise auf einen Tag an, ob ich meine Kunden nun früher oder später besuche. Selbstverständlich überlasse ich einer schönen Frau immer die erste Wahl!«

»Ich danke Ihnen vielmals.«

Herablassend reichte sie ihm ihre Hand, die er mehr zärtlich als ehrfurchtsvoll an seine Lippen zog.

Als sie zur Tür ging, drehte sie sich noch einmal um und schenkte ihm ein betörendes Lächeln.

Kaum hatte sich jedoch die Tür hinter ihr geschlossen, als Herr van der Wiek sofort die Kassette mit den herrlichen Diamanten in eine kleine, unscheinbare Handtasche packte und mit dieser eiligst das Hotel wieder verließ.

Die Steine hatten jetzt ihre Pflicht getan. Auf dem schnellsten Weg wollte er sie dem Juwelier zurückbringen, von dem er sie sich ausgeliehen hatte.

Ja, dieser alte, liebenswürdige, gegen schöne Damen so zuvorkommende Diamantenhändler war nämlich gar kein Diamantenhändler. Es war meine Wenigkeit, der Polizeikommissar Rhems, der auf diese

Weise der elegant auftretenden Hoteldiebin eine Falle stellte.

Am Abend traf ich meine Vorbereitungen für den zu erwartenden Besuch.

Um nicht ihren Verdacht zu erwecken, schloß ich die Tür sorgfältig ab. Es mußte für so eine gewiegte Fachgenossin sehr leicht sein, sie wieder zu öffnen.

Auf dem Nachttisch legte ich mir zwei Wachspfröpfchen bereit, um mir rechtzeitig die Nasenlöcher zustopfen zu können, falls sie – was sehr wahrscheinlich war – versuchen sollte, mich zu chloroformieren.

Für alle ernsteren Fälle, die man ja nie vorhersehen kann, steckte ich meinen Revolver unter das Kopfkissen.

Dann legte ich mich – selbstverständlich in der Maske des alten Holländers – in das Bett.

Ich mußte lange warten, und ich zweifelte schon daran, ob sie ihren Besuch heute noch ausführen würde. Doch dann, gegen halb zwei Uhr morgens, hörte ich ein kaum vernehmbares Geräusch an der Tür.

Das Zeichen dafür, daß sie sich näherte!

Ich muß ehrlich zugeben, sie arbeitete wirklich bewunderungswürdig geschickt.

Sehen konnte ich leider nichts, aber da ich angestrengt lauschte, unterschied ich bald, wie sich die Tür öffnete und die Dame hereinschlüpfte. Ich schnarchte, daß es eine Wonne zu hören war.

Für eine Sekunde sah ich einen schmalen Lichtstreifen aus einer sogenannten Diebeslaterne aufblitzen. Aha, dachte ich, sie will sich sicherheitshalber noch einmal genau orientieren.

Der Schein verschwand – und im nächsten Augenblick stand sie vor meinem Bett.

Ich roch einen süßlich betäubenden Geruch, und schon fühlte ich, wie sie mir einen mit Chloroform getränkten Schwamm auf das Gesicht preßte.

Zum Glück hatte ich mir schon vorher die Wachspfropfen in die Nasenlöcher gesteckt, so daß mir nun, da ich auch die Lippen aufeinanderpreßte, das Betäubungsmittel nichts anhaben konnte.

Ich spielte eine herrliche Komödie. Ich seufzte und stöhnte ein paarmal und fiel schließlich ganz ins Kissen zurück, so daß die Gaunerin glauben mußte, mich vollständig betäubt zu haben.

Sie hielt sich nun für absolut sicher, drehte ihre Laterne voll auf und machte sich an die Arbeit.

Als ich sie so in vollem Licht sah, hätte ich mich beinahe durch einen Ruf der Überraschung verraten.

Sie war von Kopf bis Fuß in ein schwarzes Seidentrikot gehüllt, wie es die gewöhnliche »Arbeitsuniform« der Hoteldiebe ist. Sie können sich in diesem Anzug ungesehen durch die dunklen Korridore schleichen.

Vor dem Gesicht trug sie eine schwarze Samtmaske und an den Händen schwarze Handschuhe.

Ich muß offen gestehen, daß ihr dieses Kostüm außerordentlich gut stand. Sie hatte eine Figur, wie von eines Bildhauers Meißel geschaffen.

Schlanke runde Waden, die sich in wundervoll gewölbten Schenkeln fortsetzten. Weit ausladende, schwellende Hüften. Als sie sich nun über den Koffer beugte, gingen mir schier die Augen über, wie sie mir in dieser Stellung ihren üppigen Popo darbot.

Die Brust konnte ich leider nicht sehen, aber es war anzunehmen, daß die Vorderseite der Rückseite entsprach. Himmeldonnerwetter, war das eine Frau!

Meister Priap war ganz der Ansicht seines Herrn und sprang freudig in die Höhe!

Leise richtete ich mich auf und setzte mich, den Revolver in der Hand, auf den Rand des Bettes. Ich freute mich diebisch auf den Augenblick, wo sie das Geheimfach leer fand.

Ein Schrei der Wut, den sie ausstieß, kündigte mir den Höhepunkt des Dramas an.

»Gnädigste sind überrascht?« sagte ich höhnisch.

Wie von einer Tarantel gestochen, fuhr sie herum. An dem starren Blick ihrer Augen konnte ich erkennen, wie fassungslos sie über diese Überraschung war.

Ich nahm lächelnd die graue Perücke ab – statt des alten, schwachen Mannes sah sie sich einem jungen, starken gegenüber!

»Ein Detektiv«, stöhnte sie.

»Nehmen Sie die Maske herunter!«

»Nein«, schrie sie auf. Mit einem Faustschlag hatte sie die Lampe zertrümmert und sprang zur Tür.

Da ich darauf vorbereitet war, war ich

schneller dort als sie und packte sie derb um die runden Hüften, als sie nach der Klinke greifen wollte.

Sie war stark und entschlossen, um ihre Freiheit mit allen ihr zu Gebote stehenden Mitteln zu kämpfen.

Es war mir vollständig klar, daß dieses Ringen in der Finsternis für mich nicht ungefährlich war. Ich mußte mich vorsehen, daß sie mir nicht mit irgendeiner Waffe zu Leibe rückte.

Warum also zart mit ihr umgehen? Ich erwischte sie an beiden Händen, drehte ihr die Arme hinter den Rücken – und schwapp, saßen die Handschellen an den feinen Gelenken.

In diesem Augenblick fiel etwas klirrend auf den Boden – ein kleiner, haarscharf geschliffener Dolch.

Ich hatte sie also richtig eingeschätzt. Sie war keine Dilettantin, sondern eine mit allen Wassern gewaschene Person, die ihre

Gaunerzüge genau vorplant und alle Eventualitäten mit in Betracht zieht.

Ich schaltete das elektrische Licht ein und hob den Dolch auf.

Da stand sie nun, am ganzen Leib zitternd vor Wut und Anstrengung. Ihre schwarzen Augen funkelten mich hinter der Maske haßerfüllt an.

Ich hingegen war der liebenswürdigste Mensch unter der Sonne, nahm ihr die Maske ab und leerte auch den Inhalt des kleinen Täschchens aus, das sie um die Taille geschnallt hatte.

Es war für ein Damentäschchen ein ganz reizender Inhalt: ein ganzer Bund Dietriche sowie ein kleiner geladener Fünfläufer und ein paar Brecheisen.

All diese kleinen Kostbarkeiten packte ich gemächlich auf den Tisch.

»So, Mrs. Whitacre oder, wie Sie sich in Paris nennen, Miß Holburn, nun wollen wir uns ganz gemütlich aussprechen.«

Sie biß die Lippen aufeinander und schwieg trotzig.

Lächelnd stellte ich mich ihr gegenüber und betrachtete sie eingehend.

Der Busen hielt wirklich, was die Rückseite versprochen hatte. Groß und fest waren die Brüste und standen in die Höhe wie zwei Blitzableiter. Der Bauch war leicht gewölbt und wurde von einem Paar Schenkeln getragen, an denen ich mich nicht sattsehen konnte.

Purpurröte bedeckte ihre Wangen während dieser Musterung. Ihr schöner Busen wogte, ihre Augen funkelten mich böse an.

»Ich finde«, sagte sie zähneknirschend, »Sie überschreiten Ihre Machtbefugnisse bei weitem. Wer gibt Ihnen das Recht, mich so unverschämt und schamlos anzuschauen?«

»Ich bewundere Ihre Schönheit. Es wäre das erste Mal, daß diese Bewunderung einer Frau unangenehm ist. Tja, und außerdem ist es doch nicht meine Schuld, daß Sie sich mir in diesem Kostüm präsentieren. Zugegeben, dieses Kostüm kleidet Sie ganz vorzüglich. Sie haben wahrhaft göttliche Formen! Ich rate Ihnen, sich so den Richtern zu präsentieren. Sie werden sicherlich freigesprochen!«

Dabei strich ich liebkosend über die marmorharten Brüste, deren Knospen sich unter meiner Hand sofort aufrichteten. Auch die Hüften, Schenkel und die üppigen Pobacken bekamen ihren Teil ab.

»Machen Sie ein Ende!« zischte sie mich an. »Ich bin nicht dazu da, daß Sie an mir Ihre Gelüste stillen! Das fehlte mir gerade noch – von der Liebe eines Detektivs beglückt zu werden!«

Ohne ein Wort zu erwidern, knöpfte ich das Trikot oben an der Schulter auf und streifte es ihr – nachdem ich ihr die Hände für einen Augenblick gelöst hatte, bis auf die Füße herunter.

Tränen der Wut traten ihr in die Augen, und sie versuchte, sich durch Tritte und Bisse meiner zu erwehren – aber sie war ja gefesselt, was konnte sie da schon machen?

Sie mußte es geschehen lassen, daß ich mich in aller Behaglichkeit an der Pracht ihres wunderbaren Leibes ergötzte.

Es war wirklich eine Pracht!

Blendend weiß war die Haut und glatt wie Seide. Schwarz, weiß, rot waren ihre Farben. Weiß die Haut, rot die Knospen ihrer Brüste und schwarz ihr Vlies, das sich wie eine Samtdecke über den halben Bauch spannte.

Meister Priap riß mir fast die Hose auseinander.

»Das ist eine bodenlose Niedertracht, eine bübische Gemeinheit«, knirschte sie, »ein wehrloses Weib so zu behandeln! Das wirst du mir büßen, du gemeiner Schurke, du!«

»Daß ich nicht lache, ein wehrloses Weib! Seit wann trägt ein wehrloses Weib einen Revolver oder diesen kleinen hübschen Dolch und all die anderen niedlichen Werkzeuge mich sich herum?

Doch halt, ich bin leichtsinnig, wir wollen doch einmal sehen, ob Sie nicht an einer gewissen Stelle noch mehr solcher Spielzeuge versteckt haben.«

Ich hob sie auf und trug sie zum Bett. Trotz ihres Zappelns und obwohl sie sich mit allen Mitteln zur Wehr setzte, spreizte ich ihr die Beine auseinander.

Purpurn leuchtete mir das Tal der Seligkeiten entgegen. Nur schien es mir schon des öfteren befahren worden zu sein, denn die vollen, dunkelroten Lippen waren geöffnet, und zwischen ihnen zeigte sich der Eingang zum Paradies.

»Feigling – Schurke!« schleuderte sie mir haßerfüllt ins Gesicht.

»Ergeben Sie sich gutwillig«, sagte ich.

»Lassen Sie mich los, oder ich mache einen Skandal«, schrie sie, »daß das ganze Hotel zusammenläuft!«

»Tun Sie das, es wäre sicherlich eine einmalige Attraktion für die Hotelgäste!

Man wird Sie nackt in meinem Bett finden, und ich werde sagen, daß ich die berüchtigtste Hoteldiebin der Welt gefangen habe. Dann wird man Sie – bevor Sie nach Frankreich gebracht werden – erst noch in Österreich einsperren.

Rechnen Sie es sich selbst aus: Der Betäubungsversuch mit dem Chloroform, der Einbruch in mein Zimmer und zum Schluß noch der Mordversuch mit dem Dolch werden zusammen ein paar nette Jahre Zuchthaus ergeben. Ihr schöner Körper wird arg verwelkt sein, ehe Sie wieder nach Frankreich zurückkommen!«

»Was wollen Sie also von mir?«

»Weiter nichts, als daß Sie jetzt stillhalten …«

»Nein, nein, ich will nicht … Ich bin verheiratet, ich war meinem Mann immer noch treu.«

»Ach, der Herr Gemahl wird schon zufrieden sein, wenn er das Weibchen ein paar Jahre früher wiedersieht. Falls er nicht gerade selber gezwungen ist, als Gast in den Mauern eines idyllischen Zuchthauses zu verweilen.«

»Lassen Sie mich los – lassen Sie – ah – ah – Sie tun mir weh – ich liege ja auf meinen Händen! Au – Sie brechen mir die Arme!«

Ich hatte inzwischen mein Stemmeisen hervorgeholt.

Da ich aber einsah, daß sie in dieser Stellung in den Armen Schmerzen empfinden mußte, drehte ich sie kurz entschlossen auf den Bauch herum. Nun lag sie mit dem Oberkörper quer über dem Bett.

Ich stand vor ihr und schob mich zwischen ihre Beine.

Bei den ersten Stößen lag sie ruhig, aber allmählich kam sie ganz in Schwung. Sie begann zu seufzen und zu stöhnen und reckte mir die üppigen Hemisphären entgegen.

»So, mein Herr, sind Sie jetzt zufrieden?« fragte sie.

»Nein, nicht ganz«, erwiderte ich, »ich komme erst langsam auf den Geschmack.«

»Nutzen Sie bei jeder Frau so Ihre Macht aus?«

»Wenn sie so schöne Schenkel und Brüste und einen so üppigen Popo hat wie Sie – gewiß. Doch damit Sie sehen, daß ich kein Unmensch bin, werde ich Ihnen die Handschellen abnehmen. Allerdings unter der Voraussetzung, daß Sie keine Dummheiten machen!«

»Die Dummheiten sind mir vergangen. Ich war dumm genug, daß ich Ihnen in die Falle ging. Ich sehe ein, daß ich Ihnen nicht gewachsen bin.«

»Sehen Sie, so gefallen Sie mir.«

Als ich ihr die Handschellen abnahm, reckte und streckte sie die Arme.

Sie setzte sich nun, da wir schon einmal auf so intimem Fuße standen, ganz bequem auf den Bettrand. Aufreizend stemmte sie das eine Bein auf, damit ich mich an seinen Reizen berauschen konnte.

»Was werden Sie nun mit mir tun?« fragte sie.

»Leider bin ich gezwungen, Sie nach Frankreich zu transportieren. Ich verspreche Ihnen aber, daß sowohl hier im Hotel wie überhaupt in Österreich Ihnen jede Unannehmlichkeit erspart bleiben wird.«

»Ich danke Ihnen. In Frankreich wird mir nicht viel geschehen, weil man mir dort überhaupt nichts beweisen kann.«

»Ich wünsche es Ihnen; denn wie gesagt, es wäre sehr schade, wenn solche Formen lange im Zuchthaus modern müßten.

Warum Sie sich überhaupt nicht einem

anderen Beruf – Sie wissen schon, welchen ich meine – widmen, ist mir ein Rätsel. Das wäre zumindest ebenso gewinnbringend, doch weniger gefahrvoll.«

»Eigentlich haben Sie recht. Aber was wollen Sie, ich liebe die Gefahr und die Aufregung. Außerdem halte ich nicht viel von den Männern!«

»Um so eher ein Grund, sie zum Narren zu halten und auszunutzen.«

»Ach, was nützt es – aus meiner Haut kann ich jetzt leider nicht mehr heraus. Doch sagen Sie mir jetzt einmal, wie Sie es anfangen wollen, mich hier ohne Skandal aus dem Hotel zu bringen.«

»Sie werden jetzt wieder Ihr Trikot anziehen und mit mir in Ihr Zimmer gehen. Dort werden Sie sich zur Reise anziehen und Ihre Koffer packen. Anschließend werden wir wieder in mein Zimmer gehen. Morgen früh bezahlen wir dann unsere Rechnungen und fahren in zwei Wagen hintereinander zum Bahnhof, wo ich schon für ein geschlossenes Coupé sorgen werde.

Nur eines müssen Sie mir auf Ihr Ehrenwort versprechen: Sie dürfen um Gottes willen nicht versuchen, mir auszubrechen. Sie wissen, es ist mit mir nicht zu spaßen; und es wäre mir jetzt, ehrlich gesagt, wirklich sehr unangenehm, wenn ich gegen Sie Gewalt anwenden müßte.«

Sie zog sich also gehorsam ihr Trikot wieder an, und wir schlichen uns über den stillen Korridor in ihr Zimmer hinüber. Sie kleidete sich rasch an, und der Koffer war auch im Nu gepackt. Wir gingen in mein Zimmer zurück.

Inzwischen war es vier Uhr geworden. An Schlaf war nicht zu denken – so nahm ich sie bei mir drinnen auf meinen Schoß, was sie sich in Anbetracht unseres geschlossenen Paktes ganz gern gefallen ließ.

Meine Hand suchte und fand den Weg unter ihren Röcken, während sie mir ganz ungeniert die Hose aufknöpfte und sich liebevoll meines Priaps bemächtigte, der natürlich nicht lange brauchte, um klar zum Gefecht zu stehen.

Ohne mich viel zu rühren, hob ich ihr die Röcke vollends auf.

Diesmal legte sie sich gar keine Hemmungen auf, sondern ging gleich von Anfang an mit.

Gleichzeitig kamen wir ins Land der Wonne und fielen in unserem Taumel von dem Sessel, auf dem wir saßen, herunter. Mit Müh und Not klaubten wir uns dann vom Boden wieder auf.

Wie ich ihr versprochen hatte, brachte ich sie glücklich aus dem Hotel auf den Bahnhof, ohne daß auch nur ein Mensch von diesem seltsamen Transport etwas merkte. Sie benahm sich musterhaft und erleichterte mir meine schwere Aufgabe damit ungemein.

Im Coupé des Luxuswagens, das ich von innen verschloß, schliefen wir gründlich aus.

Schweren Herzens übergab ich sie den Pariser Detektiven, die sie in Paris erwarteten.

Die Herren Kollegen machten sehr erstaunte Gesichter, als sie sahen, daß ich sie ohne Handschellen brachte.

Ich sang ihr jedoch ein großes Loblied und versicherte, daß für eine Gewaltanwendung bei ihr absolut kein Grund vorhanden wäre, sie hätte sich während der ganzen Zeit vorzüglich und mustergültig verhalten. Aus diesem Grund würde ich auch die Herren Kollegen bitten, mit ihr sanft umzugehen, da ich überzeugt wäre, daß sie dann ebenfalls keine Schwierigkeiten zu erwarten hätten.

Während die französischen Polizisten nun die Auslieferungspapiere durchsahen, flüsterte ich ihr zu:

»Daß du dich ja nicht unterstehst, vor diesen widerlichen Kerlen gleich die Röcke aufzuheben wie bei mir, sonst gnade dir Gott, wenn du wieder in meine Hände kommst!«

»Ach die! Die sollen sich in acht nehmen!« sagte sie geringschätzig.

»Sei vernünftig und denke an den Rat, den ich dir gegeben habe.«

»Weißt du, wenn ich erst wieder frei bin, besuche ich dich vielleicht eines Tages in Wien. Ja, ich besuche dich ganz bestimmt, denn ich glaube, ich habe mich doch ein wenig in dich verliebt!«

Zum Abschied tippte sie mir noch einmal auf eine gewisse Stelle meiner Hose.

Dann kamen die Herren Kollegen und führten sie ab.

Etwa nach einem dreiviertel Jahr – ich lag gerade behaglich auf meiner Couch – meldete mir mein Bursche, daß mich eine elegante Dame zu sprechen wünsche.

Die Anmeldung war unnötig, denn auf dem Fuß folgte ihm die Angemeldete – meine Schöne im Seidentrikot!

»Nun, halte ich Wort?« sagte sie und sprang mir stürmisch an den Hals.

»Schon frei?«

»Ich habe es dir ja damals gesagt, sie konnten mir nicht viel beweisen; na siehst du, und jetzt bin ich wieder frei. Doch was soll das jetzt alles? Komm – ich habe nur eine Stunde Zeit!«

»Dein Mann wartet wohl auf dich?«

»Ach wo! Der sitzt, wie du ahnungsvoller Engel prophezeit hast, in Manchester. Stell dir vor – auf zwölf Jahre haben sie ihn gleich eingelocht. Pech, er hatte halt keinen so guten Kriminalkommissar als Fürsprecher wie ich.«

»Pech für ihn! Und das ist doppelt bitter, wenn man eine Frau mit solchen Schenkeln und einem so herrlichen Popo hat. Ich hoffe, daß beide noch wie früher sind.«

»Du kannst dich ja davon überzeugen!«

Sie trat einen Schritt zurück und hob die Röcke bis über den Nabel hoch.

»Na sag mal, wie läufst denn du in der Gegend herum? Du hast ja nicht einmal eine Hose an!«

»Wozu denn, Liebling, die hätte uns ja nur gestört. Zum Ausziehen habe ich keine Zeit! Gefalle ich dir noch?«

Und ob sie mir gefiel! Statt mit Worten bewies ich es ihr mit Taten.

Schließlich waren zwei volle Stunden vergangen. Zu Tode erschrocken fuhr sie hoch.

»Was hast du denn?« fragte ich ganz erstaunt.

»Mein russischer Fürst, der sitzt im Hotel und wartet auf mich!«

»Du hast also doch meinen Rat befolgt?«

»Ja. Doch jetzt lebe wohl! Wenn mich der dumme Russe erst geheiratet hat, mache ich dich zu meinem Hausfreund!«

»Und du glaubst, daß ich mich mit dieser Rolle zufriedengeben werde?«

Der dumme Russe hat sie geheiratet, doch ich wurde nicht ihr Hausfreund – weil ich mich am Hauptgericht und nicht am Nachtisch satt essen mag!

Sechstes Kapitel

Eines Tages ließ mich mein Chef rufen. Als ich sein Büro betrat, sah ich neben seinem Schreibtisch eine junge Dame sitzen, die mich mit klugen Augen musterte.

»Kommissar Rhems, einer unserer gewiegtesten Kriminalisten – Miß Burton, eine Kollegin des Londoner Detektivkorps«, machte Dr. Stein uns bekannt.

»Ich möchte Sie bitten, lieber Rhems, unserer Kollegin, die hier eine sehr schwere Aufgabe zu lösen hat, ein wenig an die Hand zu gehen. Miß Burton soll hier in Wien eine gefährliche Hochstaplerin verhaften und nach London bringen. Da sie das Wiener Terrain nicht kennt, hat sie sich an uns um Hilfe gewandt. Ich hoffe, lieber Rhems, sie hat diese Bitte nicht umsonst ausgesprochen!«

Ich verbeugte mich vor der Kollegin und sagte: »Wenn Miß Burton so liebenswürdig sein will und mir den Fall auseinandersetzen, können wir gleich alle nötigen Maßnahmen besprechen. Vielleicht hat Miß Burton die Freundlichkeit, sich mit mir in mein Büro zu begeben.«

Die junge Dame war damit einverstanden und folgte mir, nachdem sie sich von Dr. Stein mit herzlichen Dankesworten verabschiedet hatte.

In meinem Büro angekommen, bot ich ihr eine Zigarette an, die sie ohne jede Spur von Zimperlichkeit annahm. Auch einem Schluck guten Cognacs war sie absolut nicht abgeneigt. Ob sie wohl auch noch anderen Annehmlichkeiten dieses Lebens nicht abgeneigt war? Mir sollte es nur recht sein, ich würde sie ihr dann liebend gerne bieten!

Hübsch war sie, meine Kollegin aus London. Jung und von kräftiger Anmut der anglikanischen Rasse, hatte sie eine mittelgroße Figur, die, wenn auch keine Üppigkeit, so doch ganz appetitliche Rundungen aufwies.

»Also, Sie wollen so liebenswürdig sein, Herr Kommissar, und mir beim Fangen dieser gerissenen Gaunerin behilflich sein?« fragte sie mit etwas spöttischem Lächeln.

Komischerweise sah man mir nie den Detektiv an, sondern hielt mich ganz im Gegenteil dazu für einen eleganten Nichtstuer. Es verwunderte mich also in keiner Weise, daß meine junge Kollegin etwas Zweifel in meine Fähigkeiten setzte. Ich grinste mir im stillen eins und dachte mir meinen Teil. Ich wollte ihr in jeder – aber auch wirklich in jeder – Weise beweisen, daß ich ein Meister meines Faches war!

»Ich will versuchen, soweit es in meinen schwachen Kräften steht, Ihnen so gut wie möglich behilflich zu sein«, antwortete ich. »Doch erzählen Sie mir zuerst einmal ausführlich, um was es sich überhaupt handelt.«

»Ich bin hinter einer russischen Hochstaplerin her, die auch Ihnen in Wien dem Namen nach sicher gut bekannt sein dürfte. Sie nennt sich bald Gräfin Trubetzkoi, dann aber wieder Fürstin Suwaroff, oder sie legt sich sonst irgendeinen wohlklingenden Namen zu.

Ihre Spezialität besteht darin, daß sie mit wohlhabenden Herren im Séparée soupiert, sie betrunken macht oder sonstwie betäubt, um sie dann restlos auszurauben. Da sie sich ihre Opfer gutüberlegt aussucht, ist ihre Beute auch immer entsprechend hoch. Da die Geschädigten meistens den höchsten Gesellschaftskreisen angehören, schweigen sie, denn es ist verständlich, daß sie jeden Skandal vermeiden müssen. Außerdem – welcher Mann gibt schon gern in der Öffentlichkeit zu, daß er erstens – zumal wenn er verheiratet ist, was ja meistens der Fall ist – mit einer Dame im Séparée war und zweitens dieser Dame auch noch auf den Leim gegangen ist!

Diese Hochstaplerinnen wissen das alles ganz genau. Darum können sie auch meistens so lange und unbehelligt ihr dunkles Handwerk betreiben.

Die letzte Heldentat, mit der sich die von uns Gesuchte auszeichnete, bestand in der Ausplünderung eines der höchsten englischen Aristokratie angehörenden

Herrn. Nach der Tat flüchtete sie nach dem Kontinent und soll sich, wie gesagt, nun in Wien aufhalten.«

Mein Plan stand schon fest. Wir mußten die Gaunerin auf Schritt und Tritt beobachten, um sie in flagranti zu erwischen und festnehmen zu können.

Das war alles ganz gut und schön, aber vor allem mußten wir sie erst einmal ausfindig machen. Doch wie so oft kam uns der Zufall auch hier zu Hilfe.

Sie war im Sacher – zur Abwechslung unter dem Namen Fürstin Ispanowski – abgestiegen. Sie befand sich in Begleitung einer älteren Dame, die sie als ihre Gesellschafterin ausgab. Außerdem war da noch ein ganz niedliches Kammerkätzchen. Es liegt auf der Hand, daß beide Begleitpersonen nicht ihre Dienerinnen, sondern ihre Genossinnen bei dem Handel waren. Wir hatten also ein feines Trio vor uns.

Eine ganze Woche lang lagen wir umsonst auf der Lauer, ohne daß wir auch nur einen Schritt weiterkamen.

Miß Burton arbeitete im Hotel als Stubenmädchen, ich als Zimmerkellner. Wir wußten also auf die Minute, was die Gesuchte tat und wo und mit wem sie sich traf, aber sie kam uns nie vor den Schuß!

Sie lebte außerordentlich solide, besuchte jeden Abend das Theater, soupierte zumeist im Hotel und ging dann schlafen – wie es sich für eine brave, anständige Frau gebührt.

Es war uns klar, daß sie augenscheinlich noch nicht das richtige, sich lohnende Ausbeutungsobjekt gefunden hatte.

Allmählich wurde mir dieses Warten doch langweilig. Was lag also näher, als daß ich die Zeit dazu benutzte, mit der Kollegin aus London innigere Freundschaft zu schließen?

Sie war ein frisches, fesches Geschöpf von einundzwanzig Jahren, mit festen, durch den Sport gehärteten Formen.

Die Stubenmädchentracht stand ihr zu dem blonden Haar und der reizenden Figur ganz ausgezeichnet, und es war mehr als ein Gast im Hotel, der, wie sie mir versicherte, es versuchte, sich über die Reize des hübschen dienstbaren Geistes etwas genauer zu orientieren.

»Stellen Sie sich vor, sogar ein Verhältnis hätte ich schon haben können«, erzählte sie mir eines Tages lachend, als wir ein paar freie Stunden dazu benutzten, in dem bekannten Vergnügungsetablissement ›Venedig in Wien‹ herumzubummeln.

»Ach, und dann erst dieser Großgrundbesitzer! Er wollte mich unbedingt mit auf sein Gut nehmen. Mein Gott, was er mir alles für Versprechungen machte. Wenn ich dem geglaubt hätte, wäre ich in den siebten Himmel gekommen!«

»Na, und warum haben Sie das Angebot nicht angenommen, wenn es doch so verlockend klang? Es müssen doch nicht immer alle Männer Schwindler sein! Vielleicht hat er es ganz einfach ehrlich mit Ihnen gemeint«, sagte ich.

»Sagen Sie mal«, und dabei sah sie mich so komisch von der Seite her an, »ist das Ihr Ernst?«

»Ja freilich. Eine so hübsche Person wie Sie müßte sich, wenn sie nur einigermaßen vernünftig wäre, doch nicht in einem so schweren und außerdem nur zu oft gefährlichen Beruf abquälen. Ich bin der Ansicht, daß Sie das getrost den älteren und häßlichen Mitgliedern des schwachen Geschlechtes überlassen könnten.

Ich bin der felsenfesten Überzeugung, daß Sie« – und dabei sah ich sie nun wiederum ziemlich frech von oben bis unten an – »mit Ihrem Busen und Ihren Hüften doch eigentlich an jedem Finger mindestens zehn Bewerber, und zwar ernsthafte, haben müßten.«

»Der geehrte Herr Kollege scheint durch den steten Verkehr mit Gaunern, Dieben, Mördern, Dirnen, Hochstaplerinnen und sonstigem Gesindel ganz vergessen zu haben, was eine anständige Frau ist – und wie man zu einer solchen spricht, beziehungsweise nicht spricht. Es ist sehr schade, daß Ihr Beruf sich so nachteilig auf Ihren Charakter ausgewirkt hat.«

Sie schmollte und wollte auf und sofort nach Hause – soweit wir das Hotel als Zuhause bezeichnen konnten – gehen.

Ich entfaltete alle meine diplomatischen Künste, bis es mir gelang, den Sturm der Entrüstung zu besänftigen und die angelsächsische Tugend wieder in einem Glase Champagner reinzuwaschen!

Wir setzten uns in eine verschwiegene Nische und versöhnten uns hier ausgiebig.

Aber alles, was ich erreichte, war, daß ich sie küssen durfte.

Ihre frischen, kühlen Lippen schmeckten sehr gut und wurden unter meinen immer stürmischer werdenden Küssen wärmer. Als ich aber wie so von ungefähr mit der einen Hand am Schenkel entlangfahren wollte und dabei etwas fester zugriff, erhielt diese verwegene Hand einen ganz respektablen Klaps.

»Nein, lieber Freund, mit den Händen bleiben Sie mir gefälligst vom Leib!«

Ich war mit dem Erreichten indes zunächst zufrieden; wußte ich inzwischen doch, daß diese Tugend nicht aus Stein bestand. Mit der Zeit würde sie sich schon ganz erweichen lassen, denn für unerschütterlich hielt ich sie nicht.

Es erschien mir unglaubwürdig, daß da noch keiner, etwa ein wohlwollender Vorgesetzter, von der köstlichen Frucht zwischen den festen Schenkeln genascht haben sollte.

Nun hatte ich zwei Ziele: Einmal die Gaunerin zu erwischen und zweitens zwischen die herrlichen Schenkel made in England zu kommen! Das zweite erschien mir beinahe leichter als das erste, denn nun, da erst einmal das Eis zwischen uns gebrochen war, verhielt sich die Kollegin aus London lange nicht mehr so spröde wie vorher. Ich hätte mich selbst verleugnen müssen, wenn ich mir dieses schwache Entgegenkommen nicht Schritt für Schritt zunutze machte.

Als ich sie am nächsten Tag in einem stillen Winkel des Hotels abküßte, durfte ich mich zu dieser anstrengenden Beschäftigung mit der einen Hand am Busen, mit der anderen auf den Hüften oder gar am Popo festhalten. Immerhin ein gewaltiger Fortschritt.

Ich mußte anerkennend feststellen, daß sie bereits nach allen Regeln der Kunst mit mir flirtete!

Diese reizende Abwechslung beschäftigte mich derart, daß ich beinahe vergessen hätte, wozu wir beide eigentlich hier im Hotel waren.

Da ging uns unser Wild ins Garn!

Es war ein ungarischer Magnat im Hotel abgestiegen, der Gnade vor den kritischen – ein Opfer suchenden – Augen der schönen russischen Fürstin zu finden schien.

Sie speisten zusammen, gingen ins Theater, und nach drei Tagen klebte er vollständig an ihr.

Als er mich am vierten Tag seiner Anwesenheit morgens in sein Zimmer klingelte und mir mit höchst vergnügtem Gesicht auftrug, ihm für den Abend desselben Tages ein Séparée zu reservieren, wußte ich Bescheid!

Mit Erlaubnis der Hoteldirektion belegte ich nun zwei nebeneinanderliegende Séparées für unseren Zweck. Das eine wurde für den Ungarn reserviert, in dem zweiten bezogen wir, die Kollegin aus London und ich, unseren Beobachtungsposten.

Geschickt, so daß man sie von dem nebenliegenden Séparée nicht bemerken konnte, hatte ich zwei große Gucklöcher in der Wand angebracht, damit wir den ganzen Raum ungeniert beobachten konnten.

Für zehn Uhr abends war das Séparée bestellt, und pflichtgemäß waren wir etwas früher nebenan und legten uns auf die Lauer.

Ich glaube, es ist wenig Unterschied, ob der Jäger das Wild oder der Detektiv den Gauner erwartet. Die Nerven sind angespannt und vibrieren leise, man ist mit einem Schlag überwach. Uns beiden erging es nicht anders.

Die Frau Fürstin und ihr Opfer ließen nicht lange auf sich warten. Sie kamen gleich nach Theaterschluß und waren augenscheinlich bereits in der besten Stimmung.

Es wurde ein opulentes Souper bestellt, wobei mir – und vielleicht auch meiner Kollegin? – ehrlich gesagt das Wasser im Mund zusammenlief und der Magen etwas knurrte. Ich nahm mir vor, nach vollbrachter Tat mit meiner netten Kollegin ebenfalls ausgiebigst zu schlemmen.

Im Augenblick konnten wir nichts weiter feststellen, als daß es dem Pärchen nebenan vorzüglich schmeckte. Während des ganzen Essens benahmen sie sich mustergültig.

Der Kellner kam, servierte ab und stellte nun noch Kuchen und Giardinetto sowie gleich zwei Flaschen Veuve Cliquot auf den Tisch. Dann zog er sich diskret zurück und schloß die Tür von außen.

Da warfen die beiden die Mustergültigkeit endgültig unter den Tisch und gingen zu unterhaltsameren Gegenständen über.

Der Graf setzte sich neben die Fürstin auf das Sofa und nahm sie mit echt magyarischem Elan um die Taille.

Wie nicht anders zu erwarten, wehrte sie ihn der Form halber ab und drohte, die Flucht zu ergreifen – tat aber nichts dergleichen.

Sie war eine große, üppige Person, nicht mehr ganz jung, aber rassig und voll Temperament. Ich selbst hätte weiß Gott nichts dagegen einzuwenden gehabt, sie einmal richtig vorzunehmen. Da das jedoch im Augenblick ganz unmöglich war, war ich mit meiner schlankeren, blonden Miß ganz zufrieden.

Als altem Routinier war es für mich kaum schwer vorauszusagen, wie sich die Dinge im Nebenzimmer abwickeln würden. So hatte ich mir auch bereits am Morgen meinen Plan bis ins einzelne ausgedacht.

Da ich bei dem Schauspiel, das sich uns bieten würde, aber selbst auch nicht zu kurz kommen wollte, hatte ich unsere Gucklöcher so dicht nebeneinander angebracht, daß wir vor ihnen eng Schulter an Schulter stehen mußten.

So konnte ich also, während wir das andere Paar beobachteten, ganz gemütlich meinen Arm um die Taille der Kollegin aus London legen – und wie ich hoffte, auch nicht umsonst!

Ich baute auf das alte Sprichwort: Böses Beispiel verdirbt gute Sitten! Und dieses böse Beispiel konnte nicht mehr lange auf sich warten lassen.

Die Fürstin hatte bereits das Oberteil ihrer Robe geöffnet, und ihr Galan wühlte in den dort eingeschlossenen Schätzen herum.

Als er nun den ersten kühnen Griff tat, wollte meine blonde Engländerin das Hasenpanier ergreifen. Das war jedoch absolut nicht in meinem Sinn, und so hielt ich sie mit eisernem Griff an ihrem Guckloch fest. Was blieb ihr also anderes übrig, als sich in das Unabänderliche zu fügen, denn sie durfte sich ja nicht auffällig bewegen, da sie uns sonst verraten hätte.

»Lassen Sie mich los – ich bin nicht neugierig auf diese widerliche Szene da nebenan«, flüsterte sie so leise wie nur möglich.

»Aber ich bitte Sie, Fräulein Kollegin, Sie müssen doch den Tatbestand konstatieren«, flüsterte ich ebenso leise zurück.

»Das überlasse ich gerne Ihnen. Sie sind ja sowieso ein Mensch ohne Schamgefühl. Sofort lassen Sie mich jetzt los, oder ich beschwere mich bei Ihrem Chef – so lassen Sie doch – ich kann – doch – da nicht zusehen – bitte, bitte, haben Sie doch Verständnis!«

Aber ich ließ sie nicht los. Im Gegenteil, ich hielt sie ganz fest, daß sie sich auch nicht um eine Kleinigkeit mehr rühren konnte. Außerdem hatte ich so eine wundervolle Tuchfühlung mit ihr.

Sie mußte nun mit zusehen, wie der Ungar seiner Dame die seidenen Röcke hochhob und mit beiden Händen im Tal der Liebe auf Reisen ging.

Es war wirklich ein Bild für Götter! Die Russin war ein stattliches Weib, hatte ein paar Waden und Schenkel, die sich schon sehen lassen konnten. Sie selbst war mit allem Feuer bei der Sache.

An ihr ›Geschäft‹ schien sie für den Augenblick jedenfalls nicht mehr zu denken.

Ich muß ehrlich sein – ich allerdings auch nicht! Im Augenblick hatte ich ebenfalls etwas wesentlich Wichtigeres vor! Ich schob mich halb und halb hinter die Kollegin und preßte mich fest an sie.

Bei all dem erfreulichen Tun ließ ich natürlich das Lustspiel im Nebenraum nicht aus den Augen.

Auch meine Miß folgte so interessiert den Darbietungen unserer Nachbarn, daß sie gar nicht merkte, was hinter ihrem eigenen Rücken vor sich ging.

Es war für mich also kein Grund vorhanden, unnötig zu zögern – ich konnte zu Taten übergehen!

Nicht den geringsten Widerstand fand ich. Als ich ihr die Hand zwischen die Schenkel schob, gingen diese bereitwilligst auseinander, und ich konnte mich ungehindert in das Paradies, dessen Eintritt mir bis dahin verboten gewesen, begeben, um mich hier gründlich zu orientieren.

Ich muß ehrlich bekennen, daß mir die forsche Engländerin sehr gut, aber schon wirklich sehr gut schmeckte.

Endlich erinnerten wir uns wieder unserer Pflicht. Als wir – allerdings mit etwas schwankenden Knien, wieder auf unsere Beobachtungsposten zurückkehrten, sahen wir, daß wir gerade zur rechten Zeit gekommen waren.

Der Ungar war auf dem Feld seiner Ehre eingeschlafen, und die Gaunerin war gerade dabei, seine Taschen auszuleeren.

Uhr, Ring Krawattennadel, Geldbeutel, Brieftasche – ja sogar das Kleingeld aus der Westentasche nahm sie gewissenhaft an sich.

Als die Russin ihre Arbeit glatt und sauber verrichtet hatte und sich der Tür zuwandte, ließ die Detektivin die Röcke fallen, und der Detektiv sperrte sein privates Vergnügungsorgan schleunigst in die Hose.

In dem Augenblick, als die Diebin zur Tür herauskam, standen wir schon neben ihr, und ehe sie noch recht wußte, wie ihr geschah, war sie auch schon verhaftet. Um allem vorzubeugen, legte ich ihr gleich einmal Handschellen an.

Eine Viertelstunde später konnte sie bereits in dem Polizeigewahrsam, das zwar nicht so elegant wie ein Séparée bei Sacher, dafür aber desto sicherer war, über den jähen Wechsel alles Irdischen nachdenken.

Wir aber, meine reizende Kollegin aus London und ich, feierten noch am selben Tag in meinem verschwiegenen Junggesellenheim unser Siegesfest, das sich selbstverständlich bis zum nächsten Morgen ausdehnte.

Einige Stunden später fuhr sie mit ihrer Gefangenen ab. Ich sorgte noch dafür, daß ihr einer unserer Beamten bis London mitgegeben wurde, damit sie mit der Gaunerin nichts zu tun hatte und sich erst einmal richtig ausruhen konnte.

Siebentes Kapitel

Für gewöhnlich erreichte ich meinen doppelten Zweck. Ich stellte die Verbrecherin und erbat mir, wenn es sich lohnte, den Eintritt in ihr Paradies.

Daß ich aber gleich doppelt durchfiel, das ist mir Gott sei Dank nur ein einziges Mal passiert. Wenn es auch für mich nicht rühmlich ist, so will ich es doch ehrlich bekennen.

Eines Abends – ich glaube, es war Spätherbst – kam ich erst nach Mitternacht aus dem Büro. Wir hatten eine sehr lange Konferenz über eine geheimnisvolle Mordaffäre abgehalten.

Ich war ziemlich abgespannt und müde und wollte nach dem Verlassen der Polizeidirektion die Ringstraße überschreiten, um in dem an der Ecke Schottengasse/Ring gelegenen Café noch einen Schwarzen zu trinken, als plötzlich ein junges Mädchen, das augenscheinlich an der Mauer des Polizeigebäudes gestanden hatte, auf mich zulief.

»Ach, mein Herr«, sagte sie in flehentlichem Ton, »sind Sie von der Polizei?«

»Ja, das bin ich, mein Fräulein.«

Ich sah mir dieses Fräulein etwas näher an und stellte fest, daß sie zwar einfach, aber adrett gekleidet und, soviel ich beim Schein der Straßenbeleuchtung feststellen konnte, auch recht hübsch war. Sie mußte ihrem Aussehen nach sehr jung sein, denn sie war kaum mittelgroß, hatte am Rücken einen langen, hellbraunen Hängezopf baumeln und trug einen recht kurzen Rock, unter dem ein paar sehr entzückende Beine hervorkamen. Meiner Schätzung nach war diese kleine, reizende Person höchstens siebzehn Jahre alt.

»Ach bitte, bitte – verhaften Sie mich!« stieß sie heftig hervor. Dabei rannen ihr große dicke Tränen über die zarten Wangen.

Diese Bitte hatte noch nie ein Mensch an mich gerichtet, geschweige denn ein so junger Mensch wie dieses Mädchen. Ich war so platt, daß ich ohne ein Wort zu sprechen stehenblieb und sie anstarrte, als hätte ich eine Verrückte vor mir.

In ihrer Aufgeregtheit merkte sie aber gar nichts von meinem Erstaunen, sondern wiederholte ihre sonderbare Bitte nur noch eindringlicher und flehentlicher.

»Ich bitte Sie inständig, bitte – bitte – verhaften Sie mich doch endlich!«

Da mußte doch irgend etwas Besonderes los sein, wenn ein so junger Mensch einen Polizeibeamten inständig anflehte, ihn zu verhaften. Jeder normale Mensch hat im Gegenteil dazu Angst vor einer Verhaftung.

Aber wie gesagt, sie machte einen so hilflosen, erbärmlichen Eindruck, daß ich sie doch nicht so einfach stehenlassen wollte, sondern ich setzte eine sehr wohlwollende Miene auf und fragte sie dann behutsam:

»Ja, mein kleines Fräulein, Sie wünschen also, daß ich Sie verhafte? So einfach geht das allerdings nicht, wo kämen wir denn hin, wenn wir von der Polizei gleich jeden, der uns darum bittet, verhaften würden. Was haben Sie denn angestellt, daß ich Sie unbedingt jetzt gleich von der Stelle weg einsperren soll?«

Sie sah mich mit großen unschuldsvollen Augen an, errötete ein wenig und sagte ganz leise:

»Nichts, mein Herr, glauben Sie mir bitte, wirklich nichts – aber – aber ich – ich habe keine Wohnung – und ich fürchte mich so schrecklich, da – so allein – auf der Straße – ach Gott, ich bin ja so unglücklich – verhaften Sie mich jetzt bitte?«

Von neuem kullerten die großen, dicken Tränen, und sie schien sich überhaupt nicht beruhigen zu können. Zum Glück war die Straße fast ganz leer, und die wenigen Passanten, die vorübergingen, schauten zu, daß sie aus dem unangenehmen, kalten Herbstwind in ihre warmen, behaglichen Wohnungen kamen.

Dasselbe dachte ich auch, doch da ich nicht wußte, was ich mit dem unglücklichen Backfisch anfangen sollte, fragte ich sie:

»Mein liebes Fräulein, wenn Sie Vertrauen zu mir haben sollten, mache ich Ihnen einen Vorschlag.

Hier auf der Straße können wir nicht stehen bleiben, und wie ich Ihnen schon sagte, so ohne jeden Grund Sie mir nichts, dir nichts verhaften, das kann ich auch nicht.

Wenn Sie also, wie gesagt, auf meine Ehrenhaftigkeit vertrauen wollen, dann begleiten Sie mich in meine Wohnung, die hier ganz in der Nähe ist.

Dort mache ich Ihnen einen heißen Tee, damit Sie sich erst einmal wieder richtig aufwärmen können, und Sie erzählen mir dann ganz schön der Reihe nach, was Sie nun eigentlich so unglücklich macht. Vielleicht kann ich Ihnen dann helfen.«

Sie sah mir mit ihren großen, blauen Augen direkt ins Gesicht und sagte nach einer Minute überlegenden Zauderns:

»Ja, ich vertraue Ihnen. Sie sehen wie ein Mann aus, der einem armen Mädchen nichts zuleide tut. Wenn Sie wirklich so freundlich sein wollen, mich aufzunehmen, bin ich Ihnen zu großem Dank verpflichtet. Ich werde Ihnen das bestimmt nie vergessen.«

Der Blick, den die blauen Unschuldsaugen diesen Worten folgen ließen, erweckte in mir beinahe wirklich jene Gefühle von Ehrenhaftigkeit, von denen ich ihr so schön erzählt hatte, obwohl ich eigentlich etwas ganz anderes geplant hatte. Denn eine Entjungferung war schon lange mein heißer Wunsch gewesen.

Aber jetzt, wie mich dieser unschuldige Dankesblick traf, kam ich mir selber vor wie ein Verbrecher.

Ich faßte also den heroischen Entschluß, mich für die Fortsetzung der vielversprechenden Waden nicht zu interessieren. Wie ein wütender Papa ging ich neben dem entzückenden Geschöpf, das nun seine Tränen trocknete, einher.

Ohne Scheu und Zimperlichkeit, ganz auf mein Versprechen vertrauend, betrat sie mein Arbeitszimmer.

Ich half ihr ablegen, stellte ihr eine Schale mit Konfekt auf den Tisch und machte mich schleunigst daran, den gastfreien Wirt zu spielen.

Meinen Burschen wollte ich nicht wekken, und so schleppte ich selber, was ich an Eßbarem im Hause hatte, herbei. Dann kochte ich einen kräftigen Glühwein und sah mit Befriedigung, wie sie es sich schmecken ließ.

Ruhig ließ ich sie essen und trinken und nippte selbst nur an meinem Glühwein. Auf alle Fälle wollte ich vermeiden, daß mein Blut durch zu viel Alkohol vielleicht doch zu sehr in Wallung kam. So ganz traute ich mir doch nicht.

Sie wußte Messer und Gabel elegant zu gebrauchen. Ein Zeichen dafür, daß sie doch aus einer besseren Gesellschaftsschicht kommen mußte.

Je länger ich ihr zusah, desto erhabener fühlte ich alter Esel mich, daß ich in so uneigennütziger Weise dieser verfolgten Unschuld den Wirt und Beschützer spielte!

Als sie sich dann mit einem wohligen Seufzer den Mund abgewischt hatte, rückte ich ihr näher, ergriff väterlich ihre kleine Hand und ermunterte sie:

»So, nun sind Sie also geborgen, brauchen sich nicht mehr auf der dunklen Straße allein zu fürchten. Sie wissen, ich habe Ihnen als Ehrenmann meinen Schutz zugesagt, und ich habe bisher immer noch mein Wort gehalten. Sie dürfen mir also voll vertrauen.

Sie werden jedoch verstehen, daß es mich interessiert und daß ich Ihnen auch nur dann helfen kann, wenn ich genau weiß, was Sie in diese mißliche Lage gebracht hat. Also, schießen Sie los und berichten mir alles.«

Wieder kullerten die Tränen, entrangen sich ihr tiefe Seufzer. Stockend begann sie dann:

»Sie dürfen bitte nicht schlecht von mir denken, Herr Oberkommissar, weil Sie mich da – na ja – so auf der Straße allein – angetroffen haben und ich dann so ohne weiteres mit Ihnen gegangen bin. Ich weiß ganz genau, daß das nur – nur … Sie wissen schon, was ich meine?

Es wäre schrecklich, wenn Sie denken würden, daß ich so eine Leichtsinnige wäre. Aber ich habe doch so gar keinen Schutz und keine einzige Hilfe – was sollte ich denn tun?

Ich dachte mir, daß ich bei der Polizei am sichersten aufgehoben bin. Dort gibt es doch nur Ehrenmänner, die einem Schutz und Hilfe geben. Meine Mutter hat mir das immer gesagt – als ich noch klein war.

Ach, wie recht hatte doch meine Mutter. Ich habe doch einen richtigen Schutzengel gehabt, daß gerade Sie, lieber Herr Oberkommissar, aus der Polizei kamen und mich mitnahmen.

Aber trotzdem, ich bin so allein und so verzweifelt. Ich weiß gar nicht, wie mein Leben weitergehen soll!«

Dieser Verzweiflungsausbruch des schönen Mädchens veranlaßte mich abermals, näher an sie heranzurücken. Ich nahm ihre kleine Hand in die meine und hielt sie mit väterlicher Zärtlichkeit fest und streichelte sie beruhigend.

»Sind Sie denn Waise? Leben Ihre liebe Mutter und Ihr Vater nicht mehr?« frug ich ganz behutsam.

»Ach, es ist noch viel schlimmer. Mein lieber, guter Papa, der bei der Statthalterei in Brünn angestellt war, ist vor drei Jahren gestorben.« Wieder kullerten die Tränen, und ihre Augen verschleierten sich im Kummer um den Tod des geliebten Papas.

»Nun hat meine Mama, die noch eine sehr, sehr junge und schöne Frau ist, sich mit einem Kollegen meines seligen Papas verheiratet! Wie konnte sie nur unseren lieben Papa vergessen und diesen anderen Mann heiraten?

Seit dieser fremde Mann im Haus ist, bin ich unglücklich – so entsetzlich unglücklich!«

Sie machte eine Pause, als ob sie sich überlegen wollte, ob sie mir weitererzählen sollte. Ich wollte aber nun alles wissen, denn das Schicksal dieses Mädchens interessierte mich immer mehr. Als Mann ahnte ich, daß nicht nur die Heirat der Mama diese Schöne von zu Hause weggetrieben hat. Da mußte ein anderer Grund sein – es wäre ja immerhin denkbar, daß …

»Beruhigen Sie sich doch bitte. Erzählen Sie mir nur alles weiter. Sie werden sehen, daß Ihnen das eine Erleichterung bringt. Das Leben wird dann gar nicht mehr so grausam wie jetzt aussehen.«

»Ja also, seit dieser Mann bei uns ist, bin ich so unglücklich. Ich habe Angst vor ihm!

Denken Sie sich, dieser schlechte Mensch wollte – wollte – ach, ich schäme mich fast, es zu sagen – er wollte – mich – ver – füh – ren.

Sehen Sie, Herr Oberkommissar, da sind doch auch Sie entrüstet, nicht wahr? Daß es eine solche Schlechtigkeit geben kann. Er hat doch meine Mama.

O Gott, wie hat mir der Mann nachgestellt. Ich traute mich schon gar nicht mehr aus meinem Zimmer heraus, und meine liebe Mama hat mich auch oft so komisch angesehen und hat mich gefragt, warum ich denn so scheu auf einmal wäre und immer in meinem Zimmer sitzen bleibe.«

»Na, haben Sie denn nichts Ihrer Mama gesagt? Sie hätte sicher für Sie Verständnis gehabt und hätte auch mit ihrem Mann ein ernstes Wörtchen geredet.«

»Ach, Herr Oberkommissar, sollte ich denn meine Mama auch noch unglücklich machen! Stellen Sie sich das doch einmal vor, wenn sie erfahren hätte, daß ihr eigener Mann ihrer Tochter nachstellt.

Ich hoffte immer, er würde doch endlich zur Einsicht kommen und vernünftig werden. Aber was weiß ich unerfahrenes Mädchen denn schon von einem Mann? Vielleicht hat ihn gerade mein Widerstand gereizt – ich muß immer so viel darüber nachdenken, was ich falsch gemacht habe.

Aber das Nachstellen am Tag war ja noch nicht das Schlimmste. Da waren ja immer noch die Mama und die Dienstboten in der Wohnung, da fühlte ich mich noch beschützt. Aber er war ja noch viel gemeiner! Denken Sie sich, einmal ist er nachts in mein Zimmer gekommen!

Ich durfte mein Zimmer ja nie abschließen. Mama hatte immer Sorge, daß ich einmal unwohl sein könnte bei der Nacht, und dann könnte niemand zu mir herein, um mir zu helfen. Und das hat er gewußt, daß meine Tür unverschlossen war.«

Die Tränen flossen reichlicher denn je. Ach, du lieber Gott, dieses Mädchen gab mir eine schier unlösbare Aufgabe auf. Ich hätte bestimmt für sie den besten und einzig richtigen Trost gewußt. Meister Priap ermahnte mich auch durch lautes Klopfen daran, daß wir beide doch solche Nöte immer gemeinsam zur vollsten Zufriedenheit unserer Schützlinge bisher gelöst hätten.

Wie heißt es so schön? Zwei Seelen ringen, ach, in meiner Brust! Diese beiden ›Seelen‹ waren Meister Priap der Ungeduldige – und ich der freiwillige ›Beschützer‹.

Aber nein, mochte ich ein Draufgänger sein, wie ich wollte, sollte ich auch manche Blume gepflückt haben – hier, hier mußte ich hart gegen mich selbst bleiben.

Ich setzte mich also zu ihr auf das Sofa und legte mit einer väterlichen Geste meinen Arm um ihre Schulter.

Da traf mich ein so vertrauensvoller,

leuchtender Blick, daß ich um ein Haar wieder weggerückt wäre.

Herrgott, warum machte mir dieser Teufel von einem Kind-Weib denn meine Rolle so schwer?

Sie hatte bei mir Schutz und Hilfe gesucht – und ich hatte ihr beides zugesagt. Ich durfte sie niemals verführen, das wäre die höchste Gemeinheit gewesen.

Der Teufel ritt mich, ich konnte keine Ruhe geben, ich wollte weiter hören, was passiert ist mit diesem Schuft. Ich wollte mich selbst quälen, indem ich mir das alles anhörte und dann väterlich dasitzen mußte und nicht das gleiche tun konnte wie dieser Kerl. Sicherlich würde sie mir ein paar ganz pikante Details erzählen.

»Ach, Herr Oberkommissar, das kann man gar nicht erzählen, was da passiert ist. Nein, glauben Sie mir, bitte, das kann ich Ihnen wirklich nicht sagen; es ist ja so gemein, so …«

»Wenn ich Ihnen helfen soll, müssen Sie mir schon jeden, auch den kleinsten Umstand, erzählen«, hörte ich mich ganz scheinheilig daherreden. »Wissen Sie, ein Polizist ist wie ein Arzt, dem darf man doch auch nichts verschweigen, wenn er einem helfen soll.«

»Ja, ja – aber es ist doch so schrecklich für ein junges Mädchen – und Sie sind doch ein Mann –, so etwas zu erzählen.«

»Passen Sie auf, ich werde Sie fragen. Wir Polizisten müssen ja meistens fragen. Nachher sehen die Leute erst ein, wie gut es war, daß sie uns alles ehrlich gesagt haben. Also, wollen wir es so machen? Soll ich Sie fragen?«

»Ja. Vielleicht ist es wirklich so besser. Ich werde Ihnen auch ganz ehrlich antworten.«

»Hm. Als Ihr Vater – hm – also – als er da nachts – zu Ihnen in Ihr Zimmer kam – hm – waren Sie da schon ganz ausgezogen?«

»Ja. Ich hatte mich schon ganz ausgezogen und hatte nur so ein kleines, kurzes Nachthemdchen an. Sie haben das sicher schon einmal gesehen, nicht?

Ich merkte gerade, wie meine Augen ganz müde wurden, und ich legte mich auf die Seite, um einzuschlafen. Da merkte ich, wie die Tür ganz, ganz leise geöffnet wurde. Ich hörte auch Füße so über den Boden schleichen. Ich bekam auf einmal eine furchtbare Angst – mein Herz hat ganz schnell und fest geklopft – mein Hals war ganz zu – ich konnte gar nicht schreien – mir wurde ganz heiß. Die Schritte kamen immer näher an mein Bett – und – und …«

»Und?« preßte ich ganz atemlos heraus.

»Und dann riß er mir die Bettdecke weg!«

»Ja – und dann? Ließ er es dabei bewenden? Hat er Sie denn im Dunkeln überhaupt sehen können? Hat er kein Licht angemacht?«

»Nein – nein! – Es war ja so dunkel! Ach, ich hatte ja eine solche Angst!

Dann – dann stürzte er sich wie wild auf mich – puh, und dabei schnaubte er so komisch. Ich habe noch nie gehört, daß ein Mann so komisch atmet. Er packte mich ganz fest und hielt mich fest – er – wollte – mir – Gewalt antun!«

»Warum haben Sie denn nicht um Hilfe geschrien? Es waren doch Ihre Mutter und die Dienstboten in der Wohnung!«

»Ich war so vor Entsetzen gelähmt, daß ich mich gar nicht wehren konnte.«

»Was machte er dann? Sie müssen es mir ganz genau erzählen!«

»Ach bitte – bitte – erlassen Sie mir das, Herr Oberkommissar! Ich vergehe vor Scham!«

»So ein Halunke, so ein gewissenloser Schurke!« ereiferte ich mich.

Ich habe mich bei diesem Verhör, das wohl kaum die sittliche Zustimmung meines Herrn Chefs gefunden hätte, so ausgiebig aufgeregt, daß ich berechtigte Sorge hatte, mich zu verraten.

Sie schaute mich wieder so treuherzig an, und ihre Blicke glitten an meinem ganzen Körper hinunter. Ich hatte ehrlich Angst, daß Sie meinen Zustand bemerken könnte.

Also stand ich auf und stelzte mit steifen Schritten im Zimmer auf und ab. Es war wirklich nur ein Stelzen, denn mit so einer steifen Stange in der Hose normal zu gehen – und dazu noch so, daß man nichts merkt, das soll mir einer einmal vormachen!

Der ahnungslose Engel blieb in seiner Unschuld ruhig sitzen und bemerkte nichts. Als ich ihm dann aufmunternd zunickte, beendete er seine Leidensgeschichte.

»Da endlich konnte ich einen lauten Schrei ausstoßen! Augenblicklich ließ er mich vor Schreck los – und lief, so schnell er konnte, aus dem Zimmer. Aber glauben Sie ja nicht, daß er mich jetzt in Ruhe ließ, dieser Schuft!

Einmal, kurz danach auf der Treppe, da hat – hat …«

»Na ja, was hat er denn nun schon?«

»Da hat er mich in einer furchtbar unanständigen Weise angefaßt.«

»So ein Hund! So ein Schuft!« schnaubte ich. »Und wo – wo – hat er hingefaßt?«

»Ach – ach – ich kam von oben die Treppe herunter und wollte gerade zum Tennisspielen gehen, als er mir auf der Treppe begegnete.

Wie immer, wollte ich ganz schnell an ihm vorbeischlüpfen, doch ehe ich mich's versah, da griff er mir unter – un – nein, das kann ich nun wirklich nicht sagen!«

»Lassen Sie es, ich kann es mir schon denken, wo er hingegriffen hat, dieser Kerl, dieser verantwortungslose!«

Was hätte ich darum gegeben, jetzt auch ›dorthin‹ greifen zu können! Aber nein, ich Esel hatte ja ein feierliches Versprechen geleistet!

Mein Gott, wenn ich mir diese Situation vorstellte, in der ich mich befand!

Sie merkte natürlich nichts von dem furchtbaren Kampf, der meine männliche Brust durchtobte, das tröstete mich.

Sie knabberte in ihrem Schmerz gerade an einer Pflaume, was sie etwas zu beruhigen schien. Dann fuhr sie fort:

»Was sollte ich denn nun nur machen? So beschloß ich, während ich verängstigt in meinem Zimmer saß, um der Schande zu entgehen, mein liebes Elternhaus zu verlassen. Wenn das mein lieber Papa hätte erleben müssen!«

Die Tränen flossen wieder, und das Persönchen saß da wie ein Haufen Elend.

»Ich hatte ein paar Gulden, die ich mir von meinem Taschengeld gespart hatte, obwohl meine Mama immer sagte, daß ich mein Taschengeld ganz für mich aufbrauchen dürfte. Aber ich wollte ihr doch auch manchmal eine Freude machen, und deshalb sparte ich heimlich immer ein bißchen davon.

Ich ging also zum Bahnhof und zeigte dem Beamten mein Geld. Er meinte, daß das gerade für die Fahrt von Brünn nach Wien reiche.

Als ich hier ankam, hatte ich noch dreißig Kreuzer. Das reichte doch nicht einmal für ein billiges Hotelzimmer aus. Außerdem habe ich mich allein auch gar nicht in ein Hotel getraut.

In meiner Not ließ ich meinen Koffer auf dem Bahnhof stehen und bin zu Polizei gelaufen! Von dort habe ich mir allen Schutz erwartet!

Ach, mein lieber Herr Oberkommissar, wenn Sie wüßten, was ich in dieser langen Zeit alles durchgemacht habe.«

Sicher nicht so viel wie ich in diesem Moment, dachte ich bei mir. Meine Qual war fast nicht mehr zu ertragen.

Ich fühlte, wie meine Selbstbeherrschung langsam aber sicher zum Teufel ging.

Ich fand schließlich den Ausweg, sie aus meiner Nähe zu bringen, indem ich ihr riet, sich zu Bett zu begeben und erst einmal gut auszuschlafen.

Morgen würde alles anders aussehen, und wir wollten dann in aller Ruhe zusammen beschließen, was nun weiter geschehen sollte.

Da ich ja nun einmal die Rolle des Beschützers übernommen hatte, trat ich ihr mein Bett ab und legte mich selbst auf die Couch in meinem Arbeitszimmer.

Am nächsten Morgen schlich ich ganz leise, um das Mädchen ja nicht zu wecken, in meiner Wohnung herum, zog mich an, frühstückte und stellte auch ihr das Frühstück hin. Auf einen Zettel schrieb ich ihr, sie möge es sich gut schmecken lassen und unbesorgt bis zu meiner Rückkehr in meiner Wohnung bleiben. Mein Bursche wisse Bescheid, und sie sei bei mir sicher und gut aufgehoben. Dann ging ich in mein Büro.

Dort angekommen wurde ich gleich zu meinem Chef, Dr. Stein, gerufen.

Er eröffnete mir, daß in Znaim eine Ladenkassiererin mit der ihr anvertrauten Kasse durchgebrannt und vermutlich nach Wien geflüchtet sei.

Er zeigte mir eine kleine Fotografie – und ich fiel beinahe in Ohnmacht. Das war ja meine verfolgte kleine Unschuld! Sollte ich so einer kleinen Provinzgaunerin, so einer schäbigen Debütantin aufgesessen sein?

So schnell wie nur möglich empfahl ich mich von meinem Chef und raste nach Hause.

Das Nest war natürlich leer!

Der liebliche Vogel war ausgeflogen und hatte als Andenken eine kleine goldene Dose, ein Geschenk meiner Freundin, der Gräfin, mitfliegen lassen.

Auf meinem Schreibtisch lag ein Zettel folgenden Inhaltes:

Lieber Freund!

Haben Sie herzlichen Dank für das schöne Nachtquartier! Ich war hier sicherer aufgehoben als in den Hotels, wo mich Ihre weniger freundlichen Kollegen von der Polizei doch bestimmt gesucht hätten.

Ich will meine »Beichte« von gestern abend noch fortsetzen: Sie müssen nämlich wissen, ich habe gar keinen Stiefvater, der mir unter – ach, das kann man doch gar nicht sagen – ach, ich schäme mich ja so – lieber Herr Oberkommissar! Wenn das mein Papa wüßte!

»Hingelangt« – oh pfui – habe ich! Zwar

nicht bei meinem Stiefvater, den ich nicht hatte – und vor allem leider auch nicht bei Ihnen, lieber Herr Oberkommissar!

Hingelangt habe ich in Znaim, wo ich herkomme, an die Kasse meines Chefs, der sie mir in seiner Verliebtheit anvertraut hatte. Wenn Sie so wollen – ich habe mir diese Kasse kurz einmal ausgeliehen!

Haben Sie vor allem auch herzlichen Dank für das ungeheure Vergnügen, das Sie mir bereitet haben, als ich nur zu deutlich sehen konnte, wie Sie immer gern gemocht hätten – und sich dann doch nicht trauten!

Feigling!

Ich selber habe mich so herrlich dabei amüsiert!

Es hat mich genauso viel Beherrschung gekostet wie Sie, daß ich Ihren herrlichen Speer, dessen ganze Größe ich durch die Wölbung der Hose ahnen konnte, nicht befreite. Sicherlich hätte er sich in meinem »Hotel« sehr wohlgefühlt!

Aber leider, ich durfte ja nicht aus der Rolle fallen! Wie hätten Sie dann noch Ihre so großmütig übernommene Beschützerrolle zu Ende führen wollen?

Zu schade, es wäre eine so herrliche Nacht geworden. Ich glaube, wir beide sind in der Liebe genug erfahren, um uns alle Wonnen der Lust vom Himmel holen zu können!

Trösten wir uns – vielleicht holen wir es bei nächster Gelegenheit nach!

Wenn auch schweren Herzens, verabschiede ich mich von Ihnen mit zärtlichem Tochterkuß

Ihre Anna Wlazek.

Drei Tage lang war ich krank vor Wut! Ich muß wie ein wildgewordener Tiger umhergelaufen sein – alle gingen mir geflissentlich aus dem Weg, ohne daß bis jetzt irgendeiner wußte, warum ich so gereizt war.

Eine Woche später wurde das »kleine schutzlose Mädchen« dann in Riva, wo sie so ein bißchen wieder hochstapelte, festgenommen.

Man brachte sie nach Wien und verurteilte sie zu anderthalb Jahren.

Die Verhandlung selbst war eine Sensation ohnegleichen.

Dieses Mädchen erzählte doch tatsächlich, wie ich selber sie beschützt hatte!

Der Gerichtshof, der Staatsanwalt, das Publikum – alle wälzten sich vor Lachen!